문학 속의
자득 철학
1

문학에서
철학 읽기

문학 속의
자득 철학

1

문학에서 철학 읽기

조동일

보고사
BOGOSA

머리말

　문학과 철학은 말을 이용해 생각을 창조하는 작업을 함께 한다. 원래 하나였다가 둘로 갈라졌다. 그 뒤에 철학은 문학을 배제해 독자적인 영역을 분명하게 하려고 한다. 문학은 배신을 원망하지 않고 자기 나름대로 철학을 키운다.

　철학은 추상적인 개념으로 명확한 논리를 전개한다. 이것은 무척 힘든 작업이므로 전례를 잘 알아야 한다면서, 철학 알기를 철학으로 여기도록 한다. 더 나아가고자 하면, 권위를 자랑하는 선생을 받들고 따르는 依樣 철학을 하는 것이 예사이다. 그 때문에 창조력이 고갈된다.

　문학은 이와 다르다. 문학 알기의 과정을 조금만 거치고, 문학하기로 바로 나아간다. 누구나 스스로 할 수 있는 문학창작에서 의양이 아닌 自得 철학이 자라난다. 이것을 찾아내 키우면 철학이 달라진다. 힘든 작업이 쉬워지고, 고갈된 창조력이 되살아난다.

　이 작업을 《문학 속의 자득 철학》 3부작을 써서 한다. 세 책은 광석의 발견·채굴·제련에 견줄 수 있다. 제1권 《문학에서 철학 읽기》는 발견이다. 제2권 《문학끼리 철학 논란》은 채굴이다. 제3권 《문학으로 철학하기》는 제련이다.

　발견을 잘하려면, 어디든지 돌아다니며 탐색의 범위를 아주 넓혀야 한다. 채굴 작업은 긴요한 곳들을 정확하게 확인하고 깊이 파고 들어가, 시행착오를 줄이고 노력의 낭비가 없게 해야 한다. 제련은 불필요한 것들은 제거하고, 순도를 최대한 높이는 결과를 얻어야 한다.

이 책은 제1권 《문학에서 철학 읽기》이다. 문학의 세계 어디든지 돌아다니며 탐색의 범위를 최대한 넓혀, 모르고 있는 사실을 발견하는 충격을 주는 첫 단계의 작업을 한다. 문학은 자득 철학을 보여주고 있어 소중하다고 평가한다. 철학이 철학 알기에 머무르지 않고 철학하기로 나아가려면, 문학에서 철학 읽기를 거치는 것이 필요하고 유익하다고 한다.

먼저 문학과 철학의 관계에 대한 기존의 논의를 검토하고, 새로운 방향을 지시한다. 다음 대목에서는 시대와 지역 먼 곳에서 가까운 곳으로 오면서, 대표적인 문학 갈래와 작품에서 철학을 읽어 전체를 개관한다. 다시 문학의 몇몇 영역에서 심도 있는 논의를 시작한다.

많은 노력을 해도 할 일을 다하지 못한다. 발견의 과업을 대강 수행하는 데 그치고 더 나아가지 못한다. 미완인 채로 끝나는 것이 당연하다. 더 할 일을 다음 두 책으로 넘긴다.

차례

머리말 … 5

1. 총괄 논의 13

1.1. 방향 설정 13
1.2. 관점의 전환 18
1.3. 철학 알기·철학 읽기·철학하기 34
1.4. 의양과 자득 47

2. 개별적 고찰 54

2.1. 철학시 58
    2.1.1. 용수 58
    2.1.2. 소옹과 서경덕 60
    2.1.3. 단테와 카비르 64
    2.1.4. 타고르와 한용운 76
2.2. 우언 81
    2.2.1. 장자·우파니샤드·플라톤 81
    2.2.2. 일연 85
    2.2.3. 라블래 92
    2.2.4. 볼태르 96

　　　2.2.5. 안등창익 ……………………………………………… 101

　　　2.2.6. 박지원 ………………………………………………… 106

　2.3. 서정시 ……………………………………………………… 111

　　　2.3.1. 연수와 김소월 ……………………………………… 112

　　　2.3.2. 셰익스피어와 무명씨 ……………………………… 115

　　　2.3.3. 두보와 윤동주 ……………………………………… 120

　　　2.3.4. 윤선도와 디킨슨 …………………………………… 124

　　　2.3.5. 하이네와 무명씨 …………………………………… 126

　　　2.3.6. 천금과 말라르메 …………………………………… 131

　　　2.3.7. 김영랑과 미쇼 ……………………………………… 135

　　　2.3.8. 릴케와 이성선 ……………………………………… 144

　　　2.3.9. 도연명과 무명씨 …………………………………… 147

　2.4. 산문 ………………………………………………………… 153

　　　2.4.1. 이규보 ………………………………………………… 153

　　　2.4.2. 김만중 ………………………………………………… 157

　　　2.4.3. 이옥 …………………………………………………… 163

　　　2.4.4. 이덕무 ………………………………………………… 166

　　　2.4.5. 김낙행 ………………………………………………… 169

　　　2.4.6. 이건창 ………………………………………………… 172

　2.5. 소설 ………………………………………………………… 178

　　　2.5.1. 운영전 ………………………………………………… 178

　　　2.5.2. 구운몽 ………………………………………………… 184

　　　2.5.3. 춘향전 ………………………………………………… 189

　　　2.5.4. 인간문제 ……………………………………………… 195

　2.6. 구비문학 …………………………………………………… 199

　　　2.6.1. 구비서사시 …………………………………………… 199

2.6.2. 탈춤 ·· 207

2.6.3. 문헌전설 ·· 216

2.6.4. 구비전설 ·· 228

2.6.5. 민담 ·· 233

3. 심화 시도   ······ 241

3.1. 속담의 논리구조 ······························· 243

3.2. 설화의 역전 ······································· 253

3.3. 교술시 재평가 ··································· 259

3.4. 대하소설이 말한다 ···························· 278

3.5. 시인의식의 편차 ······························· 297

3.6. 문학사의 저류 ··································· 327

3.7. 수난에서 각성으로 ···························· 343

마무리 ··· 369

문학 속의 자득 철학

문학에서 철학 읽기

1. 총괄 논의

1.1. 방향 설정

1.1.1.

이 책은 철학과 문학을 함께 다룬다. 철학 알기·철학 읽기·철학하기의 관계를 말하고, 철학 읽기에서 무엇을 하는지 힘써 고찰한다. 문학에서 철학 읽기를 하면 철학의 위기를 해결하고, 새로운 창조를 하는 길을 찾는다고 밝힌다.

철학 알기는 기존의 철학 가운데 어느 것을 가져와 소개하고 풀이하는 행위이다. 철학 알기를 잘하면 철학교수 자격이 있는가? 남들이 하는 말을 전달하는 데 그치지 않고, 자기 말을 하는 창조 활동을 해야 학문다운 학문을 한다고 할 수 있지 않은가? 철학은 예외일수 있는 특권이 있는가? 철학이 잘못되어 학문을 온통 혼탁하게 한다는 비난을 묵살해도 되는가?

이렇게 따지고 들면, 철학하기를 목표로 삼고 철학 알기를 준비단계로 삼는다고 한다. 말이 잘못되지는 않았지만, 진전이 너무 더디다. 남의 말을 전하는 데 소중한 시간을 다 허비하고, 자기 말은 시작도 하지 않은 채 생애를 마칠 것인가? 철학하기는 다음 생애에나 할 것인가? 너무 신중해 바보 노릇을 한다고 말하지 않을 수 없다. 철학이 슬기로움을 추구한다는 것이 거짓말이게 한다.

그러면 어떻게 해야 하는가? 어렵게 생각하지 말라고 하면서, 좋은 요령을 알려주고자 한다. 철학 알기는 어느 정도, 먹고 사는 데 큰 지장은 없을 만큼 하다가 밀어놓고, 남몰래 철학 읽기를 철학하기로 나아가는 통로를 찾는 것이 슬기롭다.

문학에서 철학 읽기는 많은 것을 말해주고, 잘하면 큰 소득이 있다. 철학 알기에 매이지 않고 철학하기로 바로 나아갈 수 있게 한다. 철학을 혁신하는 창조가 쉽게 이루어진다.

1.1.2.

철학은 철학자의 저작에만 있는 것은 아니다. 인생만사가 철학이다. 이치를 따지고 가치를 추구하는 논란은 무엇이든 철학이다. 인생만사에서 이치를 따지고 가치를 추구하는 행위가 문학에 잘 나타나 있다.

문학에 나타나 있는 철학을 읽어내 정리하면 문학 이해를 심화할 수 있는 것을 알고, 문학 연구자들은 이 작업을 계속해 왔다. 문학에서 철학 읽기를 문학을 위해서만 하지 말고, 철학을 위해서도 하자고 제안한다. 이 작업이 문학보다 철학을 위해서 더 많은 기여를 할 수 있다.

철학 알기에 머무르는 철학은 고급의 지식 이상의 다른 무엇이 아니며, 지적 능력의 차등을 키우면서 합리화하기나 한다. 청산의 대상이 된 지 오래된 귀족의 악습을 흉내 내면서, 고귀한 혈통을 타고나 훌륭하다고 착각하고 자부할 따름이고 세상에 기여하는 바가 적어 호응을 받지 못한다. 거만한 거동, 냉소적인 표정으로 위신을 세우려고 한다. 이런 사태가 벌어진 것은 개개인의 잘못을 넘어선, 문명의 위기이다.

위기가 조성된 내력을 알고 해결책을 강구해야 한다. 유럽이 근대의 지배자로 군림하는 자격을 가졌다고 하는 증거로 내세운 이성의 철학이 말썽꾸러기이다. 게으름을 피우면서 거만을 떨다가 점점더 허망하게 되어 문명의 전환이 요망되는 사태에 이른다. 철학 알기에 걸려들어 노력을 낭비하지 말고, 철학 읽기에서 전기를 마련하고 철학하기로 과감하게 나아가야 문명의 전환이 실현된다.

유럽이 망친 세계사를 바로잡을 가능성을 동아시아에서 보여준다. 동아시아문명의 소중한 유산을 우리 선인들이 힘써 가다듬은 氣學은, 음양 두 氣가 상생하면서 상극하고 상극하면서 상생해 生克의 이치를 구현했다. 차등론을 부정하고, 대등론을 대안으로 제시했다. 사람과 다른 생명체는 어느 한쪽이 우월하지 않고 각기 자기 나름대로의 윤리를 실현하면서 살아가고, 어느 쪽이든 삶을 누리는 것이 善이라고 했다. 이런 유산을 높이 평가하고 적극 계승하면서 미비점을 보완해야 한다.

문학은 대등생극론 구현을 사명으로 하는 것을 알고 그 성과를 받아들이면, 철학하기로 성큼 나아갈 수 있다. 기존 철학의 미비점 보완에 그치지 않고, 그 이상의 획기적 창조를 할 수 있다. 이런 줄 알고, 문학에서 철학 읽기를 다각도로 깊이 있게 진행하자. 철학하기를 쉽고 즐겁게 하는 길을 찾는다.

문학에서 철학 읽기를 이름나고 높이 평가되는 문학에서 하면 길을 잘못 든다. 허세에 말려들어 혼미해진다. 문학은 다 같지 않고, 상층과 하층이 있다. 상층문학은 차등론을 따르려고 하지만, 하층

문학이 대등론 구현의 사명을 더욱 적극적으로 수행한다. 기존의 철학을 옮겨놓은 것을 행셋거리로 삼는 쪽은 피하고, 문학의 진면목을 파악해야 한다.

문학의 진면목은 어떤 것인가? 유식과 무식, 존귀와 미천, 행운과 불운, 부유와 빈곤 등의 차등이 지나쳐서 뒤집어지는 과정을, 무식·미천·불운·빈곤 쪽에서 절실하게 깨닫고 역동적으로 실현해, 철학이 따로 없으며 살아가는 각성과 결단이 바로 철학임을 입증한다. 글은 한 줄도 쓰지 않고 알아차린 바를 말로만 나타내는 구비문학이, 대등생극론의 이치를 가장 명확하고 풍부하게 나타낸다.

대등생극론은 인류 공동의 자산인데, 별난 소리를 하는 종교나 철학이 드센 곳들에서는 위축을 받고 묻혀 있다. 허상을 들어내고 실상을 찾는 작업을 함께 하면서, 다음 시대의 새로운 문명을 공동 작업으로 이룩하자고 제안한다. 이름이 실상을 왜곡하는 것을 염려해 새로운 문명의 이름은 없어도 되지만, 구태여 있어야 한다면 대등문명이라고 하고 싶다. 지금까지의 차등문명을 청산하고 대등문명을 이룩하는 데 기여하려고 이 책을 쓴다.

파격적인 시도를 이해하기 쉽게 하려고 하니 많은 어려움이 있다. 비판의 대상을 밝히기 위해 난해한 논의를 시작하지 않을 수 없는 것을 양해해주기 바란다. 문학에서 철학하기를 고찰한 사례가 너무 많아 성가실 수 있다. 철학의 현황 타개를 위한 논의도 부담을 줄 수 있다. 문학에서 철학하기까지 나아가면, 갑갑하게 시작해서 시원하게 끝나니, 참고 읽어주기 바란다.

1.1.3.

  문학과 철학의 관계에 관해 이미 거듭 논의를 했으나 많이 모자란다. 기존의 성과 가운데 특히 긴요한 것들을 검토하고, 앞으로 더 나아가고자 한다. 미해결의 과제를 발견하고 새로운 탐구를 하는 길을 찾는 데 이르고자 한다.

  문학과 철학은 서로 달라서, 상대방을 이해하지 못하고, 배격하고, 적대시하기도 한다.[1] 플라톤(Platon)은 "철학과 詩는 오랫동안 사이가 나빴다"고 했다.[2] 詩는 허위를 말해 철학의 진실을 훼손한다고 여겼기 때문이다. 이와는 다른 논의가 있었던 것도 알아야 한다. 孔子는 "不學詩 无以言"(시를 배우지 않으면, 말할 것이 없다)고 했다.(《論語》〈季氏〉) 詩를 읽어야 지식을 넓히고 마음이 깨끗해진다고 여겼다.

  공자의 가르침을 잇고자 한 李珥는 "詩者 文辭之詠嘆淫佚 而最秀者也"(시는 글 가운데 영탄이 넘치는 것이어서 가장 빼어나다)고 했다.[3] 영탄이 넘쳐 감동을 주는 것을 높이 평가했다. 현대의 철학자 산타야나(Santayana)는 철학적인 시인들을 연구하고 "철학자는 최상의 경우에 시인이고, 시인은 최악의 경우에 철학자가 되려고 한다"고 했다.[4] 플라톤과는 다른 견해를 펴고, 시를 철학보다 높이 평가했다.

  문학과 철학의 관계에 대해 이처럼 서로 다른 말을 한다고 당황

---

1 철학과 문학의 다툼이 유럽에서 생긴 내력을 Stanley Rosen, *The Quarrel between Philosophy and Poetry* (New York: Routledge, 1988)에서 고찰했다.

2 Plato, *Republic*, *The Collections of Dialgues* (Princeton: Princeton University Press, 1973), 832면.

3 〈人物世藁序〉, 《栗谷全書 拾遺》 권3.

4 George Santayana, *Three Philosophical Poets, Lucretius, Dante and Goethe* (Cambridge: Harvard University Press, 1922), 11면.

할 것은 아니다. 어느 쪽을 따를 것인가 고민할 필요도 없다. 문학과 철학은 상반되므로 화합하고, 화합하므로 상반되는 관계에 있다. 상반을 드러내서 말하려고 하다가 화합론을 펴고, 화합이 소중하다고 하다가 상반론으로 치닫는 것이 당연하다.

형상화된 체험은 개념화된 논리를 무력하게 만들려고 하고, 개념화된 논리는 형상화된 체험을 지배하려고 한다. 문학과 철학은 적대적인 관계를 가지고 둘로 나누어진다. 형상화된 체험은 개념화된 논리를 지니지 않으면 공허하고, 개념화된 논리는 형상화된 체험을 갖추지 않으면 경색된다. 문학과 철학은 서로 필요로 하며 하나가 되고자 한다.

1.2. 관점의 전환

1.2.1.

문학과 철학은 가깝고 먼 관계를 가지고 있다. 이에 대한 고찰을 두 차례 했다. 먼저 문학과 철학이 한국에서 가까운 관계를 가지는 양상을 사안별로 고찰하는 작업을 시대순으로 했다.[5] 그다음에는 문학과 철학이 가까워졌다가 멀어졌다가 해온 경과를 세계적인 범위에서 검토했다.[6]

범위를 너무 넓게 잡고 엉성한 고찰을 해서 후속 작업이 계속 필

---

[5] 《한국의 문학사와 철학사》(지식산업사, 1996)에서 한 작업이다.
[6] 《철학사와 문학사, 둘인가 하나인가》(지식산업사, 2000)에서 한 작업이다.

요하다. 부분적인 보완보다 거시적인 조망을 분명하게 하는 것이 더욱 긴요하다. 앞의 책에서 처음 제시한 生克論을 발전시켜 연구의 차원을 더욱 높여야 한다. 뒤의 책에서 문학과 철학이 가장 멀어진 근대의 잘못을 다음 시대로 나아가면서 시정하자고 한 과업을 진척시켜야 한다.

거시적인 안목으로 새로운 역사철학을 정립하려면, 특히 무엇이 문제인지 분명하게 점검할 필요가 있다. 문학과 철학은 다르면서 같고 같으면서 다르다든가, 둘이면서 하나이고 하나이면서 둘이라고 하는 것은 타당하지만, 외면이 너무 넓어 하나마나한 말일 수 있다. 문학과 철학의 관계는 지금 어떤 장애가 생겨 차질을 빚어내는지 알아내고, 타당하게 해결하는 데 노력을 집중할 필요가 있다.

문학과 철학에 관한 논의가 어떻게 이루어지고 있는지 점검하고 도움을 받을 수 있는지 살필 필요가 있다. 박이문이 《문학 속의 철학》[7], 《문학과 철학》[8], 《박이문의 문학과 철학 이야기》[9] 등을 내놓은 것부터 보자. 문학을 공부하고 철학교수를 하면서 축적한 광범위한 학식을 활용해 문학과 철학의 관계를 다각도로 흥미롭게 고찰한 내용이지만, 글 모음이고 일관된 저작은 아니다. 문제 제기가 선명하지 않고, 무엇을 주장하는지 알아차리기 어렵다.

문학과 철학에 관해 고찰한 다른 분들의 책도 몇 개 있다.[10] 논란의 경과를 소개하고 이해를 넓히는 데 기여하고자 했다고 할 수 있

---

7 일조각, 1975.

8 민음사, 1995.

9 살림출판사, 2005.

10 김병규, 《문학과 철학 사이》(이문출판사, 1984); 정종, 《철학과 문학의 심포지엄》(고려원, 1992); 양운덕, 《문학과 철학의 향연》(문학과 지성사, 2011).

다. 거론하는 문학도 철학도 유럽의 것들이며, 고찰의 범위를 넓혀 새로운 탐구를 하려고 하지는 않았다. 문학과 철학의 관계에 심각한 문제가 있다는 자각, 문제를 어떻게 해결해야 하는가 하는 고민이 그리 절실하지 않다. 토론의 대상으로 삼을 만한 견해를 발견하기 어렵다.

장경렬, 《경계에서 길 찾기: 문학과 철학의 만남》에서[11] 시도한 작업은 검토가 필요하다. 문학과 철학이 하나일 때 인문학적 깨달음이 높은 경지에 이른 것을 잊지 말아야 한다. 문학과 철학이 나누어진 것이 당연하다고 여기지 않고, 대화나 만남을 계속하면서 둘이 하나임을 확인하는 축복을 다시 얻어내야 한다. 이런 발상을 납득할 수 있게 구체화하려고, 철학에 기대어 문학을 이해하는 작업을 동서고금의 많은 작품을 들어 진행했다.

그 노고나 의의를 평가하면서, 나는 논의의 방향을 바꾼다. 철학에 기대어 문학을 이해하지 않고, 문학에서 철학 읽기를 한다. 철학을 기지수로 삼고 문학이라는 미지수를 풀어내려고 하지 않고, 문학 이해를 기지수로 하고 미지수인 철학을 밝혀낸다. 철학과 문학이 다시 하나가 되게 하려면, 문학이 분발해 철학을 혁신해야 한다고 한다.

철학이 문학을 등지고 별개의 영역을 구축했어도, 문학은 철학에서 멀어졌다고 보지 않는다. 인생만사가 그 자체로 철학인 것을, 문학에서 철학 읽기가 입증한다. 동서고금을 두루 편력하다가, 안에 들어오자 보폭이 달라져 〈구운몽〉에서 오늘날의 시로 바로 건너뛴 것은 더욱 분명한 잘못이므로 구체적으로 바로잡아야 한다. 그

---

11 그물, 2018.

사이에 있는 많은 문제작 특히 하층의 구비문학이 철학 이상의 철학임을 밝혀 논한다. 이런 전통을 이어받고 재창조해 철학을 개조하자고 한다.

정명환, 《철학과 문학 사이》는[12] 국내 학자가 불어로 쓴 것이 특이하다. 문학과 철학의 관련에 관한 논의를 개관하고 논평하는 글을 여러 편 모아낸 책이다. 불국 논자들의 견해를 많이 다루고, 독일이나 미국의 경우도 언급했다. 논의가 산만한 것 같은 가운데 주목할 만한 견해가 있다. 철학과 문학의 관련은 다섯 가지로 이해할수 있다고 정리한 것을 보자. 까다롭게 얽힌 불어 문장을 쉽게 풀어번역하고 설명하기로 한다.

[1] '쫓아내기'(exclusion): 문학은 진실이 아닌 허위를 말한다고여겨, 플라톤이 했듯이 멀리 가라고 추방하는 것이다.

[2] '젖혀놓기'(mise en écart): 문학이 진실과는 무관한 아름다움을 추구하는 것이 그리 해롭지는 않으므로, 혼자 놀게 내버려두자는 것이다.

[3] '다스리기'(subordination): "철학이 객관적이고 보편적인 진실의 본질적 개념을 제시하는 것을, 문학은 감성적 측면의 표현에서라도 받아들이도록 다스려야 한다." 문학이 "하녀의 지위를 수락하게" 해야 한다. 아리스토텔레스 이래로 오랜 역사를 가진 철학우위론자들은 이런 견해를 견지한다.

[4] '북돋우기'(valorisation): "문학 (특히) 시는 이성적 언어로는접근하지 못하는 진실을 나타내는 능력을 지닌 것으로 인정된다"고

---

12 Myong-Hwan Jung, *Entre littérature et philosophie* (Seoul: Presses de l'université de Séoul, 2012).

한다. 문학을 평가할 근거를 이런 말로 찾는다.

[5] '다시 만들기'(déconstruction): "진실의 개념이 재구성된다. 규범이 없는 자유로운 글쓰기를 하게 되어, 철학이 문학과 재결합한다." 이것은 장래의 과제이다.

[1]과 [2]는 더 거론할 필요가 없는 낡은 견해이다. [3]은 영향력을 지속시키고 있는 지배적인 견해이다. [4]가 타당한 주장이고, 새로운 방안이다. [4]를 거쳐 [5]에 이르는 것이 바람직하다. 이런 결론을 쉽게 내리고 말 것은 아니다.

[1]에서 [3]까지가 틀렸으므로 [4]가 옳다고 할 수는 없다. [4]가 옳다는 것을 작품 고찰에서 입증해야 한다. 시가 이성적 언어로는 접근하지 못하는 진실을 나타내는 실상을 확인하고 말 수는 없다. 산문도 검증의 대상으로 삼고, 문학의 기능을 이해하는 범위를 넓히고, 차원을 높여야 한다. "이성적 언어로는 접근하지 못하는"을 "이성적 언어에 구애되지 않고"로 바꾸어놓는 것이 바람직하다. 이런 조건에서 한층 포괄적인 진실을 말하는 작업을 수행하는 데서 문학은 철학보다 앞설 수 있다는 것을 입증하는 연구를 해야 한다.

[4]의 주장을 발전시키기 위해 앞으로 더 나아가야 한다. 이성적인 것과 그렇지 않은 것을 철학에서는 구분하지만, 문학은 둘이 하나임을 알리는 더 큰 일을 한다는 사실을 밝혀야 한다. 이를 위해서 유럽의 문학작품만 다루지 말고 동아시아문학을 소중한 자료로 삼고, 한국문학에 대한 깊이 있는 고찰을 해야 한다. 이것이 이 책에서 하려고 하는 작업이다.

[5]에서는 유럽에서 주도해 고착한, 철학과 문학의 절대적 구분이 종말에 이른 것을 말한다. 둘은 글을 쓰는 방식이 판이해 전연 별개라고 하는 것이 잘못이다. 철학과 문학은 표현에서도 내용에서

도 겹치고 하나일 수 있다. 그 전례를 근대 이전의 유럽에서 찾아서 이어받는 것도 필요하지만, 다른 문명권에 더욱 풍부한 원천이 있는 것을 알고 적극 활용해야 한다.

이렇게 하기 위해서, 동아시아 특히 한국에서 철학으로 문학을 하고 문학으로 철학을 해온 유산을 힘써 찾아 평가하고 계승해야 한다. 유럽의 철학이 고립을 영광으로 여기고 자랑으로 삼다가 자초한 위기를 극복하는 지혜를 가까운 데서 찾을 수 있다. 근대를 넘어서서 다음 시대로 나아가는 인류문명사의 지표를 마련하는 데 우리가 앞장서야 한다.

1.2.2.

유럽 각국에는 철학과 문학의 관련을 고찰하는 책이 아주 많이 나와 있다. 그 가운데 몇 개를 골라 검토하기로 한다. 읽을 수 있는 언어를 사용하고, 내용이 포괄적이라고 인정되고, 지나치게 장황하지 않은 것을 선택의 기준으로 삼아, 셋을 고른다. 셋을 출간 연대순으로 들고 [가]·[나]·[다]로 지칭한다. [가] 루드비히 나글 공편,《철학의 글 구성, 철학과 문학》; [나] 리크맨,《문학 속의 철학》; [다] 뒤물리이에,《문학과 철학, 문학을 즐겁게 맛보기》이다.[13]

이 셋은 철학은 무엇인가 이미 알고 있는 기지수를 이용해, 무엇인

---

13 (가) Herausgegeben von Ludwig Nagl und Hugh J. Silverman, *Textualität der Philosophie, Philosophie und Literatur* (Wien: R. Oldenbourg Verlag, 1994); (나) H. P. Rickman, *Philosophy in Lterature* (Cranbury, NJ: Associated University Press, 1996); (다) Camille Dumouilié, *Littérature et philosophie, Le gai savoir de la littértature* (Paris: Armand Colin, 2002).

지 분명하지 않아 미지수에 머무르는 문학의 정체를 해명하고자 한다. 철학과 문학은 겹치기만 하지 않고, 분명하게 구분되는 것이 더 중요하다고 여긴다. 구분을 재고해야 한다는 생각은 하지 않는다.

[가]는 편자나 주요 논문 필자가 모두 철학자이다. [나]의 저자도 철학자이다. [다]의 저자는 비교문학자라고 소개되어 있지만, 철학을 알고 문학연구에 적용하는 것을 자랑으로 삼았다. 철학이 문학을 지도하는 위치에 있다고 하는 것이 공통적인 내용이다. 정명환이 [3] '다스리기'라고 한 데 속한다.

[가]에 수록된 주요 논문에서 말했다. 철학은 문학에 "보편적인 개념뿐만 아니라, 유기적 구성의 조직까지 제공한다." 문학은 철학적 개념을 사용하지 않아 보편적 사고는 하지 못해 낮추어보는 것이 마땅하다는 말이다. 문학을 이루는 유기적 구성의 조직까지 철학이 문학에 제공한다고 하고, 너무 심하게 폄하한 것이 거슬린다. 유기적 구성의 조직은 예술의 기본 요건이며, 언어를 사용하지 않는 미술이나 음악에서도 작품의 성패를 좌우하는 의의를 가진다.

[나]에서는 철학이 문학 이해를 심화한다고 했다. "철학적 주제를 해명하고, 작품을 둘러싸고 있는 커다란 전제를 알아낼 수 있게 한다." 이것이 철학의 공적이라고 한다. 철학의 도움이 없으면 문학 작품의 주제를 이해할 수 없다고 주장하고, 철학과는 무관한 일반 독자도 작품이 무엇을 말하는지 잘 이해하고 깊은 감동을 받는다는 사실은 무시한다. 문학 작품이 말하는 바는 기존의 철학으로 설명할 수 있는 것만이 아니다. 지금까지 없던 새로운 철학으로 나아가는 열린 논의를 전개하는 것이 문학의 의의이다.

[다]에서는 철학이 문학 읽기에 실질적인 도움을 준다고 여러 조항에 걸쳐 말했다. "문화적 참고사항"(référence culturale), "형식적

작동자"(opérateur formel), "사변적 전달의 보조"(support d'un me-ssage spéculatif) 등 이해하기 힘들고 번역하기는 더욱 난감한 용어를 남발하면서 논의를 복잡하게 했다. 그래 보았자 검토할 항목을 열거하고 시비할 따름이고, 내용 해명에 이른 것은 아니다. 범주론을 본론으로 여기는 철학의 악습을 문학에까지 연장시킨다.

범주에서 실상으로, 검토할 항목에서 해명해야 할 내용으로 나아가려면 개념에 의존하는 관습에서 벗어나야 한다. 몇 가지 개념으로 문학 작품을 휘어잡으려는 것은 잘못된 시도이다. 명사는 다른 모든 품사의 지배자이고, 특정 단어가 문장 전체를 대신할 수 있다고 여기는 편파적인 견해가 본말전도의 결과를 가져올 수 있다. 이런 잘못된 시도, 편파적인 처사를 방법의 기초로 삼고 있어 철학이 무력하지 않을 수 없는 것을 알아차려야 한다. 문학을 다스리는 위치에 있다고 여기는 헛된 자부심에서 벗어나, 철학은 몸을 낮추어 대등한 자세로 문학과 진지하게 만나야 한다.

위에서 든 세 책에서 철학과 문학의 만남을 구체적으로 다룬 성과가 없는 것은 아니지만, 피상적이고 편파적이다. 유럽의 문학 작품 가운데 널리 알려진 것들을 예증으로 삼아 기존의 이해를 재확인하는 데 그쳤다. "과연 그렇구나. 명작이니까 철학과 가까운 관계를 가지는구나." 이런 오해를 다시 하게 한다. 지금까지 돌보지 않고 있던 작품을 찾아내 새로운 탐구를 하는 것을 자기 견해를 논증하는 신선한 방법으로 삼지 않는다. 작품론을 새롭게 전개하는 자리는 마련하지 않고 집필을 끝낸다.

철학은 오직 유럽철학이라고 여기고, 다른 문명권의 철학에는 관심을 두지 않는 자폐증이 문학 작품 선택에서도 그대로 나타난다. 다른 여러 문명권에서 문학과 철학이 관련을 가진 양상은 논의할 필요가 있다고 생각하지 않는다. 시야를 잔뜩 좁히고서 보편적인 논의를 한다고 자부한다.

세 책 가운데 [다]는 철학의 지배를 완화하고 문학의 실상을 파악하자는 방향으로 나아가려는 노력을 어느 정도 했다. 〈문학적 절대〉(l'absolu littéraire)라고 한 대목에서 문학은 그 자체로 절대적이어서 고유한 특성에 따라 이해해야 한다고 한 것을 어느 정도 평가할 수 있다. "모순된 시학"(poétique contradictoire)에서는 인식 전환의 가능성을 문학에서 받아들이고자 했다.

"une inexpressivité si expressive"이니 "une individualité si collective"이니 하는 것들을 말했다. 번역하기 어렵고, 무리하게 번역하면 손상될 염려가 있으므로 일단 원문을 제시한다. "inexpressivité"은 "表現不能性"이라고 할 수 있다. 무엇을 나타내지 못한다는 것을 추상명사로 만들려고 "-ité"라는 어미를 붙였다. 앞에다 "une"이라는 부정관사를 두어, 표현불능성을 모두 한꺼번에 말하지 않고 개별적인 차원에서 거론한다고 했다. "expressive"는 "표현하는"이라는 뜻의 형용사이고, "표현력이 있는"이라고 해도 된다. "si"는 "그토록"이라는 부사이다. 명사가 독주하지 않고 부사나 형용사가 등장한 것도 주목해야 한다.

"une inexpressivité si expressive"는 원문에 최대한 가깝게 옮기면 "어느 하나 표현불능성, 그토록 표현력이 있는"이다. 이런 번역은 불통을 초래한다. "표현하지 못하면서 표현 능력이 뚜렷한 어느 것"이라고 고쳐놓으면 어느 정도 이해 가능하다. 우리말의 어법에 맞게 옮겨 "표현하는 바가 없으면서 뚜렷한 그것"이라고 하면 무엇을 말하는지 알 수 있다. 같은 방법을 사용해 "une individualité si collective"는 "개인적이면서 아주 집단적인 그것"이라고 옮기면 무슨 말인지 알 수 있다.

"무엇이면서 그런 것이 아니다"라고 하는 모순이 문학의 특성이라고 한 것이 평가할 만한 진전이다. 모순을 추상적인 개념으로 삼는 데 머무르지 않고, 표현하지 않으면서 표현하고, 개인적이면서 집단적이라고 하는 내역을 들기까지 해서 문학의 실상에 다가갔다. 철학에 의존하지 않고 포괄적이면서 구체적인 문학론을 이룩할 수 있는 길을 열었다.

그런 논의는 자크 랑시에르의 책에 근거를 두었다고 [다]의 저자가 밝혔다. 책 이름은 번역하면 《말없는 말: 문학의 모순 양상에 관한 논고》라는 것이다.[14] 그 책에서 랑시에르는 인습을 거부하는 새로운 미학을 개척해 문학 이해를 바꾸어놓는다고 공언했다. 새로운 미학에 네 원칙이 있다고 한 것을 소개해야 하겠는데 번역이 문제이다. 직역에서 의역까지의 과정을 위에서와 같이 설명하면 너무 번거로우므로 최종 결과만 제시하고 시비한다.[15]

어떤 집을 지었는지 말하지 않고, 건축 자재인 언어만 살폈다. 문학 갈래를 적절하게 선택해 활용했는가 묻지 않고, 무엇을 나타내는 어떤 갈래이든 평등하다고 했다. 문학의 언술은 전달하는 주제와 무관하며, 일체의 규범을 거부하고 가치의 서열에서 벗어나

---

14 Jacques Rancière, *La Parole muette, Essai sur les contradictions de la littérature* (Paris: Hachette, 1998)이다. "parole"(말)이라는 명사에 "muette"(無言의)이라는 형용사를 가져다 붙인 것을 "말없는 말"이라고 번역한다. "les contradictions"(모순들)이라는 복수형을 "모순 양상"으로 옮긴다.

15 원문을 제시해 검증 가능하게 한다. "Au frimat de la fiction s'oppose le frimat du langage. A la distribution en genres s'oppose le principe antigénérique de l'égalité de tous les sujets représentés. Au principe de convenance s'oppose l'indifférence du style à l'égard du sujets représentés. A l'idéal de la parole en acte s'oppose le modèle de l'écriture."(28면)

모두 평등하다고 했다. 이것은 문학연구를 새롭게 하자는 시도가 아니며, 문학을 다른 목적을 위해 부당하게 이용했다. 문학의 언술은 평등하다는 무리한 주장을 논거로 삼고, 평등에 관한 일반론을 파격적으로 전개해 관심을 끌려고 했다.

랑시에르는 그런 소리만 하지 않았다. 많은 책에서 기발한 논의를 복잡하게 펴서 인기인이 되었다. 무슨 말을 어떻게 했는지 소상하게 알아내려고 하면 미궁에 빠질 수 있다. 어느 한 가지 견해를 들고 찬사를 늘어놓는 것은 더욱 경계해야 할 풍조이다. 무엇을 말했는지 크게 살피고 간추려, 토론의 대상으로 삼기로 한다.[16]

학자는 학문에 대해서 안다고 자랑하려고 하지 말고 학문을 스스로 하는 능력을 갖추어, 문제가 되는 상대방과 시합을 해야 한다. 랑시에르에 대해 알기나 하려는 것은 학생이나 할 일이다. 아마추어의 특권을 누리는 일반 독자의 취미일 수도 있다. 학자는 학생도 일반 독자도 아니다. 구경꾼이 아닌 선수이다. 누구든 심각한 논란거리를 제시하면 상대로 삼고, 토론하는 경기를 진행하는 것이 학자가 할 일이다.

내가 여기서 랑시에르와 토론을 하는 것은, 공통된 관심사를 엉뚱하게 다룬 것을 분명하게 지적하고 논박해 혼란이 일어나지 않게 할 필요가 있기 때문이다. 이것은 소극적 이유이고, 적극적 이유는 랑시에르와의 토론 덕분에 내 견해의 타당성을 입증하고 보완해 이 책에서 하는 작업을 더욱 발전시키려고 하는 것이다. 시합 상대를 잘 만나면 기량을 입증하고 향상시킨다.

---

16 *Le Maître ignorant, Cinq leçons sur l'émancipation intellectuelle* (Paris: Fayard, 1987); *L'inconscient esthétique* (Paris: Galilée, 2001)를 읽고, Andres Fijeld, *Jaques Rancière, Pratiquer l'égalté* (Paris: Michalon, 2018)에서 이해를 넓혔다.

랑시에르는 말했다. 교사는 유식하다고 뽐내면서 학생들과의 차등을 확인하지 말고, 학생 각자가 누구나 평등하게 지닌 능력을 발현해 스스로 향상을 이룩하도록 해야 한다. 차등을 거부하고 평등을 실현하는 것을 지상의 과제로 삼고, 교육, 정치, 예술 세 방면의 노력에 특히 힘써야 한다. 정치는 질서 수립을 목표로 하는 통치가 아니고, 누구나 자기가 바라는 바를 나타내 모순을 있는 그대로 노출되도록 하는 것을 특징으로 삼아 평등을 이룩하는 행위여서, 민주적인 것을 필수 요건으로 한다. 모순 노출에서 각자의 감정을 전달하는 예술이 큰 구실을 하므로, 예술이 정치이고 정치가 예술이라고 할 수 있다. 서열이 없고, 분야 구분에서 벗어나고, 예술이 아닌 것과 공존하는 현대예술이 민주정치의 실현을 위해 각별한 기여를 한다.

랑시에르가 한 말을 너무 간략하게 간추렸다고 나무랄 수 있어, 해명이 필요하다. 책이 여러 권 번역되어 있고, 해설하는 글이 많이도 인터넷에 올라 있다. 정보가 넘칠 정도여서 헷갈리게 하는 폐단을 시정하는 것이 상세한 설명을 늘어놓은 것보다 더욱 요긴하다고 여기고, 요점을 한 단락으로 간추려 분명하게 했다. 랑시에르와 맞서 하는 나의 말은 세상에 알려지지 않았으며, 알려고 하지도 않을 염려가 있어, 납득할 수 있을 만큼 펼치기로 한다. 나의 반론에서 랑시에르의 견해는 더욱 분명해진다. 최상의 인식은 부정에서 이루어진다는 원리를 재확인할 수 있다.

1.2.3.

나는 말한다. 차등을 거부하고 대안으로 내놓아야 할 것이 평등은 아니다. 평등이 해결책이라고 여기지 말고 대등으로 나아가야, 차등을 청산하는 전환이 이룩된다.[17] 지적 능력이 평등하다고 하고 마는 것은 무책임한 서론이고, 알맹이가 없는 형식론이다. 평등한 능력을 상이하게 발현해 얻은 식견이 대등하다고 해야 실질적인 내용을 갖춘 본론이 시작된다.

평등은 형식이고, 대등은 실질적인 내용이다. 평등은 경기 규칙이고, 대등은 그 규칙에 따라 진행된 실제 경기이다. 형식이나 경기 규칙은 관념이고, 내용이나 실제 경기가 실체이다. 형식이나 경기 규칙에만 관심을 가지고 내용 또는 실제 경기라고 할 것은 무시하면, 차등이 타격을 받지 않고 지속된다. 차등은 관념이 아닌 실체여서, 관념의 수준을 넘어서는 상이한 실체로 대응해야 무너질 수 있다.

평등한 양쪽은 서로 같으므로 생극의 관계를 가지지 않는다. 대등한 양쪽은 서로 달라 생극의 관계를 가진다. 생극에서 상극과 상생이 어떤 비중이나 관계를 가지는가는 경우에 따라 다르다. 표준이 될 만한 예를 들어보자. 主從·士農·男女의 관계에서, 앞으로 가면 상극이, 뒤로 가면 상생이 더욱 두드러진 것을 확인할 수 있다.

평등은 주어진 상태 그대로 지속된다. 대등에서는 갖가지 역전이 일어나 다양한 변화를 가져온다. 승패역전·좌우역전·표리역전을 본보기로 들어보자. 강성한 지배자는 힘을 과시하다가 파탄에 이르고, 연약한 피지배자는 인정을 나누면서 슬기롭게 사는 것은 승패역전이라고 할 수 있다. 선비가 농부의 체험에 동참하려고 하고,

---

17 《대등한 화합, 동아시아문명의 심층》(지식산업사, 2020)에서 한 논의를 더 발전시킨다.

농부는 선비의 학식을 공유하려고 하면, 상반된 특성의 교환으로 좌우역전이라고 할 것이 이루어진다. 표면에서는 남자가 여자를 이끌고, 이면에서는 여자가 남자를 이끄는 것이 표리역전의 좋은 본보기이다.

대등의 역전에서 일어나는 변화는 개인적이기만 하지 않고 집단적이며, 일상적이기만 하지 않고 역사적이다. 커다란 범위로 진행되어 인류 사회를 흔들어놓고, 심각한 문제를 제기하고 해결하기도 한다. 승패역전·좌우역전·표리역전 같은 것들이 복합되어 선후역전이라고 할 수 있는 거대한 전환이 일어나 세계사가 크게 달라져왔다. 고대가 가고 중세가 시작될 때 일어난 선진이 후진이 되고 후진이 선진이 되는 변화가 상이하게 재현되어 중세가 근대가 되더니, 이제 다음 시대로 나아가는 길을 여는 역사 창조의 주역이 교체되고 있다.

세계사의 전개를 대등론의 관점에서 논의하는 작업을 여기서 본격적으로 할 수 없으므로, 한 측면을 예증으로 들어 랑시에르와의 토론을 구체화하고자 한다. 통치 형태가 전제왕정인 오랜 기간에도, 하층의 민중은 억압받는 처지를 분발의 계기로 삼고 차등론에 대등론으로 맞서면서 민주예술이라고 할 수 있는 것들을 다양하게 창조했다. 그 사례를 이 책에서 풍부하게 들어 논할 것이다.

이에 대한 탐구는 하지 않고 예술은 각자의 감정 전달이라고 규정하고 마는 것은, 역사 인식이 결여되고 이론 구성이 안이해 이중으로 피상적인 견해이다. 현대예술에 대한 랑시에르의 이해는 너무 단순하고 평면적이다. 지난 시기 민중예술에 뿌리를 두고 민주 실현에 기여하는 다른 한편으로, 상업주의가 획일적인 유행을 만들어내는 데 휘말리기도 하는 양면성을 심각하게 문제 삼아야 한다. 이렇게 하면서 다음 시대로 나아가는 방향을 찾아야 한다.

평등론은 차등이 부당하다고 하는 언술에 머무른다. 대등은 단계적인 변화를 실제로 일으킨다. 차등을 시인하지 않고 역전시킬 수 있는 가능성을 지니고 있다가 실현해 현실을 개조하고 역사를 창조한다. 평등의 철학은 형이상학일 수밖에 없는 것을 변증법이라고 말해 혼선을 빚어낸다. 대등은 생극론에서 원리를 해명하고 의의를 입증하고, 대등의 실상이 생극론을 보완한다. 이에 관해 알지 못하면서 대단한 학문을 한다는 것은 심한 착각이다.

생극론이나 대등론은 독자적인 전통을 이은 동아시아의 발상이므로 유럽문명권 학자들에게 요구하지 말아야 할 것인가? 그렇다면 한 세기도 넘는 기간 동안 유럽의 학문을 이해하고 받아들여 분발을 위한 동력으로 삼은 동아시아의 노력도 헛되다고 해야 한다. 아니다. 동아시아가 잘못하지 않았듯이, 유럽이 방향을 돌려야 하는 것도 당연하다.

동아시아가 유럽을 따르며 배운 것은 선진이 후진이 되고 후진이 선진이 되는 역전이었다. 이제 유럽 학문이 후진으로 밀리고 동아시아 학문이 선진으로 나서서 역전이 다시 일어나기 시작해야 할 때에 이르렀다. 랑시에르와의 토론이 이 점을 입증하는 의의를 가진다. 토론이 여기서 끝나지 않고 이 책 전권에서 계속 이어진다. 언젠가는 널리 알려질 것을 기대하고 반드시 필요한 논의를 부지런히 전개한다.

유럽학문은 변증법을 최상의 발상이라고 자랑하다가 파탄에 이르렀다. 유물변증법은 동구에서 상극 일변도로 나간 폐해를 극심하게 드러냈다. 서구에서 상생으로 기울어진 변증법은 관념변증법의 전철을 밟으면서 생기를 잃고 퇴색하고 있다. 랑시에르가 유물변증법에 미련을 가진 스승과 결별하고 독자 노선을 모색한 결과가 이런 이유에서 허망하게 되었다. 위기를 타개하는 방안을 유럽에서는 찾을 수 없고, 동아시아에서 제시한다. 변증법을 넘어서는 생극론이 상극이 상생이고 상생이 상극임을 밝혀 새로운 길을 연다.

너무나도 엄청난 이런 논의를 철학을 철학으로 하는 유럽의 방식으로는 납득할 수 있게 전개하기는 어렵다. 엄청난 수고를 해도 성과가 미흡해 난감하게 된다. 난해한 것을 자랑으로 삼는 정통철학서를 유럽이 아닌 한국에서, 인가받은 철학자가 아닌 내가 쓰면, 읽을 사람이 없어 쓰레기통에 들어갈 수 있다.

철학과 문학을 구분하지 않고, 문학에서 철학을 읽어내는 동아시아의 통찰력을 되살려야 대책이 선다. 체계적인 논술을 거부해 철학이 아니므로 철학 노릇을 더 하는 생극론의 실상을 문학에서 찾아내면 많은 힘을 얻을 수 있다. 이런 과업을 맡아 책을 쓰면서, 문학 작품을 읽는 통상적인 작업을 하는 것처럼 하다가 철학을 뒤집는 거대한 공사를 하는 데까지 이른다.

목청을 낮추고 소박한 자세로 접근해야 큰일을 할 수 있는 것을 입증한다. 뒤로 물러나야 멀리까지 나아갈 수 있고, 흩어놓아야 응결력이 커진다고 할 수 있는 생극론의 작업을 한다. 파격적인 방법으로 지금까지 누구도 하지 않던 작업을 한다. 학술 논문의 범위를 넘어서기까지 한다.

문학을 공부하면서 철학에도 관심을 가지는 초심자들이 먼저 읽고 발상을 신선하게 하는 데 이용하기를 바란다. 우리 학문을 선진화하려면 연구방법의 독자적인 발전이 있어야 한다는 분들과 토론할 수 있기를 바란다. 철학 전공자들은 낸 나중에라도 관심을 가지고, 기반이 무너진 것을 알고 당황하게 되면 다행이다.

1.3. 철학 알기·철학 읽기·철학하기

1.3.1.

철학에 다가가는 방식에 철학 알기·철학 읽기·철학하기가 있다. 이 셋은 무엇이 다르고, 어떻게 평가해야 하는가? 이 문제를 서두에서부터 다루어왔으나 논의가 너무 산만했다. 예증이 잡다해 이말 저말 하지 않을 수 없었다. 이제 핵심을 찾아내 집약적인 검토를 하고, 해답을 분명하게 해야 할 단계에 이르렀다.

철학 알기는 다른 사람이 만들어놓은 기성품 철학을 가져와 자기가 잘 안다고 자랑하는 행위이다. 이 경우에는 철학이 지식이다. 철학 읽기는 문학 작품 같은 창조물이 지니고 있는 철학을 안에 들어가 탐색하고 읽어내는 행위이다. 이 경우에는 철학이 발견이다. 철학하기는 지금까지 없던 새로운 철학을 자기 스스로 이룩하는 행위이다. 이 경우에는 철학이 창조이다.

철학 알기·철학 읽기·철학하기가 어떻게 다르고 어떤 관련을 가지는지 핍진하게 검토하기 위해서 적절한 예증을 든다. 예증은 모두 徐敬德과 관련을 가진다. 서경덕이 남긴 철학 논설 가운데 기본을 이루는 것을 하나 들고, 어떻게 이해하면 철학 알기를 잘할 수 있는지 말한다. 서경덕의 문학작품을 읽으면서 철학 읽기에서 무엇을 얻을 수 있는지 확인한다. 서경덕과 관련을 가지고 철학하기를 본보기를 하나 보여준다.

문학작품 선택에 관해서는 할 말이 있다. 나중에 서경덕의 한시 〈天機〉를 고찰하는데, 철학과 너무 근접해 있어 문학의 의의를 밝히기 어렵다. 여기서는 서경덕의 시조를 한 편 들어, 나타나 있지 않은 철학을 찾아 읽는다.

1.3.2.

철학 알기란 무엇이고 어떻게 하는가? 개념적인 논술을 어렵고 복잡하게 하는 철학의 관습을 앞세우지 말자. 실례를 들어 설명하는 것이 더 좋은 방법이다. 서경덕의 〈理氣說〉을 읽고 풀이하면서 말해보자.

無外曰太虛 無始者曰氣 虛卽氣也 虛本無窮 氣亦無窮 氣之源 其初一也 旣曰 氣一便涵二 太虛爲一 其中涵二 旣二也 斯不能無闔闢 無動靜 無生克也 原其所以能闔闢 能動靜 能生克者而 名之曰太極 氣外無理 理者氣之宰也 所謂宰 非自外來而宰之 指其氣之用事 能不失所以然之正者 而謂之宰 理不先於氣 氣無始 理固無始 若曰 理先於氣 則是氣有始也 老氏曰 虛能生氣 是則氣有始有限也

밖이 없는 것을 '태허'라고 한다. 시작이 없는 것을 '기'라고 한다. '허'가 '기'이다. '허'는 본디 무궁하다. '기' 또한 무궁하다. '기'의 근원이 처음에 하나이다. 이렇다고 말하면, '기' 하나가 둘을 지니고 있다. '태허'는 하나이면서 그 가운데 둘을 지니고 있다. 둘이면 그것이 '합벽'·'동정'·'생극'을 하지 않을 수 없다. '합벽'·'동정'·'생극'을 능히 하는 것을 밝혀내, '태극'이라고 이름 짓는다. '기' 밖에 '이'가 없다. '이'는 '기'의 다스림이다. 다스린다는 것이 밖에서 와서 다스린다는 말이 아니고, '기'의 작용을 가리킨다. 마땅히 그렇게 해야 하는 올바름을 능히 잃지 않은 것을 다스림이라고 일컫는다. '이'는 '기'보다 앞서지 않는다. '기'는 시작이 없으므로, '이' 또한 시작이 없다. 만약 '이'가 '기'보다 앞선다고 하면 '기'가 시작이 있다고 하는 것이다. 노자는 말했다. "'허'가 능히 '기'를 낳는다." 그렇다면 '기'가 시작도 끝도 있게 된다.

이런 글이 무엇을 말하는지 아는 것이 철학 알기이다. 이런 글이 무엇을 말하는지 알려면 우선 문장 독해력을 갖추어야 한다. 문장 독해력을 갖추고 번역을 할 수 있어도, 알 것을 안다고 할 수는 없다. 글을 아는 데 그치지 않고 뜻을 알아야 한다. 글이 철학이라고 여기지 말고 뜻이 철학인 줄 알아야 한다. 어떤 뜻으로 무슨 철학을 제시하는지 알아야 한다.

어떤 뜻으로 무슨 철학을 제시했는지 알려면 네 가지 작업이 필요하다. [1] 글을 간추리는 것이다. [2] 뜻하는 바를 소상하게 밝히기 위해 글에 없는 말을 보충하는 것이다. [3] 핵심이 되는 문제를 찾아내 고찰하는 것이다. [4] 무엇을 어떻게 했는가를 전후 시기 다른 철학자들과 비교해 고찰하는 것이다.

[1] 글을 간추리자. '허'와 '기'는 같다. '허'나 '기'는 하나가 둘을 지니고 있으며, 둘이 상호작용을 한다. '이'는 '기'보다 앞서는 무엇이 아니고 '기'의 작용일 따름이다. 내용을 잘 파악하고 이해하기 쉬운 말로 잡아내야 이렇게 간추릴 수 있다.

[2] 뜻하는 바를 소상하게 밝히기 위해 글에 없는 말을 보충해 설명하자. 이것이 주해 작업이다. 원문을 번역에 그대로 옮긴 '합벽'·'동정'·'생극'이란 무엇인가? 원문을 그대로 옮기기만 해서는 무엇인지 알 수 없으므로 보충 설명이 필요하다. 먼저 말을 풀어서 옮기자. '합벽'은 '닫힘과 열림'이고, '동정'은 '움직임과 고요함'이라고 하면 무슨 말인지 알 수 있다. '생극'은 '생김과 이김'이라고 직역하면 이해하기 어렵다. 조화와 대립, 협력과 갈등, 화해와 싸움 등의

의미를 포괄하고 있다고 해야 한다.

'합벽'·'동정'·'생극'은 어떤 관계인가? '음양'을 '+'와 '−'로 표시하면서 확인해보자. '합'·'정'·'생'은 '−'이고, '벽'·'동'·'극'은 '+'이다. '합벽'은 '−+', '동정'은 '+−', '생극'은 '−+' 순서로 들었다. 이런 것은 언어의 관습을 따랐으면서, '음양'을 말하는 순서가 정해져 있지 않은 사실을 알려주기도 한다. 다른 본보기를 들어 논의를 보충하자. 한자어는 '주야'인데 우리말은 '밤낮'인 것은 특별한 이유가 없다. '일월', '천지', '남녀' 등의 각론에서는 '양음'을 말하고 그 모두를 총괄할 때에는 '음양'이라고 하는 것도 우연일 수 있으나, 다양한 각론과 단일한 총론이 균형을 이루는 것이 마땅하다고 이해할수 있다. 이런 논의를 더 하면 골목에 너무 깊숙이 들어가 큰길을 잃을 수 있으니 이쯤에서 돌아서자.

'합벽'·'동정'·'생극'은 어떤 관계인가 하는 문제를 큰길에 나서 재론해야 한다. '닫히고 열린 합벽'은 공간을, '움직이고 고요한 동정'은 시간을 중요시해서 파악했다고 할 수 있다. 그렇다면 '생극'이란 어떻게 해서 하는 말인가? '닫히고 열린 합벽'의 공간과, '움직이고 고요한 동정'의 시간을 아우르고 차원을 더 보탠 총괄론이다.

위에서 '생극'이 '음'과 '양'을 말했다고 한 것은 단견이다. '음'과 '양' 두 '기'가 상호관계를 가지면서 '상생'하고 '상극'하는 것을 일컬어 '생극'이라고 한다. 이 글이 음양론이 생극론으로 나아가 구체적이고 실질적인 타당성을 확대하는 길을 열었다.

[3] 핵심이 되는 문제를 찾아내 고찰하자. '이'와 '기'의 관계를 핵심이 되는 문제로 삼고 많은 말을 했다. 많은 말을 이것저것 한 것은 논증하기 힘들고, 다른 사람들을 설득하기는 더 어렵다고 여겼기 때문이라고 생각된다. "理者氣之宰也"라고 한 말의 '宰'가 문

제이다. "'이'는 '기'의 '다스림'이다"는 번역이 문제를 해소해주지 않는다. 다시 쓴 말 '用事'를 '작용'이라고 번역해도 이해가 선명해지지 않는다.

'이'는 '기'와 따로 있는 무엇이 아니고, "'기'가 그 자체로 움직이고 변화하는 원리를 일컫는 말에 지나지 않는다"고 과감하게 재정리하면 무엇을 말하려고 했는지 어느 정도 선명해진다. 이런 견해를 제시해 '이기'이원론을 부정하고 '기'일원론을 확립하고자 한 것을 가장 큰 과업으로 삼고 서경덕은 이런 글을 썼다. 지향점은 분명하다고 할 수 있으나, 논의가 미흡해 보완이 요망된다. 음양론에서 생극론으로 나아가는 길을 열기만 하고 더 나아가지는 않아 후진이 분발해야 한다.

[4] 제시한 견해를 전후 시기 다른 철학자들과 비교해 고찰하는 작업은 자세하게 하면 너무 번다하므로 개요만 말하기로 한다. 서경덕(1489-1546)보다 420년쯤 먼저 중국의 張載(1020-1077)는 〈正蒙〉에서 '기'일원론에 근접하는 논의를 폈다. '太和'라는 것이 대립적인 운동을 하면서 조화를 빚어낸다고 하고, 하나가 두 몸을 가진 것이 '氣'라고 했다. 이 두 가지 명제를 각기 쉽게 이해할 수는 없게 말하고 하나로 합치지는 않았다. 서경덕의 동시대 후배인 李滉(이황, 1501-1570)은 〈非理氣爲一物辯證〉(이기가 하나가 아님을 밝힌다)에서 서경덕의 견해는 성현의 가르침과 부합되지 않아 부당하므로, '이기'이원론을 따라야 한다고 했다.

서경덕보다 140년쯤 뒤에 네덜란드의 스피노자(Spinoza, 1632-1677)도 일원론을 제기했다. 동아시아의 '氣'와 대등한 것이 없어, 유럽에서는 '神', '정신', '물질' 가운데 하나를 일원론의 근거로 선택해야 했다. 스피노자는 기독교 교회의 박해를 두려워해야 하는 시대에 허용되지 않은 논의를 간신히 폈으므로 다른 선택은 할 수 없었다. 존재하는 모든 것은 神이라고 하고, 정신이나 물질은 그 속성일 따름이라고 했다.

교회의 힘이 줄어들면서 시대적인 여건이 달라지자, 모든 것이 神이라는 주장은 부당하다고 반론을 제기하고 다른 말을 한 것이 당연하다. 헤겔(Hegel)은 정신을 일원론의 근거로 삼고, 마르크스(Marx)는 정신을 물질로 바꾸었다. 유럽에서는 氣가 神·정신·물질로 나누어져 있어, 이중의 폐해를 자아낸다. 살바 싸움을 씨름이라고 여기고 길게 늘인다. 편향된 논의를 편향의 각도를 바꾸어 논파하고 시정하려고 한다.

지금까지 한 것이 철학 알기이다. 철학자가 남긴 주요 저작을 찾아 자세하게 읽고 정확하게 이해하고, 문제점을 발견해 치밀하게 고찰하고, 전후의 다른 주장과 같고 다른 점을 밝히기까지 하면 할 일을 다 했다. 철학 알기를 이렇게 하는 역량이 뛰어나 대학 철학과에서 가르치는 교수들이 위세를 자랑하고 존경을 모은다.

철학은 어려워서 대단하다. 모든 지식 가운데 가장 어려워 으뜸가는 자리를 차지하고 있는 것이 당연하다. 너무나도 어려운 철학을 소상하게 알고 휘어잡아 자세하게 논의하는 논문을 길게 쓰기도 하고, 일반인이 이해할 수 있게 쉽게 설명하기도 하는 능수능란한 능력을 보여주는 철학교수는 위대하다. 얼음에 박 밀 듯이 유려하게 나오는 언설이 감탄을 자아내니 누가 부러워하지 않겠는가?

이렇게 하는 철학 알기를 철학이라고 여기면, 철학은 고급의 지식에 지나지 않는다. 고가의 보석 같은 것이어서, 무척 소중하지만 없어도 살아가는 데 지장이 생기지는 않는다. 만백성과는 무관한 구름 위의 궁전이라고 하는 것이 더 적절한 말이다. 이렇게 말하는 것이 타당한지 서경덕으로 되돌아가 물어보자.

서경덕은 나라에서 주는 벼슬을 마다하고, 굶주림을 참고 탐구에 몰두해 "千聖不到"의 경지에 이르렀다고 했다. 병이 깊어 세상을 떠나려고 할 때 깨달아 안 바를 남겨야 한다면서 제자에게 받아 적으라고 해서 위에서 읽은 것 같은 글이 몇 편 남아 있다.

후대의 철학교수들이 철학 알기를 생업으로 삼으면서 목에 힘을 주라고 그 고생을 했느냐고 물으면, 무어라고 대답하겠는가? 내 뼈다귀를 자기 마음대로 우려먹으면서 명리를 취하는 녀석들이 누구냐? 이렇게 외치면서 무덤에서 벌떡 일어날 것이다.

1.3.3.

서경덕의 시조에 이런 것이 있다.[18]

> 마음이 어린 후니 하는 일이 다 어리다
> 만중 운산에 어느 임 오리마는
> 지는 잎 부는 바람에 행여 건가 하노라

먼저 말뜻을 풀이한다. 마음이 어리석으니 하는 일이 다 어리석다. 萬重(만 겹) 雲山(구름 덮인 산)에 어느 임이 오리마는(올까마는), 지는 잎 부는 바람에 행여 그인가 하노라. 이렇게 노래했다.

마음이 어리석어 사태 판단을 그릇되게 한다. 구름 덮인 산이 만 겹이나 되어 임이 오지 않는 것을 모르니 잘못이다. 지는 잎 부는

---

18 이 대목은 《시조의 넓이와 깊이》(푸른사상사, 2017), 169-170면의 논의를 가져온다.

바람 부름에 행여 임이 오는가 하는 것은 착각이다. 이런 뜻을 나타
냈다.

임이 오리라고 기다리는 마음은 어리석다고 할 수 없다. 지는 잎
부는 바람에 임이 오는가 하면서 임을 맞이하려는 간절한 소망을
지니는 것은 잘못이 아니다. 구름 덮인 산이 만 겹이나 되는 장애가
있다는 이유를 들어 임이 오지 못한다고 단언할 수 없다.

마음은 하나가 아니고 둘이다. 마음이 어리석다고 나무라는 것
도 또한 마음이다. 대상인 마음과 주체인 마음이 있다. 대상인 마음
에 앞에서 든 잘못이 있다고 나무라는 주체인 마음은 뒤의 생각을
말한다. 둘의 관계가 핵심이 되는 주제이다. 이런 노래를 누가 왜
지었는가?

이 노래를 지은 서경덕은 심오한 깨달음을 얻어 氣철학을 일으켰
다. 〈原理氣〉에서 "一不得不生二 二自能生克 生則克 克則生"(하나
는 둘을 낳지 않을 수 없으며 둘은 스스로 능히 생하고 극하나니, 생하면
극하고 극하면 생한다)고 해서 생극론을 선도했다. 철학을 제시하는
논설과 함께 한시도 여러 편 지었으나, 이 시조는 다른 데서는 미처
하지 못한 말을 생생하게 했다. 서경덕의 진면목을 우리말 노래에
서 확인할 수 있는 것이 놀랍다.

이 노래는 사랑하는 사람을 기다리는 사연이어서 쉽게 공감을 얻
을 수 있으면서 조금 어설프다. 사랑에 들뜬 마음이 어리석다는 것
은 적절하지 않다. 구름 덮인 산이 만 겹이나 된다는 것은 지나친
장애이다. 사랑의 노래로는 수준 미달이거나 실패작이어서, 생각을
다시 하게 한다. 임이 온다는 것은 간절하게 기대하는 가능성을 모
두 함축하는 상징적인 언사이다. 이렇게 생각하면 실패작인 증거가
모두 적절한 기능을 한다.

간절한 기대를 말하려고 임을 기다린다고 한다. 기대하는 것이 무리라고 마음이 어리석다고 한다. 기대 실현에 난관이 많다고 경고한다. 그러면서 기대를 버리지 않고 실현 가능성을 믿는다. 그래서 말한다. 어리석음이 슬기로움이고, 슬기로움이 어리석음이다. 기대는 부정되면서 실현된다. 가능은 불가능이어서 가능이다. 기대와 가능, 부정과 불가능 양쪽 두 마음의 마주침을 겪어야 이 원리를 알 수 있다. 생극론의 한 대목을 이렇게 일깨워준다.

1.3.4.

위에서 든 서경덕의 말에 요긴한 대목이 있다. "太虛爲一 其中涵二 旣二也 斯不能 無生克也"(태허는 0이 되고, 그 가운데 2를 포함하고 있다. 2가 되니 그곳은 生하고 克하지 않을 수 없다.) 이 말을 다시 정리하면 "0이 1이고, 1이 2이므로, 2는 生하고 克하지 않을 수 없다"고 했다. "生하고 克한다"는 것은 "相生이 相克이고 상극이 상생이라"는 말이다.

이런 견해를 풀이하면서 내 나름대로 생각한 바를 보탰다. 옛 사람의 유업을 이어받아 새로운 견해를 정립하는 고금학문 합동작전의 전형적인 과정을 거쳐, 철학 알기에서 철학하기로의 전환을 시도했다. 얻은 성과를 生克論이라고 일컫고 정교하게 가다듬어, 문학사의 역사철학으로 적극 활용하고, 오늘날의 학문에서 제기되는 다른 여러 문제의 해결에 광범위하게 적용하려고 노력해왔다.[19] 여

---

19 〈生克論의 역사철학 정립을 위한 기본 구상〉, 《한국의 문학사와 철학사》(1999)에서 최초의 논의를 펴면서 생극론이 역사철학이라고 했다. 〈생극론의 관점〉, 《한국문학통사》1(2005)에서는 생극론을 문학사의 이론으로 활용했다. 〈생극론은 무엇을 하는

러 번 논의해 얻은 가장 긴요한 성과를 간추린 〈생극론, 철학 아닌 철학〉을 제시한다.

生克論은 서경덕이 虛이기도 한 氣가 하나이기도 하고 둘이기도 해서 相生하면서 相克하고, 상극하면서 상생하는 관계를 가진다고 한 데서 유래한 전통철학이다. 논의를 구체화하고 적용을 확대하는 것을 내 나름대로 철학하기를 하는 과업으로 삼아왔다. 잘한다는 이유로 잘못하지 않도록 경계한다고 다짐한다.

생극론은 철학이 아닌 철학이고, 철학을 부정하는 철학이다. 개념을 논리로 연결시켜 체계화한 사고가 철학이라면, 생극론은 개념에서 벗어나고 논리를 넘어서고 체계를 거부하니 철학이 아니다. 개념에서 벗어나고 논리를 넘어서서 체계를 거부하는 것은 일탈을 목적으로 하지 않고 그 반대이다. 기존의 격식화된 사고를 떠나 새로운 탐구로 나아가는 전환을 이룩해, 철학을 부정하고 혁신하는 철학을 한다.

생극론은 누구나 쉽게 하는 이야기에서 비유, 역설, 반어 같은 것들을 가져와 철학을 혁신하는 철학을 하고자 한다. 말이 되지 않는 소리를 늘어놓으면서 진실 탐구의 사명을 더욱 성실하게 수행하고자 한다. "…이면서 아니고, 아니면서 …이다"고 하는 기본명제에서부터 통상적인 논리에 어긋나고, 철학의 범위에서 벗어나는 말을 너무 많이 하며, 체계적인 논술로 정리되기를 거부하니 철학이 아니면서, 철학이 불신을 청산하고 고립에서 벗어나 유용성을 최대

가?〉, 《창조하는 학문의 길》(2019)에서는 생극론 철학에 대한 총괄적인 논의를 진전시켰다.

한 확대하도록 한다.

생극론은 세상을 바람직하게 개조하는 전략이다. 변증법이 계급
모순을 상극투쟁으로 해결해야 한다고 하고 마는 한계를 극복하고,
생극론은 계급모순보다 민족모순이나 문명모순이 더욱 심각한 문
제임을 분명하게 인식하고 일깨워주고 적절한 해결책을 찾으려고
노력한다. 패권을 장악한 쪽에서 동질성을 요구하는 데 맞서서 이
질성을 옹호하고, 상극을 상생으로 바꾸어놓는 투쟁을 하면서 진정
으로 보편적인 가치를 쟁취해 문명모순을 해결하기 위해 진력한다.

생극론은 통상적인 철학이 아니다. 철학이 아닌 철학이고, 지금
까지의 철학을 부정해 혁신하고자 하는 철학이다. 철학의 범위를
벗어난 각론을 풍부하게 갖추어 타당성과 유용성을 입증한다. 문
학사를 서술하고 문학을 이해하는 원리로 활용해 많은 성과를 얻
고, 기본 원리를 더욱 분명하게 한 것은 위의 글에서 미처 말하지
못했다.

생극론은 이론과 실천이 하나이게 하고, 오늘날 인류가 당면하고
가장 큰 시련인 문명모순을 해결하는 방안을 제시한다. 변증법은
할 수 없는 일을 하면서 근대를 넘어서서 다음 시대로 나아가는 역
사창조의 지침을 제공한다. 변증법은 상극에 치우쳐 계급모순을 투
쟁으로 해결하는 데는 기여했으나 그 때문에 민족모순을 확대하고
문명모순을 격화시켰다. 상극의 편향성을 상극이 상생이고 상생이
상극인 생극론으로 바로잡아야 민족모순이나 문명모순에 올바르게
대처할 길이 보인다. 이에 관해서도 이미 많은 말을 했으며, 더 할
말이 얼마든지 있다.

철학하기를 해서 얻은 성과를 글을 써서 나타내는 것은 쉬운 일
이 아니다. 용어를 열거하고 논리적인 관련을 고찰하는 종래의 방

법을 사용하면, 생극론을 훼손해 진정한 가치가 사라지게 만든다. 글 쓰는 방법을 혁신해, 용어에 의존하는 정도를 줄이고, 고식적인 논리에서 벗어나야 한다. 발상을 자유롭게 하고 표현을 생동하게 하면서 친근하게 다가가야, 설득력을 확보하고 공감을 자아낼 수 있다.

1.3.5.

철학 알기는 그 자체로 폐쇄되어 있다. 서경덕에 관해 말해주기만 하고, 우리 자신은 간접적으로 관여하는 것 이상 허용하지 않는다. 노력한 결과가 지식의 축적에 기여할 따름이다.

서경덕의 시조를 들어 시험한 결과, 철학 읽기는 철학 알기를 보충하면서 우리 자신의 사고를 촉발해 철학하기로 나아가게 하는 것을 확인했다. 나의 사고를 추가해야 읽어서 얻은 것이 더 커지고 효용이 증대된다. 철학하기에까지 이르려면 읽은 것은 넘어서야 한다.

철학하기는 서경덕과 관련을 가지기는 하지만 나의 창조물이다. 개념이나 논리를 새로 규정해 전에 하던 말을 더 잘해 새로운 말이 된 것을 입증한다. 오늘날의 상황에서 필요한 발언을 이치의 근본을 분명하게 갖추어 획기적인 의의가 있게 한다.

개념과 논리가 아무리 개방하려고 해도 폐쇄성을 지니는 것이 문제이다. 글 쓰는 방법을 혁신해, 용어에 의존하는 정도를 줄이고, 고식적인 논리에서 벗어나야 한다. 발상을 자유롭게 하고 표현을 생동하게 하면서 친근하게 다가가야, 설득력을 확보하고 공감을 자아낼 수 있다. 이것은 문학으로 철학하기를 해야 가능하다.

너무 먼 길만 말하면 떠날 용기가 사라질 수 있다. 철학 알기·

철학 읽기·철학하기의 관계를 근거리에 두고 다시 고찰 필요가 있어 말을 보탠다. 이 대목의 결론을 미흡한 것을 각오하고 가볍게 내려야, 계속 읽을 독자를 줄이지 않는다.

문학에서 철학 읽기는 벌이 꽃을 찾아다니며 꿀을 모으는 것과 흡사하다. 한 번에 끝나는 단일 작업일 수 없고, 오랫동안 힘써 한 작업을 누적해야 한다. 꽃꿀을 되도록 많이 모아 벌꿀을 만들 듯이 해야 한다.

작품 하나에서 한 가지 철학을 읽어내자는 것은 아니다. 많은 작품에서 여러 철학을 읽어내야 한다. 이 작업은 결과를 얻기 전에 진행 과정이 많은 도움을 준다. 철학의 향기를 맡아, 철학하기를 할 수 있는 감각이나 능력을 기른다. 기대를 가지고 앞으로 나아도록 하는 의욕을 키운다.

문학에서 읽어낸 철학을 그대로 사용하지 않고, 자기 철학을 창조하는 자극제로 삼고 소재로 활용해야 한다. 얻은 소재를 결합·용해·재창조해서 새로운 제품을 내놓아야 한다. 꽃꿀이 벌꿀이게 하는 것보다 화학적 변화가 더 많이 진행된 작업을 해야 한다.

철학 알기에서 철학하기로 나아가려면, 기존 철학과 토론해 진전이나 우위를 입증해야 한다. 진전 입증은 고급 학문 합동작전으로 이어진다. 우위 입증은 혁신이 정당하다 확신을 준다. 문학에서 철학하기를 충분히 충실하게 하면 이런 절차를 자신 있게 완수하는 역량을 얻고, 필요한 논거를 갖춘다.

필요한 과정을 거치지 않고 철학하기를 바로 하려고 하니, 眼高手卑, 눈은 높고 손은 낮은 잘못을 저질러 되는 것이 없다. 남들을 훈계하려고 하지 말고, 자기 잘못을 바로 잡아야 한다. 그 비결이 문학에서 철학 읽기를 치료제로 삼는 것이다.

1.4. 의양과 자득

1.4.1.

依樣이냐 自得이냐, 이것이 문제다. 의양은 남의 삶을 모방하고 추종하는, 떳떳하지 못한 태도이다. 자득은 자기 삶을 스스로 창조하는 주체적인 결단이고 지혜이다.

문학은 처음부터 의양이 아닌 자득으로 한다. 초등학교 1학년이 쓴 글도 자득이다. 철학은 끝내 의양으로 하고 있다. 이름 높은 철학자의 으뜸가는 업적도 의양인 것이 예사이다. 이런 불균형이 당연하다고 하지 말아야 한다. 철학을 의양으로 하는 것은 잘못된 관습이다.

의양 철학을 버리고 자득 철학을 해야 한다. 의양의 대상이 되는 철학은 자득 철학이다. 자득 철학을 하지 못하니 의양 철학을 하며 추종자에 머무른다. 이것을 부끄럽게 여기고 새로운 길을 찾아야 한다.

생각을 잘못해 길이 막힌 것을 알고 깊이 반성해야, 새로운 길이 발견된다. 훌륭한 철학을 받들며 추동하는 차등론을 버리고, 대등론의 견지에서 장단점을 평가하면 전환이 이루어진다. 단점은 축출하고 장점을 쇄신하면 자득으로 나아간다. 선인들이 이렇게 한 것을 더 잘하면 획기적인 성과를 얻는다.

어떤 생각 때문에 길이 막혔는가? 차등론을 이유로 든 것은 나무 추상적이므로, 구체적인 진단을 하자. 철학으로 철학을 하면 의양을 피하기 무척 어렵다. 어떤 석학이 맡아도, 노력에 비해 성과가 너무 모자란다. 좋은 대안이 마련되어 있다. 문학으로 철학을 하면 자득이 쉽게 이루어진다. 누구나 마음먹으면 당장 할 수 있다.

오늘날에는 철학으로 철학을 하는 길만 있다고 여기고 문학으로 철학을 하는 것은 생각하지도 않아, 한쪽이 죽어 있다. 철학으로 철학을 하는 쪽은 잘되는 것이 아니다. 전문가라고 자처하는 무리가 위신을 아주 높이려고 철학을 너무 고고하게 행세해, 외부와 소통되지 않는 철옹성에 갇혀 질식되는 상태이다. 생동하는 철학은 어디에도 없다.

이런 사태를 개탄하고 있지 말고, 바로잡아야 한다. 수입학에서 해결책을 찾으면 의양의 폐해가 심해지기나 한다. 우리는 왜 남들처럼 자득을 하지 못하는가 하고 소리를 아주 높여 나무라는 자칭 우국지사가 얼마나 어리석은지 알아야 한다. 자득은 수입이 불가능하므로, 독자적인 원천이나 능력을 찾아야 한다.

후퇴가 전진이다. 현재에서 미래로 바로 나가지 못하는 것을 알고, 과거로 돌아가 얻는 힘으로 큰길을 연다. 우리 선인들이 문학으로 철학하기에서 얼마나 나아가 철학으로 철학하기의 결함을 어떻게 바로잡았는지 알아보고, 그 지혜를 이어받는 고금학문 합동작전을 수행한다. 이것이 최상의 해결책이다.

철학사를 다시 쓰자는 것만 아니다. 과거에서 얻은 교훈으로 현재의 잘못을 시정하고, 미래를 바람직하게 이룩하는 것을 더욱 긴요한 과제로 삼는다. 이런 작업은 남들에게 시키지 말고, 스스로 맡아 나서서 스스로 해야 공염불이 아닐 수 있다.

1.4.2.

依樣과 自得, 이 두 말의 유래를 알아보자. 유학의 고전에는 依樣이라는 말은 보이지 않고, 自得만 있다. 〈中庸 14章〉에서 "君子无入

而不自得焉"(군자는 들어가 自得하지 못함이 없다)고 했다. 〈孟子 离婁 下〉에서 "君子深造之以道 欲其自得之也 自得之則居之安 居之安則資之深 資之深則取之左右逢其原 故君子欲其自得之也"(군자가 깊이 道로 나아가려는 이유는 自得하려고 해서이다. 그것을 自得하게 되면 머무는 곳이 편안해지며, 머무는 곳이 편안해지면 자질이 깊어지며, 자질이 깊어지면 좌우에서 그 근원인 것을 만나게 된다. 그렇기 때문에 군자는 自得하고자 하는 것이다)라고 했다.

군자는 자기가 할 일을 自得하고 실행하니 훌륭하다고 했다. 자득은 밖에서 하는 피상적인 판단이 아니며, 하고자 하는 일의 내부에 들어가 깊은 道를 얻는 것이라고 했다. 이에 대한 논의가 계속 심각하게 이루어지지 않고, 후대에는 자득이 가벼운 뜻으로 쓰였다. 그 이유는 자득을 소중하게 여겨야 한다는 주장이 일어나지 않았기 때문이라고 할 수 있다.

自得을 소중하게 여겨야 한다는 주장은 우리 쪽에서 일어났다. 李滉이 "學貴虛心得"(학문은 마음을 비우고 얻는 것이 귀중하다)고 하니, 盧守愼은 "須要有自得"(마땅히 자득함이 있어야 한다)고 응답했다. 마음을 비우면 아주 훌륭할 것 같지만, 스스로 얻을 것이 없어 依樣을 해야 한다. 그 잘못을 간파하고, 自得의 의의를 말했다.

李珥는 조금 뒤에 依樣과 自得 비교론을 구체화했다. "退溪多依樣之味 故其言拘而謹 花潭多自得之味 故其言樂而放"(퇴계 李滉은 依樣의 맛이 많으므로 그 말이 구차하고 조심스러우며, 화담 徐敬德은 自得의 맛이 많으므로 그 말이 즐겁고 호방하다)고 했다. 국왕의 물음에 대답해 "敬德則深思遠詣 多有自得之妙 非文字言語之學也"(서경덕은 깊이 생각하고 멀리 이르러, 自得의 妙가 많으며, 문자나 언어로 하는 학문이 아니다)고 했다.

李瀷의 학문을 평가할 때 그 두 말이 다시 등장했다. 李瀷이 "貴乎自得 依樣是愧"(귀한 것은 自得이고, 依樣 이것은 부끄럽다)고 했다고, 제자 安鼎福이 말했다. "不喜依樣 要以自得"(依樣을 좋아하지 않고, 긴요하게 여긴 것이 自得이다)라고, 조카 李秉休가 다시 말했다.

의양과 자득을 대립된 말로 사용하고 비교해 평가하는 것은 自得의 각성이다. 남의 것을 본뜨는 의양 학문을 배격하고, 스스로 이룩하는 자득 학문을 해야 한다는 주장을 학문 혁신을 위한 획기적인 지침으로 삼았다. 지난날의 노력을 되살려, 오늘날의 의양 학문을 배격하고, 자득 학문을 일으켜야 한다.

의양의 폐해는 철학에서 특히 심각하다. 서양에서 수입한 철학 알기가 철학이라고 여기고, 철학하기는 계속 미룬다. 남의 머리로 생각하려고 하니 차질이 심하다. 옛사람들은 의양을 헤치고 자득으로 나아갔는데, 오늘날에는 의양에 압도되어 자득을 포기하니 어리석고 부끄럽다.

나무라는 것을 능사로 삼지는 않는다. 의양에서 벗어나 철학 자득으로 나아가는 길이 막히지 않고 열려 있다고, 줄곧 말한다. 철학에서 절망하지 말고 문학에서 희망을 찾자고 한다. 그래서 이 책을 쓴다.

문학에서 철학 읽기, 문학끼리 철학 논란을 거쳐, 이제는 문학 속의 자득 철학을 들고 고찰한다. 문학처럼 철학도 자득을 쉽게 하자고 한다. 시를 지어 철학을 하면 길이 바로 열린다고 한다.

1.4.3.

철학을 철학으로 하면 의양이 되고 자득과는 멀어지는 이유가 무엇인가? 이 의문을 해결하려면, 용어 사용의 난관부터 말해야 한다. 공인된 학문어인 한문을 사용해야 하므로, 응당 기존의 용어를 사용해야 하고 새로운 용어를 등장시킬 수 없었다. 조연을 주연으로 발탁해 새로운 임무를 맡기는 것 이상의 혁신을 하지 못해, 자득에 제약이 있었다.

徐敬德은 生克, 任聖周는 生意, 洪大容은 內外, 崔漢綺는 推測을 자득 철학을 위한 기본용어로 삼아 상당한 진전을 힘들게 이룩하고서도, 운신의 폭을 넓히기 어려웠다. 총론의 확대로 각론이 자연스럽게 전개되는 것이 많은 제약이 있어 가능하지 않았다. "自得의 맛이 많으므로, 그 말이 즐겁고 호방하다"고 한 글을 일관성을 갖추고 길게 쓰지 못했다.

사태가 자못 엄중했다. 성현을 존숭하는 의양 철학인 理氣이원론이 지배이념으로 자리를 잡고 있었다. 의양을 거부하고 자득을 이룩하며, 理氣이원론을 비판하고 氣일원론을 정립하는 것은 이단이나 반역으로 취급되었다. 배격의 대상이 되어 어려움을 겪지 않으려면 비상한 대책을 강구해야 했다.

李珥는 자득을 소중하게 여기며 理氣이원론을 정립하고자 했다. 자득이라는 이유를 들어 서경덕의 학문이 지탄의 대상이 되지 않고 공인될 수 있게 하고, 자기도 자득의 학문을 보란 듯이 하겠다고 했다. 서경덕의 학문은 내용과 태도 양면에서 자득이고, 李珥는 태도에서 자득이고 내용에서는 의양이었다. 서경덕은 天聖不到의 경지에 이르고, 이이는 성현의 뜻을 자득해 살린다고 했다.

이단이나 반역이라는 이유로 배격의 대상이 될 수 있는 氣일원론의 언설을 전개하는 비상한 대책은 무엇인가? 정규전이 아닌 유격전을 전개하는 것이다. 유격전의 작전은 斷想 열거나 寓言 만들기였다. 충격을 주고 빠지는 단상을 각기 열거해, 반대자는 이해하기 어려운 충격이나 받고 물러나게 했다. 동조자는 생략된 설명을 찾아내 유대가 더욱 돈독해지도록 했다.

우언은 철학과 문학이 동행하고 하나가 되게 했다. 문학으로 여겨 친근감을 가지고 즐기게 하면서 심각한 문제에 대한 논란을 부담 없이 전개하는 철학을 했다. 단상이든 우언이든 선학의 말을 전연 인용하지 않아 작은 시비를 피하고, 이치의 근본에 관한 큰 시비는 찬성자만 말없이 가리도록 했다.

실제 상황을 알아보자. 徐敬德은 〈原理氣〉, 〈理氣說〉, 〈鬼神死生論〉 등 자세한 설명이 없는 짧은 글 몇 편만 마지못해 쓰는 듯이 남겼다. 그 가운데 虛가 氣이고, 하나인 氣가 둘이어서 相生하고 相克하는 生克의 관계를 가진다고 했다. 서경덕의 철학을 표나지 않게 이어받아 키운 任聖周의 〈鹿廬雜識〉는, 모든 것이 生意라는 말을 화두로 한 단상이 연속이다.

洪大容은 〈毉山問答〉에서 있을 법한지 의문인 우언으로 이루어진 단상을 전개해, 어느 경우나 內外의 구분이 상대적임을 밝혔다. 朴趾源은 어디서 베껴왔다고 하는 〈虎叱〉에서 삶을 누리는 것이 善이라고 하는 이단의 반역을 반론이 가능하지 않을 정도로 전개했다. 崔漢綺는 〈氣測體義〉에서 推氣測理의 推測 작업을 수많은 단상에서 다면적으로 진행해 모든 경우를 포괄하고자 했다.

이런 논자, 이런 저작만 자득 철학을 한 것은 아니다. 더 많은 탐구자가 철학의 문제를 안고 고민하다가 철학을 자득하고, 단상을 열거하고 우언을 지으려고 고심하지 않고 문학 창작의 다양한 방법으로 나타냈다. 자득 철학을 한다고 선포하고 나서지 못해 차질을 겪고 우회로를 찾아야 했다고 앞에서 말했다. 차질은 통상적인 철학 논설에서 확인된다. 용어를 교체하고 논리를 새롭게 전개하려고 하면, 여러 논의가 뒤틀리고 미완성이다.

우회로 찾기는 문학이라야 잘할 수 있다. 문학은 의양 철학의 차등론을 측면 공격의 유격전으로 눈 녹듯이 넘어뜨리고, 자득 철학의 대등론을 봄꽃처럼 피어낸다. 이것이 자득을 분명하게, 자유롭게 이룩하는 최상의 방법이다. 새로운 용어를 지어내지 못해 고심하지 않고 착상을 마음껏 바꾸어 훨훨 날아갈 수 있다. 그 업적을 평가하고 받아들여 두 가지 작업을 해야 한다.

철학이 철학에만 있지 않고 문학에도 있는 것을 알고, 철학자라고 하지 않아야 철학을 더 잘한 것도 살펴, 철학이나 철학사의 폭을 제대로 넓혀야 한다. 문학 속의 자득 철학이 가장 소중한 철학이다. 천진함과 자연스러움을 손상 없이 간직하고 있기 때문이다. 그 실상을 알고, 가치를 평가해 되살리는 것이 최상의 철학 공부이다. 이렇게 하면 자득 철학이 만발한다. 악몽에서 깨어나 문명의 위기를 극복하고, 다음 사대를 바람직하게 창조한다.

철학 알기에 매여 있지 말고 철학하기로 나아가야 한다. 의양 철학을 하지 않고 자득 철학을 하려면, 문학 속의 자득 철학을 소중한 원천으로 삼아야 한다. 이런 말을 되풀이하고 있는 것도 어리석다. 얻을 것이 적은 문학도 있고, 많은 문학도 있는 줄 알아야 한다. 다음 대목에서 이에 관해 알려준다.

2. 개별적 고찰

철학과 문학이 관계를 가지는 기본 양상을 구분해 논의의 순서를 정하는 것은 가능하고 필요하다. 양자의 관계 양상은 크게 둘로 나누어진다. [가] 문학에 나타나 있는 철학도 있고, [나] 문학에 숨어 있는 철학도 있다. 나타나 있고 숨어 있는 것을 표출과 잠재라는 말을 써서 구분할 수도 있다.

[가]는 읽기 쉽다. 철학 읽는 방식으로 읽으면 된다. 읽은 것을 철학의 개념이나 논리를 사용해 정리할 수 있다. [나]는 읽기 어렵다. 문학 읽는 방식으로 읽고 잠재되어 있는 철학을 찾아내야 한다. 읽은 것이 무엇인지 말하려면 기존의 틀에서 벗어난 새로운 철학을 해야 한다. [가] 읽기는 확인이고, [나] 읽기는 발견이다. 확인에는 학식이, 발견에는 통찰이 더 긴요하다.

[가]의 양상은 다시 셋으로 나누어진다. [가1] 확고한 경지에 이른 철학을 논술하기 위해 문학을 이용한다. [가2] 문학에서 기존의 철학을 받아들이고 새로운 철학을 추가한다. [가3] 문학 창작을 그 자체로 하면서 새로운 철학을 스스로 이룩하려고 한다. 자기 철학을 스스로 창조하는 주체성을 발휘한다.

[가1]에 관한 고찰은 철학연구의 소관이다. 문학연구가 맡아 나서서 새삼스러운 논의를 하지 않아도 된다. [가2]는 선행하는 철학

과 뒤따르는 문학이 같고 다른 점에 대한 비교고찰을 해야 이해된다. 철학과 문학 양쪽의 학식이 절대적으로 필요하고 어느 정도의 통찰도 있어야 한다. [가3]은 문학연구의 소관이지만, 새로운 철학이 무엇인지 밝히고 그 가치를 평가하려면 높은 수준의 각성이 필요하다. 남들의 철학에 대해 아는 것을 자랑 삼지 않고, 자기 철학을 스스로 창조하는 능력을 갖추려고 해야 한다.

[나]는 문학 창작에서 새로운 철학을 한 것이 의도하지 않은 결과이다. 작품에 철학 아닌 철학이 잠재되어 있다. 이것은 철학연구에서 감당하지 못하고, 문학연구를 해야 알아낼 수 있다. 철학이 아닌 철학을 밝혀내는 통찰력을 문학연구의 역량으로 축적하고 활용해야 한다. 위에서는 "자기 철학을 스스로 창조하는 능력을 갖추려고 해야 한다"고 했는데, 여기서는 "자기 철학을 스스로 창조하는 능력을 실제로 발현해야 한다"라고 해야 한다.

[나]는 몇 가지 경우로 구분되는지, [가]를 [가1]에서 [가3]까지로 나눈 것처럼 지적해 말할 수 없다. 어떤 것들이 있는지 예상할 수 없고 아직 나타나지 않았는데, 용어부터 마련할 수는 없다. 미지의 영역이 대단하리라고 기대하고 용기를 가지고 나아가면 커다란 결과를 얻을 수 있다.

기대하는 결과를 일거에 얻으려고 서두르지 않고, 작업의 순서를 적절하게 조절해야 한다. 지역별이나 시대순의 고찰은 적절하지 않다고 서두에서 이미 말했으므로 재론하지 않는다. 남은 대안은 문학 갈래에 따른 고찰이다. 랑시에르는 갈래를 무시하는 것을 새로운 미학이라고 했지만, 문학이 갈래로 존재하는 것은 무시할 수 없고 무시할 필요도 없는 엄연한 사실이다. 문학연구를 갈래에 따라 해온 관습을 버리지 않고 이으면서 지향점을 바꾸어놓는 것이 마땅하다.

문학 갈래는 차등이 분명하다고 여긴다. 존중되는 것부터 무시되는 것까지 상하로 분포되어 있다고 한다. 철학이 나타나 있는 정도가 [가]에서 [나]까지라고 위에서 구분해 말한 것이 갈래의 상하 등급과 일치한다. 철학을 표출하는 갈래는 학식의 높은 경지를 보여준다고 여기고 존중한다. 철학을 나타내는지 알 수 없는 [나] 쪽의 갈래는 품격이 낮다고 여긴다.

[나] 쪽의 갈래도 상하의 구분이 있다. 세련된 정도가 구분의 척도이다. 李珥가 가장 빼어난 글이라고 한 詩가 산문보다 우선한다. 산문의 지체를 가리는 데서는 짜임새 못지않게 지은 사람이 누구인가 하는 것이 중요시된다. 작자층의 지체 높낮이가 글의 품격을 결정한다고 여긴다. 글을 사용하지 않고 말로 짓고 전하는 구비문학은 최하위의 천민이다.

철학시, 우언, 서정시, 산문, 소설, 구비문학, 이것이 갈래의 서열이고 고찰의 순서이다. 철학시는 철학을 표출한 시여서 가장 높이 평가된다. 우언은 철학적 사고를 흥미롭게 전달하려고 마련한 특정의 표현 방식이다. 서정시는 짜임새가 뛰어나 산문보다 품격이 높다고 행세해왔다. 산문은 범위가 아주 넓어 유식을 표방하는 것과 그렇지 않은 것으로 나누어 고찰한다. 구비문학은 가장 미천한 문학이므로 맨 나중에 찾아간다.

철학시에서 서정시까지에서는 전범이 된다고 하면서 높이 평가되는 외국의 작품들을 가져와 국내외의 비교고찰을 한다. 산문에서부터는 국내의 사례만 들고 대단치 않다고 여기는 것들까지 등장시킨다. 맨 나중에 구비문학을 다룰 때에도 지체가 상대적으로 높은 데서 시작해 낮은 쪽으로 나아간다. 위에서 시작해 아래로 내려오고, 밖에서부터 안으로 들어오는 작업을 함께 진행해 숨은 진실을 찾아낸다.

갈래의 등급이 상위일수록 고매한 철학을 더 잘 표출하고, 하위로 내려가면 철학이라고 할 것이 없으므로 무시해도 그만이라고 할 수 있다면, 차등론이 타당하다. 실상은 그 반대여서, 갈래의 위상이 높을수록 관념적으로 굳은 기존의 철학과 더욱 가깝고, 아래로 내려올수록 문학 창작이 철학 혁신에 한층 적극적으로 기여하는 것이 확인되면, 차등론은 부당하고, 차등론을 뒤집어놓는 대등론이 타당하다. 앞에서 든 주장이 잘못임을 밝히고, 뒤의 반론을 분명하게 하는 것이 지금부터 할 일이다.

랑시에르가 서열 구분을 부정하면 모든 갈래는 평등하다고 한 것은 타당성이 인정될 수 없는 공상이다. 어떤 갈래에서 어떻게 쏟아놓든 문학의 언설이든 모두 평등하다고 주장하는 것은 문제의식을 말살하고자 하는 폭거라고 하지 않을 수 없다. 평등이 도달점이라고 착각해 모든 사고가 어긋난다. 잘못을 시정하려면 위세의 상하와 발언의 타당성이 반비례하는 줄 알아, 차등론을 대등론으로 바꾸어놓아야 한다. 평등론은 끼어들 자리가 없다.

대등론의 발현인 뒤집기가 허위를 폭로해 차등론을 퇴출시키는 결정적인 힘을 가진다. 간략하게 시작한 작업을 차차 자세하게 하는 것은 숨은 진실을 찾아내는 성과가 갈수록 커지기 때문이다. 형식적인 평등을 택하지 않고, 얻는 성과에 따라 논의를 확대하는 실질적인 대등을 이룩하는 방향으로 나아간다. 기층 민중의 구비설화에서 가장 큰 발견을 하는 데 이른다.

2.1. 철학시

2.1.1. 용수

철학을 논술하기 위해 문학을 이용하는 [가1]의 좋은 본보기는 철학시이다.[20] 철학시는 철학을 시로 나타낸 것이다. 나가르주나 (Nagarjuna)라는 이름을 한문으로 옮겨 龍樹라고 하는 인도 고승의 〈中道에 관한 詩〉(Madhyamakakarika)는 철학시의 으뜸이라고 할 수 있다. 〈中論〉이라고 하는 한문 번역본이 널리 알려지고 많은 영향을 끼쳐, 원본 대신 거론할 만하다. 한 대목을 들고, 원문 국역을 아래에 적는다.[21]

> 諸佛或說我
> 或說於無我
> 諸法實相中
> 無我非無我
>
> 諸法實相者
> 心行言語斷
> 無生亦無滅
> 寂滅如涅槃

---

20 영어로는 'philosophical poetry'라고 하는 것을 '철학시'라고 하겠다. 중국에서는 '哲理詩'라는 용어가 널리 쓰이고 우리 한문학 연구에서도 받아들이고 있으나 국문으로 '철리시'라고 하면 무슨 말인지 알기 어려워 사용하지 않는다.

21 〈아트만[自我]의 고찰이라고 이름 하는 제18장〉을 〈觀法品〉이라고 번역한 대목 제6·7·8의 偈이다. 원문 국역은 김성철 역주, 《중론》(경서원, 1996), 304-305면에서 가져왔다.

一切實非實
亦實亦非實
非實非非實
是名諸佛法

모든 부처들에 의해 "自我가 있다"고도 假說되었고,
"無我"라고도 敎示되었으며
"自我이거나 無我인
어떤 것이 아니다"라고도 敎示되었다.

마음이 작용하는 영역이 사라지면
언어의 대상이 사라진다.
실로 발생하지도 않고 사라지지도 않는
法性은 열반과 마찬가지이다.

"일체는 진실이다." 혹은 "(일체는) 진실이 아니다."
"(일체는) 진실이면서 진실이 아니다."
또 "(일체는) 진실도 아니고 진실이 아닌 것도 아니다."
이것이 부처님의 교설이다.

이것은 형식이 시일 따름이고, 내용은 압축되어 있는 산문이다. 압축을 풀고 필요한 말을 보태 이해해야 한다. 말을 보태면 원문과 거리가 있게 마련이다. 너무 장황해지지 않도록 핵심만 간추려보자.
'我'와 '無我', '生'과 '滅', '實'과 '非實'을 들고, 그 어느 쪽도 아니라고 했다. 존재 일반의 '生'과 '滅'을 말하는 기본원리를 중간에 두고 앞뒤에 각론을 배치했다. '我'와 '無我'는 주체, '實'과 '非實'은 사물에 관한 이해이다. 그 모두가 0이 1이고 ∞라고 했다. '無我'·'滅'·'非實'의 0이 '我'·'生'·'實'의 1인 것이 '一切'의 '諸法'이라고 한 ∞에 모두 해당된다고 했다.

'我'와 '無我', '生'과 '滅', '實'과 '非實'을 짝을 지워 함께 들었으니 2에 대해서도 말했다고 해야 할 것 같으나 그렇지 않다. 그런 짝은 서로 대립되는 실체가 아니고, 1과 0의 관계를 말하기 위해서 선택한 긍정과 부정, +와 −이다. 1(+)과 0(−)을 짝지은 것이 2를 내세운 것처럼 보인다.

0과 1과 ∞, 이 세 영역의 관계에 관해서 논의를 더욱 진전시켰다. 사물이 '實'도 아니고 '非實'도 아니어서 0이 1이고 ∞라고 하는 것을 받아들여, 주체 또한 '我'도 아니고 '無我'도 아니어서 0이 1이고 ∞인 경지에 이르러, 사물과 주체가 '生'도 아니고 '滅'도 아니어서 함께 없어지고 합치되는 경지가 열반이라고 했다.

주체가 '我'도 아니고 '無我'도 아니어서 0이 1이고 ∞인 경지에 이르려면 마음의 작용과 언어사용에서 일상성을 넘어서야 한다고 했다. 언어를 사용하면서 언어를 넘어서고, 마음에다 전달하면서 마음을 끊어야 한다고 했다. 이렇게 해서 내용뿐만 아니라 표현도 설명해준다.

외기 좋게 하려고 시를 지었다. 품격을 높이려고 시를 지었다. 이런 것들도 이유가 되지만, 언어를 사용하면서 언어를 넘어서고자 한 것이 가장 큰 이유이다. 철학과 문학이 역설을 공유하고 있어 둘이 아니다. 철학을 논술하려고 문학을 이용했다고 할 것은 아니다.

2.1.2. 소옹과 서경덕

龍樹의 《中論》뿐만 아니라 불교의 이치를 밝히는 후속 저작도 이해하기 어렵다. 이해하기 어려운 말을 이해할 수 있게 하려고 하니 말이 자꾸 길고 복잡해졌다. 그것이 불교의 약점이라고 하지 않을 수 없었다.

유학은 불교에 대해 반격을 하면서 말을 간략하고 쉽게 하는 전통을 유리하게 이용했다. 유학의 경전은 불경에 비해 분량이나 내용이 아주 적은 것이 장점이다. 주석을 달면서 논리를 다시 정비하는 작업도 최소한만 했다. 시 창작에서도 같은 원칙을 견지해, 너무 길지 않게 짓고 이해하기 쉽도록 했다.

불교에 대한 유학의 반격을 개시한 사람은 중국 北宋의 周敦頤였다. 〈太極圖說〉에서 유학은 철학임을 입증한 공적이 높이 평가되지만, 발상이 경색된 것은 결함일 수 있다. 동시대인 邵雍은 사고와 표현의 폭을 넓히는 독창적인 작업을 했다. 철학과 문학의 관계를 새롭게 하는 길을 열었다.

천지간의 모든 현상을 해석하고 장래를 예견한다는 《皇極經世書》를 저술했다. 마음을 비우고 자기 성찰을 하는 원리를 《觀物內外編》에서 밝혀 논했다. 밖으로 나타나는 현상을 易學의 數理를 들어 말하고, 마음을 비우는 것이 어떤 경지인가는 같은 방법을 사용할 수 없어 다음과 같은 시를 지어 나타냈다. 이것도 철학을 논술하기 위해 문학을 이용하는 [가1]이다.

〈淸夜吟〉

月到天心處
風來水面時
一般淸意味
料得少人知

〈맑은 밤의 읊조림〉

달이 하늘 중심에 이르고
바람 물 위로 불어올 때,
한 가닥 맑은 뜻의 맛깔
헤아려 아는 이 적구나.

달이 하늘 가운데 이르고 바람이 물 위로 불어오니 맑고 깨끗한
느낌이 맛깔스럽게 다가온다. 이런 말을 그저 하고 만 것은 아니다.
달이 하늘 가운데 이르고 바람이 물 위로 불어오는 것은 천지운행의
원리가 나타난 모습이라고 하는 것이 깊은 의미이다. 그 원리를 깨
달아 알고, 다른 어떤 의심도 없어 정신이 맑고 깨끗하게 된 것을
헤아려 아는 이가 드물다고 했다.

이런 것이 철학시의 새로운 전범이다. 邵雍의 영향을 받고, 마음
을 탐구하는 철학자는 으레 철학시를 지었다. 논리적 진술로는 감
당하지 못하는 오묘하고 심오한 사고를 시적 표현으로 나타내고자
했다. 철학과 문학이 이어져 있다고 여기고, 철학의 한계를 문학으
로 극복하는 것이 당연하므로 특별한 해명이 필요하지 않았다.

理氣二元論의 성리학을 정립한 朱熹가 지은 〈武夷櫂歌〉는 武夷
山의 경치를 노래한 서경시인데, 마음가짐을 바르게 하는 자세를
보여주는 도학시라고 널리 알려지고 본뜨는 작품이 계속 나타났다.
성리학과 시의 관련이 직접적인가 간접적인가 하는 문제를 놓고 立
道次第論과 因物起興論이 대립되기는 했으나, 조금 엉성한 〈武夷櫂
歌〉를 실상 이상으로 높이 평가하는 것은 다르지 않았다.

徐敬德은 朱熹와는 다른 방향으로 나아가 氣일원론의 견지에서
밝힌 사물의 원리를 마음에서도 갖추어야 한다고 했다. 사물의 원

리는 〈太虛說〉, 〈原理氣〉 등의 논설에서 풀어 밝히고, 마음을 노래하기 위해 다음의 시를 지었다. 논설과 시의 관계가 朱熹의 경우처럼 느슨하지 않고 邵雍에서 볼 수 있던 바와 같이 밀착되었다. 다음의 시를 지어, 철학을 논술하기 위해 문학을 이용하는 [가1]의 한 본보기를 보였다.

〈天機〉[22]

春回見施仁
秋至識宣威
風餘月揚明
雨後草芳菲
看來一乘兩
物物賴相依
透得玄機處
虛室坐生輝

〈하늘의 움직임〉

봄이 돌아와서 어짊을 펴고,
가을 이르자 위엄을 베푼다.
바람 끝에 달이 밝게 올라오고,
비 온 뒤에 풀이 향기롭다.
하나가 둘을 타고 있는 것을 보니,
物物이 서로 의지해 있도다.
玄妙한 기틀을 꿰뚫은 경지에서
虛室에 앉으니 빛이 난다.

---

22 5언 48행 가운데 마지막의 8행을 든다.

앞의 네 줄에서 자연의 모습을 보고 발견한 바를 전했다. 처음 두 줄에서는 계절의 변화를 크게 살펴, 봄의 어짊과 가을의 위엄이 대조가 된다고 했다. 다음 두 줄에서는 바람과 비, 바람과 달, 비와 풀이 이어져 있으면서 서로 다른 점을 말했다.

자연을 보고 발견한 원리를 뒤의 네 줄에서 총괄해서 말했다. 처음 두 줄에서 "하나가 둘을 타고 있다", "物物이 서로 의지해 있다"는 것은 氣가 하나이면서 둘이고, 둘이면서 하나라고 하는 氣一元論의 원리이다. 이것은 사물의 원리이다. 다음 두 줄에서는 사물의 원리를 탐구해 무엇을 얻었는지 말했다.

"玄妙한 기틀"이라고 다시 일컬은 사물의 원리를 "꿰뚫은 경지"에 이른 즐거움을 누린다고 했다. "虛室에 앉으니 빛이 난다"고 한 것은 物我가 대립을 넘어서서 하나가 되어 마음을 비우는 경지에 이르니 무엇이든지 다 꿰뚫어보는 통찰력이 생긴다는 뜻이다. 철학이 시이고 시가 철학이다.

2.1.3. 단테와 카비르[23]

문학에서 기존의 철학을 받아들이고 새로운 철학을 추가하는 [가 2]의 좋은 본보기를 아퀴나스(Thomas Aquinas)와 단테(Dante Alighieri)가 보여주었다. 아퀴나스가 1274년에 세상을 떠나고, 단테는 1265년에 태어나, 두 사람은 동시대의 선후배이다. 아퀴나스가《신학대전》(*Summa theologiae*)을 라틴어 산문으로 써서 체계화한 철학

---

23 이 대목에서《철학사와 문학사, 둘인가 하나인가》(지식산업사, 2000)에서 한 작업을 이용한다.

을, 단테는 이탈리아어 시 《신곡》(*Divina commedia*)에서 수용하고 개조했다.

아퀴나스가 《신곡》에 수용된 사실은 둘로 정리해 말할 수 있다.[24] [甲] 아퀴나스가 작중인물로 등장해 천국 상단으로 올라가는 길을 안내했다. 이것은 직접적이면서 부분적인 수용이다. [乙] 지옥에서 연옥으로, 연옥에서 다시 천국으로 나아가는 작품 전편이 아퀴나스의 철학을 구현했다. 이것은 간접적이면서 전면적인 수용이다.

수용에 머무르지 않고 개조로 나아간 사실의 해명이 더욱 중요한 과제이다. 이 작업이 [甲]에서는 하기 쉽고 결과가 명확하다. [乙]로 넘어가면 양상이 복잡해져 여러 단계의 논의를 힘들게 하지 않을 수 없다. 쉬운 일을 먼저, 어려운 일은 나중에 하는 것이 당연한 순서이다.

[甲]에서 어느 정도의 수용과 개조가 이루어졌는지 파악할 수 있는 열쇠는 아퀴나스가 천국의 초입에서 등장한 것이다. 그 위에서 베르나르도(Bernardo)를 만나고, 가장 높은 곳으로 베아트리체(Beatrice)와 함께 올라갔다고 했다. 베르나르도는 신앙이 돈독한 성인이다. 베아트리체는 사랑하는 연인이다.

아퀴나스·베르나르도·베아트리체가 한 단계씩 높은 데서 등장해, 철학보다 신앙, 신앙보다 사랑이 더욱 훌륭한 것을 알려주었다. 아퀴나스의 철학은 신앙 아래에 머무르고, 단테 자기는 신앙보다 위의 사랑을 실행하고 노래한다고 했다. 그것이 최고의 경지라고 했다.

---

24 Étienne Gilson, *Dante et la Philosophie* (Paris: J. Vrin, 1953), 226-279면에서 장황하게 전개한 논의를 간명하게 정리한다.

[乙]에 관한 논의는 바로 하기 어려워, 자료를 둘 든다. 앞에 든 것은 《신학대전》 47문제사물들 일반의 구분 제1절에 있는 말이다. 뒤에 든 것은 《신곡》 〈연옥편〉 제18곡의 한 대목이다.

사물들의 구분과 다양성은 최초의 원인인 하느님의 의도에서 유래했다고 말할 수 있다. 하느님은 하느님의 선함이 피조물들에 의해 전달되고 표현될 수 있도록 하기 위해서 사물들을 가져왔다. 그리고 하느님의 선함이 어느 한 가지 피조물에 의해 충분하게 표현될 수 없으므로, 하느님은 많은 다양한 피조물을 만들어내서, 어느 한 가지 사물이 나타내지 못하는 하느님의 선함을 다른 사물이 보충해서 나타내도록 했다. 하느님께서는 단순하고 단일한 선함이 피조물에게는 여러 겹으로 나누어져 있다.[25]

일찍부터 영혼은 사랑하기 위하여 생겨났으니,
기쁨에서 잠을 깨어 행동할 그 순간부터
제가 좋아하는 모든 사물에게로 움직여간다.

너희의 인식은 실제로부터 의도한 바를 끌어내고
이를 너희 안에 펼쳐놓음으로써
정신이 그것을 향하게 만들게 된다.

그리고 그것으로 향한 정신이 쏠리기만 하면,
그 쏠림이 곧 사랑이고 그것이야말로
곧 너희 안에 다시 기쁨으로 이어지는 자연이다.

---

[25] Anton C. Pegis, *Introduction to Thomas Aquinas* (New York: Modern Library, 1948), 261면.

그다음에 마치 불이 제 질료 안에서
오래 지탱되는 곳까지 오르기 위해서 생긴
제 형체 때문에 높다랗게 치솟듯이,

사로잡힌 마음도 그렇게 영혼의 움직임인 원망 속에 들어가
그 사랑했던 것을 만끽할 그때까지는
내내 쉬지는 못할 것이다.

사랑이란 진정코 어떠한 것이든
칭찬할 만한 것이라고 주장하는 사람들 앞에
진리가 얼마나 숨겨져 있는지를 너 이제 깨칠 수 있으리라.[26]

　아퀴나스가 말한 하느님의 완전함을 불완전한 인간이 따르는 것이 필연적임을 인정하면서, 단테는 당위론에 머무르지 않고 향상을 가능하게 하는 방법을 찾았다. 핵심을 이루는 두 단어 '사물'과 '사랑'의 관계를 논하면서, 자기 나름대로 깨달은 바를 알려주었다. '사물'은 일상적이고 가변적인 물질의 영역이고, '사랑'은 순수하고 영원한 정신의 영역이다. '사물'은 부정하고 버려야 할 것이 아니라고 하고, '사물'에 대한 인식에서 '사랑'으로 나아가는 길이 열린다고 했다.
　'사물'에서 '사랑'에 이르는 과정을, '영혼'과 '아름다움'이라고 하는 두 가지 기본개념을 더 사용해서, 납득할 수 있게 말하려고 했다. 시로 압축한 표현이 논설로 풀어내면서 생략된 말을 보태야 깊이 이해된다. 얻은 바를 하나씩 차근차근 정리하기 위해 번호를 붙인다.

───────
26 한형곤 역, 《신곡》(신영출판사, 1994), 295면.

[1] 사람은 '사물'의 세계에서 살아가면서 '사랑'을 한다. 사람이 '사랑'을 하고자 하는 본성은 마치 불이 위로 올라가는 것과 같다. [2] 사람의 '영혼'은 '사물'에서 끌어낸 인상에서 '아름다움'을 발견한다. '사물'과 '사랑' 사이의 매개자가 사람의 내재적인 능력에서는 '영혼'이고, 사물의 특성에서는 '아름다움'이어서, 양쪽이 이어진다. [3] '아름다움'이 일깨워주는 새로운 충격에 힘입어, 영원한 '사랑'으로 나아간다. [4] 영원한 '사랑'을 얻기 위해서 가변적인 '사물'을 버려야 하는 것은 아니다.

그런 일이 이루어지는 곳은 '지옥'도 아니고 '천국'도 아닌 '연옥'이다. '사물'에 매여서 타락한 '지옥'의 영역에는 '사랑'이 없고, '사랑'이 충만하기만 한 '천국'에서는 '사물'을 무시해도 그만이지만, 그 중간의 '연옥'에서는 '사물'에서 '사랑'을 얻는다고 했다. 사람은 '지옥'에서 벗어나야 하고, '천국'에서 태어날 수도 없으므로, '연옥'에 머무르면서 진실을 탐구하려고 노력하는 것이 마땅하다고 했다. '연옥'은 현세의 삶이 지니는 특징을 고스란히 갖춘 곳이다. 사람은 현세에서 '연옥'의 이중성을 지니고 살아가면서 모든 보람 있는 일을 할 수 있다는 생각을 나타내, 저승의 노래가 이승의 노래이게 했다.

이런 사고구조는 13세기에 이르러서 연옥을 만들어낼 때 이미 갖춘 생각이다. 그 시기는 유럽역사에서 특별한 의의를 지닌다. 12세기 동안의 준비기를 거쳐, 지식인의 활동이 처음으로 분명하게 나타나고, 이성을 존중하는 기풍이 조성된 것이 13세기의 일이다.[27] 저승에 관한 생각에서도 천국과 지옥의 양극 사이에 연옥이 있다고

---

[27] Jacques Le Goff, *Les intellectuels au Moyen Age* (Paris: Seuil, 1957)에서 밝혀 논했다.

해서, 중간영역을 인정하고, 이승의 삶이 저승으로까지 연장된다고 하게 된 것도 같은 시기에 나타난 동질적인 변화이다.[28]

그런 것들이 중세후기에 들어선 징표이며, 중세후기의 사고방식은 중세전기와 달라졌음을 입증해준다. 삶의 실상을 존중하고, 이치에 맞게 생각하는 방향으로 나아가는 중세후기의 전환이 유럽에서는 그런 방식으로 구체화되었다. 중세후기 유럽의 공통된 창조물을 한편에서는 아퀴나스가 철학으로 가다듬고, 다른 한편에서는 단테가 시로 나타냈다.

단테는 천국에 이르는 것을 도달점으로 삼았으면서, 현실을 외면하자는 것이 아니었다. 현실에서 당면하고 있는 모순과 고뇌를 고발하고 그 해결책을 찾자는 문제의식에서 가상의 여행을 시작했다. 자기 당대 이탈리아에서 자행되고 있는 사회적이고 정치적인 범죄에 대한 강력한 비판을 작품으로 나타냈다. 지옥 같은 현실을 넘어서서 해결 가능한 연옥으로 나아가고, 거기서 다시 천국으로 오르는 길이 어디 있는가 묻는 작품을 썼다. "단테는 자기가 바라는 이상적인 세계의 모습을 예술작품에 투영시켜, 모든 훌륭한 일은 그 나름대로의 영광을 차지하고, 모든 배신행위는 응분의 벌을 받아야 한다"고 했다.[29]

단테는 아퀴나스가 당면하지 못한 새로운 문제를 자기 나름대로 해결하기 위해 아퀴나스의 철학을 부분적으로 원용했다. 그릇된 현실과 고매한 이상은 중단되지 않고 연결되어 있으며, 이상을 실현

---

28 Jacques Le Goff, *La Naissance du purgatoire* (Paris: Gallimard, 1981)에서 그 과정과 의의를 고찰했다.
29 Étienne Gilson, 위의 책, 275면.

하기 위해서는 이치를 명료하게 따지는 철학이 있어야 한다는 것이 아퀴나스에게서 가져온 사상이다. 경험할 수 있는 세계의 타락된 양상에서 구원이 이루어지는 초경험의 세계로 나아가는 통로가 열려 있다고 한 아퀴나스의 지론을 소중하게 활용하면서, 아퀴나스의 논설보다 더욱 구체화되어 있고, 더욱 생동하고, 강력한 느낌을 주는 작품을 살아 있는 언어 이탈리아어로 써냈다.

단테와 아퀴나스의 관계 같은 것이 라마누자(Ramanuja, 1017-1137)와 카비르(Kabir, 15세기) 사이에도 있었다. 카비르는 라마누자의 손제자라는 견해가 있으나, 두 사람은 400년 가까운 차이가 있다. 구체적으로 밝힐 수 없는 어떤 경로를 통해서 카비르는 라마누자의 철학을 이어받고 개조했다. 개조한 폭이 아퀴나스와 단테의 경우보다 훨씬 크다.

인도에서는 '브라흐만'(Brahman)이 최고의 가치이고 궁극의 원리라고 일제히 말하면서, '브라흐만'과 천지만물이 어떤 관계인지 논란해왔다. 8세기의 철학자 산카라(Sankara)가 '브라흐만'을 떠나서는 진실한 것이 없으므로 천지만물은 환영에 불과하다고 한 견해가 오랫동안 행세했다. 그것이 중세전기의 최고 이념이었다. 그런 극단적인 이상주의는 잘못되었다고 하고, 대안을 제시하는 임무를 라마누자가 맡아 나서서, 중세후기로의 전환을 성과 있게 이룩했다.

라마누자는 "브라흐만과 천지만물은 하나이면서 하나가 아니다"라고 했다. 이 명제에 의거해 이상주의이기도 하고 현실주의이기도 한 새로운 철학을 전개했다.[30] '브라흐만'은 천지만물과 하나가 아니

---

30 라마누자의 여러 저술 가운데 특히 M. B. Narasimaha Ayyandar tr., *Vedantasara*

므로 우러러보며 숭앙해야 하고, 이를 위해 엄정한 논리를 세워야 한다고 했다. '브라흐만'이 천지만물과 하나이므로, 누구나 자기의 일상적인 삶에서 궁극적인 진리를 추구할 수 있으며, 이를 깨우쳐주는 비근한 비유가 긴요하다고 했다.

앞의 것은 철학의 위신을 높이려고 한다. 보이지 않는 우상이 돋보이게 하려고, 엄정한 논리를 특단의 방책으로 사용한다. 뒤의 것은 철학의 독선을 깬다. 진리란 다름이 아니며 만민의 일상생활인 것을 알게 하려고, 비근한 비유를 각성의 방법으로 삼을 필요가 있다. 이 책 결말에서, 둘을 각기 산꼭대기의 철학과 평지의 철학이라고 일컫고 차이점을 재론할 것이다.

라마누자는 남인도 타밀의 브라만 계급이다. 산스크리트 고전을 많이 공부하고, 산스크리트로 철학 저술을 했다. 천지만물과 하나가 아닌 '브라흐만'을 우러러 보기 위해 엄정한 논리를 세워야 한다는 것은 반발을 살 수 있었으나, '브라흐만'이 천지만물과 하나여서 누구나 자기의 일상적인 삶에서 궁극적인 진리를 추구할 수 있다고 한 것은 하층민까지도 전해 듣고 즐거워했다.

하층민은 글을 몰라 듣고 외워 부를 수 있는 노래를 소통을 넓히는 방법으로 삼아줄 것을 바랐다. 그런 희망이 라마누자 생존 시기부터 이루어져, 산스크리트 논설이 아닌 타밀어 노래를 통해서 라마누자의 사상을 이해하고 숭앙하는 사람들이 이어서 나타났다. 라마누자가 이미 말한 비근한 비유를 노래를 짓는 방법으로 적극 활용했다. 독선을 깨는 평지의 철학은 문학과 손을 잡는 것이 당연하다.

인도에는 13세기 이후 유럽에서 지식인이 대두한 것과 같은 변화

of Bhagavad Ramanuja (Madras: Adyar, 1979)가 이에 관한 논의를 분명하게 했다.

가 없었다. 글로 쓴 것이 필사본으로 유통되었으며, 인쇄술이 등장하지 않고 출판이 시작되지 않았다. 글 아는 사람이 많지 않고 문맹률이 높았다. 이런 사실이 지적 능력이 낮은 것을 의미하지 않는다. 오히려 그 반대이다. 라마누자의 철학이 대단한 경지에 이르렀을 뿐만 아니라, 글은 읽지 못하고 전해 듣기만 한 사람들이 자기 나름대로 노래를 지어 공감을 나타내고 새로운 생각을 보탠 것이 더 놀랍다.

인도를 낮추어보는 것은 후대에 이루어진 편견이다. 단테의《신곡》이 독서물로 유통된 것보다 훨씬 넓은 범위에서, 라마누자가 퍼뜨린 생각을 노래로 재창조하는 작업이 활발하게 이루어졌으며, 하층민 적극 참여가 경이롭다고 할 정도였다. 그 가운데 가장 빛나는 카비르의 노래는 동시대뿐만 아니라 오늘날까지도 세계문학의 가장 빛나는 보물이라고 할 수 있다.

카비르는 라마누자가 세상을 떠난 다음 오랜 기간이 지나, 사용하는 말이 다른 먼 곳에 태어났으며, 신분의 차이도 컸다. 베 짜는 일을 하는 천민 출신이었다. 아버지가 힌두교를 떠나 이슬람교로 개종한 직후에 태어나, 두 종교의 대립 때문에 고민하지 않을 수 없었다. 일자무식이라고 하는 말이 전하니, 산스크리트를 모르는 것이 당연했다. 일상적인 말로 지은 많은 노래가 구전되다가 정착되었다.[31]

라마누자의 철학을 멀리서 전해 듣고 수용은 가까스로 하고서, 스스로 깨달은 바 있어 개조는 적극적으로 했다. 미천한 처지에서 겪는 고난이 깨달음의 근거였다. 공허한 언설이 난무해서 진리가

---

31 Krishna P. Bahadur, *A New Look at Kabir* (New Delhi: Ess Ess, 1997), 83~87면.

흐려진 시대에는 일자무식이 위대한 힘을 가지는 것을 보여주었다. 힌두교와 이슬람교의 대립을 넘어서는 길을 찾기 위해 남다른 노력을 한 보람이 있었다. 잠든 정신을 일깨우는 마력을 지닌 노래가, 무식해도 알아듣고 욀 수 있는 일상적인 구어 힌디어를 사용했으므로 널리 퍼져나가고 적극적인 호응을 얻었다.

카비르의 노래는 원본이라고 인정할 것이 없으며 여러 형태로 각기 다르게 전해진다.[32] 그 가운데 하나는 17세기 초에 시크교 교단에서 편찬한 것인데, 편잡어에 가까운 힌디어로 이루어져 있다. 상당한 정도 신빙성이 있는 자료로 평가된다. 수록된 작품을 둘 든다.

카비르의 어머니는
몰래 흐느껴 울었다.
"주님이시여,
이 아이들이 어떻게 자랄 수 있나요."

카비르는 자라나서,
베틀과 베를 밀어놓고
주님의 이름을
자기 몸에다 썼다.

"물레에서

---

32 Charlotte Vaudevill, *Au cabaret de l'amour, parole de Kabir* (Paris: Gallimard, 1959), 16–19면; Linda Hess and Shukdev Singh tr., *The Bijak of Kabir* (Delhi: Montil Banarsidass, 1983), 6–7면; Nirmal Dass tr., *Songs of Kabir from the Adi Granth* (Delhi: Sri Satguru, 1992), 1–13면; F. E. Keay, *Kabir and His Followers* (Delhi: Sri Satguru, 1996), 51–63면; Krishna P. Bahadur, *A New Look at Kabir*, 67–73면에서 카비르 시가 전승되고 수집된 경위를 설명한 내용을 종합해서 이용한다.

실을 잣는 동안에
나는 사랑하는 주님을
잊고 있었다.

베 짜는 일을 하는 신분이라
나는 지각이 부족하지만,
주님의 이름에서
보물을 찾았다."

카비르는 말했다.
"어머니, 들어보세요.
주님이 우리를 부양해요.
자식들까지도."[33]

자기 생애를 이렇게 노래했다. 베를 짜는 천민의 신분으로 태어나 육체노동을 하면서 어렵게 살아가야 했으므로 지각이 부족하지만, 주님과 하나가 되어 보물을 찾고, 부양을 받는다고 했다. 주님을 여기저기서 '라구리'(Raghuri), '하리'(Hari), '람'(Ram)으로 일컬었는데, 이름만 다를 따름이다. 위의 번역에서는 그런 이름을 구별해서 적지 않고 모두 '주님'이라고 옮겼다. 다르다고 여기는 것들이 모두 하나임을 깨닫는 것이 구원을 얻는 길이다.

'알라'가 모스크 안에 있으면,
그 밖의 땅은 누구에게 속하는가?
힌두교도는 주님의 이름이 우상에 머문다고 한다.

---

33 Nirmal Dass tr., 위의 책, 152-153면; Vaudevill, 위의 책, 45면.

그 어느 쪽에도 진실은 없다.

'알라'여, '람'이여, 나는 당신의 이름을 부르며 산다.
주님이시여 자비를 베푸소서.

'하리'는 남쪽에,
'알라'는 서쪽에 있다고 하는데,
그대 마음속에서 찾아라.
마음속이 주님의 거처이다.

브라만은 한 달에 두 번, 스물 네 번 단식을 하고,
이슬람교도는 한 달 동안 단식을 한다.
다른 열 한 달은 버려두고
한 달 동안만 구원을 찾는다.

왜 성스러운 강에 목욕하러 가는가?
왜 모스크에 가서 머리 숙여 절하는가?
마음속에 더러운 것을 지니고 있으면서,
카바의 신전을 순례해서 무엇 하나?

모든 남자와 여자가
주님의 모습을 하고 있다.
카비르는 '람' – '알라'의 자식이다.
모든 이들이 나의 '구루'이고 '피르'이다.

카비르는 말한다. "남녀 모두 들어보세요.
오직 한 분을 섬기세요.
오, 유한한 인간이여, 주님의 이름을 거듭 부르세요.
그래야만 바다를 건너간답니다."[34]

'알라'(Allah)는 이슬람교의 신이고, '람'(Ram)과 '하리'(Hari)는 힌두교의 신이다. '구루'(Guru)는 힌두교의 스승이고, '피르'(Pir)는 이슬람교의 스승이다. 두 종교는 서로 대등하며 같다고 하려고 양쪽의 말을 나란히 들었다. 사원 안에 모신 신이나 성지순례를 해야 만난다는 신은 어느 한쪽에 치우쳐 있는 줄 알아야 한다고 했다. 배타적인 교리 때문에 종교가 갈등을 일으키는 폐단을 시정하고 같은 주님을 다르게 부르는 줄 알아서 화합을 이룩해야 한다고 했다.

라마누자는 단일한 신 '브라흐만'을 다양하게 이해하려고 했는데, 카비르는 신이 단일하지 않고 여럿임을 인정하는 것이 마땅하다고 했다. 여러 신이 사실은 하나이므로 서로 다툴 필요가 없다고 하고, 신의 속성을 최소한으로 줄였다. 신은 존재 자체이고, 있음이면서 없음이라고 하고, 사람은 그 실체를 바로 알 수 없으므로 분별하고 시비하지 말아야 한다고 했다. 어느 한쪽에 치우치면 신에게서 멀어진다고 했다. 신에게 접근하고 합치되어, 완전한 개방, 온전한 화합을 이룩하는 것이 마땅하다고 했다. 생극론의 용어를 사용해 말하면, 상극이 상생이게 하는 최상의 방안을 마련하려고 했다.

2.1.4. 타고르와 한용운

문학 창작을 그 자체로 하면서 새로운 철학을 스스로 이룩하려고 하는 [가3]의 좋은 본보기를 인도의 타고르(Rabindranath Tagore)와 한국의 韓龍雲이 보여주었다. 타고르의 《기탄잘리》(*Gitangali*)와 한용운의 《님의 沈默》은 자기 철학을 시로 나타낸 철학시이다. 개념

---

34 Nirmal Dass tr., 위의 책, 251-252면; Vaudevill, 위의 책, 52-53면.

과 논리에다 담을 수 없는 발상을 시에 적합한 표현을 갖추어 나타내, 쉽게 이해할 수 있는 말이 깊은 뜻을 지니도록 했다.

타고르는 힌두교, 한용운은 불교를 배경으로 하고 있을 따름이고 기존의 철학 어느 것을 가져와 활용하지는 않았다. 문학에서 기존의 철학을 받아들이고 새로운 철학을 추가한 [가2]가 아닌, 문학 창작을 그 자체로 하면서 새로운 철학을 스스로 이룩한 [가3]이다. 시집에 수록한 연작시가 서로 호응하는 관계를 가지고 시인의 철학을 일관되게 말해주어, 다음에 드는 문학에 숨어 있는 철학 [나]와는 다르다. [가2]가 아니므로 복잡한 논의를 거치지 않고 바로 이해할 수 있다. 뜻하는 바가 [나]에서처럼 확산되지 않고 집약된 것을 생각하는 수준을 높여 간파하면 된다. 글을 길게 쓰면 잘못된다.

타고르의 《기탄잘리》는 "바치는 노래"라는 뜻이다. 노래를 지어 절대자에 바쳐 절대자와 하나가 되고자 하는 소망을 나타냈다. 한용운, 《님의 침묵》의 "님" 또한 절대자이다. 절대자와 하나가 되고자 하는 소망을 나타낸 것은 같다. 멀고 높은 곳에 있는 남성을, 향해 낮은 위치의 여성이 온갖 정성을 들여 만남이 이루어지고 사랑이 성취되기를 간절하게 바라는 것이 같다. 작품을 한 편씩 들고 고찰해보자. 두 시를 "앞"과 "뒤"라고 지칭하겠다.

Rabindranath Tagore, "Gitangali 94"

At this time of my parting, wish me good luck, my friends! The sky is flushed with the dawn and my path lies beautiful.

Ask not what I have with me to take there. I start on my journey with empty hands and expectant heart.

I shall put on my wedding garland. Mine is not the red-brown dress of the traveller, and though there are dangers on the way

I have no fear in my mind.

The evening star will come out when my voyage is done and the plaintive notes of the twilight melodies be struck up from the King's gateway.[35]

타고르, 〈바치는 노래 94〉

길을 떠나는 이 시간에, 벗들이여 행운을 빌어주세요. 여명의 하늘은 붉게 빛나고 내 길은 아름답게 놓여 있습니다.

무엇을 가지고 가느냐는 묻지 말아주세요. 나는 빈손으로, 기대하는 마음만 가지고 여정을 시작합니다.

내가 입은 옷은 혼례복이고, 여행자용 적갈색 복장이 아니랍니다. 가는 길에 어떤 위험이 있어도 두려워하는 마음은 없을 것이어요.

내 여정이 끝나면 저녁별이 나타나고, 황혼녘 노래의 애련한 가락이 임금님의 문에서 들려올 것입니다.

한용운, 〈잠 없는 꿈〉

나는 어느날 밤에 잠 없는 꿈을 꾸었습니다.

"나의 님은 어디 있어요 나는 님을 보려 가겠습니다. 님에게 가는 길을 가져다가 나에게 주셔요, 검이여."

"너의 가려는 길은 너의 님의 오려는 길이다. 그 길을 가져다 너에게 주면 너의 님은 올 수가 없다."

"내가 가기 만하면 님은 아니 와도 관계가 없습니다."

"너의 님의 오려는 길을 너에게 갖다주면, 너의 님은 다른 길로 오게 된다. 네가 간대도 너의 님을 만날 수가 없다."

"그러면 그 길을 가져다가 나의 님에게 주셔요."

---

35 1910년에 벵골어로 낸 원본을 시인 옮겨 1912년에 낸 영어본을 인용한다.

"너의 님에게 주는 것이 너에게 주는 것과 같다. 사람마다 저의 길이 각각 있는 것이다."

"그러면 어찌하여야 이별한 님을 만나보겠습니까?"

"네가 너를 가져다가 너의 가려는 길에 주어라. 그리하고 쉬지 말고 가거라."

"그리 할 마음은 있지마는, 그 길에는 고개도 많고 물도 많습니다. 갈 수가 없습니다."

검은 "그러면 너의 님을 너의 가슴에 안겨주마" 하고 나의 님을 나에게 안겨주었습니다.

나는 나의 님을 힘껏 껴안았습니다.

나의 팔이 나의 가슴을 아프도록 다칠 때에 나의 두 팔에 베혀진 虛空은 나의 팔을 뒤로 두고 이어졌습니다.

등장인물이 님, 나, 제3자인 것이 같다. 님은 멀리, 나와 제3자는 가까이 있다. 멀리 높이 있는 님과의 만남을 낮은 자리의 내가 간절하게 소망하면서, 제3자에 말을 건다. 님이 앞에서는 혼례 상대자이기도 하고, 임금이기도 하다. 님과 만나 혼례를 이루고, 군신의 회동을 성취하겠다는 비유를 사용하고, 자기는 신부이고 신하라고 한다. 뒤에서는 님은 님이고, 나는 나일 따름이고 다른 말은 없다. 그 때문에 생긴 결격 사유를 제3자와의 관계에서 보완한다.

님과 만나려면 님이 있는 곳까지 한참 동안 가야 하는 것도 같다. 앞에서는 갈 수 있다고 낙관하고, 제3자 벗들에게 행운을 빌어달라고만 했다. 어떤 위험이 있어도 두려워하지 않고 가겠다고 했다. 뒤에서는 앞길이 아득하다고 여기고 비관에 사로잡혔다. 님에게 가는 길을 모르고, 어떻게 가야 하는지도 모르니, 자기를 님에게로

데려다 달라고 하다가, 님을 자기에게로 데려와 달라고 하면서 제3
자인 '검'에게 매달렸다.

'검'은 神이다.[36] 님이 절대자인데, 검이라는 신이 또 있어 이상하
다고 할 것은 아니다. 깨달은 경지로 나아가겠다고 하면서 누구에
게 의지하려는 것은 잘못이라고 말하려고 검을 등장시켰다. 이런
말을 아주 쉽게 하면서, 신을 믿는 우상숭배에서 벗어나도록 하는
이중의 효과가 있는 방법을 찾았다. 얻어 듣고자 하는 언설은 공허
하고, 데려다주기를 기대하는 안내자는 허상일 따름이다. 공허한
언설에서 벗어나고 허상을 버려야 님과 만나는 깨달음이 이루어진
다고 했다.

타고르는 님에게 바치는 노래를 부르고, 한용운은 님의 침묵을
노래했다. 님의 침묵은 불행이면서 다행이다. 님은 언제나 없지 않
고 있어야 한다고 여기는 것은 망상에 빠지는 불행이다. 님은 없어
야 있는 줄 깨닫는다면 불행이 다행이다.

님이 님은 아니어야 진리가 발현되고 창조가 활성화된다고 말하
려고 했다. 이것은 누구에게든지 해당되는 보편적인 이치인데, 무
척 어려운 말을 해서 전하기 어려운 뜻을 전하려한 것처럼 보인다.
철학시를 써야 하는가 하는 의문이 생기도록 했다.

---

36 이상화의 시 〈가장 悲痛한 祈慾〉에 "人間을 만든 검아 하로 일찍/ 차라리 취한 목숨
죽여버리랴"는 말이 있다.

2.2. 우언

寓言(allegory)은 문학이면서 철학이다. 문학 창작을 그 자체로 하면서 새로운 철학을 스스로 이룩하려고 하는 [가3]을 교술 산문으로 구현하는 갈래이다. 앞에서 다룬 철학시만큼 고고하지 않고, 몸을 낮추어 대중에게 다가갔다. 서사적 수법을 사용해 전달하는 내용에 흥미를 가지게 하고, 예상되는 탄압을 피하는 우회적인 작전으로 이용하는 이중의 이점이 있어 널리 이용되었다. 중세까지는 위세를 떨치다가 근대에는 소설과의 경쟁에서 밀려 힘을 잃고 물러났다.

2.2.1. 장자·우파니샤드·플라톤

이른 시기에 이루어진 우언을 셋 든다. 자세하게 고찰하려고 하면, 이 책보다 더 큰 책을 써도 감당하기 어렵다. 문학의 표현과 철학의 주장이 어떤 관련을 가지는지 간명하게 밝혀, 논의의 확대에 필요한 서론으로 삼는다. 간략하게 간추리고 아주 요긴한 대목만 고찰한다.

중국 전국시대 사람 莊周의 저작으로 알려진 《莊子》는 중국 道家 사상의 원천을 이룩하고, 寓言의 본보기를 보여준다. 동아시아 우언에 관한 논의를 할 때 맨 먼저 드는 것이 상례이다. 〈齊物論〉의 마지막 대목, 후대인이 〈胡蝶夢〉이라고 이름 지은 글을 살펴보자. 기발한 상상으로 파격적인 주장을 폈다.

장주가 꿈에 호랑나비가 되어 자기가 장주인 줄 모르고 호랑나비라고만 생각하면서 즐겁게 날아다니다가 깨어나니 장주였다고 했다. 거기다 두 마디 말을 덧붙였다. "장주가 꿈에 호랑나비가 되었는지, 호랑나비가 꿈에 장주가 되었는지 알 수 없다."(不知周之夢爲胡蝶與, 胡蝶之夢爲周與) "장주가 호랑나비와 필연적으로 나누어져 있는 이것을 物化라고 한다."(周與胡蝶則必分矣, 此之謂物化)

이것이 무슨 말인가? 장주와 호랑나비는 사람과 동물인가? 나와 남, 자기와 타인인가? 실제와 환상인가? 이렇게도 저렇게도 생각할 수 있다. 양쪽은 어떤 관계인가? 둘이라고 생각하지만 하나일 수 있다. 하나라고 생각하고 있다가 둘인 것을 알아차린다. 모든 것이 상대적이고 가변적이라고 말한 것으로 이해된다.

《장자》는 언제 이루어진 책인지 분명하게 알 수 없다. 기원전 4세기경으로 추정될 따름이다. 장주를 포함한 諸子百家가 대부분 생몰연대 미상이다. 중국만 그런 것은 아니다. 인도 사상의 연원을 마련한 《우파니샤드》(Upanishad)는 2백 개가 넘는데 모두 작자 미상이니 연대를 찾는 것은 더 어렵다. 기원전 8세기에서 기원전 3세기까지 이루어진 것들이라야 진본이라고 여긴다.

《우파니샤드》에도 흥미로운 우언이 있다. 〈카타 우파니샤드〉(Katha Upanishad)가 그 좋은 예이다. 사제자인 아버지 와즈슈라와(Vajasravasa)가 신들에게 제사를 지내는 것을 보고 나치케타(Naciketa)라는 아들이 나서서, 제사는 지내서 무엇을 하며, 늙어빠진 암소를 바쳐서 어떤 소용이 있는지 거듭 물었다.

아버지는 화가 나서 아들에게 "죽음에게 주어버리겠다"고 했다. 공연히 한 말이고, 그럴 뜻이 있었던 것은 아니다. 그런데 아들은 죽음의 신 야마(Yama)를 찾아가서, 만날 때까지 기다리겠다고 작정하고 문 앞에서 사흘이나 머물렀다. 죽음의 신이 기다리게 해서 미안하다고 하고, 자기에게 올 때가 되지 않았으니 돌아가라고 하면서, 세 가지 소원을 들어주겠다고 했다.

첫째 소원은 돌아가면 아버지가 화를 내지 않고 아들로 받아들이도록 해달라고 하는 것이라고 하니, 들어주었다. 둘째 소원은 제사를 관장하는 불의 신 아그니(Agni)에 대해서 알고 싶다고 하니, 알려주었다. 셋째 소원은 죽음에 대해서 알고 싶은 것이라고 하니, 우주의 본체인 '브라흐마'(Brahma)가 마음속에 갖추어진 '아트만'(Atman)인 줄 알면 깊은 깨달음을 얻어 죽음을 극복하고 윤회에서도 벗어난다고 했다.

신을 섬기려고 하지 말고, 스스로 진리를 찾으라고 하는 말을 신이 했다. 그 역설로 기존의 관념을 깼다. 신을 받들고 제사를 지내는 기존의 관습이 잘못되었다고 하고, 궁극적이고 절대적인 진리는 마음속에 있다고 했다. 사고의 혁신을 촉구하려고 기발한 우언을 지어냈다.

고대 그리스 시절의 '소피스트'라는 이들도 혁신자였다. 재래의 신앙에서 정한 법도를 따르지 않고, 사람이 어떻게 살아가야 하는가 하는 문제에 대한 소견을 함부로 늘어놓으면서 진리를 말한다고 했다. 소크라테스(Socrates)는 그 가운데 한 사람이면서 진리가 무엇인지 말하지는 않고 다만 진리를 사랑할 따름이라고 했다. 그렇게 하는 것이 권위에 대해 더 큰 위협이라고 간주되어, 청년들을 오도한다는 죄를 덮어쓰고 사형당했다.

소크라테스의 제자 플라톤(Platon)은 종교와 정면에서 충돌하지 않아 박해를 면하면서 소크라테스에게서 물려받은 새로운 사상을 전개하는 작전을 면밀하게 강구했다. 그 시기는 기원전 4세기여서 위에서 든 두 사례와 거의 같다. 플라톤은 극작을 하다가 철학자가 되어 극작의 수법과 재능을 적극 활용했다. 다양한 방식으로 방대한 저작을 이룩하면서 우언을 활용했다.

중국의 '諸子百家'는 대부분 생애를 알기 어렵지만 저술이 남아 있어, 사상사가 저술의 역사이게 한다. 인도에서 《우파니샤드》를 지은 사람들은 모두 자기를 숨겼다. 그런데 그리스인들은 말을 많이 하고 글을 길게 쓰면서 다른 사람들과 논란을 벌여 이름을 남겼다. 보편적인 진리를 자기가 처한 특수한 상황에서 추구하면서, 남들과 다른 주장을 펴는 것을 자랑으로 삼았다.

플라톤의 대표작은 〈공화국〉(Politeia)이다. 공화국이라고 하는 바람직한 나라가 이루어지기를 바라면서, 소크라테스가 다른 몇 사람과 함께 정의란 무엇인가 하는 문제를 두고 논란을 벌인 내용을 전해준다는 것이다. 그 한 대목에서 동굴의 비유를 들어 '이데아'에 관해서 설명한 대목은 플라톤 사상의 핵심을 보여준다고 이해된다. 이야기를 이끌고 있는 소크라테스가 "교육이 있는 경우와 없는 경우에 우리 인간의 본성이 어떤지 다음과 같은 상태와 견주어보라"고 하고서, 이런 이야기를 했다.

땅 밑에 있는 동굴 모양의 거처에서 살고 있는 사람들을 상상해보라. 길게 뻗어 있는 입구가 빛이 있는 쪽을 향해서 동굴 전체의 넓이만큼 열려 있다. 그 사람들은 그 속에만 있고, 어려서부터 발과 목이 묶여 같은 자리에만 머무른다. 쇠사슬 때문에 머리를 뒤로 돌릴 수도 없어, 그저 앞만 보고 있다.

이런 상상의 상황을 설정해놓고, 자기가 하고 싶은 말을 했다. 동굴에 갇혀 있는 사람들이 동굴 밖의 실물은 보지 못하고 벽에 비친 그림자만 보는 것처럼, 사람은 사물을 잘못 인식한다고 했다. 잡혀 있는 사람 가운데 어느 누가 머리를 뒤로 돌려 빛나는 곳을 보면, 비로소 실제 사물의 참모습인 '이데아'를 알 수 있다고 했다.

'이데아' 가운데서도 으뜸인 '선행의 이데아'는 보기 어렵지만, 한번 보기만 하면 그것이 진리의 근거임을 확신할 수 있다고 했다.

이 세 사례는 일상적인 현실에 매이지 않고, 궁극적인 이치를 탐구하고 전달하고자 하는 의지를 나타냈다. 고정관념을 깨기 위해 기발한 상상을 갖춘 우언을 이용했다. 우언은 다면적인 의미를 가진 창작물이어서 다양한 해석을 낳을 수 있으나, 지향점에서 뚜렷한 차이가 있다.

절대적인 것은 없다. 절대적인 것은 마음속에 있다. 절대적인 것은 저편에 있다. 셋이 각기 이렇게 말했다. 이 가운데 어느 쪽이 타당한가? 이 논란이 세계철학사를 관통하면서 오늘날까지 이어진다. 이에 관한 거시적인 조망을 갖추고 조금씩 세부로 들어가자.

2.2.2. 일연

一然이 지은 《三國遺事》는 역사서라고 하지만 고승전이기도 하고 설화집이기도 하다. 수록한 고승 설화에 우언이라고 할 것들이 있다. 좋은 본보기가 권5 神呪 제6 〈密本摧邪〉(밀본이 사악한 것들을 꺾다)이다.

이것을 특히 자세하게 고찰하는 것은 자료가 알려졌어도 건성으로 보는 것이 예사이고, 우언으로 고찰하는 것이 새로운 시도이기 때문이다. 서술의 균형은 무시하고 실질적인 소득을 소중하게 여기는 것이 앞으로도 계속 준수할 원칙이다. 면밀한 검토를 하지 않을 수 없어 원문과 번역을 든다. 마지막의 讚曰 대목은 생략한다.[37]

---

37 《창조하는 학문의 길》, 215-211면에서 한 작업을 가져와 재론한다.

善德王 德曼 遘疾彌留 有興輪寺僧法惕 應詔侍疾 久而無效 時
有 密本法師 以德行聞於國 左右請代之 王詔迎入內 本在宸仗外 讀
藥師經 卷軸纔周 所持六環 飛入寢內 刺一老狐與法惕 倒擲庭下 王
疾乃瘳 時 本頂上發五色神光 覩者皆驚 又丞相金良圖 爲阿孩時 忽
口噤體硬 不言不逐 每見 一大鬼率小鬼來 家中凡有盤肴 皆啖嘗之
巫覡來祭 則羣聚而爭侮之 圖雖欲命撤 而口不能言 家親 請法流寺
僧亡名 來轉經 大鬼命 小鬼 以鐵槌打僧頭仆地 嘔血而死 隔數日
遣使邀本 使還言 本法師受我 請將來矣 衆鬼聞之 皆失色 小鬼曰
法師至將不利 避之何幸 大鬼侮慢 自若曰 何害之有 俄而 有四方大
力神 皆屬金甲長戟 來捉群鬼縛去 次有無數天神 環拱而待 須臾 本
至 不待開經 其疾乃治 語通身解 具說件事 良圖因此 篤信釋氏 一
生無怠 塑成興輪寺吳堂 主彌勒尊像 左右菩薩 並滿金畫其堂 本嘗
住金谷寺 金庾信 嘗與一老居士 交厚 世人不知 其何人 于時 公之
戚秀天 久染惡疾 公遣士診衛 適有秀天之舊 名因惠師者 自中岳來
訪之 見居士 慢侮之曰 相汝形儀 邪佞人也 何得理人之疾 居士曰
我受金公命 不獲已爾 惠曰 汝見我神通 乃奉爐咒香 俄頃 五色雲旋
遶頂上 天花散落 士曰 和尚通力 不可思議 弟子亦有拙技 請試之
願師乍立於前 惠從之 士彈指一聲 惠倒迸於空 高一丈許 良久徐徐
倒下 頭卓地 屹然如植橛 旁人推挽之不動 士出去 惠猶倒卓達曙 明
日秀天使扣於金公 公遣居士往救乃解 因惠不復賣技

善德王 德慢이 병이 들어 오랫동안 낫지 않았다. 興輪寺의 승려
法惕(법척)이 임금의 부름을 받아 병을 치료했으나 오래 되어도 효
력이 없었다. 당시에 密本法師가 덕행으로 나라 안에 소문이 퍼져,
좌우 신하들이 바꾸기를 청했다. 왕의 명령으로 궁중으로 불러들이
니, 밀본은 침실 밖에서《약사경》을 읽었다. 한 두루마리를 다 읽자
마자, 지니고 있던 육환장이 침실 안으로 날아 들어가 늙은 여우
한 마리와 중 법척을 찔러 뜰 아래로 거꾸러뜨리니 왕의 병은 이내

나았다. 그때 밀본의 이마 위에서 오색의 신비스러운 빛이 나서, 보는 사람들이 모두 놀랐다.

또 승상 金良圖가 어릴 적에 갑자기 입이 붙고 몸이 굳어져 말을 못하고 움직일 수도 없었다. 항상 큰 귀신 하나가 작은 귀신 무리를 데리고 와서 집 안에 있는 음식을 모조리 맛보는 것이 보였다. 무당이 와서 굿을 하면, 귀신의 무리가 경쟁을 해가면서 무당을 욕보였다. 양도가 귀신들에게 물러가라고 명하고 싶었지만 입으로 말을 할 수 없었다. 아버지가 法流寺의 무명 승려를 청해 불경을 외게 했더니, 큰 귀신이 작은 귀신에게 명하여 쇠망치로 승려의 머리를 때려 땅에 넘어뜨리자 피를 토하고 죽었다.

며칠 뒤에 사람을 보내 밀본을 맞아오도록 하니, 돌아와 "밀본법사가 우리 청을 받아들여 장차 오신답니다"라고 했다. 여러 귀신이 말을 듣고 모두 얼굴빛이 변했다. 작은 귀신이 말한다. "법사가 오면 이롭지 못할 것이니 피하는 것이 좋겠습니다." 큰 귀신은 거만을 부리고 태연스럽게 말한다. "무슨 해로운 일이 있겠느냐."

이윽고 사방에서 大力神이 온 몸에 쇠 갑옷과 긴 창으로 무장하고 나타나더니 모든 귀신을 잡아 묶어 가지고 갔다. 다음에는 무수한 天神이 둘러서서 기다렸다. 조금 있다가 밀본이 도착해 경전을 펴기도 전에 양도는 병이 나아서 말을 하고 몸도 움직였으며, 있었던 일을 자세히 말했다. 양도는 이 때문에 부처를 독실하게 믿고 평생 태만하지 않았다. 興輪寺 吳堂의 주불 彌陀의 尊像과 좌우 보살의 塑像을 만들고, 금빛 벽화로 집을 가득 채웠다.

밀본은 전부터 金谷寺에서 살았다. 또 金庾信은 일찍이 늙은 거사 한 사람과 교분이 두터웠다. 세상 사람들이 누구인지 알지 못하는 사람이다. 그때 유신공의 친척 秀天이 오랫동안 나쁜 병에 걸렸으므로 공이 거사를 보내서 진찰해 보도록 했다. 때마침 수천의 친구 因惠라는 스님이 中岳에서 찾아왔다가 거사를 보더니 업신여겨 말했다. "그대는 생김새를 보니 간사하고 아첨하는 사람인데, 어찌

남의 병을 고치겠는가?"

거사는 "나는 김공의 명을 받고 마지못해서 왔을 뿐이오"라고 말했다. 인혜는 "그대는 내 신통력을 좀 보라"고 하고서, 향로를 받들어 향을 피우고 주문을 외니, 이윽고 오색구름이 이미 위에 서리고 天花가 흩어져 떨어졌다. 거사가 말했다. "스님의 신통력은 불가사의합니다만, 제자에게도 변변치 못한 재주가 있어 시험해 보게 해주시고, 스님께서는 잠깐 동안 앞에 서서 계십시오." 인혜는 그 말을 따랐다.

거사가 손가락을 튀기고 한 소리를 내니, 인혜는 공중에 거꾸로 높이 한 길이나 올라갔다. 한참 뒤에 서서히 거꾸로 내려와 머리를 땅에 박은 채 말뚝처럼 우뚝 섰다. 옆에 있던 사람들이 밀고 잡아당겨도 꼼짝하지 않았다. 거사가 떠나버려, 인혜는 새벽까지 거꾸로 박힌 채 있었다. 이튿날 秀天이 사람을 시켜 이 일을 김공에게 알리니, 김공은 거사에게 가서 인혜를 풀어주게 했다. 인혜는 다시 재주를 팔지 않았다.

한 말로 간추리면, 도술로 병을 치료하는 이야기이다. 귀신이 사람에게 붙어 병이 생기고, 귀신을 쫓아내면 병이 낫는다고 한다. 이렇게 하는 것을 두고, 무당보다 승려가, 승려보다 무명의 거사가 더 큰 능력을 발휘했다고 한다.

귀신을 쫓아내 병을 치료하는 것은 무당이 하는 일로 알려져 있다. 무당이 무당의 일을 하지 못해 귀신에게 당하고, 승려가 나서서 귀신을 물리쳤다고 한다. 불교가 무속과의 경쟁에서 이기려고 무당이 하는 일을 한다고 했다. 密敎라는 이상한 종파가 등장해 포교담이 타락했다고 할 수 있다.

이 정도면 할 말을 대강 다한 것 같지만 많이 모자란다. 좀 더 살펴보기 위해 병든 사람과 병을 치료하는 사람이 누군지 정리하는 표를 만들어보자. 병든 사람은 [甲] 선덕왕, [乙] 김양도, [丙] 수천이다. 이 셋의 병을 치료한다고 나선 사람들이 각기 몇 명인데, 공통점이 있어 [가]·[나]·[다]로 정리할 수 있다.

	[甲] 선덕왕	[乙] 김양도	[丙] 수천
[가]		무당	
[나]	법척	무명 승려	인혜
[다]	밀본	밀본	무명 거사

무당은 한 번만 나타난다. 승려는 거듭 등장한다. 무당보다 승려가 도술에서 앞선다고 하는 데 그치지 않고, [나]의 승려와 [다]의 승려가 얼마나 다른가 하는 것을 긴요한 관심사로 삼는다. [나]의 승려는 도술이 모자라 치료를 제대로 하지 못한 것이 [다]의 승려와 다르다. [나]의 승려는 도술이 모자랄 뿐만 아니라 진실하지 않은 더 큰 결함이 있어, [다]의 승려가 나서서 바로잡는다.

[나]의 승려를 가까이서 살펴보자. [乙]에서 김양도를 치료하던 무명의 승려가 귀신에게 당한 것은 도술 부족 때문이다. [甲]에서 선덕왕을 치료하던 법척이라는 승려가 귀신과 함께 퇴치된 것은 무언가 부당한 짓을 했기 때문이다. [丙]에서 수천을 치료하겠다고 나선 인혜는 재주를 팔러 다니면서 남들을 멸시하고 자기가 잘났다고 자만하는 잘못이 있다.

[다]의 등장인물이 그런 결함을 바로잡았다. [乙]에서는 뛰어난 능력을 보여주었다. [甲]에서는 부당한 짓을 한 자를 무찔렀다. [丙]

에서는 멸시하고 자만하는 잘못을 바로잡았다. 이런 데 말하고자 하는 중요한 내용이 있다.

무당과 승려가 병을 치료하는 능력을 겨룬 것은 무속 수준의 사고에서 벗어나지 못했다고 할 수 있다. 불교가 무속보다 우월하다고 하면서 포교를 하는 이야기를 지어냈다고 보면 평가할 것이 없다. 그러나 [나]와 [다]의 대결에서 진실이 무엇인지 가려낸 것은 심각한 의미를 지니고 있다. 불교 내부의 논란을 다룬 것으로 한정되지 않고, 그 이상의 커다란 무엇을 말해주었다.

[丙]에서 수천의 병을 치료하겠다고 나선 승려 인혜보다 승려가 아닌 무명의 늙은 거사가 더욱 뛰어난 능력을 가지고, 은혜가 지닌 멸시와 자만의 잘못을 바로잡았다. 멸시하고 자만하는 것은, 쉽게 확인할 수 있는 예사 악행보다 더욱 심각한 질병이다. 증세를 구체적으로 밝히고 적절한 치료를 하려면 특별한 능력이 필요하다.

인혜가 도술을 부리니 오색구름이 서리고 天花가 흩어져 떨어졌다는 것은 멸시와 자만이 길러낸 허영의 상징이다. 무명의 거사는 인혜에게 거꾸로 서게 하는 징벌을 내리고, 옆에 있던 사람들이 밀고 잡아당겨도 꼼짝하지 않게 해서 본말전도의 잘못을 분명하게 밝혔다. 탁월한 상징을 선택한 것을 높이 평가할 만하다.

인혜의 질병을 알아차리고 치료하는 자격을 가지려면, 자기 자신이 멸시나 자만의 증세가 없어야 한다. [甲]·[乙]에서 맹활약하는 밀본은 너무나도 훌륭하다고 칭송되는 영광이 파멸이어서 멸시를 부추기고 자만을 키운다. [丙]에 등장한 무명의 거사는 미천한 처지에 떨어져 있는 참혹한 불운이 놀라운 행운이어서 멸시나 자만을 치료하는 능력을 가진다.

사회 밑바닥의 무지렁이가 늙기까지 했다. 멸시 받을 만한 몰골을 하고 있으면서 세상을 바로잡는다. 김유신 장군이 이 인물을 알아보고 일찍부터 교분이 두터웠다는 것이 있을 수 있는 일인가? 너무나도 예상 밖이어서 충격을 주지만, 돌려 생각하면 당연하다. 이름난 승려 밀본의 상위에 세속인 김유신, 김유신의 상위에 최하층 무명 늙은 거사가 있어, 낮아야 높다는 이치를 알려준다. 차등론은 부당하고, 대등론이 타당하다고 입증한다.

이 이야기는 처음부터 끝까지 질병 치료에 관한 것이다. 질병은 상징적 의미를 지닌다. 세상이 잘못되어 있는 것을 국가 요직에 있는 사람들의 질병을 들어 말했다. 세상이 잘못되어 있는 것을 누가 치료하는가 하는 문제를 제기하고 대답을 알려주었다. 이름 높은 고승은 멸시하고 자만하는 증세가 있어 치료 대상이고, 최하층의 무지렁이가 치료 능력을 가진다고 했다.

여기서 말을 끝낼 수는 없고, 더 보태야 한다. 왜 도술 이야기를 하고, 병을 도술로 고친다고 하는가? 도술이라는 것은 거짓말이다. 거짓말 이야기를 두고 진실 운운하는 것이 말이 되는가? 이런 수준의 순진한 사람들이 적지 않아 해명이 필요하다.

질병이 상징이듯이, 도술도 상징이다. 문제 해결에 관한 논의를 어렵고 복잡하게 전개해 골치 아프게 하지 않으려고 적절한 상징을 선택했다. 도술로 질병을 치료한다는 것은 사회악을 단호하게 퇴치한다는 말을 실감나게 하는 최상의 표현이다.

이 글에서 터져 나온 것 같은 놀라운 소리를 논증으로는 감당할 수 없다. 기존의 규범에서 벗어나 개념을 다시 설정하고 논리를 새롭게 전개하는 것이 아주 어렵다. 깐깐하게 얽어내는 까다로운 말은 잘하면 잘할수록 알아듣고 받아들이기 더욱 난감하다. 元曉 같은 고수마라도 그런 결함에서 벗어나지 못했다.

논증은 동어반복이다. 세상에 흔히 있는 범속한 철학은 논증에 매달려 동어반복을 하고 있다. 동어반복을 논증으로 부정하겠다고 자충의 꼼수를 쓰지 말고, 일거에 넘어서는 예상 밖의 비약을 해야 진정한 철학이 이루어진다. 예상 밖의 비약은 문학에서 가능하고 철학에서는 불가능하다.

철학은 앉은뱅이여서, 문학이 일으켜 세워야 한다. 철학으로 철학을 하면 철학을 죽이고, 문학으로 철학을 해야 철학을 살린다. 〈密本摧邪〉를 좋은 스승으로 삼고, 이 점을 분명하게 알아야 한다.

2.2.3. 라블래[38]

프랑스인 라블래(François Rabelais, 1483-1553)는 상상을 넘어서는 전대미문의 우언을 써서, 반역을 획책하는 새로운 사상을 표현했다. 아비 가르강투아(Gargantua)와 아들 팡타그뤼엘(Pantagruel)이라는 거인 부자가 괴이한 짓거리를 하고 다닌다는 이야기를 길게 늘어놓은 연작저서가 그런 것이다.[39] 권수가 들쭉날쭉하고 명칭이 복합해 갈피를 잡기 어려우므로 그 모두를《가르강투아와 팡타그뤼엘》이라고 한다. 이미 많은 연구가 이루어졌으므로, 상론은 피하고 핵심이 무엇인지 밝힌다. 이런 원칙이 앞으로 다룰 사례에도 일관

---

38 여기서부터 3.5. 박지원까지《철학사와 문학사, 둘인가 하나인가》(지식산업사, 2000)에서 한 작업을 가져와 재론한다.

39 모두 5부작이어서 상당한 분량이다. 그 가운데 먼저《팡타그뤼엘, 제2서》(*Pantagruel, deuxième livre*)를 1532년에,《가르강투아, 제1서》(*Gargantua, premier livre*)를 1534년에 가명으로 내놓았다. 그 속편인《제3서》는 1546년에,《제4서》는 1548년부터 시작해서 1552년까지 본명으로 출간했다. 마지막의《제5서》는 사후에 나왔는데, 라블래의 저작이 아니라는 설이 있다.

되게 적용된다.

상상을 초월할 정도로 놀라운 사건을 전개하면서, 헛된 관념을 비판하고 현실 인식을 촉구한다. 사상서는 라틴어로 써야 하는 관례를 어기고 시정잡배 투의 프랑스어로 거창한 문제를 다루어 웃음을 자아낸다. 《제1서》 서두의 〈독자에게〉에서, "웃음이란 사람의 본성"(rire est le propre de l'homme)이라는 것이 기본적인 세계관이고 창작방법의 핵심이다.

자기주장을 직접 나타내는 것은 불가능한 시대였다. 라블래와 가까운 관계인 돌레(Etienne Dolet)라는 사람은 인간의 영혼은 불멸이라는 주장을 부인하는 책을 써서, 플라톤의 저작이라고 위장해 내놓았다가 화형을 당했다. 종교개혁을 한 개신교 쪽에서도 같은 짓을 했다. 칼빈(Calvin)이 이단이라는 죄를 씌워, 다방면에서 탁월한 능력을 보인 학자 세르베투스(Michael Servetus)를 화형에 처한 것이 라블래가 세상을 떠난 다음 해의 일이다. 1534년에는 불온사상을 나타내는 책을 지었다는 죄명으로 처형당한 사람이 21인에 이르렀다. 라블래는 고소를 당해 곤욕을 치렀으나 책이 금서가 되기만 하고 화형당하는 것은 면했다.[40] 주장하는 바를 정면으로 내세우지 않는 현명한 작전을 썼기 때문에 그럴 수 있었다.

거인의 행적이라고 하는 허황된 이야기는 구전되고 있었으며, 책으로 써낸 전례도 있었다.[41] 라블래는 개작자에 지나지 않았으므로 괴상한 짓을 한 저의가 무엇인가 의심받지 않아도 되었다. 누가

---

40 이러한 사정을 Jacques Le Clercq tr., *Gargantua and Pantagruel* (New York: Modern Library, 1944)의 서두 해설 ixxi–xxv면; 이환, 《프랑스 근대 여명기의 거인들(1): 라블레》(서울: 서울대학교출판부, 1997), 27–30면에서 다루었다.
41 이환, 위의 책, 52면.

보아도 사실이 아닌 허황한 수작이라 검열을 하는 쪽에서 진지하게 검토하지 않으리라고 기대할 수 있었다. 어차피 지어낸 말이니 어떤 내용이든 제한 없이 끌어들이고 상상력을 한껏 뻗쳐, 기존의 관념을 다각도로 뒤집어놓은 백과사전 같은 것을 만들어낼 수 있었다.

사건이 벌어지는 장소는 프랑스 또는 유럽의 어느 곳이었다가 아무런 해명 없이 상상의 영역으로 바뀌어, 현실과 환상을 자유롭게 넘나들었다. 환상이란 현실을 벗어난 영역이 아니고 현실을 뒤집어보고 그 이면을 캐낼 수 있게 하는 또 하나의 시공에서 벌어지는 상상이다. 거기서 기존의 관념을 타파하는 장난을 마음껏 펼쳤다. 그런 방식으로 독자의 관심을 끌고 흥미를 자극해, 두려움을 느끼지 않고 동조자가 되도록 했다.

못생긴 거인이 우스꽝스러운 짓을 거침없이 하는 것을 보고, 독자도 왜소한 생각을 하면서 움츠려 있지 말라고 한다. 거인 부자가 언제나 당당한 자세로 즐겁게 살아나가니, 독자 또한 주저하면서 사는 소극적인 자세에서 벗어나 삶을 즐기라고 한다. 거인 부자가 어디든지 돌아다니고 무슨 짓이든지 하면서 새로운 것을 경험하는데 독자도 아무 부담 없이 동참하도록 한다. 사상의 자유를 행동의 자유를 통해서 나타내는 데 그만큼 효과적인 방법을 다시 찾을 수 없다.

가르강투아는 동조자들을 모아 이상적인 삶을 누리는 공동체를 창설했다. 세상에서 벗어나 있어야 하므로 수도원이라고 했지만, 기독교 신앙과는 무관했다. 거기 모인 사람들은 다음과 같이 살아간다고 했다. 수도원 생활의 규칙을 뒤집어엎으면서 그것과 정면에서 어긋나는 새로운 사상을 제시했다.

그 사람들의 모든 생활은 법률, 율법 또는 규칙이 아닌, 스스로 바라는 바나 자유로운 의지에 의해 이루어진다. 일어나고 싶을 때 일어나서, 마시고, 먹고, 일하고, 자는 것도 자기가 좋은 대로 한다. 아무도 깨우지 않고, 마시고 먹는 것을 강요하지 않고, 일하라고 시키지도 않는다. 가르강투아는 그렇게 하고서, "하고 싶은 것을 하라"는 것 외에 다른 아무런 규칙도 제정하지 않았다.[42]

"하고 싶은 것을 하라"(Fais ce que voudras)는 교회의 주기도문에서 라틴어로 "당신의 뜻이 이루어지소서"(Fiat voluntsa tua)라고 한 말을 뒤집은 것이다. 신을 사람으로 바꾸어놓고, 신의 뜻이 아닌 사람의 뜻을 이루어야 한다는 말을 라틴어가 아닌 프랑스어로 했다. 그렇게 해서 神중심주의를 인간중심주의로 바꾸어놓는 사고의 전환을 이룩했다.

사람의 삶은 당대에서 끝나지 않고 자식을 낳아 다음 대로 이어지는 것이 아주 다행스러운 일이라고 하기도 했다. "창조주가 인간에게 내린 최대의 축복"이 "번식의 방법으로 부모가 상실한 것이 자식에게 전해지는 과정이 최후의 심판이 있을 때까지 지속된다"는 것이라고 했다.[43] 이렇게 생각하는 것은 유교의 인생관과 상통하고 기독교와는 거리가 멀다.

총괄론을 덧붙이자. 지금까지 고찰한 《가르강투아와 팡타그뤼엘》은 구성이 산만한 것을 기본 특징으로 한다. 이것은 고정관념을 타파하고 발상의 자유를 얻기 위한 선택이다. 철학 이상의 철학이어서 이럴 수 있다.

---

42 Rabelais, *Gargantua Patagruel* (Paris: Magnard, 1965), 148면.
43 같은 책, 177면.

2.2.4. 볼테르

혁신 사상을 새롭게 나타내려고 더욱 적극적으로 노력한 사람은
볼테르(Voltaire, 1694-1778)였다. "나는 내가 사랑하는 진리를 찾
고, 또한 널리 알리느라고 일생을 보냈다"고 술회하는 것을 누가
알아주는 시대가 아니었다. 도리어 박해를 자초했다. 그 과정에서
이룩한 작품을 하나 들어 구체적으로 논의하려고 하는데, 내용이
복잡하고 이해가 어려워 이번에 하는 말은 더 길어진다.

박해를 피하면서 하고 싶은 말을 하려고 글 쓰는 방법을 계속 새
롭게 지어내야 했다.[44] "문학을 하는 특별한 재능을 동원해 반어라
는 무서운 무기를 만들어", 부정하고 비판하는 자세로 "모든 독단적
인 것들, 모든 절대적인 것들과 싸우"면서 다양한 방법을 복잡하게
개발했다.[45] 자기가 찾은 진리를 누구나 알 수 있게 알리는 데 가장
적합한 문학적 표현을 사용해야 했다. 불필요한 반대를 줄이고 동
조자를 늘이는 이중의 목표를 달성하기 위해서 허구적인 사건을 설
정해 자기 생각을 전달하는 우언을 썼다. 자기 작품이 아니라고 하
면서 출처를 지어내는 말을 그럴듯하게 해서 박해를 피했다.

〈자디그〉(Zadig)라고 한 작품을 보자. 자디그라는 인물의 행적을
다룬 그 책은 원래 메소포타미아 고대어의 하나인 칼데아어(chal-
déen)로 쓰인 것인데, 《천일야화》가 이루어지기 시작하던 시기에
군주가 읽을 수 있도록 아랍어로 번역되었다고 했다. 세상 사람들

---

44 J. Van den Heuvel, "Introduction", Voltaire, *Romans, Contes et Mélanges tome
1* (Paris: Librairie Générale Française, 1972), 14면.

45 Roger Daval, *Histoire des idées en France* (Paris: Presses Univeritaires de
France, 1977), 52-53면.

은《천일야화》나 읽어 흥미를 찾기만 하고, 자디그의 지혜는 돌보지 않으니 유감스럽다고 했다. 발견된 원고는 12장까지인데, 아마도 두 장이 더 있었을 것이라고 했다.

"자디그는 훌륭한 기질을 타고나고, 또한 학식으로 단련되었다. 젊고 부유했지만, 정열을 조절할 줄 알고, 다른 사람에게 해를 끼치지 않았다. 항상 자기가 옳다고 하지 않았으며, 인간의 약점을 존중할 줄 알았다."[46] 또한 "여성을 멸시하는 것도, 여성들을 매혹시키는 것도 자랑으로 삼지 않고, 너그러운 마음씨를 가졌다"고 했으며, 국가에서 채택한 교리에 구애되지 않고 "태양이 우주의 중심"임을 알았다고 했다. 그처럼 지혜로운 사람이 젊음·건강·재산을 모두 갖추고 있어 행복하리라고 예견되었으나 그렇지 않았다.

행운이 불운으로 역전되는 고난을 여러 번 겪었다. 행운 때문에 불운이 생기고, 불운이 원인이 되어 행운을 얻게 되는 것을 거듭 체험했다. 사형수가 되었다가, 국왕의 특사로 석방되고, 재상으로 등용되었다. 왕비와 사랑하는 사이가 되어, 도망쳐 이집트로 갔다. 노예의 신세로 떨어지는 불운을 겪었으나, 상인인 자기 주인을 따라 많은 곳을 여행하면서 세상을 널리 이해할 수 있게 되었다.

여행지의 숙소에서 여러 나라 사람을 만났다. 이집트인, 인도인, 중국인, 그리스인, 켈트인, 그리고 아라비아만을 자주 왕래하는 각국인이 우연히 한 자리에서 저녁 식사를 하다가, 각기 자기가 믿는 종교만 옳다고 우기고 다른 것들은 그르다고 배격해서 거대한 논전이 벌어졌다. 그때 중재자로 나선 자디그는 대단한 지혜를 얻은 철학자의 거동을 보여주었다.

---

[46] Voltaire, *Romans, Contes et Mélanges tome 1*, 103–104면.

한동안 침묵을 지키고 있다가 일어서서, 좌중에 있는 사람들이 각기 하는 말이 모두 옳다고 했다. 흥분한 정도가 가장 심한 켈트인에게 먼저 일리가 있는 말을 했다 하고, 그리스인더러는 언변이 대단하다고 칭송하고, 다른 여러 사람들에게도 과열을 진정시키는 말을 했다. 그러나 "이치에 가장 합당한 주장을 편 중국인에게는 말을 거의 하지 않았다." 그다음에 여러 사람을 향해 "친구 여러분, 당신네는 의견이 같기 때문에, 다툴 필요가 없는 일을 두고 다투는군요"라고 했다.

각자 다른 신을 섬긴다고 생각하지만, 신은 하나라고 했다. 신의 명칭은 같지 않고, 의례를 거행하는 절차 또한 다르지만, 천지만물의 근본원리인 신은 하나라고 했다. 기독교만 진리라고 하는 유럽인의 독선을 넘어서서, 인류의 보편적인 사상으로 여러 문명권의 많은 민족이 인류의 화합을 이루어야 한다는 생각을 그렇게 나타냈다.

인류의 화합을 역설한 인물은 유럽인이 아니고 바빌로니아인이다. 바빌로니아인이 고국에서 살지 못하고 외국을 유랑하는 신세가 되어서 자기중심주의의 편견을 불식할 수 있었다고 했다. 그 자리에 모인 사람들 가운데 멀리서 온 중국인도 있었다고 해서 세계 인식의 범위를 크게 확대했다. 서부 유럽인의 선조인 켈트인은 남들보다 더 흥분하고, 중국인이 이치에 가장 합당한 말을 했다고 했다. 중국인은 'Li'(理)와 'Tien'(天)의 원리에 입각해서, 여러 종교의 상반된 주장을 함께 인정할 수 있는 논리를 제시한 것을 그렇게 평가했다.

그런 경지에 이르렀다고 해서 자디그가 깨달을 것을 다 깨달았다고 할 수 있는 것은 아니다. 여행을 계속하면서 새로운 경험을 거듭해 생각의 넓이와 깊이를 더 보태야 했다. 결말 가까운 대목에서는 기이한 道士를 만나 놀라운 가르침을 받았다.

희고 거룩한 수염이 배까지 내려오는 도사가 손에 들고 있는 책을 조심스럽게 읽고 있었다. 자디그는 걸음을 멈추고, 무슨 책을 읽느냐고 물었다. 도사가 말했다. "이것은 운명에 관한 책인데, 읽어보겠느냐?" 책을 자디그의 손에 넘겨주면서, 여러 나라 말로 씌어 있다고 했다. 자디그는 그 가운데 한 가지 글자도 읽을 수 없었다.

도사와 자디그는 함께 길을 가다가 "세속에서 벗어나서 은둔을 하면서 지혜와 덕성을 조용하게 가꾸면서 지루해 하지 않는 철학자"의 집에서 하룻밤 유숙하게 되었다. 이튿날 두 사람은 다시 길을 가면서 그 철학자를 칭송하는 말을 나누었다. 그러자 도사는 존경과 애정의 증거를 남겨야 하겠다고 하면서, 불을 일으켜 철학자의 집을 태웠다.

어디쯤 가다가 도사는 수염이 없어지고 젊은이의 모습을 하더니, 날개가 돋아 하늘로 올라갔다. 자디그는 "하늘에서 온 분이시여, 연약한 인간에게 영원한 질서를 가르쳐주려고 오셨나이까?"라고 말했다. 천사의 본색을 드러낸 도사는 "판단을 내릴 지식이 없는 인간 가운데 그대가 가장 슬기롭다"고 하고, 하늘로 올라가면서 천지만물의 영원한 질서에 관해 일러주었다. "연쇄적으로 일어나는 사건"이 "최고 존재의 영원한 모습"(la demeure éternelle de l'Être suprême)이라고 했다.

그 과정에서 생겨난 모든 개별적인 존재는 각기 그 나름대로의 독자성이 있어, "나무에 달린 잎이나, 하늘에 있는 구면체 가운데 같은 것이 둘 없으며", 아무리 작은 것이라도 움직일 수 없는 질서 속에서 그 나름대로의 시간과 공간을 차지하고 태어난다고 했다. 철학자의 집이 불탄 것은 자기가 한 짓도 아니고, 우연도 아니며 이미 예정되어 있었다고 했다. "모든 것이 시험이고, 징벌이고, 보상이고, 예견이다"라고 하는 총체적인 현상의 일부가 그렇게 나타났다고 했다.

그것은 어느 특정 종교에서 하는 말이 아니다. 종교끼리의 대립을 넘어서 모든 종교에 두루 통용될 수 있는 보편적인 원리를 제시하려고 했다. 천사가 하늘에서 내려왔다가 다시 올라갔다고 한 것은 기독교의 발상인데 이슬람교와도 공유할 수 있다. 그러나 천사가 도사 노릇을 하면서 지상에 머물렀다고 하는 것은 힌두교에서나 흔히 볼 수 있는 설정이다. 도사 노릇을 하던 천사가 행동으로 가르쳐준 천지만물이 운행하는 질서인 보편적인 원리는 불교에서 말하는 緣起와 흡사한 내용으로 구성되어 있다. 그래서 표현방식과 서술내용 양면에서 여러 종교를 합쳤다고 할 수 있다.

행운이 불운으로 되고, 불운이 행운으로 바뀌는 어처구니없는 일이 왜 일어나는가 하는 가장 큰 의문을, 경험할 수 있는 현상의 범위 안에서 모든 것이 상대적이라고 하는 사실을 들어 해결하려고 하는 데 그치지 않았다. 업보나 연기와 상통하는 근본적인 원리가 있다고 하는 데까지 이르렀다. 이성의 영역을 넘어선 통찰을 갖추어야 거기 이를 수 있다고 하는 결론을 내리기 위해서 도사의 모습을 한 천사를 등장시켰다.

볼테르의 종교관은 '理神論'(déisme)이라고 한다.[47] '이신론'은 '유신론'(théisme)도 아니고 '무신론'(athéisme)도 아니며, 그 중간이라고 할 수 있다. '유신론'에서는 어느 특정의 신을 섬기고 다른 신은

---

[47] René Pomeau, *La religion de Voltaire* (Paris: A. -G. Nizet, 1955); Alphonse Dupront, "Lumières et religion: la religion de Voltaire", *Qu'est-ce que les lumières* (Paris: Gallimard, 1996)에서 이에 대해 자세하게 고찰했다.

배격한다. '무신론'에서는 어떤 신이라도 부정하고 모든 종교를 거부한다. 볼테르는 그 둘 다 마땅하지 않다고 하고, 인류 전체가 하나의 보편적인 신을 함께 섬겨 평화와 화합을 이룩하고, 도덕의 근거를 공통되게 마련하자고 하는 취지의 '이신론'을 주장했다.

이번에도 총괄론을 덧붙이자. 지금까지 고찰한 〈자디그〉는 앞뒤 연결이 잘되지 않는 것이 기본 특징이다. 이것은 일차원적 인과론을 타파하고 그 이상의 이치를 찾기 위한 선택이다. 철학 이상의 철학이어서 이럴 수 있다.

2.2.5. 안등창익

安藤昌益(1703-1762)은 일본의 시골 사람이었다.[48] 농사가 잘되지 않은 척박한 땅 동북지방에서 의원 노릇을 하면서, 농민의 참상을 보고 마음 아파하고, 스스로 농사를 짓기도 했다. 농사하는 방법을 바꾸어 농민이 살 수 있게 하는 직접적인 방도는 찾지 못하고, 사람을 차별하는 제도의 근거가 되는 사상을 온통 바꾸어놓아야 한다고 역설하는 글을 쓰는 데 힘을 기울였다.

한문으로 글을 썼으나 정통한문은 아닌 변체한문이다. 독법을 표기하는 返點을 달았으며, 본문에다 일본어를 삽입하기도 했다. 이치를 따지는 글은 한문으로 써야 한다는 전통을 존중하면서 한문에 능통하지 않은 사람도 읽을 수 있게 했다. 그래도 쓴 글이 뜻하는 대로 보급되지 않아, 애쓴 보람이 적었다. 그 시기에 일본에서 출판

---

48 〈朴趾源과 安藤昌益의 비교연구 서설〉, 《한국의 문학사와 철학사》(지식산업사, 1996)에서 한 작업을 축약해 재론한다.

이 성행했으나 安藤昌益의 저작은 대부분 사본으로 전하고, 유일본만 남았다가 없어진 것도 있다.

〈大序卷〉을 비롯한 몇 가지 논설을 써서 자기가 발견한 氣일원론의 이치를 논하고, 그 내용을 우언에다 옮겨 〈法世物語〉를 지었다. 鳥獸蟲魚 즉, 날짐승·길짐승·벌레·물고기의 네 가지 금수의 무리가 일제히 사람을 나무란다고 하는 것이 기본설정이다. 무엇을 말했는지 본문을 일부 읽어보자. 〈法世物語〉는 이렇게 시작한다.

> 諸鳥群會評議 鳩曰 吾熟思 轉定央土萬物生生 人通氣主宰 伏橫逆氣人 故活眞通回不背 轉下一般 直耕一業 無別業 故上下貴賤貧富二別無 他不食 他食ズ 遺取無相應 相應夫婦 眞通神人世也
>
> 如吾吾四類 橫氣主宰 伏通逆氣 受橫進偏氣 鳥類生也 伏通氣 橫氣進偏 故大進偏氣生 鷲鳥王 鶴鳥公卿大夫 鷹鳥諸侯 烏鳥工 鵲鳥商 雕鳥主 諸小鳥奴僕也 故鷲雁鷹類採食 鷹烏雀凡鳥採 鶴山鳥類採食 烏雀鳩類採食 皆其大小食序 以此如是[49]
>
> 鳥答曰 汝言如然也 人轉眞通回生 故轉眞與一般 直耕穀可行之 聖釋出不耕 盜轉眞 直耕及道 貪食 立私法 王公卿大夫諸侯士工商 始 以來法世成 王守法 其次序 以守其宦位法 無宦無位 其其守法 法背有者 則是刑殺 故上下法守 故法世[50]

여러 새가 모여서 회의를 하는데, 비둘기가 말했다. "내가 깊이 생각해보니, 轉定의 央土에서 만물이 생겨날 때, 사람은 通氣가 主宰한다. 橫氣나 逆氣는 감추어져서 사람이다. 그러므로 活眞의 通回에 어긋나지 않는다. 轉下에서 온통 直耕 한 가지 생업에 종사하

---

49 《安藤昌益全集》 2(東京: 農山漁村文化協會, 1982), 7면.
50 같은 책, 8면.

고 다른 생업은 없다. 그러므로 상하·귀천·빈부의 二別이 없었다. 다른 사람을 먹지도 않고, 다른 사람에게 먹히지도 않았다. 남겨두고 취할 것이 없었다. 相應하는 부부 사이였다. 진실로 神과 사람이 통하는 시대였다."

"우리들과 같은 四類는 橫氣가 주재한다. 通氣와 逆氣는 감추어져 있다. 橫進偏氣를 받아 鳥類로 태어났다. 通氣는 감추어져 있고, 橫氣로만 나아간다. 그러므로 크게 나아가는 偏氣를 타고난 독수리는 새들의 왕이다. 두루미는 새들의 公卿大夫이다. 매는 새들의 諸侯이다. 까마귀는 새들의 工匠이고, 까치는 새들의 상인이다. 독수리는 새들의 주인이고, 여러 작은 새들은 노예이다. 그러므로 독수리는 기러기나 매를 잡아먹는다. 매는 까마귀, 참새 등 뭇 새를 잡아먹는다. 두루미는 산새 무리를 잡아먹는다. 까마귀는 참새의 무리를 잡아먹는다. 이는 모두 큰 것이 작은 것을 잡아먹는 순서이다. 크고 작은 것의 서열이 이와 같다."

까마귀가 대답해서 말했다. "너의 말이 맞다. 사람은 轉眞의 通回를 지니고 태어났으므로 轉眞과 더불어 같다. 곡식을 直耕해서 살아가는 것이 마땅하다. 聖人과 釋迦가 나타나서 농사짓지 않으면서 轉眞의 直耕 및 그 道를 도둑질해 貪食하고, 私法을 세우자, 임금, 공경대부, 제후, 士·工·商이 시작되었다. 그래서 法世가 이루어졌다. 임금은 법을 지키고, 그 아래 지위에서는 그 벼슬의 법을 지킨다. 벼슬도 지위도 없는 자라도 그 법을 지킨다. 법에 어긋나는 자가 있으면 형벌로 죽인다. 그러므로 상하가 법을 지킨다. 그래서 法世이다."

원문의 "烏"자와 "雁"자는 일반적으로 통용되지 않는 특이한 자형으로 적혀 있어 주해자의 고증을 참고해서[51] 고쳐 적었다. 원문에는 일본어 返點 표시가 있는데, 옮기지 않았다. 한문만으로 이해하

기 어려운 대목은 일본어 返點 표시에 의거해 해독하고, 주해본을 참고해서 번역했다.[52]

위의 인용구에서 볼 수 있듯이, 安藤昌益은 많은 용어를 창안했다. '轉定'은 천지만물의 운행을 말한다. '央土'는 하늘과 바다 사이에 있는 땅이다. '活眞'은 천지운행의 활력이다. '通回'는 천지운행이 제대로 통하고 회전한다는 말이다. '轉下'는 '天下'이다. '直耕'은 자기가 직접 농사를 짓는다는 말이다. '二別'은 둘로 나누어진 차별이다. 그것은 마땅히 상보적인 상호관계인 '互性'이어야 한다고 생각했다. '通神'은 진실이 실현된다는 말이다.

그런 글을 쓰게 된 연유를 밝히지 않았는데, 반발을 의식해야 할 독자가 없었기 때문이라고 할 수 있다. 사용한 문체는 일본어의 어법을 받아들이고 일본어처럼 읽도록 한 변체한문이다. 국내외의 수준 높은 문사가 아닌 자기 주변의 평범한 독자들을 위해서 쓴 글이므로 그렇게 하는 것이 어울리는 일이었다. 자기 사상을 논술의 형태로 거듭 나타내다가, 이 글을 쓴 것은 흥미를 끄는 설명방법이 필요하다고 판단했기 때문이다.

기존의 철학에서처럼 어렵고 복잡한 논란을 거치지 않고 자기주장을 바로 제시했다. 天地·男女·上下·貴賤은 서로 구별되면서도 우열의 차등은 없고 서로 대등한 작용을 한다고 하는 것을 '互性'이라고 했다. 이상적인 시대와 타락된 시대를 갈라 논하는 역사철학을 마련한 것이 또 한 가지 특별한 점이다. '互性眞活'의 '自然世'가 가고 차등과 억압을 강제하는 시대인 '法世'가 온 잘못을 바로잡아

---

51 같은 책, 6, 37·38면.
52 같은 책, 6, 34~39면.

야 한다고 주장했다. 유학이나 불교뿐만 아니라 일본의 神道도 '自然世'의 종말을 재촉한 '法世'의 사상이라고 해서 극력 배격했다.

자기 자신은 시골 의사이면서 농민과 고락을 함께 하고, 스스로 농사를 지었다. 농민의 생각을 대변하는 철학을 마련했다. 직접 농사를 지으면서 사는 '直耕'만 소중하고, '直耕'을 하는 사람들을 억압하고 착취하는 무리는 용서할 수 없는 도적이라고 규탄했다. 18세기의 사상가 가운데 하층민의 세계로 그만큼 내려간 사람을 다시 찾을 수 없다.

위의 인용구에서 새들의 먹이사슬에 관한 구체적인 설명은 사실과 많이 어긋난다. 사람은 농사만 짓고 살아야 한다는 것은 일방적인 주장이다. 사람도 수렵을 한다. 聖人과 석가가 차등의 법을 만들었다고 하는 것은 무리이다. 그러나 '通氣'·'橫氣'·'逆氣'의 차이가 그 자체로 윤리적 등급이라고 하지 않고, '通氣'를 지닌 사람은 마땅히 다른 생명체를 침해하지 않아 금수보다 나은 삶을 살아야 한다고 한 것은 획기적인 견해이다. 무엇이 바람직한 상태인가에 대한 견해를 바꾸어놓았다.

금수는 '橫氣'를 타고나서 서로 잡아먹는다고 했다. 그러나 그것이 사람이 서로 잡아먹는 것과는 다른 차원임을 말했다. 금수는 살기 위해서 서로 잡아먹지만, 사람은 지배하고 억압하기 위해서 형벌을 휘두른다고 했다. 모든 잘못이 '法'에 있다 하고, '法世'를 나무란 安藤昌益 특유의 사상은 일본의 현실에 근거를 두었다. 동아시아 다른 나라 특히 한국에서는 '禮'를 표방할 때 일본에서는 '法'에 의한 지배를 강화했으므로, '法'을 규탄의 대상으로 삼아 그런 사상을 마련했다고 할 수 있다.

2.2.6. 박지원

朴趾源(1737-1805)은 徐敬德이 선도하고 任聖周가 발전시킨 氣일원론 철학을 洪大容과 함께 새롭게 전개했다. 〈答任亨五論原道序〉 같은 논설을 써서 철학에 관한 소견을 서술하기도 했는데, 이것도 우언에 가까운 것이다.[53] 긴 서두가 있은 다음 본문 서두에서 한 말을 들어보자.

> 以我視彼 則勻受是氣 無一虛假 豈非天理之至公乎 卽物而視我 則我亦物之一也 故體物而反求諸己 則萬物皆備於我 盡我之性 所以能盡物之性也

> 나의 처지에서 저 物을 보면, (양쪽 다) 氣를 고르게 받아 비고 거짓된 데가 없으니 어찌 天理가 지극히 공평함이 아니겠는가? 物에서 나를 보면 나도 物의 하나이다. 그러므로 物에서 체득한 바를 되돌려 나를 탐구하면 萬物이 내게 갖추어져 있다. 내 性을 다함은 物의 性을 다하는 까닭이다.

짧은 글에 많은 내용이 들어 있다. 말을 간략하게 하고 장황한 논의를 피해 혼란이 일어나지 않게 한 것만 아니다. 유학의 정통으로 행세하면서 막강한 권위를 자랑하는 理氣이원론에 대한 비판을 보충 설명은 생략하고 알맹이만 간추려 알아볼 수 있는 사람에게만 전달했다. 한꺼번에 삼키려고 하지 말고, 하나하나 뜯어보면서 음미해야 한다.

---

[53] 《燕巖集》 권2에 실려 있는 글이다.

天理라고 하는 포괄적 원리는 理가 아닌 氣에서 이루어진다. 사람이든 사람이 아닌 物이든 氣로 이루어져 같다고 하는 것이 조금도 허황되거나 거짓되지 않은 진실이다. 이런 말로 氣일원론의 기본 명제를 제시하고, 타당성을 의심할 수 없다고 했다.

사람과 사람이 아닌 物은, 만물을 다 말하지만 그 가운데 특히 動物은 자기를 주체로 하고 상대방을 객체로 하는 대등한 관계를 가진다. 일방적인 기준에서 우열을 가릴 수 없다. 이렇게 말해 氣일원론으로 윤리관을 혁신했다. 사람은 道義를 갖추어 萬物의 으뜸이고 동물보다 우월하다는 주장이 허위라고 논파했다. 人物均의 새로운 사상을 대안으로 제시했다.

사람과 物은 상대방에 대한 인식을 근거로 삼아 자기를 인식한다. 비교고찰을 구체적인 방법으로 생각할 수 있다. "性을 다한다"고 하는 말로 나타낸, 능력이나 가능성을 충분하게 발현하고 성실하게 살아가는 것은 일방적인 행위일 수 없다. 상대방에도 그렇게 하는 것을 알고 존중해야 비로소 가능하다. 여기서는 氣일원론으로 인식과 실천의 문제를 새롭게 해결했다.

이렇게 논의를 펴는 방법은 결함이 있다. 무엇을 말하는지 알아차릴 수 있는 사람은 아주 제한되어 있다. 소통의 범위를 넓히려고 하면 속셈이 공개되어 理氣이원론의 분노를 사고, 박해를 받을 수 있다. 그 쪽의 허위와 폐해를 비판할 수는 없다. 소통의 범위를 넓히면서 비판이 가능하게 하려면 작전을 바꾸어야 했다. 우언에 가까운 글이 아닌 완전한 우언이 필요했다.

어떤 우언이어야 하는지 면밀하게 계산해 〈虎叱〉을 썼다. 다른 사람이 지은 글을 베껴온 것이고 자기 작품이 아니라고 해서 말썽을 피했다. 이 작전은 볼태르가 〈자디그〉에서 사용한 것과 같으면서 다르다. 볼태르는 〈자디그〉의 유래를 설명하는 말을 장황하게 지어 냈는데, 박지원은 중국 어디를 가다가 누군지 모를 사람이 벽에 써 놓은 글을 베껴온 것이 〈虎叱〉이라고 했다. 수고를 적게 하고 의심을 더 막아 현명하다고 할 수 있다.[54]

호랑이가 사람을 나무라는 말을 통해 자기가 하려는 말을 하고, 있을 수 없는 허황된 이야기이니 심각하게 생각하지 않아도 된다는 방어선을 폈다. 이 작전은 安藤昌益의 〈法世物語〉에서 볼 수 있는 것과 같으면서 다르다. 한문 문장이 서투르고 세련된 차이점은 작가의 능력에 관한 것이지만, 새로운 용어를 여럿 지어내 논의를 복잡하게 하지 않고 쉽게 알아들을 수 있는 말로 작품을 이어나간 것은 전략이나 수법 차원의 중요한 차이점이다.

사람을 나무라는 동물이 여럿이 아니고 범 하나만이어서, 내용이 복잡하지 않고 초점이 분명하다. 동물들의 입을 빌려 자기 지론을 직접 펴지 않고, 흥미로운 이야기를 지어내 서사적인 수법을 적극 활용하는 우언을 창작했다. 훌륭한 선비의 모범을 보여 널리 칭송되는 北郭이 과부와 사통하다가 들켜 똥통에 빠진 것을 범이 발견하고 꾸짖으니, 누구나 재미있다고 할 수 있다.

그것은 작품의 표면이다. 표면의 흥미에 이끌려 작품을 읽도록 하고 심각한 주제를 전달했다. 범이 사람을 꾸짖는 다음과 같은 말이 理氣二元論의 허위를 단죄하는 氣一元論의 준엄한 선고이다. 논설을 써서는 다 하지 못하는 말을 우언에다 쏟아놓았다.

---

54 〈자디그〉를 볼태르의 작품이 아니라고 하는 사람은 없어, 〈虎叱〉은 중국에서 베껴온 글이라고 새삼스럽게 주장하는 논문이 나오기까지 하는 우리 쪽의 사정과 많이 다르다. 박지원의 은폐 작전이 뛰어났음을 확인할 수 있다. 지금도 수긍하지 못하고 반대나 할 사람들은 문헌 고증을 한다면서 자구에 매달려 힘을 빼도록 한다.

夫天下之理一也 虎誠惡也 人性亦惡也 人性善則虎之性亦善也
汝千語萬言 不離五常 戒之勸之 恒在四綱 然都邑之間 無鼻無趾 文
面而行者 皆不遜五品之人也 然而徽墨斧鋸 日不暇給 莫能止其惡
焉 而虎之家 自無是刑 由是觀之 虎之性 不亦賢於人乎.[55]

무릇 천하의 이치는 하나이다. 범이 참으로 악하면 人性도 또한
악하며, 人性이 선하면 虎性도 또한 선하다. 너는 천만 가지로 하는
말이 五常을 떠나지 않고, 경계하고 권장하는 것이 언제나 四綱에
있다. 그런데 서울에든 읍내에든 코 없고, 발꿈치 없고, 얼굴에 글자
가 박힌 채 다니는 자들은 모두 다섯 가지 도리를 지키지 않은 죄인
이다. 그런데 포승줄과 먹실, 도끼나 톱이 하루도 쉴 사이가 없어도
악을 멈추게 하지는 못한다. 범의 집안에는 본래 이런 형벌이 없으
니, 이로 미루어 살피건대 범의 性이 사람보다 어질지 않은가?

汝談理論性 動輒稱天 自天所命而視之 則虎與人 乃物之一也 自
天地生物之仁而論之 則虎與蝗蠶蜂蟻與人並蓄 而不可相悖也 自
其善惡而辨之 則公行剽刦於蜂蟻之室者 獨不爲天地之巨盜耶 肆
然攘竊於蝗蠶之資者 獨不爲仁義之大賊乎 虎未嘗食豹者 誠爲不
忍於其類也 然而 計虎之食麕鹿 不若人之食麕鹿之多也 計虎之食
馬牛 不若人之食馬牛之多也 虎之食人 不若人之相食之多也[56]

너희는 理를 말하고 性을 논하면서 걸핏하면 하늘을 들먹이지만,
하늘이 명한 바에서 본다면, 범이나 사람이나 다 같이 物의 하나이
다. 하늘과 땅이 物을 낳은 仁에서 논한다면, 범이나 메뚜기, 누에,
벌, 개미가 사람과 함께 양육되어 서로 어그러질 수 없다. 그 선악에

---

55 《熱河日記》〈關內程史 虎叱〉, 《燕巖集》(경희출판사 영인본, 1966), 192면.
56 같은 책, 192-193면.

서 분별한다면, 벌이나 개미집을 함부로 노략질하는 놈이야말로 천하의 큰 도적이 되는 것이 아니겠는가? 메뚜기와 누에의 밑천을 약탈하는 놈이야말로 仁義의 큰 도적이 되는 것이 아니겠는가? 범이 표범을 잡아먹지 않는 것은 동류에게는 차마 그럴 수 없기 때문이다. 그런데 범이 고라니나 사슴을 잡아먹은 수를 합쳐도 사람이 고라니나 사슴을 잡아먹은 것만큼 많지 않다. 범이 사람을 잡아먹은 수를 합쳐도 사람이 서로 잡아먹은 것만큼 많지 않다.

사람과 범은 삶을 누리는 점에서 서로 대등하고, 어느 쪽이 선하고 악하다고 분별할 수 없다. 이것은 원칙론이고 실제는 그렇지 않다. 사람이 원칙론을 말하는 것은 공허한 소리라고 하고, 범이 실제 상황을 들어 사람의 잘못을 나무랐다. 사람이 아닌 생물이 마음에 품고 있을 생각을 범이 꾸짖는 말로 나타냈다.

사람은 악행을 저질러 형벌로 다스려야 하고, 서로 죽이기를 일삼으며, 금수의 삶을 함부로 침해하지만, 범은 그렇지 않아 자기가 살기 위해서 반드시 필요한 경우에만 다른 금수를 죽여 먹이를 얻을 따름이라고 했다. 사람은 도의를 실행하고 있어서 금수보다 우월하다는 주장은 타당하지 않다고 했다. 이것은 이기이원론의 근간을 무너뜨리는 중대 발언이다.

삶을 누리는 것이 善이다. 이 점에서 사람이든 다른 생물이든 대등하다. 삶을 유린하는 것은 惡이다. 이 점에서도 사람과 다른 생물이 다르지 않다. 이렇게 말해 사람은 윤리를 갖추어 다른 생물보다 우월하다고 해온 견해를 근본적으로 부정하고 윤리관의 대혁신을 이룩했다. 이렇게 하는 것이 논설에서는 가능하지 않아 우언을 지어야 했다.

사람과 다른 생물은 삶을 누려 善하고, 삶을 해치면 惡해 대등하다는 것은 원칙론이다. 실상은 그렇지 않다. 사람은 삶을 해치는 것을 일삼아 다른 생물보다 惡하다. 다른 생물의 삶을 해칠 뿐만 아니라 사람이 사람을 괴롭히고 해치고 죽여, 자연에서는 볼 수 없는 사회악을 저지른다. 여기까지는 직접 말하지 않았으나 알아낼 수 있다. 우언은 직접 말하는 것 이상의 의미를 지닌다.

사회악을 저지르는 가해자를 그대로 둘 수 없으므로 징치해야 한다. 사회악을 은폐하고 합리화하는 헛된 주장을 논파하는 것이 선결 과제이다. 사회를 개혁해 올바르게 만들려면 지식인 개조부터 해야 한다. 이런 주장을 펴는 사회철학을 이룩하고자 했다. 미완의 과업을 물려받아 오늘날의 논자들이 분발하게 한다.

2.3. 서정시[57]

위에서 [나]라고 한, 문학에 숨어 있는 철학의 사례는 동서고금 서정시에서 풍부하게 발견할 수 있다. 몇몇 본보기를 들어 고찰하고 다른 많은 경우를 함께 생각할 수 있는 가능성을 열고자 한다. 비슷한 작품을 둘씩 들고 비교하는 방법을 택해 특징을 분명하게 드러낸다. 서정시는 간명한 것이 특징이므로 풀이를 장황하게 하지 않아야 한다. 위에서 철학시나 우언을 다루면서 장황하고 복잡한 논의를 전개하지 않을 수 없었던 수렁에서 벗어나니 상쾌하다.

---

57 이 장에서는 《동서고금 서정시 모두 하나》 1-6(내 마음의 바다, 2016), 《시조의 넓이와 깊이》(푸른사상사, 2017)에서 한 작업을 여럿 가져와 재론하면서, 양자 비교를 추가한다.

2.3.1. 연수와 김소월

延壽, 〈永明偈〉

欲識永明旨
門前一池水
日照光明生
風來波浪起

연수, 〈영명게〉

영명의 뜻 알고 싶거든
문 앞의 저 못을 보라.
해가 뜨면 반짝이고,
바람 불면 물결이 이네.

호가 永明인 연수는 중국 唐末·五代의 선승이다. 이런 작품에서, 도를 닦아 얻은 맑고 깨끗한 마음을 나타내는 선시의 좋은 본보기를 보여주었다. "길게 밝다"는 자기 호가 무엇을 뜻하는지 알고 싶거든 방문 앞의 못을 보라고 한다.

자기는 안에 머무르지만, 마음은 밖의 못처럼 열려 있다고 한다. 못은 해가 뜨면 반짝이고, 바람이 불면 물결이 일지만 그 자체는 청정하기만 하다고 한다. 움직이면서 움직임이 없고, 변화를 따르면서도 언제나 그대로인 경지에 이른 것을 말해준다.

김소월, 〈山有花〉

산에는 꽃 피네
꽃이 피네

갈 봄 여름 없이
꽃이 피네

산에
산에
피는 꽃은
저만치 혼자서 피어 있네

산에서 우는 작은 새여
꽃이 좋아
산에서
사노라네

산에는 꽃 지네
꽃이 지네
갈 봄 여름 없이
꽃이 지네

　한국 근대시인 김소월은 이 시에서 말을 많이 하지 않는다. 계절
이 교체되면서 산에서 꽃이 피고 지는 모습을, 꽃이 좋아 산에서
사는 새와 함께 보여주기만 한다. 그 이상 다른 사연이 없어 많은
것을 생각하게 한다. 깊이 새겨 이해하면, 시간의 흐름에 대한 깊은
성찰을 목소리를 최대한 낮추어 전한 것을 알 수 있다.

　이 시에 사람은 없다. 사람이 만든 것도 없다. 오직 자연이 있을
따름이다. 사람이 끼어들지 않은 자연은 시간의 흐름을 그 자체로
보여준다. 사람이 할 일은 자연의 시간을 관찰하고 이해하는 것이
다. 산에서 사는 새는 피고 지는 꽃을 좋아할 따름이고, 시간은 의식
하지 않는다. 사람도 새를 본받아 시간을 분리하거나 그 흐름을 바

꾸어놓으려고 하지 말아야 한다.

　시간은 그냥 흐르지 않는다. 시간은 흐르면서 생성과 소멸을 빚어낸다. 생성이 있어 소멸이 있고, 소멸이 있어 생성이 있다. 생성과 소멸이 모든 존재의 현상이고 본질이다. 현상과 본질의 구분은 없다. 이러한 사실을 그대로 받아들이면 그만이다. 사실과 어긋나는 관념적 언설을 펴지 말아야 한다.

　존재하는 모든 것을 총괄해서 파악하려고 철학을 한다. 그 작업을 존재, 모든 것, 총괄, 파악 등을 개념화해 일정한 용어로 지칭하고, 논리적 진술로 상관관계를 해명하는 방식으로 진행한다. 개념이나 용어는 실상에서 유리되지 않을 수 없다. 논리적 진술은 말할 수 있는 것을 제한한다. 말을 많이 해서 말하지 않은 것을 없앨 수는 없다.

　철학이 하려고 하는 작업을 문학에서 더 잘할 수 있는 것을 서정시가 명확하게 보여준다. 어째서 그럴 수 있는가? 개념을 지칭하는 용어를 사용하지 않고 실상과 직접 만난다. 제한된 영역에 머무르지 않고 가능성을 열어두려고 논리를 넘어선다. 말을 최소한으로 축소해 말하지 않은 것이 무한하다고 알린다.

　"해가 뜨면 반짝이고, 바람 불면 물결이 이네." 위에서 든 연수의 시에 있는, 이런 말은 개념이나 용어를 매개로 하지 않고 실상과 직접 만난 보고서여서 생동감이 살아 있다. 말을 하지 않는 듯이 해서 넓게 열린 세계를 알려준다. 해, 반짝임, 바람, 물결은 그 자체의 의미만 지니지 않고 훨씬 더 많은 것을 말해주는 상징이다. 무엇이든지 상관관계를 가지고 연결되는 것을, 누구나 알고 커다란 깨달음으로 삼게 한다. "길게 밝다"라고 하는 각성을 만인이 공유하게 한다.

"산에는 꽃이 피네", "산에는 꽃이 지네"라고 한 김소월의 시도 그런 것이면서, 두 가지는 더 알아차려야 할 것이 있다. 하나는 율격의 변화이다. 또 하나는 있음과 없음, 멀고 가까움, 혼자와 여럿의 관계이다.

앞의 시 5언절구는 단조로운 형식이다. 말을 줄이는 것 이상의 기능은 없다. 김소월은 "—––/—––"라고 표시할 수 있는 세 토막 두 줄, 한국 민요의 기저 형식을 그대로 이용하지 않고 변형시켰다. "––/–/––/–", "–/–/–/–––"으로 분단시킨 것의 앞뒤를 포갰다.

앞의 시에서 무엇이든지 상관관계를 가지고 연결되는 것을 말한 데다 더 보태, 김소월은 더 많은 것을 말한다. 꽃이 피고 지는 것을 들어 생성이 소멸이고 소멸이 생성이라고 한다. "저만치 혼자서 피어 있네", "꽃이 좋아/ 산에서/ 사노라네"에서는 멀고 가까움, 혼자와 여럿의 관계를 생각하게 한다.

두 시에서 한 작업을 철학의 용어를 사용해 풀이할 수 있다. 앞의 시는 緣起를 말하고, 김소월은 生克의 원리를 제시한다. 이런 설명을 하면 시의 가치를 평가하지 않고 훼손한다. 연기니 생극이니 하는 것들이 관념으로 곡해될 수 있는 가능성을 차단하는 공적을 시에서 이룬 것을 확인할 수 있다.

2.3.2. 셰익스피어와 무명씨

William Shakespeare, Sonnet 19

Devouring Time, blunt thou the lion's paws,

And make the earth devour her own sweet brood;
Pluck the keen teeth from the fierce tiger's jaws,
And burn the long-lived phoenix in her blood;
Make glad and sorry seasons as thou fleet'st,
And do whate'er thou wilt, swift-footed Time,
To the wide world and all her fading sweets;
But I forbid thee one most heinous crime:
O! carve not with thy hours my love's fair brow,
Nor draw no lines there with thine antique pen;
Him in thy course untainted do allow
For beauty's pattern to succeeding men.
Yet, do thy worst old Time: despite thy wrong,
My love shall in my verse ever live young.

윌리엄 셰익스피어, 소네트 19

게걸스러운 시간이여, 사자의 발톱을 무디게 갈고,
그 귀여운 후손을 대지가 삼키도록 해라.
호랑이의 턱에서 날카로운 이빨을 뽑아라.
오래 사는 불사조를 그 핏속에서 불태워라.
급히 지나가면서 기쁘고 슬픈 계절을 만들어라.
걸음이 잽싼 시간이여, 원하면 무엇이든지 해라.
넓은 세상에서, 퇴색하는 모든 감미로운 것들에서.
그러나 단 하나 흉측한 범죄는 저지르지 말라.
내 사랑의 아름다운 이마에 시간을 새기려고,
너의 골동품 펜으로 거기다가 줄을 긋지 말라.
네가 진행하는 과정에서 벗어나 있기를 허용해
후대인에게 아름다움의 전형을 보이게 하여라.
하지만, 너 늙고 고약한 시간아, 네가 잘못 해도
내 사랑은 내 시에서 언제나 젊게 살 것이다.

이 시 처음 넉 줄에서는 시간의 흐름이 좋은 일을 한다고 했다. 사자나 호랑이는 횡포를 부리는 권력자를 말한 것으로 생각된다. 그런 무리가 힘을 잃고 사라지게 하는 것이 시간의 위대한 공적이다. 불사조 따위는 있을 수 없다고 입증하는 것도 훌륭하다.

그다음 석 줄에서는 시간이 흐르면서 하는 일은 좋으니 나쁘니 하고 평가할 필요가 없다고 한다. 세월이 마구 흘러가는 동안에 기쁨도 있고 슬픔도 있게 마련이다. 세상은 넓어 시간이 맡아서 할 일이 많다는 것을 인정하자. 감미로운 것들도 퇴색되게 마련이니 미련을 가지지 말아야 한다.

그다음 다섯 줄에는 시간의 흐름이 잘못될 수도 있다고 했다. 이마에다 줄을 그어 사랑이 늙게 하는 것은 횡포라고 나무랐다. 사랑하는 사람이라고 하지 않고 사랑을 의인화해 "Him"이라는 남성 대명사로 지칭했다. 모든 사랑을 총칭하는 의미를 지닌다고 할 수 있다.

마지막 두 줄에서는 시간의 흐름을 멈출 수 있다고 했다. 사랑을 노래하는 시는 변하지 않고 남아 있고, 시에서 찬미한 사랑은 언제나 젊고 아름다울 수 있다고 했다. "인생은 짧고 예술은 길다"고 하는 말을 시적 표현을 갖추어 나타냈다.

無名氏의 시조
해야 가지 마라, 너와 나와 함께 가자.
기나긴 하늘에 어디 가려 수이 가낟?
동산에 달이 나거든 보고 간들 어떠리.

고시조에 이런 것이 있다. 누군지 모를 무명씨의 작품이다. 얼핏 보면 만만한 것 같은데, 거듭 읽으면 놀랍다고 하지 않을 수 없다.

말을 풀이하면서 속뜻을 캐보자.

"해야 가지 마라, 너와 나와 함께 가자"는 해를 "너"라고 하면서 대등한 동반자로 삼고자 한다는 말이다. 해가 혼자 가지 말고 "나"와 함께 가자고 해서, 해는 위대하고 나는 왜소하다는 생각을 부정하고, 天人合一의 원리를 확인하고자 했다. 이 원리를 확인하는 사람의 주체성이 돋보인다.

"기나긴 하늘에 어디 가려 수이 가난?"에서는, 하늘이 길고 긴데 어디를 가려고 "쉽게 가는가?" 하고 해에게 따져 물었다. 목적지를 다른 데 두고 길고 긴 하늘을 너무나도 쉽게 통과하는 것이 불만이라고 했다. 논란의 여지가 있는 목적보다 지금 진행하고 있는 과정을 더 소중하게 여겨야 시간을 보람 있게 보낸다고 했다.

"동산에 달이 나거든 보고 간들 어떠리"에서는 앞에서 든 불만을 해소하는 방책의 차원을 높였다. 해가 "나"를 동반자로 삼고, 목적보다 과정을 더 소중하게 여기라고 한 편법 위에 "달"을 보고 가라고 하는 근본적인 방책이 있다고 했다. "달"은 해의 필수적인 동반자이고, 둘이 음양의 관계를 가진다. 모든 것은 고립되어 있지 않고, 음양의 관계를 가지는 동반자가 있는 것을 알고 시간을 공유해야 한다고 했다.

시간론은 물리학의 소관이라고 하는데, 철학도 할 말이 있다고 나선다. 물리학의 시간론과는 별도로 철학의 시간론이 있다고 한다. 물리학은 자연의 시간을 사실 그대로 다루는 데 그치는 한계가 있으므로, 자연의 시간을 사람의 시간과 연결시키고, 사실의 시간을 의식의 시간과 비교해 고찰하는 작업을 철학이 맡아서 해야 한다고 한다.

위에서 든 두 노래는 철학의 시간론을 문학적 표현으로 나타낸 공통점이 있다. 이에 관해 두 가지 고찰을 할 필요가 있다. 문학적 표현에 나타나 있는 철학을 읽어내면 할 일을 다 하는 것은 아니다. 철학을 철학으로 논술해서는 나타내지 못하는 시간관을 찾아내는 데 더욱 힘써야 한다. 두 노래의 차이점이 시간관의 새로운 지평을 열어준다.

앞의 노래는 자연의 시간과 사람의 시간을 분리시켰다. 자연의 시간은 버려두고 사람의 시간만 말했다. 자연의 시간에는 선악이 없다는 말은 생략하고, 사람의 시간에는 선악이 있다고 했다. 선한 시간과 악한 시간이 따로 있다고는 하지 않고, 같은 시간이 다른 사람들에게는 선이어도 자기에게는 악이라고 했다. 자기는 예외자이고자 한다는 말을 시간을 들어서 했다.

뒤의 노래는 자연의 시간과 사람의 시간을 함께 다루고, 둘이 하나인 것을 확인하려고 했다. 자연과 사람은 시간을 공유하고 있어 대등하다. 자연의 시간이든 사람의 시간이든 어떤 목적이 있어서 흐르지 않고 흐름 자체를 목적으로 한다. 이런 논리로 자연의 시간과 사람의 시간이 둘이 아니라고 하다가, 논의의 차원을 높였다.

존재하는 모든 것은 음양의 관계를 가지는 동반자와 시간을 공유한다. 시간을 공유하는 것이 동반자 관계이다. 이 관계를 떠나서 존재하는 것은 없다. 이 점에서 대우주의 시간과 내면심리의 시간이 조금도 다르지 않다. 이런 놀라운 원리를 읽어낼 수 있다.

2.3.3. 두보와 윤동주

杜甫, 〈乾元中寓居同谷縣作歌〉

有客有客字子美
白頭亂發垂過耳
歲拾橡栗隨狙公
天寒日暮山谷裡
中原無書歸不得
手脚凍皴皮肉死
嗚呼一歌兮歌已哀
悲風爲我從天來

두보, 〈건원 시기 동곡현에 머물러 살면서 지은 노래〉

나그네, 자기를 자미라고 하는 나그네,
흰 머리칼 헝클어져 귀까지 덮었네.
해마다 원숭이를 따라 도토리 줍노라,
하늘이 차고 날이 저무는 산골짜기에서.
중원에서는 소식이 없어 돌아가지 못하고,
손발이 얼어터지고 살갖은 썩어든다.
아아, 첫 노래 부르니 노래 애처롭구나.
슬픈 바람 나를 위해 하늘에서 불어대네.

당나라 시인 두보가 자기를 두고 지은 시이다. "乾元"은 唐 肅宗
의 두 번째 연호이며, 758년 2월부터 760년 윤4월까지 3년여 년
동안 사용되었다. "同谷縣"은 甘肅省에 있는 시골의 지명이다. 같은
제목의 시가 모두 7수인데, 처음 것만 든다.
어느 나그네의 모습을 그린다고 했는데, "子美"는 자기의 字이다.

초라한 행색으로 어렵게 살아가면서 멀리 떠나와 돌아가지 못하는 것을 한탄한다고 했다. 시인의 삶은 시련의 연속인 데다가 난리를 만나 수난이 겹쳤다. 슬픈 바람에 애처로운 노래를 부른다고 했다.

윤동주, 〈자화상〉

산모퉁이를 돌아 논가 외딴 우물을 홀로 찾아가선 가만히 들여다봅니다.

우물 속에는 달이 밝고 구름이 흐르고 하늘이 펼치고 파아란 바람이 불고 가을이 있습니다.

그리고 한 사나이가 있습니다.
어쩐지 그 사나이가 미워져 돌아갑니다.

돌아가다 생각하니 그 사나이가 가엾어집니다. 도로 가 들여다보니 사나이는 그대로 있습니다.

다시 그 사나이가 미워져 돌아갑니다.
돌아가다 생각하니 그 사나이가 그리워집니다.

우물 속에는 달이 밝고 구름이 흐르며 하늘이 펼치고 파아란 바람이 불고 가을이 있고 추억처럼 사나이가 있습니다.

윤동주는 시 제목을 〈자화상〉이라고 하고, 자기 모습을 바로 그리지 않았다. 우물에 비친 자기 모습을 들여다보았을 따름이다. 자기 모습을 들여다보고 하는 말이 그 자체로는 이해되지만, 전례가 없이 특이한 수법을 사용한 이유가 무엇인지 의문이다. 이 의문은 문면에서 풀어주지 않아 깊이 생각하지 않을 수 없다.

　제1연에서 궁벽한 곳에 있는 우물을 찾아간다고 했다. 남들이 없는 데서 자기 성찰을 하기로 했다는 뜻으로 이해할 수 있다. 제2연에서는 아름다운 바깥 풍경이 우물에 비친다고 했다. 자기 주위에 아름다운 풍경이 펼쳐져 있어 행복하다고 말한 것 같다. 제3연에서는 우물에 한 사나이가 있는데, 어쩐지 미워서 돌아간다고 했다. 자기 모습을 "한 사나이"라고 일컬어 거리를 두고, "어쩐지" 미워서 돌아간다고 한 것은 제1·2연에서 예상하지 못한 전개이다. 그 사나이라고 일컬은 자기가 제4연에서는 가엾다고 하고, 제5연에서는 다시 미워지고 그립다고 하면서 애증을 되풀이했다.

　자기가 미워진 이유가 무엇인가? 시에서는 말하지 않아 독자가 알아내야 한다. 의문을 해결하는 열쇠는 "우물"에 있다. 우물에 들어 있는 것은 감금된 상태이다. 자기가 감금되어 있는 불행을 확인하고 미워하게 되었다. 감금이 일제의 식민지 통치를 뜻하는 것임을 당대는 물론이고 오늘날의 독자도 바로 알아낼 수 있다. 드러내 말하면 탄압을 자초할 말을 감추어 전달하려고 우물 속의 자기를 들여다본다는 특이한 상황을 설정했다. 자기를 미워하지 않을 수 없으니 얼마나 처절한가 하고 독자는 통분할 수 있다.

　마지막 연에서는 앞에서 한 말을 되풀이하고 사나이의 모습을 덧붙였다. "우물 속에는 달이 밝고 구름이 흐르며 하늘이 펼치고 파아란 바람이 불고 가을이 있고 추억처럼 사나이가 있습니다"라고 했다. 왜 이런 말을 했는가? 이 의문에 대한 대답도 독자가 찾아야 한다. 마음 여린 서정시인이 감당하기에는 너무나도 벅찬 과제를 안고, 할 수 있는 말만 조심스럽게 했다. 다 하지 못한 말은 독자가 마음속으로 해야 한다.

위의 두 시는 공간 체험의 문제를 다룬다. 인간은 자연적 생명체여서 유한한 공간에서 살아가는 한계가 있다. 이 점을 의식하고 무한을 동경하는 심정을 상상력을 갖추어 펼치는 것이 다른 생명체와 구별되는 인간의 특징이다. 인간은 자연적 생명체이기만 하지 않고 역사적 행위자이기도 해서 공간의 제한을 더 받는다. 특정한 상황에서 단순하지 않은 이유로 이동의 자유를 잃고 감금되는 것은 심각한 문제이다.

특정한 상황은 막강한 가해자가 있어 생기는 것을 공통점으로 하고, 구체적인 내역은 각기 다르며 단순하지 않다. 그 내역을 살피면, 집단 또는 공동으로 받는 박해를 시인이 유난히 고통스럽게 여기면서 해결하지 못한다고 한탄하는 것이 큰 비중을 차지한다. 이 두 가지 사항은 내역이 다를 뿐만 아니라, 진술하는 방법도 상이할 수 있다는 진폭을 시에서 보여준다.

앞의 시에서는 전란이 일어나 피란하게 된 사정을 제목에서 밝히고 공동의 체험을 대변한다고 자처했다. 가해자가 누구이고 전란이 어떻게 일어났는지는 다 아는 사실이어서 말하지 않고, 그 때문에 겪는 고통이 자기에게 특히 심각하게 닥친다고 하소연해 공감을 얻고자 했다. 공간 이동이 자유로워 고통에서 벗어나는 소망이 이루어지지 못한다고 탄식했다.

뒤의 시는 일제의 식민지 통치를 당하고 있는 수난을 말하지 않으면서 말했다. 어떤 가해자가 자유를 빼앗고 감금을 강요했는지 전연 밝히지 않고, 자기가 우물 속에 들어 있다는 상징적 표현으로 사태가 얼마나 심각한지 알리기만 했다. 함께 당하고 있는 수난에 적응해 무감각하게 되어가는 사람들을 깨우쳐 각성의 동지가 될 수 있게 하는 비밀통신문을, 가해자는 감지할 수 없는 언어표현을 사용해 발송했다고 할 수 있다.

각성이란 감금되어 있는 상황을 인식하고, 대상화하고, 객관화하는 의식이 깨어나는 것이다. 우물 속의 자기를 위에서 내려다보는 또 하나의 자기가 있다고 한 것이 이 점을 알려주는 최상의 상징이다. 의식은 공간의 제약을 넘어서서 자유롭게 이동할 수 있지만, 이것이 해방이라고 착각하지는 말아야 한다.

문제가 무엇인지 알고 해결을 희구하며 모색하는 각성은 위대하다. 망각이 지나쳐 죽음에 이르는 것을 거부하고, 희망을 창조하는 역사적인 사명을 수행한다. 이처럼 깊고 오묘한 철학을, 철학 글쓰기와는 거리가 아주 먼 서정시로 나타냈다.

2.3.4. 윤선도와 디킨슨

尹善道의 시조

잔 들고 혼자 앉아 먼 뫼를 바라보니
그리던 님이 오다 반가움이 이리 하랴.
말씀도 우음도 아녀도 못내 좋아하노라.

윤선도는 한국 조선시대 시인이다. 이 시조에서 자연과 교감하는 즐거움을 노래했다. 먼 뫼를 바라보면서 혼자 즐기니 그리던 님이 오는 것보다 더욱 반갑다고 했다. 말을 하지 않을 뿐만 아니라 웃지도 않는다고 했다. 그런 경지에서 즐거움을 누린다고 했다.

그리던 님이 오는 반가움은 인정의 영역이다. 먼 뫼를 바라보는 즐거움은 인정을 넘어서 자연으로 나아가면서 얻는다. 인정의 영역에서는 만남이 소중하다. 자연으로 나아가는 즐거움은 혼자 얻는다. 인정보다는 자연이, 만남보다는 혼자인 것이 더 좋다고 했다.

여럿의 얽힘보다 혼자만의 초월이 더 좋다는 말이다. 얽힘을 확인하는 말씀이나 웃음이 필요하지 않고, 초월은 無言無念의 경지이다. 풀이를 더 하면 그 진가가 훼손된다.

Emily Dickinson, "The Mountain"

The mountain sat upon the plain
In his eternal chair,
His observation omnifold,
His inquest everywhere.

The seasons prayed around his knees,
Like children round a sire:
Grandfather of the days is he,
Of dawn the ancestor.

에밀리 디킨슨, 〈산〉

산은 평원 위
영원한 의자에 앉아 계신다.
산은 사방을 살피고,
어디 있는 것이든 조사하신다.

여러 계절이 무릎 언저리에서 기도를 한다.
아이들이 어른 주위를 돌 듯이.
저분은 세월의 할아버지이시다.
새벽의 선조이시다.

산이 대단하다는 것을 묘사와 설명으로 알려주려고 하니, 말이 모자란다. 미지의 영역으로 무리하게 나아가다가 발이 엇갈려 넘어진다. 산과 대등한 경지에 이르기에는 턱없이 모자라는 의식 수준은 반성하지 않고 엉뚱한 찬사나 바친다.

이 두 작품은 산을 대단하게 여기는 공통점이 있다. 산을 바라보면 일상생활에서는 기대할 수 없는 어떤 특별한 체험을 하고 자기정신이 고양되는 것 같다고 말하려고 했다. 그러면서 말하는 방법은 아주 다르다.

윤선도는 산은 반가움을 주고, 그 반가움은 인생에서 얻을 수 있다고 했다. 대등론의 영역을 크게 넓혀 먼 산과 마주 보는 경지에 이르니, 마음이 편안하다고 했다. 디킨슨은 산이 어떤 존재이고, 무엇을 하며, 왜 소중한지 알려주려고 했다. 자기가 산보다는 못하지만, 산이 무엇인지 모른 다른 사람들보다는 우월하다고 여기는 차등론에 사로잡혀 혼란에 빠졌다.

2.3.5. 하이네와 무명씨

Heinrich Heine, "Allnächtlich im Traume"

Allnächtlich im Traume seh ich dich,
Und sehe dich freundlich grüßen,
Und lautaufweinend stürz ich mich
Zu deinen süßen Füßen.

Du siehst mich an wehmütiglich,
Und schüttelst das blonde Köpfchen;
Aus deinen Augen schleichen sich

Die Perlentränentröpfchen.

Du sagst mir heimlich ein leises Wort,
Und gibst mir den Strauß von Zypressen,
Ich wache auf, und der Strauß ist fort,
Und das Wort hab ich vergessen.

하인리히 하이네, 〈밤마다 꿈에서〉

나는 밤마다 꿈에서 너를 본다.
네가 정답게 인사를 하자
크게 울부짖으며 넘어졌다.
아름다운 너의 발밑으로.

너는 나를 슬프게 바라보면서
금발의 머리를 흔들었다.
너의 눈에서는 가만히 흘렀다.
진주 같은 눈물이 방울방울.

너는 내게 다정스럽게 속삭이면서.
실측백나무 선 길을 알려주었다.
내가 깨어보니 길이 없어지고,
들은 말도 잊히고 말았다.

독일 낭만주의 시인 하이네는 사랑하는 사람과 헤어져 사랑을 잃은 괴로움이라고 할 것을 노래했다. 평시에는 만나지 못할 사랑하는 임을 꿈에서 만나는 사실을 선명하게 말했다. ⑴ 임이 나타나 정답게 인사하는 것을 보고 자기는 울부짖으며 그 발밑에 넘어지고, ⑵ 임이 자기를 슬프게 바라보면서 금발의 머리를 흔들고 눈에서 눈물을 흘려 다시 충격을 받고, (3) 길을 알려주어 희망을 가지다가 꿈을 깨니 모든 것이 허사라고 했다. 이런 장면이 시간의 차이를 두고 한 단계씩 순차적으로 전개되는 것을 보여주었다.

無名氏의 시조

간밤에 꿈을 꾸니 임에게서 편지 왔네.
일백 번 다시 보고 가슴 위에 얹어두니,
각별히 무겁진 아니 하되 가슴 답답하여라.

무명씨의 고시조에 이런 것이 있다. (1) 간밤에 꿈을 꾸니, (2) 임에게서 편지 왔네, (3) 일백 번 다시 보고, (4) 가슴 위에 얹어두니, (5) 각별히 무겁진 아니 하되, (6) 가슴 답답하여라. 이렇게 구분한 (1)에서 (6)까지도 순차적인 관계를 가지지만, 하나씩 누적되어 의미를 중첩시킨다. (1) "간밤에 꿈을 꾸니"만 실제 상황이고, (2) "임에게서 편지 왔네" 이하는 모두 가상이다. 가상의 행위자인 임이 보냈다는 편지는 가상의 가상인데, 중심 단어가 되어 (2)에서는 주어, (3)·(4)에서는 목적어, (5)에서는 다시 주어 노릇을 한다.

하이네는 꿈에서 임을 보았다고 했다. 그런 꿈은 누구나 꿀 수 있고, 아무나 말할 수 있다. 시인이 한 일은 꿈에서 임을 보았다는 말을 시 형식에 맞추어 적으면서 묘사력을 조금 자랑한 것이라고 할 수 있다. 처음에는 이렇게 생각하다가, 다시 읽으면 사실 전달 이상의 뜻이 있는 것을 알아차릴 수 있다.

임과의 만남이 꿈에서는 가능하고, 깨고 나면 불가능하다는 말이 당연하다고 하고 말 것은 아니다. 임과의 만남이 불만스러운 현실에서 벗어나 이상적인 무엇을 찾을 수 있는 가능성이라고 생각하면 작품의 의미가 확대된다. 그 가능성이 꿈에만 있다가 사라진다고 한 것은, 꿈속의 어둠이 밝음이고, 밝아야 할 현실이 어둠이라고 하는 역설이다.

작품을 정밀하게 다시 읽으면 앞뒤의 대조를 발견할 수 있다. 임이 나타나 인사를 하자 충격을 받아 임의 발밑에 몸을 던지고, 임의 눈에 눈물이 고인 것을 보고 슬픔을 절감할 때에는 보이는 것이 모두 생생했다. 임이 다정스럽게 속삭이면서 길을 알려주자 잠을 깨서 보니, 길도 말도 사라지고 없다고 했다. 이상적인 것을 찾을 가능성이 모색 단계에서는 분명하고, 실현 단계에서는 불분명한 역설도 말했다고 할 수 있다.

꿈속의 어둠이 밝음이고, 밝아야 할 현실이 어둠이다. 이상적인 것을 찾을 가능성이 모색 단계에서는 분명하다가, 실현 단계에서는 불분명하다. 이 두 역설을 복합시켜, 어둠에서 벗어날 수 있는 가능성을 점검한 철학을 읽어낼 수 있다. 이것은 역사적 의의를 가진다. 낡은 사회체제의 박해를 피해 망명생활을 하는 시인이 혁명을 희구하는 간절한 심정을 그냥 토로하지 않고 철학의 차원에서 점검했다. 그 작업을 여러 철학이나 사상을 받아들여 하고, 시를 지어 한 걸음 더 나아갔다.

무명씨의 시조에서는, 꿈에서 임이 보낸 편지를 받았다고 했다. 편지는 여러 의미를 지닌다. 임은 모습도 떠오르지 않을 정도로 아주 사라지고 없는 것을 말한다. 편지도 받지 못할 정도로 둘의 관계가 완전히 두절된 것을 말한다. 그래도 체념하지 않고, 편지를 받았다는 상상으로 상실이나 두절을 극복하려는 의지를 보여주었다. 이것은 시련이 극도에 이르면 역전을 위한 시도가 나타난다는 철학이다. 사실을 직접 바꾸어놓지 못할 때에는 역전을 위한 시도가 상상을 통한 가정으로 나타나는 것도 말해준다.

편지는 상상일 따름이고 사실이 아니므로, 내용은 말하지 않았다. 편지를 일백 번 다시 보고 가슴에 얹어두니, "각별히 무겁진 아니 하되 가슴 답답하여라"라고 한 말은, 임의 소식을 알고 싶어 탄식하는 심정을 나타내는 것 이상의 미묘한 의미를 지닌다. 현실과 상상, 무거움과 가벼움, 부재와 존재가 둘이면서 하나이고 하나이면서 둘인 경지를 말해주는 철학을 읽어낼 수 있다. 임과의 이별은 무거움, 부재, 둘을 말하기 위한 상징이다. 그 반대쪽의 가벼움, 존재, 하나는 편지로 나타냈다.

이 노래를 지은 무명씨는 이름난 시인과는 거리가 먼 만백성의 하나이다. 어떤 사명감을 가지고 무엇을 주장하거나, 사회 변혁을 역설한 것은 아니다. 살아가면서 누구나 절감하는 현실과 상상, 무거움과 가벼움, 부재와 존재의 문제를 경이로운 발상과 표현을 갖추어 나타냈다. 당대에 유행하는 글공부에 힘써 아는 것이 짐이 되게 하지 않고, 무식이 유식이고, 어리석음이 지혜임을 입증하는 반전을 이룩했다. 철학 아닌 문학이 철학 이상의 철학임을 입증했다.

먼 나라의 하이네는 잘 알려져 있다. 그 나라 사람들이 하는 말을 많이도 옮겨놓아 누구나 잘 안다고 한다. 그 시대의 정치사, 사회사, 사상사, 철학사 등에 관한 해박한 지식이 난무한다. 너무 아는 것이 감당하기 어려운 짐이 되어, 작품과 직접 대면하지 못하게 막는다. 위의 논의를 가까스로 하면서, 무식해야 알 것을 안다고 힘겹게 말했다.

우리 무명씨의 작품은 알려지지 않았다고 개탄할 것이 없다. 직거래를 하지 않을 수 없는 것이 큰 다행이다. 철학 알기라는 중간상

인이 개입한 적이 없으므로, 철학 읽기에서 철학하기로 바로 나아
갈 수 있다. 철학하기를 한다고 잘난 체하면 어리석은 것도 깨닫고,
작품으로 되돌아가 거듭 가르침을 받도록 한다.

2.3.6. 천금과 말라르메

千錦의 시조
산촌에 밤이 드니 먼 데 개 짖어 온다
시비를 열고 보니 하늘이 차고 달이로다
저 개야 공산에 잠든 달을 보고 짖어 무삼 하리오

무슨 말인지 풀이해보자. "山村에 밤이 드니 먼 데 개 짖어 온다.
柴扉(사립문)를 열고 보니 하늘이 차고 달이로다. 저 개야 空山에
잠든 달을 보고 짖어 무엇 하리오." 이렇게 말했다.
"달"이라는 말이 세 번 나온다. "산촌에 달이 드니"에서는 사실을
그 자체로 전달한다. "하늘이 차고 달이로다"에서는 찬 하늘에 뜬
달을 바라보고 공감을 나눈다. "공산에 잠든 달을 보고 짖어 무삼
하리오"에서는 달이 공산처럼 마음을 비우고, 잠들었다고 할 만큼
헛된 관심을 버린 것을 확인하고, 무얼 모르고 함부로 짖는다고 개
를 나무란다.
달은 일정한 주기로 뜨고 지는 천체이고, 공감을 나눌 상대방이
기도 하고, 비울 것은 비우고 버릴 것은 버려 있음이 없음이고 없음
이 있음인 존재이기도 하다. 생애가 알려지지 않은 千錦이라는 기
녀가 달이 지닌 세 가지 의미를 구비한 달 노래 총론을 제시했다.
달이 지닌 세 가지 의미는 하나씩 고양되는 인식의 단계이기도 하

다. 사실을 알고, 공감을 나누고, 있음이 없음인 존재를 알아차리라고 일깨워준다.

Stephane Mallarmé, "Soupir"

Mon âme vers ton front où rêve, ô calme soeur,
Un automne jonché de taches de rousseur,
Et vers le ciel errant de ton oeil angélique
Monte, comme dans un jardin mélancolique,
Fidèle, un blanc jet d'eau soupire vers l'Azur!
...Vers l'Azur attendri d'octobre pâle et pur
Qui mire aux grands bassins sa langueur infinie
Et laisse, sur l'eau morte où la fauve agonie
Des feuilles erre au vent et creuse un froid sillon,
Se trainer le soleil jaune d'un long rayon.

스테판 말라르메, 〈숨결〉

내 영혼은 그대를 향해 올라간다, 오 조용한 누이여.
갈색 반점 찍힌 가을이 꿈꾸는 그대의 이마를 향해,
천사 같은 그대 눈에서 떠도는 하늘을 바라보면서.
우수에 찬 정원에서 뿜어 나오는 하얀 분수가
성실한 자세로 창공을 향해 오르는 숨결처럼,
... 파리하게 맑은 시월의 부드러운 창공으로.
커다란 웅덩이마다 무한한 권태가 반사되고,
야수가 괴로워하고 있는 죽은 물 위로
잎새가 바람에 날리면서 차가운 고랑을 파고,
노란 태양이 긴 빛을 드리우는 곳으로.

말라르메는 프랑스 상징주의 시인이다. 이것은 말라르메가 역량을 한껏 발휘해 아주 정교하게 창작한 작품이다. 시상을 복합시켜 많은 것을 함축하고 있어 잘 뜯어보아야 하고, 번역하기 아주 어렵다. 분석해 이해하는 능력을 갖추어야 한다. 분석해 낸 층위를 (가)·(나)·(다)로 나타낸다.

(가) 우선 대강 살피면 이 작품은 가을 풍경화이다. "갈색 반점 찍힌 가을", "우수에 찬 정원에서 뿜어 나오는 하얀 분수"에 다른 말을 보태 가을 풍경화를 인상 깊게 그렸다. "야수가 괴로워하고 있는 죽은 물"은 낙엽이나 다른 오물이 바람에 날려들어 썩어가는 물웅덩이를 감각적으로 묘사한 말이다. 동시대에 활동하면서 가까이 지낸 인상파 화가들이 사용한 소재와 수법으로 뛰어난 풍경화를 그렸다.

(나) 다시 보면, "조용한 누이"라고 한 여인을 그린 인물화이기도 하다. 풍경에다 인물을 넣어 그린 것만은 아니다. 그림에서는 가능하지 않고 시에서는 가능한 방법을 사용해 "갈색 반점 찍힌 가을이 꿈꾸는 그대의 이마를 향해, 천사 같은 그대 눈에서 떠도는 하늘을 바라보면서"라고 해서, 풍경과 인물이 겹치도록 하고 같아지게 했다. 여인을 향하는 마음을 풍경을 그려 나타내는, 상징주의 수법의 본보기를 보여주었다.

(다) 깊이 새겨 읽으면, 이것은 정신의 상승과 하강을 말한 사상시이다. "올라간다", "바라보면서", "창공을 향해", "창공으로" 등의 말로 상승선을 그었다. 낮은 데 있는 "정원", "웅덩이" 같은 것들을 등장시키고, 태양도 "긴 빛을 드리우는" 모습으로 그려 하강선을 그었다. 상승해서 추구하는 바가 이루어지지 않아 하강한다고 하는 것으로 작품이 전개된다. "창공"을 상승의 정점으로 삼다가, 하강이 "야수가 괴로워하고 있는 죽은 물"에까지 이르렀다. "창공"이라고

번역한 말 "Azur"는 대문자로 표기한 특수한 단어이다. 시에서 추구하고자 하는 이상인 절대적인 아름다움을 상징하는 말이다. 이상을 추구하다가 뜻을 이루지 못하고 하강한다는 것이 이 시의 깊은 의미이다.

그래서 파탄에 이른 것은 아니다. "야수가 괴로워하고 있는 죽은 물"로 실패의 고통을 나타내고, "잎새가 바람에 날리면서 차가운 고랑을 파고"라는 말을 덧붙여 고통을 잊을 수 없다고 하고서는 평온을 찾았다. "노란 태양이 긴 빛을 드리우는"이라고 한 마지막 줄에서는 하강하는 것이 당연하다고 받아들였다. 서두로 돌아가 다시 읽으면, 이루어지지 않으리라는 것을 알고서 이상을 동경하고 희구하는 것으로 만족한다고 했다. 사람은 상상하는 바와 같이 창공에 올라갈 수 없으므로, 정다운 풍경이나 사랑하는 사람에게서 위안을 얻으면서 이상의 소중함도 잊지 않고 살아간다고 했다.

이 두 작품은 높은 곳을 동경하는 심정을 나타낸 공통점이 있다. 하늘이 높은 곳을 상징한다. 하늘을 향해 솟아올라가고 싶은 것은 현실과 이상을 구분하고, 현실에서 벗어나 이상으로 비상하고자 하는 욕구이다. 이런 욕구는 누구나 지니고 있어, 이런 시를 읽으면 감동을 받는다.

그러면서 앞에서는 밤이 환하고, 뒤에서는 낮이 어둡다. 개 짖는 소리를 듣고 밤을 환하게 밝히는 달을 쳐다본다고 한 것은 예사로운 말로 나타낸 산뜻한 비상이다. 어두운 낮에 조용한 누이의 이마를 바라보던 시선이 정원의 분수처럼 뿜어 올라간다고 한다고 한 것은 애써 다듬은 말이다. 좌절을 각오하고 비상을 선택하는 결단을 내린 것을 알려주는 계산까지 읽어내야 제대로 이해한다.

어렵고 복잡한 표현을 정교하게 다듬어야 훌륭한 시인가? 이렇게 짓는 시는 달을 가리키는 손가락을 야단스럽게 장식해 시선을 붙잡는 것과 다름없다. 시는 개 짖는 소리 정도의 방해로 달을 직접 바라보도록 일깨워주면 할 일을 다 한다.

두 작품은 목적과 수단, 인식과 표현의 관계에 관한 논란을 벌인다고도 볼 수 있다. 수단은 목적을 흐리게 하지 말아야 한다. 표현이 지나치면 인식이 손상된다. 철학은 지혜를 사랑한다는 것을 사랑해, 앞의 잘못을 저지른다. 문학은 하는 말에 스스로 도취되어 뒤의 실수를 한다.

2.3.7. 김영랑과 미쇼

> **김영랑, 〈내 마음의 어딘 듯 한편에〉**
> 내 마음의 어딘 듯 한편에 끝없는
> 강물이 흐르네.
> 도처 오르는 아침 날빛이 빤질한
> 은결을 돋우네.
> 가슴엔 듯 눈엔 듯 또 핏줄엔 듯
> 마음이 도른도른 숨어 있는 곳
> 내 마음 어딘 듯 한편에 끝없는
> 강물이 흐르네.

김영랑은 한국 근대시인이다.[58] 서두와 결말에서 "내 마음 어딘

---

58 이 시를 《詩文學》 창간호에 〈동백 잎에 빛나는 마음〉이라는 제목으로 발표하고, 《永郎詩集》에 수록할 때에는 제목 없이 1번이라는 번호만 붙였다.

듯 한편에 끝없는 강물이 흐르네"라는 말을 되풀이하고, 다른 말을 중간에 넣은 단순한 작품 같지만, 마음의 울림을 오묘한 짜임새를 갖추어 나타낸 수법이 뛰어나다. 율격의 변형이 오묘한 짜임새의 핵심을 이룬다.

율격 단위의 띄어쓰기를 한 원문을 그대로 옮기고, 세 토막이 끝난 곳에 / 표시를 하면 다음과 같다. 한 줄이 세 토막씩인 규칙적인 정형시 (가)를 변형시켜 (나)를 만들고, 내어 쓴 줄도 있고 들여 쓴 줄도 있어 산만한 자유시처럼 보이도록 했다.

(가) (1) 내마음의 어딘듯 한편에/
　　　　　끝없는 강물이 흐르네./
　　　(2) 도처오르는 아침 날빛이/
　　　　　빤질한 은결을 돋우네./
　　　(3) 가슴엔듯 눈엔듯 또핏줄엔듯/
　　　　　마음이 도른도른 숨어있는곳/
　　　(4) 내마음 어딘듯 한편에/
　　　　　끝없는 강물이 흐르네./

(나) (1) 내마음의 어딘듯 한편에/ 끝없는
　　　　　강물이 흐르네./
　　　(2) 도처오르는 아침 날빛이/ 빤질한
　　　　　은결을 돋우네./
　　　(3) 가슴엔듯 눈엔듯 또핏줄엔듯/
　　　　　마음이 도른도른 숨어있는곳/
　　　(4) 내마음 어딘듯 한편에/ 끝없는
　　　　　강물이 흐르네./

"끝없는", "빤질한", "끝없는"은 다음 줄에 있어야 할 말인데 앞에다 끌어다붙여, 세 토막 두 줄을 네 토막 한 줄과 두 토막 한 줄로 만들었다. (3)의 두 줄에서는 세 토막을 그대로 두었다. 네 토막이 된 세 줄은 내어 쓰고, 두 토막이나 세 토막인 줄은 들여 썼다.

율격 변형은 내용과 밀착되어 있다. 첫 줄 "내마음의 어딘듯 한편에 끝없는"에서는 어둠 속에서 막연하게 떠오르던 느낌이 둘째 줄 "강물이 흐르네"에 이르러 선명해진 것을 네 토막이 두 토막으로 줄어든 변화를 통해 나타냈다. 동일한 전개 방식을 (2)에서는 말을 바꾸어 보여주었다. (2)에서 "돋아 오르는 아침 햇빛이 뻔질한"이라고 하지 않고 "도처 오르는 아침 날빛이 빤질한"이라고 한 날카로운 말이 "은결을 돋우네"로 이어져, (1)에서 말한 느낌이 고양되어 금속성의 광채를 지니게 되었다고 했다. "가슴엔 듯 눈엔 듯 또 핏줄엔 듯", "마음이 도른도른 숨어 있는 곳"에서는 세 토막을 원래의 모습대로 반복하면서 한껏 고조된 감흥을 전했다. 앞에서 한 말을 되풀이해 하강한 상태에서 마무리하고, 변화가 거듭 일어날 수 있게 열어 놓았다.

Henri Michaux, "Je rame"

J'ai maudit ton front ton ventre ta vie
J'ai maudit les rues que ta marche enfile
Les objets que ta main saisit
J'ai maudit l'intérieur de tes rêves

J'ai mis une flaque dans ton œil qui ne voit plus
Un insecte dans ton oreille qui n'entend plus
Une éponge dans ton cerveau qui ne comprend plus

Je t'ai refroidi en l'âme de ton corps
Je t'ai glacé en ta vie profonde
L'air que tu respires te suffoque
L'air que tu respires a un air de cave
Est un air qui a déjà été expiré
Qui a été rejeté par des hyènes

Le fumier de cet air personne ne peut plus le respirer

Ta peau est toute humide
Ta peau sue l'eau de la grande peur
Tes aisselles dégagent au loin une odeur de crypte

Les animaux s'arrêtent sur ton passage
Les chiens, la nuit, hurlent, la tête levée vers ta maison
Tu ne peux pas fuir
Il ne te vient pas une force de fourmi au bout du pied
Ta fatigue fait une souche de plomb en ton corps
Ta fatigue est une longue caravane
Ta fatigue va jusqu'au pays de Nan
Ta fatigue est inexpressible

Ta bouche te mord
Tes ongles te griffent
N'est plus à toi ta famme
N'est plus à toi ton frère
La plante de son pied est mordue par un serpent furieux

On a bavé sur ta progéniture
On a bavé sur le rire de ta fillette
On est passé en bavant devant le visage de ta demeure

Le monde s'éloigne de toi

Je rame

Je rame

Je rame contre ta vie

Je rame

Je me multiplie en rameurs innombrables

Pour ramer plus fortement contre toi

Tu tombes dans le vague

Tu es sans souffle

Tu te lasses avant même le moindre effort

Je rame

Je rame

Je rame

Tu t'en vas, ivre, attaché à la queue d'un mulet

L'inverse comme un immense parasol qui obscurcit le clel

Et assemble les mouches

L'ivresse vertigineuse des canaux semicirculaires

Commencement mal écouté de l'hémiplégie

L'ivresse ne te quitte plus

Te couche à gauche

Te couche à droite

Te couche sur le sol pierreux du chemin

Je rame

Je rame

Je rame contre tes jours

Dans la maison de la souffrance tu entres

Je rame

Je rame

Sur un bandeau noir tes actions s'inscrivent
Sur le grand œil blanc d'un cheval borgne roule ton avenir

Je rame

앙리 미쇼, 〈나는 노를 젓는다〉
나는 네 이마며 복통이며 생애를 저주했다.
네가 걸어 다니는 길을 저주했다.
네가 만지는 물건들도.
네 꿈의 내부도 저주했다.

네 눈에 흙탕물을 넣어 보지 못하게 했다.
네 귀에다 벌레를 넣어 듣지 못하게 했다.
네 뇌에다 스폰지를 넣어 지각이 없게 했다.

나는 네 신체의 혼을 냉각했다.
나는 네 삶의 깊은 곳을 냉동했다.
네가 숨쉬는 공기가 너를 질식시킨다.
네가 숨쉬는 공기는 동굴의 기운을 지닌다.
그 공기는 이미 혼탁해졌다.
하이에나가 내뿜은 공기이다.

이곳 공기에서는 아무도 숨을 쉴 수 없다.

네 피부는 젖었다.
네 피부는 너무 두려워 땀을 낸다.
네 겨드랑이는 멀리서도 지하묘지 냄새가 난다.

네가 지나가면 짐승들이 걸음을 멈춘다.
개들이 밤에 네 집을 향해 짖는다.

너는 도망가지 못한다.
발에 개미만한 힘도 없다.
몸의 피로가 납덩이 같다.
네 피로는 길게 뻗은 대상 행렬이다.
네 피로는 남쪽 나라까지 간다.
네 피로는 형언할 수 없다.

네 입이 너를 깨문다.
네 손톱이 너를 할퀸다.
아내는 이미 네 아내가 아니다.
형제는 이미 네 형제가 아니다.
네 발바닥은 성난 뱀에게 물렸다.

네 자식들에게 욕을 했다.
네 딸의 웃음에 욕을 했다.
네 집 앞을 욕을 하면서 지나갔다.

세상이 네게서 멀어졌다.

나는 노를 젓는다.
나는 노를 젓는다.
나는 네 삶과 반대쪽으로 노를 젓는다.
나는 노를 젓는다.
나는 노 젓는 사람 여럿으로 늘어난다.
너와는 반대쪽으로 더 세게 노를 저으려고.

너는 물결에 떨어진다.
너는 숨을 쉬지 못한다.
너는 어떻게 해보지도 않고 지친다.

나는 노를 젓는다.
나는 노를 젓는다.
나는 노를 젓는다.

너는 취한 채 노새 꼬리에 매달려 간다.
하늘을 어둡게 하는 日傘만큼이나 취해서.

모여든 파리떼,
현기증 나는 취기의 반원형의 운하,
잘 들리지 않는 현기증의 시초,
이런 것들이 떠나지 않고,
너를 왼쪽에 눕힌다.
너를 오른쪽에 눕힌다.
너를 길가 돌 위에 눕힌다.
나는 노를 젓는다.
나는 노를 젓는다.
나는 모든 세월을 거슬러 노를 젓는다.

고통스러운 집에 너는 들어간다.

나는 노를 젓는다.
나는 노를 젓는다.
네 행적은 기록된다, 검은 장막 위에,
네 미래를 굴리는 애꾸인 말의 크고 흰 눈동자에.

나는 노를 젓는다.

미쇼는 벨기에 출신의 불국 현대시인이다. 내면의식을 형상화하
는 시를 뛰어나게 써서 평가를 얻었다. 감탄사를 쓰지 않고 형용사

도 아끼면서, 심각한 고민을 예사로운 듯이 토로해 잔잔한 충격을 주는 이런 시에서 남다른 재능을 보였다.

"너"는 결별하고 떠나고 싶은 "나"이다. 나태하고 무력하고 고통스럽고 저주스러운 자기를 탈피하고 새로운 삶을 찾아가기 위한 단호한 결단과 힘든 노력을 "노를 젓는다"는 말로 되풀이해 나타냈다. 마지막까지도 결별이 이루어지지 않았다. "너"는 "검은 장막"에 기록되어 행적을 남기지만, "나"는 세상의 평가와 구속을 말하는 검은 장막을 무시하고, 과거의 기록을 무효로 돌리고 미래를 향해 "노를 젓는다"고 했다.

그다음 줄에서 "네 미래를 굴리는 애꾸인 말의 크고 흰 눈동자에"라고 한 것은 깊이 생각하고 잘 뜯어보아야 할 말이다. "말이 굴린다"는 것은 묶여 있는 말이 찧는 돌을 굴린다는 말이다. 말이 한 쪽만 보면 그만이니 애꾸이다. 말이 하는 그런 동작에 매여 미래로 나아가니 반복 이상의 것은 없다. 그런데도 희망이 있다고 여기고. 애꾸인 말의 크고 흰 눈동자에 행적을 기록하려고 하니 가소롭다. "나는 노를 젓는다"는 말을 마지막에서 다시 하면서 떠나가려고 하는 것이 애처롭다.

말을 별나게 사용하지는 않았지만, 설명이 필요한 것들이 있다. "Nan"은 타이 북쪽 산림지대에 있는 도시 이름이다. "난의 나라"라고 하면 이해하기 어려우므로 "남쪽 나라"라고 했다. "famme"라는 말은 없으며, "femme"(아내)의 오기인 것 같다. 아내가 이미 아내가 아님을 말하려고 글자를 한 자 바꾸어 고의로 오기했다고 생각된다.

이 두 작품은 높은 곳으로 나아가지 못하는 것을 한탄하지 말고,

내면의식을 발견하라고 한다. 내면의식은 물결이 되어 강물처럼 흐르기도 하고 바다를 이루기도 한다. 율격으로 나타내고 빛깔과 형상을 들어 묘사한 그 약동이 잔잔한 즐거움이 되고, 커다란 힘을 지니기도 한다는 것을 시인의 능력으로 알려, 시가 철학 이상의 철학임을 입증한다.

강물이 끝없이 흐르니 즐거운가? 그런 과정이 있을 따름인가? 바다에까지 이르는 커다란 성취가 대견한가? 궁극의 실체라고 할 것이 있는가? 양쪽은 상생의 관계인가, 상극의 관계인가? 이런 생각을 하면서, 독자는 시가 말해주는 것 이상의 철학을 할 수 있다.

2.3.8. 릴케와 이성선

Rainer Maria Rilke, "Ich lebe mein Leben"

Ich lebe mein Leben in wachsenden Ringen,
die sich über die Dinge ziehn.
Ich werde den letzten vielleicht nicht vollbringen,
aber versuchen will ich ihn.

Ich kreise um Gott, um den uralten Turm,
und ich kreise jahrtausendelang;
und ich weiß noch nicht: bin ich ein Falke, ein Sturm
oder ein großer Gesang.

라이너 마리아 릴케, 〈나는 내 삶을 산다〉

나는 내 삶을 커져가는 동그라미 속에서 산다.
동그라미가 사물 위로 뻗어간다.
나는 끝내 동그라미를 완성할 수 없을지 모른다.

그래도 시도해본다.

나는 신의 주위를, 아주 오래 된 탑의 주위를 돈다.
몇 천년이나 돈다.
나는 아직도 모른다. 내가 매인지. 폭풍인지,
위대한 노래인지.

릴케는 오늘날의 체코 땅 보헤미아에서 태어난 독일어 시인이다. 비범한 표현으로 이해하기 어려운 생각을 구현했다. 이 시는 제목에서 말했듯이 인생행로를 다루면서 예상하지 않은 방향으로 나아갔다. 깊이 생각해야 무엇을 말하는지 알 수 있다.

제1연에서 인생행로는 직선으로 나아간다는 통념을 깨고 동그라미 그리기라고 했다. 동그라미가 자꾸 커진다고 했다. 출발점으로 복귀하면서 경험을 축적하고 사고가 확대되므로 하는 말이라고 생각된다. 동그라미가 아무리 커져도 완성될 수는 없는데, 완성되기를 바라고 노력한다고 하는 것도 이해 가능한 말이다.

제2연에서 "신의 주위를, 아주 오래 된 탑의 주위를 돈다"고 한 것은 종교적인 이상을 지니고 장구한 역사를 이으면서 살아간다는 말이다. 몇 천 년 동안의 축적을 체험하므로 "몇 천년이나 돈다"고 했다. 위대한 유산 언저리를 돌면서 자기가 하는 행위는 어느 수준인지 모르겠다고 했다. 매와 같은 짓을 하면서 먹이나 노리는가? 폭풍 노릇을 하면서 흔들어놓고 훼손하기나 하는가? 시인이 할 일을 해서 위대한 노래를 부르는가? 이렇게 물었다.

이성선, 〈구름과 바람의 길〉
실수는 삶을 쓸쓸하게 한다.

실패는 生 전부를 외롭게 한다.
구름은 늘 실수하고
바람은 언제나 실패한다.
나는 구름과 바람의 길을 걷는다.
물속을 들여다보면
구름은 항상 쓸쓸히 아름답고
바람은 온 밤을 갈대와 울며 지샌다.

누구도 돌아보지 않는 길
구름과 바람의 길이 나의 길이다

이성선은 한국 현대시인이다. 잘 알려지지 않은 채 뛰어난 시를 정갈하게 썼다. 이 시에서는 구름과 바람의 길을 간다고 해서 방랑자가 흔히 하는 말을 되풀이한 것 같다. 구름과 바람의 길은 쓸쓸하고 누구도 돌보지 않는다고 한 것도 새삼스럽지 않다. 예사롭게 생각하고 읽다가 충격을 받게 한다.

"구름은 늘 실수하고 바람은 언제나 실패한다"고 한 것은 들어보지 못한 말이다. 사람은 고난을 겪지만 구름과 바람은 초탈한 경지에서 논다고 하는 생각을 부정했다. 구름이나 바람에게서 위안을 얻어 고난에서 벗어나고자 하는 헛된 희망을 버렸다. 구름은 실수하고 바람은 실패하는 것을 알고, 그 길을 따라 가겠다고 하는 깨달음을 얻어 마음이 평온하다.

시인은 삶이 무엇인지 말하려고 한다. 삶은 미지의 영역이며, 시련이고 고난이다. 미지의 영역에 들어서서 시련에 부딪히고 고난을 겪으면서 기존의 지식이나 전수받은 교훈에 의지할 수는 없다. 스스로 몸을 던져 모험을 하면서 시련에서 길을 찾고, 고난이 행운이게 해야 한다. 가능성이 항상 열려 있다고 믿고 인생을 만들어나가는 보람을 누리자고 한다.

그렇게 하는 데 정도의 차이가 있는 것도 알려준다. 앞의 시는 암담하게 방황한다. 他力신앙을 버리니 의지할 데가 없다. 뒤의 시는 초탈의 경지에 이른다. 自力신앙이 마음을 편안하게 한다. 둘은 어떤 관계이고, 어느 쪽으로 나아갈 것인가? 이에 관한 논의를 하면서 통찰의 수준을 높이는 것이 독자에게 열려 있는 새로운 경지이다.

실수하고 실패해 쓸쓸하고 외로운 것이 피해야 할 고난이라고 여기지 않고, 마땅하게 살아가는 자세라고 받아들인다. 슬픔이 그 자체로 기쁨이어서 哀則樂이고, 혼미가 곧 각성이어서 迷是覺인 근원적인 깨달음에 근접했기 때문이다. 옛 사람의 禪詩보다 더 나아간 것 같다. 시가 일탈을 위한 변명이 아니고, 바람직하게 살고자 하는 각오이다.

2.3.9. 도연명과 무명씨

陶淵明, 〈乞食〉

飢來驅我去
不知竟何之
行行至斯里
叩門拙言辭
主人解余意
遺贈豈虛來
談諧終日夕

觴至輒傾杯
情欣新知歡
言詠遂賦詩
感子漂母意
愧我非韓才
銜戢知何謝
冥報以相貽

도연명, 〈걸식〉

굶주림이 닥쳐 나를 몰아내는데,
어디로 가야 하는지 모르겠구나.
가다가 이 마을에 이르러
문을 두드리며 말을 더듬는다.
주인은 내가 원하는 것을 헤아리고
먹을 것을 주니 헛걸음이 아니구나.
이야기가 어울려 저물녘까지 가고
술잔이 들어와 즉시 기울인다.
새로 안 사람 권하는 것 마음 기뻐
말을 읊어내 마침내 시를 지었다.
빨래아줌마 같은 당신의 은혜 고맙지만,
내가 한신 같은 재주 없어 부끄럽구려.
마음에 간직하고 어찌 보답하리오,
저승에 가서나 갚아드리오리다.

도연명은 중국 쯥나라 시인이다. 가련한 신세를 노래한 시에 이런 것이 있다. 굶주림이 심해 걸식을 해야 하는 지경에 이르렀다. 후덕한 사람을 만나 허기를 면하고 크게 감사하는 마음을 나타냈다. 한나라 개국공신 한신이 빨래하는 아줌마가 주는 밥을 먹고 허기를 면하고, 나중에 귀하게 되어 크게 보답했다는 일화를 들었다. 자기는 그럴 능력이 없다고 다시 한탄했다.

이 정도를 가지고 대단한 시를 썼다고 할 수 있을까? 철학이라고 할 만한 것이 있는가? 이런 의문을 해결하려면 다른 작품과의 비교가 필요하다.

無名氏의 시조

청산이 높다 한들 부운을 어찌 매며,
난석이 쌓였는들 유수를 막을쏘냐?
이 몸이 걸인 되어 부니 그를 즐겨 하노라

무명씨의 시조를 하나 든다. 도연명의 "걸식"과 맞먹는 "걸인"을 노래했기 때문이다. 같은 말을 다르게 한 것을 자세하게 살피고 깊이 논의할 만하다. 두 작품 비교론을 서정시에 관한 고찰 맨 뒤에 둔 것은, 결론을 내포한 무게가 있기 때문이다.

이 노래를 쉽게 이해하려고 위의 시처럼 번역을 할 수는 없다. 한자어는 한자로 적고 설명한다. "靑山"은 "푸른 산"이다. "浮雲"은 "뜬 구름"이다. "亂石"은 "어지럽게 쌓인 돌"이다. "流水"는 "흐르는 물"이다. "乞人"은 "빌어먹는 사람, 거지"이다.

이런 낱말을 하나하나 이해하면 작품이 무엇을 말하는지 알 수 있는 것은 아니다. 위의 시처럼 어떤 이야기를 자초지종 하지 않아 줄거리를 말할 수 없다. 산문과는 아주 다른 시여서, 얼마 되지 않은 말에다 많은 뜻을 함축하고 있다. 짜임새를 알아야 이해가 가능하다. 짜임새를 알 수 있는가 하는 것으로 독자의 능력을 시험한다.

	(가)	:	(나)
(1)	청산	:	부운
(2)	난석	:	유수
(3)	?	:	걸인

짜임새를 이런 표를 그려 나타낼 수 있다. (가)와 (나)가 서로 다른 특성을 가지고 논란을 벌인다. (가)가 대단하고, (나)는 헛된가? 겉보기에는 그렇고, 사실은 다르다. 고정되어 있는 (가)보다 자유롭게 움직이는 (나)가 더 좋다고 하는 방향으로 나아간다.

이런 말을 (1)에서 (3)까지 나아가면서 한 단계씩 차원을 높여가면서 한다. (1)에서는 "청산">"부운"이라고 할 수 있다. "푸른 산"이 "뜬 구름"보다 우람하고 품격이 높다. (2)에서는 "난석"<"유수"라고 할 수 있다. "어지럽게 쌓인 돌"은 위태롭고, "흐르는 물"은 당당하다.

(3)은 어떤가? 이 물음에 대답하려면 "?"라고 한 것이 무엇인지 알아내야 한다. "?"은 생략되어 있어 독자가 알아내야 한다. 독자를 시험하는 과제를 능력껏 풀어내야 한다. 정답이 없어 작품이 개방되어 있다.

우선 "?"="용인"이라고 생각한다. "傭人"은 머슴이다. 머슴살이를 그만두고 걸인이 되어 나간다고 하니 앞뒤의 말이 잘 연결된다. 머슴은 잠 잘 곳이 있고 굶지는 않지만 남을 위해 노동력을 제공하면서 매여 지낸다. 자기 인생을 즐기는 자유를 누리려고 걸인 노릇을 한다고 했다.

다시 "?"="주인"이라고 생각한다. 머슴이 아닌 주인이 걸인이 되어 떠나가야 할 이유는 없다고 할 수 있으나 그렇지 않다. 주인은 자기 것을 지키고 관리해야 하므로 멀리 떠날 수 없다. 행운이 불운이다. 걸인은 거처가 없어 어디든지 돌아다니면서 놀라운 체험을 한다. 지극한 불운이 엄청난 행운이다. "용인"이라고 하지 않고 "주인"이라고 해야 이런 역전이 더욱 분명해진다.

걸인이 되어 떠나가는 것이 왜 즐거운가? 말하지 않아도 짐작할 수 있는 것을 "걸인 되어 부니"의 "부니"로 구현했다. 이 말이 무슨 뜻인지 알아내는 것이 독자가 할 일이다. 누구든지 자기 깜냥만큼 알아낼 수 있다.

"부니"는 "보니"라고 보고, "걸인이 되어 자기 자신을 되돌아보니"라고 하면 문맥이 잘 연결된다. 이런 결론을 내리면 작품의 의미가 너무 단순해진다. 걸인이 된 것만으로 즐겁다고 하고 무엇을 하는지 말하지 않은 것은 제대로 된 시가 아니다. 문맥만 살피지 말고 더 많은 것을 찾아야 한다.

다시 생각하면 "피리를 부니"라고 한 말인데, "피리를" 생략하고 독자가 알아내라고 한 것 같다. 집에 들어앉아서는 불지 못하는 피리를 자유의 몸이 되어 마음껏 불고 다니니 즐겁다고 한 것이 아닌가 한다. 피리를 불고 다니는 걸인은 광대이기도 해서 더 큰 즐거움을 누린다. 가장 멋진 방랑자라로 할 수 있다.

그런 자기가 그냥 즐겁다고 하지 않고, "그를 즐겨 하노라"라고 한 것은 무슨 까닭인가? 방랑자가 되어 떠돌아다니니 즐겁다고 하는 것은 일차적이고 충동적인 행위이다. 그런 자기를 보고 즐거워한다는 것은 반성적이고 이차적인 행위이다. 주인의 자리를 버리고 걸인이 되어 방랑하는 것이 일차적이고 충동적인 행위만이 아니고 이차적이고 반성적인 행위이기도 하다는 것을 말해 생각이 무게를 갖추었다.

"-ㄴ들"이라는 말을, 초장의 "높다 한들"과 중장의 "쌓였는들"에서 두 번 사용하면서 작품의 짜임새를 마련한 것을 주목하자. "-ㄴ들"은 언어·문학·철학에서 소중한 구실을 한다. 언어에서는, 앞뒤 말의 의미 불균형을 특이하게 조절하는 연결어미이다. 문학에서는, 깊은 생각을 절묘하게 나타낼 수 있는 우수한 기법이다. 철학에서는, 가설을 제기하고 검증하는 수준 높게 하는 논리이다. 이런 자산이 있고 잘 활용한 것을 높이 평가해야 한다.

"-ㄴ들"의 다면적인 기능을 적절하게 이용해 작품이 전개되었다. "靑山">"浮雲"에서 "난석"<"유수"으로 갔다가 ("주인")<"걸인"의 역설에 이르러, 광풍처럼 떠돌아다니는 자유를 격렬하게 누리는 자기를 보고 즐거워한다고 했다. "청산"의 권위나 "난석"의 규제에 맞서서 자유를 얻으려고 전개한 투쟁을 오묘한 표현을 갖추어 알려주었다.

서두의 "청산"에서 결말의 "걸인"으로 나아가면서, "걸인"의 처지에 있는 하층민이 "청산"이라고 자부하는 상층보다 월등하게 높은 통찰력을 보여주었다. 기존의 통념을 모두 뒤집고, 높은 것은 낮고 낮은 것이 높으며, 존귀는 미천이고 미천이 존귀이며, 행운은 불운이고 불운이 행운이라고 했다. 이런 생극론 또는 대등론의 철학을, 전달 방법을 획기적으로 혁신해 말은 최대한 줄이고 뜻은 최대한 넓혀 나타냈다.

도연명의 "걸식"은 문자 그대로 빌어먹는 행위이기만 하다. 이 노래의 "걸인"은 철학을 혁신한 철학이다. 격조 높은 시인이라고 줄곧 칭송되는 도연명보다 하층의 무지렁이라고 생각되는 무명씨가 월등하게 앞섰다. 차등론을 뒤집는 대등론의 진면목을 알려주었다. 그 소중한 유산을 높이 평가하고 잊지 말아야 한다.

이렇게 말하면서 도연명이 허명을 누린다고 나무라면 할 말을 다 하는 것은 아니다. 오늘날 철학하기를 스스로 한다고 하는 사람들이 이 노래를 보고, 잘못을 알아차리고 겸허한 자세로 반성해야 한다. 쉽게 이해되는 말을 조금만 하면서 깊은 소통을 하는 방법을 배워야 한다.

2.4. 산문[59]

문학에 숨어 있는 철학인 [나]의 영역에 이런저런 사람들이 쓴 별의별 글이 다 있어, 탐구의 영역을 계속 확장하도록 한다. 대단치 않은 듯이 보이는 雜文에 주목할 것들이 있다. 형식도 내용도 미비해 주목의 대상이 되지 않는 점을 유리한 조건으로 삼아, 기존의 철학을 뒤집어엎는 유격전을 전개했다.

2.4.1. 이규보

李奎報는 기이한 글을 많이 남겼다. 〈問造物〉이라는 것을 읽어보자.[60] "予厭蠅蚊之類 始發是題"(여염승문지류 시발시제)라는 부제가 있는데 "나는 파리나 모기 따위를 싫어해 이 문제를 처음 낸다"는 뜻이다.

---

59 이하의 몇 대목에서 《우리 옛글의 놀라움, 여기 새로운 길이 있다》(지식산업사, 2021)에서 한 작업을 가져와 논의를 더 발전시킨다.
60 《東國李相國後集》 권21에 있다.

予問造物者曰 夫天之生蒸人也 旣生之 隨而生五穀 故人得而食
焉 隨而生桑麻 故人得而衣焉 則天若愛人而欲其生之也 何復隨之
以含毒之物 大若熊虎豺貙 小若蚊蝱蚤蝨之類 害人斯甚 則天若憎
人 而欲其死之也 其憎愛之靡常 何也 造物曰 子之所問 人與物之生
皆定於冥兆 發於自然 天不自知 造物亦不知也 夫蒸人之生 夫固自
生而已 天不使之生也 五穀桑麻之産 夫固自産也 天不使之産也 況
復分別利毒 措置於其間哉 唯有道者 利之來也 受焉而勿苟喜 毒之
至也 當焉而勿苟憚 遇物如虛 故物亦莫之害也 予又問曰 元氣肇判
上爲天下爲地 人在其中 曰三才 三才一撲 天上亦有斯毒乎 造物曰
子旣言 有道者物莫之害也 天旣不若有道者 而有是也哉 子曰 苟如
是 得道則其得至三天玉境乎 造物曰 可 子曰 吾已判然釋疑矣 但不
知 子言天不自知也 子亦不知也 且天則無爲 宜其不自知也汝造物
者 何得不知耶 曰 予以手造其物 汝見之乎 夫物自生自化耳 予何造
哉 予何知哉 名子爲造物 吾又不知也

내가 조물에게 물어 말했다. "무릇 하늘이 많은 사람을 내놓았다.
이미 내놓고, 이어서 곡식을 내놓아 사람이 얻어서 먹는다. 이어서
명주나 베를 내놓아 사람이 얻어서 입는다. 하늘이 사람을 사랑해
살리려고 한다면, 어째서 다시 독이 있는 것들이 따르게 하는가?
크면 곰·범·표범·승냥이 같은 것들, 작으면 모기·등에·벼룩·이
따위가 사람 해침이 심하다. 하늘이 사람을 미워해 죽이려는 것 같
다. 미워하고 사랑함이 한결같지 않음이 어째서인가?"

　조물이 말했다. "그대가 묻는, 사람과 만물의 태어남은 모두 아득
한 조짐에서 정해지고 자연에서 발현하므로 하늘이 스스로 알지 못
하고, 조물 또한 스스로 알지 못한다. 무릇 많은 사람이 태어남은
무릇 참으로 스스로 생겨날 따름이고, 하늘이 태어나게 하는 것은
아니다. 오곡·명주·삼베가 생겨남도 참으로 스스로 생겨나고, 하
늘이 생겨나게 하는 것은 아니다." 하물며 어찌 다시 이롭고 해로운

것을 분별해 그 사이에 가져다 놓겠는가? 도가 있는 사람은 오로지 이로움이 와도 받아들이면서 각별하게 기뻐하지 않는다. 해로움이 와도 당하면서 각별하게 꺼리지 않는다. 物과 빈 것인 듯 만나므로, 물이 또한 해를 끼칠 수 없다."

내가 다시 물어 말했다. "으뜸 기운이 처음 갈라져, 위의 것은 하늘이, 아래 것은 땅이 되고, 사람은 그 가운데 있어 세 바탕이라고 일컫는다. 세 바탕이 한 이치이니, 천상에도 이런 해로운 것들이 있는가?"

조물이 말했다. "내가 이미 말하기를, 도가 있는 사람은 물이 해치지 못한다고 했다. 하늘이 도 있는 사람만 못해서 그런 것들이 있겠나?"

내가 말했다. "만약 이와 같다면, 도를 얻으면 세 하늘의 가장 좋은 경지에 이를 수 있는가?"

조물이 말했다. "그렇다."

내가 말했다. "나는 이미 의심을 풀었으나, 다만 알지 못한다. 그대가 하늘은 스스로 알지 못한다고 말하고, 그대 또한 알지 못한다고 하는데, 저 하늘은 행함이 없으니 당연히 스스로 알지 못하지만, 너 조물이라는 이는 어째서 알지 못하는가?"

조물이 말했다. "내가 손으로 物을 만드는 것을 네가 보았느냐? 物은 스스로 생겨나고 변한다. 내가 무엇을 만드나, 내가 무엇을 아나? 나를 조물이라고 이름 지은 것도 나는 또한 알지 못한다."

조물주와 대화를 한다고 하는 당치 않은 상황을 설정하고, 허황된 소리를 한 것 같다. 무엇을 말했는지 뜯어보려고 하면, 글이 세 층위로 이루어져 있는 것을 알아야 한다. 셋을 구분하고 상호관계를 알 수 있는지 독자를 시험한다.

(가) 파리나 모기 따위를 싫어해 이 글을 쓴다고 했다. 사람을

해치는 것들을 하늘이 왜 만들었는지 항의하고 제거해주기를 바라는 것은 어리석으니, 스스로 조심해야 한다고 했다. 사람을 해치는 것들을 들어 사회악을 말했다고 이해해도, 범속한 수준의 처세술에 머물러 대단하다고 할 것은 아니다.

(나) 사람을 해치는 것들뿐만 아니라, 천지만물이나 사람은 저절로 생겨나고 스스로 변한다. 생겨나고 변하는 것을 하늘에서 맡는다는 관념, 조물주라는 인격적인 주재자를 인정하는 관습 따위는 모두 잘못되었다. 조물주와 가상의 문답을 주고받으면서, 조물주가 조물주 노릇을 스스로 부정하는 역설로 이런 말을 해서 의심할 여지가 없게 했다. 일체의 이원론에서 벗어나 氣일원론을 제시하는 철학 혁명을 반발을 줄이고 효과가 큰 방법으로 선포했다. 철학사에서 획기적인 의의를 지니는 논설이라고 평가해야 한다.

(다) 사람의 삶이 저절로 생겨나고 스스로 변한다고 해서 주어지는 대로 따를 것은 아니다. 온당하게 사는 도리를 노력해서 터득하면 많은 것을 이룰 수 있다. 해로움뿐만 아니라 기쁨에도 흔들리지 않을 수도 있다. "세 하늘의 가장 좋은 경지"라고 일컬어지는 최고 수준의 인식을 얻을 수도 있다는 말로 사람의 주체적 능력을 확인하고 고양하려고 했다. 이에 관한 논의는 서두를 떼다가 말아 많이 미흡하다.

(가)를 표면으로, (나)·(다)는 이면으로 했다. 이면에서는 (나)를 본체, (다)를 활용으로 해서, 존재론과 실천론을 전개했다. 글을 읽고 분개하며 나무랄 사람들은 (가)의 표면만 보고 안심하거나, (나)의 이면까지 들어가더라도 말장난이나 한다고 여기도록 했다. (나)를 제대로 알고 (다)에까지 이르는 동지는 함께 분발하자고 은근히 부추겼다.

(가)는 자주 되풀이되는 범속한 논의이다. (나)는 후대의 논자들이 이기철학의 용어를 사용해 더욱 분명하게 했다. (다)는 미완의 과제로 남아 있으며, 그 내역이 시대에 따라서 달라진다.

"物은 스스로 생겨나고 변한다"고 하는 "物自生自化"는 전에 누구도 하지 않던 말이다. 독서에서 얻은 학식과는 전연 다른, 스스로 깨달은 진실을 별난 방법을 사용해 전달했다. 진실을 깨달을 수 있는 이유는 무엇이며, 별난 방법으로 사용한 것은 무슨 까닭인가? 이런 의문이 제기되어, 많은 생각을 하게 한다. 독자가 글 한 편을 더 쓸 거리를 제공한다.

독서에서 학식을 얻는 선비는 존귀하다고 받드는 차등론은 버려야 한다고 했다. 노동하고 생산하면서 살아가는 사람들에게 다가가자고 했다. 노동하고 생산하면서 천지만물과 만나는 체험에 동참했다. 노동하고 생산하면서 살아가는 사람들과 공동으로 발견한 진실을 物에 관한 총론으로 정리하고, 글로 써서 전달하는 임무를 맡았다.

깨달음을 직접 말하면 의혹이나 살 수 있다. 차등론을 무너뜨려 의혹이 생길 수 없게 하는 방법이 필요했다. 차등론을 무너뜨리는 효과적인 방법은 선비가 자랑하는 지식을 역이용하는 것이다. 조물주가 자기를 조물주라고 하는 이유를 자기는 모르겠다고 하는 역설을 도출하는 데까지 이르러, 설득력을 최대한 높였다.

2.4.2. 김만중

金萬重이 쓴 글에 다음과 같은 것이 있다.[61]

禪家有 本地風光本來面目之說 此喩最切 今有愛楓岳者 廣聚圖
經 精加考證 抵掌而談 內外峯壑 歷歷可廳 而身未賞出興仁門一步
則 所見者 卷裡風光紙上面目 只與不見山者談論 若對正陽住持僧
則立敗矣 若有人 從東海路上 望見外山一峯 則 雖非全體 亦不可謂
所見非眞山 徐花潭近之 又有人 等是圖經上所見 而其人素俱惠性
能識丹靑蹊逕 文字脈絡 不滯於陳迹 不眩於衆說 往往想出山中珍
景 如在眼中 此雖非斷髮令上所見 世無眞見楓岳者 則可謂推以善
知識 張谿谷是也 偏左晦塞 得此兩人 大非容易 進乎此 則浴沂弄環
矣 李白洲 哭谿谷詩曰 并世誰爭長 權時最得中 片言遺物則 萬里入
神通

禪家에 本地風光·本來面目이라는 말이 있다. 이 비유가 가장 절
실하다. 지금 楓岳을 사랑하는 사람이 그림책을 널리 모으고, 정밀
한 고증을 보태 손바닥을 내저으며 말하면, 안팎의 봉우리와 골짜
기가 역력해 들을 만하다. 그러나 興仁門을 한 걸음도 나간 적 없으
면, 곧 본 것이 卷裡風光·紙上面目이다. 다만 산을 보지 못한 사람
과 더불어 이야기한다. 만약 正陽寺 주지를 만다면, 나서자 바로
패배한다.

만약 어떤 사람이 동해의 길 위에서부터 바깥 산 한 봉우리를 바
라보면, 곧 비록 전체는 아니라도 또한 본 것이 진짜 산이 아니라고
할 수는 없다. 徐敬德이 이와 가깝다.

또한 어떤 사람이 그림책으로 본 것은 마찬가지이지만, 평소에
지혜로운 성품을 갖추어 능히 붉고 푸른 좁은 길을 식별하며, 문자
의 맥락에서 지난날의 자취에 얽매이지 않고, 여러 사람의 주장에
현혹되지 않으면, 이따금 산중의 참다운 모습을 생각해내서 눈으로
보는 것 같다. 이는 비록 단발령 위에서 바라본 것은 아니라고 해도,

---

61 《西浦漫筆》下의 한 대목이고 제목이 따로 없다.

세상에 풍악을 정말로 본 사람이 없다면, 곧 善知識이라고 추대할 만하다. 張維가 이렇다.

왼쪽으로 치우쳐 어둡고 막혔으면서, 이 두 사람을 얻는 것이 아주 쉬운 일이 아니다. 더 나아가면 곧 浴沂이고 弄環이다.

李明漢이 장유의 영전에서 곡한 시에서 말했다. "같은 세대에 어느 누가 낫다고 견주리오. 얼마 동안은 가장 적중함을 얻었도다. 토막말에 사물의 원리를 남기고, 만리(를 보는) 신통한 경지에 들어섰다."

무엇을 말했는가? 本地風光과 卷裡風光을 구분하는 비유를 가져와 불교에 대한 호감을 은근히 나타내면서, 유학이 권리풍광에 머무르는 잘못을 시정하고 본지풍광으로 나아간 서경덕과 장유를 평가해야 한다고 했다. 이렇게 말하고 말면 알아차리기 어려우므로, 본지풍광이 무엇인지 금강산의 비유를 들어 실감이 나게 깨우쳐주었다.

권리풍광에 머무르는 것은 금강산에 가보지 않고 어떻다고 떠드는 수작이다. 금강산에다 견준 진실과는 동떨어진 관념을 진부한 문자를 통해 이어받고 이구동성으로 받드는 것은 개탄할 만하다. 이렇게 바로 말하면 크게 반발할 사람들은 금강산 이야기를 하는 것으로 여기도록 했다. 알아도 되는 동지에게만 내밀한 생각을 전하는 수법을 사용했다.

금강산에다 견준 진실을, 서경덕은 한 자락이라도 분명하게 보고, 장유는 간접적인 추론을 통해서나마 실상에 근접되게 상상했다고 했다. 철학사를 꿰뚫어보는 혜안이 있어 놀랄 만한 말을 했다. 누구나 신봉하는 程朱學의 理氣이원론에서 벗어나, 서경덕은 氣일원론이 진실임을 밝히기 시작하고, 장유는 心則理라고 하는 陽明學

에 마땅한 삶을 추구했다는 말이다.

두 선구자의 혁신을 나란히 평가하면서, 한계점도 아울러 지적했다. 서경덕은 氣일원론 기초공사를 하는 데 그쳐, 금강산의 전모를 드러내는 것 같은 후속 작업이 반드시 필요했다. 장유가 양명학에 의거한 것은 대안이라고 하기는 어려운 방편에 지나지 않으므로 금강산을 직접 보려면 기일원론과 합류해야 했다. 후대에 해야 할 일까지 제시해 김만중의 혜안이 더욱 빛난다.

"왼쪽으로 치우쳐 어둡고 막혔으면서"라고 한 데서는 조선은 중국 왼쪽에 치우쳐 있어 식견이 어둡고 막혔다는 말로 정주학 일색인 학풍을 비판했다. 그런 상황을 타파하고 서경덕과 장유가 나선 것은 쉬운 일이 아니었음을 알아야 한다고 했다. "더 나아가면 곧 浴沂이고 弄環이다"는 말은 두 사람이 이룬 경지에서 더 나아가면, 기수에서 목욕을 하듯이 상쾌하고, 구슬을 마음대로 던지고 받는 자유를 누리게 된다는 것이다. 진실을 말하는 사상의 자유를 직접 말하는 모험을 피하고 적절한 고사를 이용했다. 이명한의 시를 들어 장유에 대한 평가가 이루어지고 있는 것을 알렸다. 서경덕은 아직 어둠 속에 묻혀 있었다.

이 글도 노동하고 생산하면서 천지만물과 만나는 체험에 동참해 얻은 깨달음을 말해준다고 할 수 있는가? 그렇다는 증거를 찾기 어렵다. 독서해서 얻은 학식을 스스로 점검하고 비판해 얻은 깨달음을 말해준다고 할 것인가? 아니다. 卷裡風光을 그 자체로 검토하는 일을 아무리 잘해도 모자란다고 스스로 한 말과 어긋난다.

깨달음을 어떻게 얻었는가? 本地風光을 직접 체험했다고 말하지 않으면서 말했다. 本地風光은 차등이나 우월의 증거로 내세우는 일체의 학식에서 벗어나면 모든 것이 평등한 것을 알았다는 말인가?

평등을 말하고 말면 정태적인 상태에 머물러 卷裡風光에서 벗어나지 못한다. 대등한 관계에서 역전이 일어나 운동하고 변화하는 것이 本地風光임을 알아야 한다. 이규보가 物自生自化라고 한 것과 김만중이 말한 本地風光은 다르지 않다. 두 사람은 같은 것을 깨달았다. 천지만물이 대등함을 근거로 일체의 차등을 타파한 것이 깨달음의 공통된 내용이라고 할 수 있다. 이규보는 천지만물이 외부의 작용 없이 스스로 대등한 원리에 따라 생성되고 운동한다는 측면을 강조해 物自生自化를 말했다. 김만중은 관념적이고 권위주의적인 사고의 원인이 되는 일체의 차등이 타파되고 없는 경지를 알려주려고 本地風光이라는 용어를 사용했다.

말이 각기 다른 것은 어느 쪽에서 접근하든 온전하지 못하고, 무슨 용어를 사용해도 모자라기 때문이다. 결정적인 언표 하나로 진실을 완전하게 잡아낼 수 있다고 여기는 망상에서 벗어나, 불충분한 것들이 서로 넘어뜨리면서 '不'을 줄이고 '充分'에 다가가는 것이 이용 가능한 최상의 방법이다. 物自生自化는 本地風光보다 깨달아서 알게 된 진실의 모습을 알려주는 실질적인 언표로서는 진일보한 면이 있으나, 깨닫는 주체에 관해서는 말하지 않는 단점이 있다. 本地風光을 말하는 것은 그 반대여서, 주체가 거리를 두지 않고 대상과 하나가 되어야 한다는 점을 분명하게 한 의의가 있으나, 대상이 무엇인지는 風光이라는 비유를 들어 말할 따름이다.

物自生自化는 실체에 관한 발언이어서 인식의 변화는 말해주지 못한다. 철학 서설 이상의 것은 아니다. 本地風光은 실체와의 거리를 말하면서 인식이 이루어진 경과를 문제로 삼는다. 철학 서설로서는 결격 사유가 있는 것을 인식 방법의 내력에 관한 철학사적 논의를 펼치면서 보완한다.

本地風光에 다가가 한 자락만 본 徐敬德이 있다. 本地風光에 다가가지 못했으나 卷裡風光을 철저하게 검토하고 비판한 張維도 있다. 이것은 불충분을 줄이면서 충분에 다가가는 두 가지 방법이라고 할 수 있다. 새로운 인식을 얻는 것과 부당한 선입견을 버리는 것을 각기 시도하면서 하나로 합쳐야 한다.

철학의 용어를 사용해 논의를 재정리해보자. 卷裡風光이라고 한 것은 性理學, 理氣이원론, 理철학 등으로 지칭하는 보수적인 유학임을 알아차릴 수 있다. 卷裡風光이라는 말이 진실과 유리된 관념의 언사를 뜻한다고 이해하면 아주 적실하게 쓰였다. 서경덕과 장유를 두고 한 말은 이런 관점을 갖추면 뜻하는 바가 분명하다.

서경덕이 卷裡風光에서 벗어나 本地風光의 한 자락을 본 것은 氣일원론 또는 氣철학으로 나아가는 길을 열었다는 말이다. 장유가 陽明學을 하겠다고 한 것은 卷裡風光를 철저하게 검토하고 비판한 처사하고 할 수 있다. 성리학이 卷裡風光이라고 나무라는 데서는 큰 진전을 보여주었으면서 대안 제시는 모자라 本地風光으로 나아갔다고 할 수는 없다.

장유가 제시하지 못한 대안을 서경덕의 시도를 대폭 발전시켜 분명하게 제시하는 것이 앞으로 할 일이다. 이런 생각을 쉽게 할 수 있다. 앞으로 할 일이라고 여긴 것이 실제로 이루어진 내력을 밝혀 철학사 서술을 알차게 해야 한다. 이것이 당연하게 해야 일이라고 쉽게 말할 수 있다. 그러나 방법이 문제이다. 일을 맡을 사람이 누구인가도 문제이다.

性理學의 용어는 확정되지 않고 유동적이었다. 이에 대해 반론을 제기하고 대안을 마련하는 작업을 철학의 영역 안에서 한다면, 두 가지 난점이 있었다. 용어나 개념을 확정하기 어렵고, 체제 비판을 허용하지 않는 탄압을 견디는 것은 더욱 난감하다. 이 점에서 김만중의 선택을 재평가해야 한다.

철학에 관한 논란을 문학 글쓰기에서 하고, 비유를 아주 효과적인 작전으로 삼은 것을 높이 평가하고 이어받는 것이 바람직했다. 그 뒤의 내력을 정리해 논하는 작업은 생략하고, 朴趾源이 〈虎叱〉을 써서 氣철학 발전의 최고 성과를 보여준 것을 잊지 말아야 한다는 말만 덧붙인다.

2.4.3. 이옥

李鈺이 남긴 글을 한 편 읽어보자. 제목이 없어 〈蟲之樂〉이라고 붙인다.[62] 이옥은 세상에 대한 불만을 예사롭지 않은 글을 써서 나타냈다. 어린 아이 같은 호기심으로 관찰한 바를 공개하면서 심각한 발언을 했다.

> 嘗偶折高粱之秸 剖其一節 中空而窺 上下不及節 大如藕孔 有蟲居之 長可二黍 蠢然而動 猶有生意 余喟然嘆曰"樂哉蟲哉 生於此間 長於此間 寄居於此間 衣食於此間 且老於此間 也 則是 上節爲天 下節爲地 白而膚者爲食 靑而外者爲宮室 無日月風雨寒暑之變 無山河城郭道路險夷之難 無耕作織絍烹割之辨 無禮樂文物之煥 彼不知人物龍虎鵬鯤之偉 故自足其身而不知爲眇焉 不知有宮室樓臺之侈 故自足其居而不以爲搾焉 不知有文章錦繡奇毛彩羽之美 故自足其倮而不以爲恥焉 不知有酒肉珍羞之旨 故自足其齧而不以爲餒焉 耳無聞 目無見 旣飽其白 有時乎鬱鬱而閒 則三轉其肚 至于上節

---

62 《白雲筆》卷上에 있는 것이다.

而止焉 蓋亦一逍遙遊也 豈不恢恢然有餘地哉 樂哉蟲哉"此 古之至
人之所學焉 而未至者也

　　일찍이 수숫대를 꺾고, 그 한 마디를 쪼개니, 중간이 비어 들여
다보이는 것이 위와 아래 마디에는 이르지 못하고, 크기가 연뿌리
구멍만 했다. 거기 사는 벌레가 있는데, 길이가 기장 두 알만하다.
꿈틀거리고 움직이며, 삶의 의욕이 있는 듯하다. 나는 탄식하며 말
한다.
　　"즐겁구나, 벌레여. 이 사이에서 태어나고, 이 사이에서 자라고,
이 사이에서 살고, 이 사이에서 입고 먹고, 또한 이 사이에서 늙는구
나. 바로 이것 위의 마디는 하늘이고, 아래 마디는 땅이로구나. 흰
살은 먹거리이고, 푸른 빛 외곽은 궁실이다. 일월·풍우·한서의 변
화가 없다. 산하·성곽·도로가 험난하고 평탄한 어려움도 없다. 밭
갈고 길쌈하고 조리하는 수고도 없다. 예악이나 文武의 빛남도 없
다. 녀석은 인물·龍虎·鵬鯤의 위엄을 알지 못하니, 자기 몸으로
만족하고 곁눈질할 줄 모른다. 궁실이나 누대의 사치를 알지 못하
니, 자기 거처를 만족스럽게 여기고 좁은 줄 모른다. 문장·錦繡·
奇毛·彩羽의 아름다움이 있는 줄 알지 못하므로, 벌거벗은 것을
스스로 만족스럽게 여기고 부끄럽게 여기지 않는다. 술이나 고기,
맛있는 음식을 알지 못하니, 깨무는 것을 스스로 만족스럽게 여기고
주린다고 여기지 않는다. 귀로 듣는 바 없고, 눈으로 보는 바 없다.
흰 것으로 배를 불리다가, 때때로 울적하고 한가하면 몸뚱이를 세
번 굴리다가 위의 마디에 이르러 멈춘다. 이것 또한 한 번의 逍遙遊
이다. 어찌 넓고 넓어 여유가 있는 공간이라고 하지 않겠는가. 즐겁
구나, 벌레여."
　　이것은 옛적 至人이라도 배우기나 하고 실행하지는 못한 경지이다.

　　처음에는 수숫대 속 구멍에 사는 작은 벌레를 우연히 발견하고

관심을 가졌다. 그런 것은 무시해야 한다고 하지 않고 자세하게 관찰했다. 어떻게 살아가는지 이해하려고 했다. 벌레는 벌레의 삶을 사는 것이 당연하다고 했다.

그다음에는 그 벌레를 사람과 대등한 위치에 두고 견주어보았다. 벌레는 작은 공간에서 한정된 삶을 누리지만, 사람처럼 허식에 매이지 않고, 차등이 없으며 구속을 만들어내지 않으며, 더 바라는 것이 없으니, 자유롭고 즐겁기만 하다고 했다. 벌레는 모든 동물 가운데 가장 저열하다고 여기는 선입견을 버리고, 사람이 만물 가운데 으뜸이라는 관념에서 벗어나야 한다고 암시했다.

끝으로, 그 벌레는 사람보다 더 위대하다고 했다. 벌레가 몸뚱이를 굴리며 노는 것이 무한한 자유를 누리는 거대한 나들이, 莊子가 말한 逍遙遊의 실상이라고 했다. 공간이 좁고 넓은 것은 문제가 되지 않는다고 했다. 장자와 같은 至人이라도 알기만 하고 실행하지는 못한 경지에 벌레는 이르렀다고 했다.

작은 것과 큰 것은 대등하다. 무엇이든 더 큰 것보다 작고, 더 작은 것보다 크다. 작으면 저열하고, 크면 우월하다고 여기는 것은 그릇된 편견이다. 다른 생물과 사람은 대등하다. 각기 자기 방식대로 살아가는 것을 사람의 견지에서 일방적으로 평가할 수 없다. 사람 중심의 가치관은 부당하고 유해하다. 사람이 받고 있는 것 같은 구속에서 벗어나 자유로운 삶을 누리는 다른 생물이 사람보다 행복할 수 있다.

다른 생물과 대등한 관계를 가져야 사람들 사이의 차등론을 부정할 수 있다. 지위가 높고 힘이 있는 사람은 지위가 낮고 힘이 없는 사람을 위에서 내려다보면서 다스리는 것이 당연하다고 한다. 이런 사고방식이 차등론의 핵심을 이룬다. 이에 대해 반론을 제기해 지위와 힘을 평준화하자는 평등론의 주장은 실현 가능성이 없으며, 실현된다고 해도 주어진 상태에 만족하고 앞으로 더 나아가지 못하게 한다. 세상을 더 좋게 하고 역사를 발전시킬 수 있는 동력이 없다.

2.4.4. 이덕무

그러면 어떻게 해야 하는가? 평등론을 대등론으로 바로잡아야 한다. 이에 관해 한 말을 들어보자. 李德懋, 〈蜣蜋〉이라는 것이다.[63] 이덕무는 재능이 뛰어났으나 서얼이라는 이유에서 차별을 당했다. 사회 비판을 우회적으로 하는 글을 써서 설득력을 높였다.

> 蜣蜋自愛滾丸 不羨驪龍之如意珠 驪龍亦 不以如意珠自矜驕 而笑彼蜋丸
>
> 쇠똥구리는 쇠똥 뭉치를 자기 나름대로 사랑하고, 검은 용의 여의주를 부러워하지 않는다. 검은 용 또한 여의주를 가지고 스스로 자랑하면서 저 쇠똥구리의 뭉치를 비웃지 말아야 하리라.

쇠똥구리의 쇠똥 뭉치와 검은 용의 여의주는 최하이고 최상인 차이점이 있다고 하지만, 둥근 물체라는 공통점이 있다. 공통점을 근거로 비교하면서 차이점을 재론하는 기발한 발상이 충격을 주어, 편견을 깨고 진실을 밝힌다. 구체적인 의미를 몇 차원에서 읽어낼 수 있다.

쇠똥구리든 검은 용이든 가식을 버리고 자기 삶을 즐겨야 한다.

---

63 《靑莊館全書》 권63.

각기 사는 방식이 다르고, 필요한 것이 따로 있으므로 남들을 부러워할 필요가 없다. 삶의 실상은 무시하고, 일률적인 기준에서 서열이나 지체를 구분하는 관습은 부당하다. 이것은 일차적인 의미이다.

쇠똥구리는 쇠똥을 먹이로 삼아 누구에게 피해를 주지 않고 환경을 정화한다. 용 가운데 으뜸이라고 하는 검은 용은 권능을 높이고 약자들을 멸시하고 두렵게 여기도록 하려고 해서 여의주라고 하는 요상한 물건이 필요하다. 쇠똥구리 같은 하층민은 선량하기만 하고, 검은 용 같은 지배자는 악독하다고 하지 않을 수 없다. 이런 이차적인 의미도 있다.

여의주를 희롱하면서 하늘에 날아오르는 용은 잠시 동안 득세한다. 중력의 법칙을 어기는 짓을 오래 할 수 없다. 추락하지 않으려면 자취를 감추어야 한다. 땅에 붙어 천천히 움직이는 쇠똥구리는 천지만물이 천연스럽게 움직이는 모습을 있는 그대로 보여주고 있다. 자연을 거역하는 강자는 단명하고, 순응을 하면서 살아가는 약자는 삶을 무리 없이 이어나가 승패가 역전되는 것이 필연이다. 이런 삼차적인 의미도 있다.

그래도 강약은 부정할 수 없는 사실이므로 차등론이 확고한 타당성을 가진다고 한다. 불만을 가지는 것은 용인할 수 있지만, 다른 소리를 하는 것은 부당하다. 이에 대해 어떤 불만을 제기할 것인가? 강약의 승패가 역전되는 것이 필연임을 아주 분명하게 밝힌 글이 있으니 더 읽어보자. 李德懋의 〈鐵杵〉이다.[64]

---

64 《靑莊館全書》권48.

余靜觀 隣叟搗米爲屑 而歎曰 鐵杵 天下之至剛者也 濡米 天下之
至柔者也 以至剛撞至柔 不須臾而爲纖塵 必然之勢也 然 鐵杵老則
莫不耗而挫矮 是知 快勝者 必有暗損 剛强之大肆 其不可恃乎

　　나는 이웃 노인이 쌀을 빻아 가루를 만드는 것을 조용히 바라보
고 탄식해 말한다. 쇠공이는 천하의 가장 강한 것이고, 젖은 쌀은
천하의 가장 부드러운 것이다. 가장 강한 것으로 가장 부드러운 것
을 치니, 잠깐도 아닌 사이에 가루가 되는 것이 필연적인 형세이다.
그러나 쇠공이는 늙도록 쓰면 닳아서 쭈그러지지 않을 수 없다. 통
쾌하게 이기는 자는 반드시 드러나지 않게 손상된다. 강하다고 크
게 방자한 것은 신뢰할 수 없다.

　　쇠공이로 젖은 쌀을 빻아 가루로 만들면 쇠공이도 닳는다고 말하
고, 그 이치를 생각하도록 했다. 쇠공이가 닳는 것은 쌀이 강해서가
아니다. 쌀을 빻느라고 쇠공이가 쇠절구에 닿아 닳는다. 이것은 물
이 오래 흘러 바위가 마멸되는 경우와 같으면서 다르다. 약한 것이
강하고, 강한 것이 약한 점에서는 둘이 같다. 강약이 직접 부딪치지
않고, 약자 때문에 강자들끼리 부딪치는 자기모순이 생기는 점은
다르다.

　　강자는 약자를 괴롭히는 과정에서, 약자의 반격이 없더라도 강하
기 때문에 생기는 자기모순으로 손상을 겪는다. 가해에는 자해가
필연적으로 따른다. 강하다고 방자하게 구는 자를 신뢰하는 것은
어리석다. 이런 이치에 따라 사회나 역사가 달라진다. 강자의 필연
적인 멸망이 반드시 다가올 발전의 계기가 된다.

2.4.5. 김낙행

金樂行이 지은 〈織席說〉도 읽어야 할 것이다.[65] 선비가 만년에
자리 짜기를 업으로 한다면서, 경청할 만한 말을 한다.

俚諺云 村措大 少習科文 不成名 爲風月 又 稍衰 則業織席 而遂
老死 蓋 賤侮之言也 而 遠於儒雅 損於風致 織席 其 甚者也 故 尤鄙
下之 爲窮老者之終事 人 是而終 誠 可哀已 然 亦 循其分而已矣
不必遽非笑之也 今 余 科文風月 皆 非所事 寓居山中 其 窮益甚
耕耘樵採 乃 其分也 況 織席之不甚費筋力者哉 家人悶余之徒食 而
無所用心 乞席材 於其兄弟家 强要之 且 請隣翁 授其法 余不獲已
抑而爲之 始也 手澁 而 心不入 甚艱以遲 終日 而 得寸焉 旣日久
稍熟 措手自便捷 心與法涵 往往顧語傍人 而經緯錯綜 皆順其勢 而
不差 於是乎 忘其苦 而 耽好之 非飮食便旋及尊客來 則不輟焉 計自
朝至暮 可得尺 自能者視之 猶鈍矣 而在余可謂大進矣 天下之短於
才 而拙於謀者 莫如余 學之旬月 能至於是 是技也 爲天下之賤也
可知也 余業之固其宜哉 雖以是終吾身 亦不辭焉 分所當也 爲之 有
益於余 者 五 不徒食 一也 簡開出入 二也 盛暑忘蒸汗 當晝不困睡
三也 心不一於憂愁 言不暇於支蔓 四也 旣成而精者 將以安老母 粗
者將以藉吾身與妻兒 而使小婢輩亦免於寢土 有餘將以分人之如余
窮者 五也

항간의 우스개에서 말한다. "시골 가난한 선비는 젊어서 과거 글
을 익히다가 이름을 얻지 못하면 풍월을 일삼고, 또한 점차 쇠약해
지면 자리 짜는 일을 업으로 하다가 마침내 늙어 죽는다." 이것은

---

[65] 《九思堂集》 권8.

천하게 여기고 모욕하는 말이다. 우아한 선비와 거리가 멀고, 품격을 손상시키는 것이 자리 짜기이니, 심한 말을 해서 궁한 늙은이가 마지막으로 하는 일을 아주 비루하게 여기고 낮추자는 것이다. 사람이 삶을 이렇게 마치는 것은 참으로 슬프다고 하리라. 그러나 이 또한 분수를 따를 따름이므로, 느닷없이 비웃을 필요는 없다. 지금 나는 과거 글이나 풍월을 모두 일삼지 않으며, 산중에 숨어서 지낸다. 가난이 더욱 심해, 밭 갈고 김매고 나무하고 나물 캔다. 이것이 분수이다. 자리 짜기는 근력을 심하게 소모하지 않아도 되니 더 좋지 않은가.

집사람이 내가 놀고먹고 마음 쓰는 데가 없는 것을 민망하게 여기고, 자리 짜는 재료를 형제의 집에서 빌려와, 강제로 하라고 한다. 또한 이웃 노인을 청해 수법을 전수받으라고 한다. 나는 부적당하다고 여기지만, 억지로 일을 하지 않을 수 없다. 시작하니 손이 서툴고, 마음에 들지 않아, 고생만 하고 더디다. 온종일 한 마디만 얻는다. 여러 날이 되자 점차 익숙해지고, 손놀림이 저절로 편하고 빠르고, 마음이나 기법이 젖어든다. 이따금 곁에 있는 사람을 돌아보고 말을 하기도 한다. 씨줄과 날줄이 얽혔어도 모두 형세를 따라 차질이 생기지 않는다. 이제야 고통을 잊고, 일을 탐내고 좋아한다. 음식을 먹고 용변을 보거나 귀한 손님이 찾아온 경우가 아니면 그치지 않는다. 아침부터 저물 때까지를 헤아리니, 자[尺]가 되는 분량을 얻는다. 능한 사람의 견지에서 보면 오히려 둔하지만, 나로서는 대단한 진보라고 말할 수 있다. 천하에 재주가 짧고, 헤아림이 졸렬하기가 나와 같은 사람이 없는데, 열흘이나 한 달만에 배워 이처럼 능숙한 데 이르렀으니, 이 기술을 천하의 얕은 것이라고 하는 이유를 알 만하다. 내가 하는 일로 굳히는 것이 마땅하다. 비록 이것으로 생을 마친다고 해도 또한 사양하지 않을 만큼 분수에 합당하다.

이 일을 해서 내게 이로운 것이 다섯이다. 놀고먹지 않는 것이 하나이다. 드나드는 거동을 줄이는 것이 둘이다. 한여름에 땀을 잊으며 낮에 졸린다고 자지 않는 것이 셋이다. 마음은 근심이 하나도 없으며, 말을 지루하게 할 겨를이 없는 것이 넷이다. 다 만들어 정교한 제품으로는 노모를 편안하게 하도록 하고, 조잡한 물건은 나와 처자가 깔거나 어린 여종이 흙에서 자지 않게 해주고, 나머지가 있으면 나처럼 가난한 사람에게 나누어 주는 것이 다섯이다.

옆에 앉아 말을 술술 하듯이 써서, 긴장하지 않고 마음 편하게 읽을 수 있는 글이다. 늙은 선비가 자리를 짜면서 사람이 달라지는 모습을 담담하게 술회하기만 한 대수롭지 않은 내용인데 잔잔한 감동을 준다. 자리 짜는 것에 다섯 가지 유익함이 있다고 한 말을 본떠서 이 글이 다섯 가지로 훌륭하다고 하겠다.

불리한 처지를 유리하게 만드는 전환을 이룩한 것이 하나이다. 할 일을 찾아 일하는 즐거움과 보람을 체험한 것이 둘이다. 어떤 일이라도 부지런히 하면 잘 될 수 있다고 알려준 것이 셋이다. 여러 사람과 평등한 관계를 가지면서 도우며 살아가야 한다고 한 것이 넷이다. 귀천이나 고하의 구분을 타파해야 한다고 암시한 것이 다섯이다.

경상도 안동 시골 선비가 이런 글을 쓴 것은 놀라운 일이다. 노동이 소중한 것을 체험하고, 복고적이고 보수적인 사고에서 벗어나 새 사람이 되는 과정을 진솔하게 말했다. 세상이 달라져 어둠이 걷히고 광명한 천지가 나타나는 것을 알 수 있게 한다. 역사의 전환을 말해주는 소중한 증언이다.

2.4.6. 이건창

李建昌의 〈俞叟墓誌銘〉도 함께 읽을 만하다.[66]

　歲干支仲秋之月 其日癸未 織屨俞叟君業 以疾 終于江華下道尹
汝化之隟舍 壽七十 無子 厥明 里三老集于汝化 謀所以送叟者 汝化
來告余 余子之以弗茹之地俾瘞之 且爲之誌 有字無名 無譜無籍 傷
也 其死可得以詳 而其生則闕也 叟中歲獨身流寓 與汝化爲主客 三
十年 樸吶無佗能 日惟業織屨 然不自鬻 以畀汝化 汝化鬻得米 則
遺之使炊 不得 或累日不炊 里人無所持來求 屨叟卽與 或匿直不以
還 久亦不自往索 故 或終年 一步不出門 余家與汝化相望而近 然
余竟不識叟面 叟殆非庸人者歟 抑余嘗悲古昔聖賢 終身未嘗一事
行於世 而其所業 皆所以行者也 今叟亦終年未嘗一步行於路 而其
所業 亦惟所以行者也 雖其具鉅細有不同 而其勤而無所用於己則
同 又可悲也 然 聖賢旣不能自行 而天下又卒不用其道 反以招譏謗
嬰患厄 恤焉而不寧 若叟固無意於行 而隣里之人 猶用其屨而歸其
直 叟得以食其力 以老以終無他患 使叟果庸人也 則可以無憾 叟而
果非庸人也 抑又何憾 銘曰 五穀芃芃民所寶 斂精食實委枯槁 惟叟
得之以終老 生也爲屨葬也藁

　해는 어느 干支 8월, 날은 癸未에, 신 삼는 늙은이 俞君業이 병으
로 江華下道 尹汝化네 비어 있는 집에서 세상을 떠났다. 수명이 70
이고, 아들은 없다. 이튿날 아침 마을 노인 셋이 여화의 집에 모여
늙은이 장송을 의논했다. 여화가 와서 내게 고했다. 나는 농사짓지
않는 땅을 제공해 묻게 하고, 또한 墓誌를 지었다.

---

66 《明美堂集》 권19.

字는 있으나 이름은 없으며, 족보도 호적도 없어, 마음 아프다. 그 죽음은 자세하게 알지만, 그 삶은 불분명하다. 중년에 독신으로 떠돌아다니다가, 여화와 더불어 주객이 된 지 30년이다. 순박하고 말을 더듬으며, 다른 재주는 없었다. 날마다 하는 일이 신을 삼는 것뿐이었다. 신을 직접 팔지 않고, 여화에게 넘겨주었다. 여화가 팔아서 쌀을 구하면, 밥을 지었다. 쌀이 없으면, 여러 날 밥을 짓지 못하기도 했다. 마을 사람이 가진 것 없이 와서 구해도, 즉시 신을 삼아 주었다. 값을 숨기고 돌려주지 않은 지 오래되어도 찾아가 요구하지 않았다. 그러느라고 때로는 한 해가 다 가도록 한 걸음도 문 밖에 나서지 않았다. 내 집이 여화와 서로 바라볼 만큼 가까운데도, 나는 끝내 늙은이의 얼굴을 알지 못했다.

늙은이는 거의 예사 사람이 아니지 않겠는가? 나는 일찍이 문득 옛 성현이 서글프다고 여겼다. 종신토록 세상에 나가 한 가지 일도 하지 않으면서, 과업으로 삼는 것이 모두 시행되는 까닭이다. 이제 늙은이도 일찍이 길에 한 걸음도 나서지 않아도, 과업으로 삼는 것이 시행되는 까닭이다. 비록 그 방법이 크고 작은 것은 같지 않아도, 부지런함을 자기에게 사용하지 않음은 같으니, 또한 서글프다고 하겠다.

그러나 성현은 애초에 무엇을 스스로 행할 수는 없었다. 천하가 또한 마침내 그 도리를 사용하지 않게 되어, 도리어 비방을 초래하고, 근심과 재앙을 당해 두려워하고 편안하지 못하기도 했다. 늙은이의 경우에는 세상에서 시행되는 것에 진실로 뜻하는 바가 없었다. 마을의 이웃 사람들이 오직 그 신을 신고 값을 치러, 그것을 먹고 힘을 얻다가 늙어 죽었으며 다른 근심은 없었다. 늙은이는 예사 사람이라도 유감이 없다고 하겠다. 늙은이가 예사 사람이 아니라고 해도 또한 무슨 유감이 있겠는가.

銘에서 말한다. 오곡이 무성하니 백성의 보배로다. 알곡은 거두어 먹고 짚은 버린다. 늙은이는 오직 버린 것을 얻어 평생을 보냈다.

살아서는 신을 삼고, 장례 지낼 때에는 거적으로 삼는구나.

신이나 삼다가 세상을 떠난 늙은이를 위해, 면식이 없고 생애도 잘 모르면서 묘지명을 지어 이중으로 부당하다는 시비가 있는 글이다. 기이한 글을 공연히 지어 글재주를 자랑하려고 했다고 나무라기까지 했다. 글만 읽고 뜻은 읽지 못하는 사람들은 무엇을 말했는지 알아차리지 못하고 딴 소리를 하도록 유도했다.

이름 없는 늙은이가 처자식도 없이 평생 홀로 살면서 신을 삼아 끼니를 겨우 이었다. 사회 밑바닥의 이런 최하층민에게 각별한 친근감을 가지고 죽음을 애도하고 생애를 되돌아보는 글을 지었다. 지체, 명성, 재산 등으로 사람을 구분해 차별하는 것은 잘못이고, 성실하게 사는 것만 소중하다고 여기고 평생 신을 삼은 늙은이가 훌륭하다고 했다. 이렇게 말하고 말면 이 글에 대한 표면적인 평가에 그친다.

신 삼는 늙은이와 옛 성현의 비교에 깊은 뜻이 있다. 만만하게 보지 말고 세심하게 주의하면서 읽어야 한다. 늙은이는 예사 사람이라고 할 수 없는데 알아주지 않는 것이 유감이라고 하다가, 한 걸음 더 나아갔다. 널리 도움을 주는 과업을 수행하면서 자기는 나다니지 않으니 서글프다고 하겠으나, 그 점에서 옛 성현과 다를 바 없다고 했다. 성현은 대단하다는 생각을 버리게 했다. 늙은이 칭송에서 성현 비판으로 나아갔다.

성현은 가르침을 받아들이지 않는 사람들의 반발 때문에 고난을 겪을 수 있으나, 늙은이는 신을 필요로 하는 사람들에게 도움을 주기만 해서 더욱 훌륭하다. 성현이라는 이들은 반발을 사서 비방을 초래하고, 근심과 재앙을 당해 두려워하고 편안하지 못하기도 하다. 늙은이는 반발의 여지가 없이 훌륭하기만 한 일을 하면서 남들이 알아주지 않아도 유감이 없다. 이름나기를 바라지 않으니 성현보다 더욱 훌륭하다고 할 수 있다. 이렇게까지 말한 것이 얼마나 놀라운가?

사람은 누구나 무성한 오곡을 보배로 여긴다. 알곡은 먹고 짚은 버린다. 늙은이는 남들이 버린 짚으로 신을 삼으며 살아가다가, 죽어서는 그 거적에 쌓여 갔다. 버리는 것을 유용하게 하는 밑바닥 인생이 얼마나 거룩한지 생각해보아야 한다. 쓰레기 양산을 문명의 발달이라고 하는 오늘날의 상황을 생각하면 그 전례를 더욱 높이 평가해야 한다.

신 삼는 늙은이와 성현의 비교는 표리 양면이 있다. 겉으로는 터무니없는 말로 견강부회를 해서 웃기는 수작으로 긴장을 완화했다. 그 이면에서 성현이라는 이들은 하는 일 없이 세상을 움직이고, 무리한 주장 때문에 반발을 사기도 한다는 말을 했다. 장난처럼 쓴 글에서 허용되지 않는 비판을 했다. 불우한 하층민에게 각별한 친근감을 나타내는 글인 줄 알고 읽도록 해서 시비를 차단하고, 성현은 허망하다고 하는 엄청난 말을 슬쩍 흘렸다.

斯文亂賊이라고 지목되어 처단될 수 있는데, 글을 교묘하게 써서 무사했다. 기이한 글을 공연히 지어 글재주를 자랑하려고 했다고 나무라도록 할 만큼 방어를 철저하게 해서 공격이 빗나가게 한 수법이 거듭 감탄을 자아낸다. 이런 명문을 오늘날 사람들도 쓸 수 있는가? 깊이 반성해야 한다.

김낙행이 위의 글에서 무엇을 말했는지 정리해보자. [가] 독서하는 선비는 존귀하고, 노동하는 일꾼은 미천하다. [나] 독서하는 선비와 노동하는 일꾼은 대등할 수 있다. [다] 독서하는 선비보다 노동하는 일꾼이 더욱 존귀하다. [가]에서 시작해 [다]로 나아간 것을 확인할 수 있다.

글을 쓴 사람이 선비여서 [가]라고 여기는 차등론의 수혜자로 살아가게 되어 있었다. 선비의 능력을 키워 과거에 급제하고 관직에 나아갔다. 이것은 글을 쓰기 전에 있었던 엄연한 사실이어서 검증이 필요하지 않다. 오랜 내력을 가진 관습이고 부동의 이념임을 말하지 않아도 알 수 있다.

[가]로 살아가면서 [가]의 차등론과는 다른 [나]의 대등론이 진실일 수 있다고 여기는 단계가 있었다. 앞의 글에서 선비가 늙으면 할 일이 없다고, 아내가 할 일이 없으면 자리나 짜라고 하는 말을 받아들인 것은 그 단계이다. 자리를 실제로 짜면서 서투르고 어색하던 일이 능숙하게 하게 되었다. 남들이 하는 것을 흉내 내지 않고 자기가 주체임을 깨달아, 정신이 맑아지고 자세가 당당하게 되었다. 산출한 결과가 얼마나 유익한가도 알았다. 이런 과정에서 [다]의 역전이 일어나 노동하고 생산하는 삶의 가치를 온몸으로 깨달았다.

노동은 몸과 마음을 긴장시켜 나태나 잡념을 막고, 생산해서 산출한 결과로 많은 사람을 이롭게 하니 높이 평가해야 한다고 한다. 자기가 직접 경험한 것은 웃음거리라고 할 수 있을 정도의 미미한 수준이지만, 기존의 가치관을 뒤집어놓을 수 있는 단서가 되기에는 충분하다. 직접 겪은 일을 목청을 전연 높이지 않고 담담하게 서술하면서, 놀라운 수준의 각성을 나타냈다.

뒤의 글도 [가] 독서하는 선비는 존귀하고, 노동하는 일꾼은 미천하다. [나] 독서하는 선비와 노동하는 일꾼은 대등할 수 있다. [다] 독서하는 선비보다 노동하는 일꾼이 더욱 존귀하다. [가]에서 시작해 [다]로 나아간 것을 뒤의 글에서도 확인할 수 있다.

그러면서 뒤의 글은 앞의 글과 다른 점이 있다. [가]에서 [나]로 나아간 과정이 나타나 있지 않다. [다]의 각성은 자기가 노동을 해서 얻은 것이 아니다. 자기와 무관한 사람이 신을 삼아 나누어준 것이 훌륭하다고 했다. 직접 체험하는 과정을 거치지 않고 [가]의 차등을 역전시켜 [다]에 이른 것은 분별력이 탁월하기 때문이다. 선비는 남의 글을 읽고 학식을 쌓는 것을 자랑으로 삼지 않고, 세상의 이치를 바르게 깨달아 알아야 한다는 것을 보여주었다.

(가) 독서하는 선비는 존귀하다는 것을 그 자체로 뒤집는 한층 치열한 변혁을 거쳤다. 그 결과 자기가 반성을 하는 데 그치지 않고, 독서하는 선비의 우상인 성현이 사실은 허망하며 반발의 대상이 되는 것이 당연하다고 하는 데까지 이르렀다. 노동하고 생산하는 일꾼은 반발을 사지 않고 널리 이로움을 베풀어 성현보다 높이 평가해야 한다고 하는 대혁명을 이룩했다. 이 엄청난 작업을, 대수롭지 않은 듯이 하는 말에 치밀한 논리를 숨겨놓아 반박하기 어렵게 하는 작전을 폈다.

앞뒤의 글은 같으면서 다르다. 선비와 일꾼의 차등을 역전시켜 일꾼이 상위인 대등을 입증한 것은 같다. 앞의 글은 선비가 일꾼의 경지로 나아가 깨달은 바를 말하고, 뒤의 글은 일꾼의 경지로 나가갔던 선비가 되돌아와 철저한 자기비판을 하고 최대한 확대한 것은 다르다. 앞의 글은 일차적인 각성, 뒤의 글은 이차적인 각성의 모범을 보인다고 할 수 있다.

2.5. 소설

소설은 복잡하고 방대한 세계이다. 논의를 아주 길고 자세하게 해도 흡족할 수 없다.[67] 오히려 그 반대로 선회해 상책을 찾는다. 작품 넷을 본보기로 들고 간략하게 고찰해 알찬 성과를 얻고자 한다.

〈운영전〉은 작자 미상의 한문소설이다. 〈구운몽〉은 생애가 잘 알려진 상층 사대부 金萬重의 작품이며, 한문본과 국문본이 공존한다. 〈춘향전〉은 여러 사람의 창작이 누적된 판소리이기도 하고 국문소설이기도 하다. 〈인간문제〉는 여성작가 강경애가 창작한 현대소설이다.

모두 잘 알려져 있으므로 내용 소개는 줄이고, 어떤 철학을 어떻게 구현하고 있는지 핵심을 간추려 말하고자 한다. 지금까지 없던 새로운 결과를 얻기를 기대한다. 셋 가운데 〈운영전〉는 자세하게 고찰하면서 소설이 무엇이며 어떤 의의가 있는지 고찰하는 총론을 갖춘다.

2.5.1. 운영전

〈雲英傳〉은 운영의 전기이다. 여주인공 이름을 작품명으로 한다. 남주인공도 있어 소설이 성립되지만, 여주인공이 더욱 존중된다. 남녀의 차등을 대등으로 바꾸어놓으려고 남주인공보다 여주인공을 높이는 것이 소설의 특징이다.

---

67 《소설의 사회사 비교론》 전3권(지식산업사, 2001)에서 많은 논의를 폈으나, 여기서 하는 말은 미처 하지 못했다.

이 작품은 한문소설이다. 남성 식자층을 독자로 하는 한문소설이 예속된 처지에 있는 미천한 여성을 주인공으로 했다. 그런 여성이 사랑을 이루지 못한 비극을 이야기했다. 이것은 당시의 관습에 어긋나는 엄청난 파격이다. 획기적인 시대 변화의 발동을 건 의의가 있다.

소설이라는 것은 반역의 조짐을 보이는 사생아로 태어나고, 사기꾼의 술책을 습득해이용하면서 자라났다. 자아의 우위나 세계의 우위 그 어느 쪽도 인정하지 않고, 자아와 세계가 상호우위에 입각한 대결을 벌이면서 권위에 도전하고 규범을 무너뜨리는 녀석이다. 명사 가운데 으뜸인 安平大君에게 예속된 처지인 궁녀가 외간남자와 사통해, 엄청난 권위에 감히 도전하고 남녀관계에 관한 규범을 무너뜨렸다.

이런 여인의 이야기를 '傳'이라고 하면서 기록해 남긴 것은 더욱 참람한 일이다. 傳은 역사의 평가가 필요한 인물의 행적을 사실에 입각해 襃貶하고, 선악을 명시하는 글이다. 史官이 春秋筆法에 따라 써서 공식 史書의 列傳에 올려야 할 것이다. 무자격자가 사사로이 傳을 쓴 것이 외람되다. 평가의 대상이기에는 너무나도 모자라는 무지렁이들의 色情譚이나 담아 세상에 망조가 들게 한다. 이렇게 나무라고 말 것은 아니다. 조상을 모르고 태어난 사생아인 소설이 傳이라고 위장해 남의 족보에 이름을 올리는 흉측한 짓을 이렇게 한 것을 알아야 한다.

소설은 옷을 훔쳐 입고 행세를 하듯이 傳의 서술 방법을 차용하는 것만으로는 모자란다고 여기고, 위장술을 하나 더 사용했다. 누가 기막힌 사연을 하소연하는 것을 꿈에서 듣고, 깨고 나서 적었다는 글이 夢遊錄이다. 이 작품은 傳의 옷을 입은 위에 夢遊錄을 걸친 이중의 위장술을 써서, 한문으로 쓴 破寂거리 잡문을 찾아 읽으려고 하는 선비들에게 다가가 뒤통수를 치고 발을 걸었다.

내용을 차근차근 뜯어보자. 구름의 아름다움을 이름으로 한 雲英은 安平大君의 궁녀였다. 안평대군은 세종 임금이 총애하는 아들이며, 예술을 애호하고 풍류를 즐겨 이름이 높았다. 궁녀 여럿을 기쁨조로 두고 호사를 누리며, 흠모하고 추종하는 선비 문객이 많이 모여드는 것을 자랑으로 삼았다. 이처럼 우뚝하게 쌓은 금자탑을 뒤흔드는 반란이 내부에서 일어났다. 궁녀 운영과 문객 金進士가 눈이 맞아 궁궐의 담을 넘어 다니면서 몰래 사랑을 나누게 되었으니, 중대한 반란이 아닐 수 없다.

이 반란은 몇 겹의 의미를 지닌다. 미천한 예속인도 자유가 있다. 여성이 사랑을 주도할 수 있다. 하층의 여성이 상층의 남성을 배필로 삼을 수 있다. 이런 주장을 내세워, 良賤·남녀·상하의 차등은 모두 부당하고 대등이 정당하다고 했다.

안평대군이 어떤 일이 벌어졌는지 알고 꾸짖자 운영은 자결했다. 김진사도 며칠 밤을 울며 지새다가 운영의 뒤를 따랐다. 안평대군이 형 세조에게 살해되고, 궁궐이 허물어져 내린 폐허에 두 사람의 혼령이 나타나, 우연히 거기 들린 柳泳이라는 선비에게 원통한 사연을 적은 것을 전하면서 이렇게 말했다.

海沽石爛 此情不泯 天荒地老 此恨難消 今夕與子 攄此悃愊 非有宿世之緣 伏願尊君 俯拾此固 傳之不朽 而勿使浪傳 於浮薄之口 以爲戲玩之資 千萬幸甚[68]

---

[68] 김기동 편, 《고전소설전집》 권2(아세아문화사, 1980), 66면.

바다가 마르고 돌이 타도, 이 정은 없어지지 않나이다. 하늘이 황폐하고 땅이 노쇠해도, 이 한은 사라지기 어렵나이다. 오늘 저녁 어르신을 만나 이 애틋한 심정을 펴니, 어찌 여러 생의 인연이 있지 않겠습니까. 엎드려 바라건대, 어르신께서 이것을 몸 굽혀 거두시고, 없어지지 않게 전해주소서. 들뜨고 가벼운 입에 잘못 전해져 함부로 장난하는 것이 되지 않게 해주시면 천만 다행이겠습니다.

　두 사람이 사랑한 情, 사랑을 이루지 못하고 죽은 恨은 천지가 변해도 없어지지 않을 만큼 영원하다고 했다. 그 내력을 전할 수 있는 사람을 만난 것은 여러 생을 거쳐 오는 동안에 맺은 인연이 있었기 때문이라고 하면서 우연이 필연이라고 했다. 너무나도 소중한 사연이니 없어지지 않고 영원히 전해지도록 해달라고 부탁하면서, 들뜨고 가벼운 입에 오르내려 함부로 시시덕거리게 하지는 말아 달라고 했다.

　이 말을 듣고 유영은 잠을 깨, 모든 것이 꿈속에서 있었던 일임을 알아차렸다. 이것이 결말이 아니고 그 뒤에 다른 사연이 더 있다. 유영은 그 기록을 받아와서 장자에 깊이 감추어두고 때때로 열어보다가, "網然如失 寢食俱廢 遍遊名山 不知所終云"[69](아득하기가 정신을 잃은 듯하다가, 자고 먹는 것을 모두 그만두었다. 명산을 돌아보면서 놀다가, 나중에 어떻게 되었는지 알 수 없다고 하더라.) 이렇게 되었다고 한다. 충격이 너무나도 컸다는 것을 말한다.

　이 작품은 세 층위로 이루고 있다. [가] 운영과 김진사의 사랑 이야기가 있다. 이것만으로도 소설이 되는데, 두 층위가 더 있다.

───────
69 같은 책, 67면.

[나] 이 이야기를 유영이 듣고 옮겼다고 했다. [다] 유영이 그 뒤에 자취를 감추었다고 했다. [가]가 [나] 덕분에 사실로 여겨지고, [다]가 추가되어 특정한 사례에 구한되지 않는 보편적 의미를 지닌다. 면밀한 계산을 해서 쓴 작품이다.

[가]의 제목은 〈雲英傳〉이다. [나]의 제목은 〈壽聖宮夢遊錄〉이다. [다]의 제목은 따로 없고 다시 〈雲英傳〉이다. [나]의 〈壽聖宮夢遊錄〉은 예사로운 제목이고, 파적거리를 찾는 식자층이 부담 없이 다가가 읽어볼 수 있게 한다. [가]는 있을 수 있는 이야기라고 여기다가, [다]에서 충격을 받고 되돌아보게 한다. 특정한 사례에 구한되지 않는 보편적 의미를 지닌다는 것을 알게 된다.

한가한 독자라도 [다]까지 읽으면 전연 예상하지 못한 끔찍한 사실을 알고 정해진 궤도를 달리고 있던 선비의 삶이 탈선하지 않을 수 없게 된 것을 예사로 여길 수 없다. 유영의 시련이 운영의 시련에서 와서 서로 연결된 것을 알고, [가]가 대단한 의미를 지닌 것을 발견하게 된다. 저급한 위치에서 종속되어 물건이나 다름없이 쓰여야 했던 여인 운영이 자기의 운명을 스스로 개척하려고 한 결단이 실패로 돌아가지 않고, 그 충격이 삶의 틀을 바꾸어놓는 범위가 아주 크다는 것을 말해준다.

작품의 초점은 안평대군과 운영의 대결이다. 운영을 죽인 안평대군은 권위를 높이며 부귀영화를 계속 누린 것은 아니다. 죽고 궁전은 폐허가 되어, 엄청난 권력이라도 허망하다는 것을 말해준다. 안평대군이 권력을 휘두르는 횡포 때문에 목숨을 잃은 남녀는 그 폐허를 찾아가 거닐고 있는 선비의 꿈에 나타나, 죽음으로 모든 것이 끝나지 않고, 패배를 수긍할 수 없다는 반론을 제기했다. 차등론을 부정하는 대등론의 정당성을 더욱 분명하게 입증했다.

안평대군은 누구 꿈에 나타나 원통함을 하소연하지 않고, 운영의 공박을 공박하면서 자기가 한 일이 정당하다고 하는 기회를 가지지 못한다. 안평대군이 권세를 누릴 때에는 주위에서 알랑거리면서 온갖 찬사를 다 바치던 시인묵객들도 폐허가 된 궁전을 찾아가 고인을 다시 만나 찬양하는 시를 지으려고 하지 않는다. 〈운영전〉을 읽으면 깊은 감명을 받고 자기가 쓰지 못한 것을 아쉬워한다.

문학은 권력에 아부하고 차등론에 충성하는 일탈을 더러 하지만, 차등론을 물리치고 대등론을 이룩하는 것을 지속적이고 본질적인 사명으로 한다. 이 작업을 더욱 세차게 해서 지지층을 넓히려고 소설이 나타났으며, 이 작품 〈운영전〉이 그 선두에 섰다.

소설은 들뜨고 가벼운 입에 오르내리며 함부로 시시덕거리는 잡담이 아니다. 천지가 변해도 없어지지 않을 만큼 영원한 진실을 말한다. 소설은 재미가 있으니까 읽어보라고 하면서 많은 독자를 유인하고, 차등론 때문에 억압되고 왜곡된 대등론의 진실을 드러낸다. 대등론이 멀리 있는 무엇이 아니고, 누구나 창조주권을 지니고 있다고 알려준다.

소설이 천지가 변해도 없어지지 않을 만큼 영원한 진실을 말해준다는 것은 과장이 아닌지 의심될 수 있으나 그렇지 않다. 안평대군의 위세는 사라졌으나 차등론이 철폐된 것은 아니다. 머리는 거듭 교체되었으나, 몸통이 건재하고 뿌리가 깊다. 해야 할 일이 계속 남아 있다.

차등을 대등으로 바꾸어놓고자 한 운영과 김진사의 반란은 실패했다. 그런 이야기가 오늘날까지 많은 사람의 심금을 뒤흔들면서 강력한 호소력을 지닌다. 실패를 받아들이지 않고 다시 일어나야 하고, 실패하지 않을 작전을 세우고 실행해야 한다.

2.5.2. 구운몽

金萬重의 〈九雲夢〉은 한 남성이 여덟 여성을 아내로 삼은 일부다처소설이다. 최초의 소설사에서 일부다처를 합리화한 잘못이 있다고 나무라는 견해가 지속된다. 고매한 사상을 나타낸다고 하는 주장을 거듭 전개해도, 일부다처의 잘못을 상쇄할 만한 설득력을 갖추지 못한다.

〈구운몽〉은 어떤 작품인가? 이 문제를 재론해 진전된 성과를 얻으려면 논의를 확대해야 한다. 소설이란 무엇인가, 일부다처소설을 어떻게 보아야 하는가에 관해 광범위한 고찰을 하는 데까지 나아가야 한다. 필요한 작업을 해서 길고 복잡한 책을 쓴 성과를 최대한 간추리면서 앞으로 나아가, 〈구운몽〉을 다시 평가하고자 한다.

소설이란 무엇인가? 남녀가 상호우위의 관계를 가지고 가까워졌다가 멀어졌다가 하는 이야기를, 남녀가 작자나 독자로서 경쟁적 합작을 하면서 만들어낸 것이다. 남녀가 하나씩이기만 하지 않고 하나와 여럿이 얽히면 흥미가 가중되어, 일부다처·일처다부·다부다처소설이라고 할 것들이 생겨났다. 중세에서 근대로의 이행기에 동아시아에서는 일부다처소설이, 유럽에서는 일처다부소설이 성행하다가, 근대에는 어디서나 다부다처소설이 주류를 이루게 되었다고 소설사를 정리해 말할 수 있다.

동아시아에서는 일부다처소설이, 유럽에서는 일처다부소설이 성행한 것은 양쪽의 사회관습과 합치되기 때문이었다. 둘 다 관습상 정상이면서 관념상 비정상인 양면성을 지녀 관심을 끌고 인기를 얻었다. 지금 일처다부는 여성 해방에 기여하고 일부다처는 여성의 인권을 유린했다고 말하려면, 그 반대쪽도 살펴야 한다. 일처다부는 배신당한 남편을 비참하게 만들었는데, 남성은 체면을 유지하고 싶어 떠들어대지 않는다.

일부다처소설에서는 여성의 처지가 비참하다고 일률적으로 말할 수 없다. 일본의 〈好色一代男〉은 여성을 일회용 소모품으로 취급하는 남성소설이다. 중국의 〈金甁梅〉는 남성 주인공의 여러 배우자 가운데 하나가 여성 주인공 노릇을 하기도 해서, 어느 정도 균형이 잡힌 남녀소설이라고 할 수 있다. 〈구운몽〉은 한 남성과 여러 여성의 관계가 여성 주도로 이루어져 여성소설이라고 해야 할 특징이 있다.

이층 다락에 여성이 있고, 아래로 남성이 지나간다. 둘이 눈이 맞아, 중간에 사람을 넣어 교신을 하고 사랑하는 사이가 된다. 이런 사건이 〈금병매〉와 〈구운몽〉에 함께 일어나면서, 어느 쪽이 주도해서 사랑하는 사이가 되었는가는 서로 반대이다. 〈금병매〉에서는 아래의 남성이, 〈구운몽〉에서는 위의 여성이 주도자로 나섰다. 양소유가 시를 읊는 소리를 듣고 잠을 깬 진채봉이 다락 위에서 내려다보아 두 사람의 눈이 마주치게 되는 과정을 여러 말을 하면서 자세하게 나타냈다.

시를 읊는 소리 맑고 호상하여 금석에서 나는 듯한지라. 봄바람이 거두쳐 누상으로 올라가니, 누 가운데 옥 같은 사람이 바야흐로 봄잠을 들었다가, 글 소리에 깨어 창을 열고 난간을 의지하여 두루 바라보더니, 정히 양생으로 더불어 두 눈이 맞추이니, 구름 같은 머리털이 귀밑에 드리웠고, 옥체 반만 기울이는데, 봄잠이 족치 못하여 하는 양이 천연히 수려하여 말로 형용하기 어렵고, 그림을 그려도 방불치 못할러라. 양인 이 서로 보기만 하고 아무 말도 못하고

있더니.[70]

두 사람이 서로 바라보면서 사랑하는 마음이 생겨 그대로 헤어질 수 없게 되었다. 먼저 행동을 취한 쪽은 진채봉이었다. 지체 높은 집안의 딸이 지나가는 총각을 우연히 보고 사랑하는 마음이 생겼다고 시를 지어 말한 편지를 유모를 시켜 전하고, 양소유가 답시를 보냈다. 두 사람의 사랑이 언약한 대로 이루어져 혼인을 하기까지 많은 시간이 경과하고 시련이 있어 사건이 복잡해졌다.

양소유는 진채봉만 기다리지 않고, 다른 여인 일곱 여자도 아내로 삼았으니, 남성 위주의 일부다처제 소설이라는 비난을 면하기 어렵다. 그러나 〈구운몽〉에서만 그렇게 한 것은 아니다. 한 남성과 여러 여성의 관계를 다루는 것은 동아시아소설의 공통된 전개방식이어서, 한 여성과 여러 남성의 관계를 다루는 유럽소설과 대조를 이루었다. 남녀가 각기 하나씩이면 너무 단조로워 어느 한쪽은 다수로 해서 문제를 복잡하게 한 것이 소설 발전의 공통된 방향이다.

한 남성과 여러 여성의 관계를 다루는 방식이 작품에 따라 많이 달랐다. 중국의 〈금병매〉나 일본의 〈호색일대남〉에서는 남성이 여성을 유혹해 색정을 만족시키기나 했다. 당시에 통용되던 남성 중심의 여성관을 그대로 보여주어 남성 독자의 환심을 사려고 했다. 〈구운몽〉은 그렇지 않다. 진채봉뿐만 아니라 다른 여성들도 각기 자기 처지에 맞는 방식으로 양소유와의 결연을 주도한 점이 크게 다르다. 남녀의 정신적 이끌림을 가장 큰 관심사로 나타나며, 남녀가 헤어졌다 다시 만나기까지 복잡한 과정을 거치는 것도 다른 두

---

70 서울대학교본의 해당 대목 현대역이다.

작품에서 찾아볼 수 없는 특징이다.

다른 두 작품은 남성 주도로 진행되는 성행위를 흥밋거리로 삼은 남성소설이지만, 〈구운몽〉은 남녀양성의 관심사를 한데 모았다. 남성독자는 양소유와 자기를 동일시하면서 서로 다른 여덟 여성과 결연하는 과정을 체험한다고 상상한다면, 여성독자는 여덟 여성과 자기를 동일시해서 여러 생을 겪는다고 가정한다. 어느 쪽이 더 큰 즐거움을 누리는가는 남녀 양성을 구비한 논자가 없어 영원히 판가름할 수 없다.

〈구운몽〉에서는 양소유라는 남성이 여덟 여성과 결연해 부부가 되는 모든 경우에 여성이 주도자로 나선다. 상층의 세 여성은 상당히 복잡한 절차를 거쳐 뜻을 이루고, 하층의 다섯 여성은 양소유를 직접 유혹한다. 복잡한 절차나 직접적인 유혹의 구체적인 내역이 양소유의 의사와는 거의 무관하게 여성 쪽의 처지나 취향에 따라 결정되고, 지략이 교묘해 감탄을 자아낸다.

남녀 양성을 공유한 사람이 없어 공평하게 말하기 어렵지만, 비교 평가가 어느 정도 가능하다. 남성독자가 자기를 양소유와 동일시하면서 여성과의 결연을 상상하는 즐거움은 반복이다. 여성독자가 여덟 여성의 각기 다른 삶을 살면서 자기가 주도해 남성과 관계를 가진다고 여기는 것은 참신함이 거듭되는 감격이다. 이런 사실은 〈구운몽〉이 일부다처를 합리화하지 않고, 안에서 뒤집은 작품임을 분명하게 말해준다.

처지나 취향이 다른 여덟 여성이 자기 나름대로의 방식으로 남성의 사랑을 주도적으로 성취해 배우자로 삼는 이야기를 한 줄 알면, 〈구운몽〉은 이해하기 아주 쉬운 작품이다. 사랑을 성취하는 방식이 교묘해 흥미를 자아내고, 여성이 주도적인 위치에서 행동하는 것이 충격을 주어 대단한 인기를 얻었다. 이런 것을 바로 내놓으면 비난을 받을 수 있으므로 안에 넣어 내면구조로 삼았다. 내면구조에다 중간구조, 중간구조에다 외면구조를 보태 삼중구조를 만들어냈다.

외면구조는 원래 성진이라는 승려였던 양소유가 팔선녀를 만나고 이 세상에 태어나, 현세의 삶을 즐기다가 꿈을 깨고 원래의 상태로 되돌아갔다고 하는 액자를 만들어 바깥에 씌운 것이다. 불교의 관점에서 인생은 덧없다고 하는 夢幻譚의 오랜 전승을 이었다. 중간구조는 어렵게 자라난 양소유가 뛰어난 능력을 발휘해 부귀를 마음껏 누리는 과정으로 이루어져 있다. '영웅의 일생'으로 전승되다가 인기 있는 소설을 만들어낸 英雄譚을 격조를 높여 재현한 것이다. 내면구조는 여성이 주도권을 가지고 남성을 선택하고 유혹해 사랑을 성취하는 다양한 방식으로 이루어져 있다. 처음 보여주는 파격적인 色情譚이어서 충격을 준다.

이런 삼중구조가 둘씩 관련되어 상이한 주제를 구현한다. 표면구조와 중간구조는 상생의 관계를 가지면서, 어떤 부귀영화보다 空을 말하는 불교의 가르침이 상위에 있다고 하는 차등론을 말한다. 이 것은 표면적 주제이다. 중간구조와 내면구조는 상극의 관계를 가지면서, 남성은 우세를 자랑하지만 애정 성취에서는 여성보다 열세라고 하는 대등론을 말한다. 이것은 이면적 주제이다.

위에서 말한 두 가지 별난 점, 상이한 인물들의 생애가 각기 전개되는 이야기를 하나로 연결시킨 것, 표면적 주제와 이면적 주제가 따로 있는 것은 판소리계 소설과 공유하는 특징이다. 賤富 놀부와 殘班 흥부가 형제라고 하는 것이 앞의 사례이다. 〈흥부전〉은 우애를, 〈춘향전〉은 정절을 선양한다고 하면서 사회 현실을 핍진하게 다룬 데서 뒤의 특징이 잘 나타난다.

이런 것들은 낡은 틀을 이용해 새로운 이야기를 하는, 중세에서 근대로의 이행기 소설에서나 볼 수 있다. 근대에 이르면 소설은 유기적인 구성을 갖추고, 여러 부분이 합리적인 관계를 가지고 전체를 이루어야 한다는 규범이 확립되었다. 이것을 발전이라고 하고 말 수 없다. 근대소설은 잘 다듬는 것을 능사로 삼아 다양한 목소리를 잃어버렸다. 근대소설의 규범을 가지고 앞 시대의 소설을 논단하지 말아야 한다.

2.5.3. 춘향전

〈春香傳〉은 춘향의 전기이다. 여주인공 이름을 작품명을 삼는다. 남주인공도 있어 소설이 성립되지만, 여주인공이 더욱 존중된다. 남녀의 차등을 대등으로 바꾸어놓으려고 남주인공보다 여주인공을 더 높이는 것이 소설의 특징이라고 다시 말할 수 있다.

춘향은 최하층 천민 기생의 딸로 태어나고, 남자 주인공 이몽룡은 최상층 양반 사또의 아들이다. 이몽룡이 광한루에 구경하려 나갔다가 그네를 뛰고 있는 춘향을 처음 보고 매혹되었다. 심부름꾼 방자를 사이에 두고 접근해 수작을 하고 해가 지고 어두우면 찾아갔다고 했다.

돌아와서 해가 지기를 기다리면서 방자를 데리고 수작하는 장면을 보자. 내용이 가장 충실한 이본인 〈南原古詞〉를 인용한다. 한자는 없던 것을 추가하므로 괄호 안에 적는다. 현대말로 고쳐 적는다.

"방자(房子)야, 해가 얼마나 갔느냐?"
"해가 아직 아귀도 아니 텄소."

"애고, 해가 어제는 누구 부음(訃音) 편지를 가지고 가는 듯이 줄달음질하여 가더니, 오늘은 어이 그리 완보장천(緩步長川)하는고? 발바닥에 종기 났나? 가래톳이 곰기는가? 삼(蔘) 벌이줄 잡아매고 사면(四面) 말뚝을 박았는가? 대신(代身) 지가(止街)를 잡혔는가? 장승 걸음 부러웠나? 어이 그리 더디 가노? 방자야, 해가 어디로 갔나 보아라."

"백일(白日)이 도천중(倒天中)하여 오도가도 아니 하오."

"무정세월약류파(無情歲月若流波)라 하더니, 허황한 글도 있겠구나. 붙인 듯이 박힌 해를 어이하여 다 보낼꼬? 방자야, 해가 어찌 되었느냐?"

"서산(西山)에서 종시(終始) 아니 넘어가오."

"관청빛[官廳色] 불러다가 기름을 많이 가져다가 서산 뫼봉에 발라뒤라. 미끄러워 넘어가게 하여 다고. 그리 하고 해 지거든 즉시 거래(擧來)하라."

방자 놈 여쭈되,

"서산에 지는 해는 보금자리 치느라고 눈을 끄믈끄믈 하고, 동령(東嶺)에 돋는 달은 높이 떠서 오느라고 바스락바스락 소리 하니, 황혼(黃昏)일시 정녕(丁寧)하오. 가랴 하오? 말랴 하오?"

소리를 한 광대의 입심이 대단하다. 문서가 풍부하다고 하는 경지이다. 오늘날 사람들에게는 생소한 말을 자유자재로 구사했다.[71]

---

71 "아귀 트다"는 "싹 트다"이다. "곰기는가?"는 "곪은 것이 낫지 않고 그대로 굳어지는 가?" 하고 묻는 말이다. "벌이줄"은 "물건이 버틸 수 있도록 이리저리 얽어매는 줄"이 다. "삼(蔘) 벌이줄 잡아매고 사면(四面) 말뚝을 박았는가?"는 "인삼을 지키려고 줄을 매고 사방에 말뚝을 박아 동행을 방해하는가?"라고 하는 말이다. "지가"(止街)는 "높은 사람이 지나가니, 예사 사람은 길 한쪽에 멈추어 있으라"고 하는 것이다. "무정세월약류파"(無情歲月若流波)는 "무정한 세월은 흐르는 물과 같다"는 말이다. 적합하지 않은 인용이다. "관청빛"[官廳色]은 "관청 음식을 담당하는 관원"이다. "거래"(擧

이몽룡과 방자는 밀고 당기는 관계이다. 관계의 실상을 보자. 표리가 다른 것을 잘 살펴야 한다. 이해 능력을 시험한다. 이몽룡은 해가 어디까지 갔는지 방자에게 묻는다. 이것은 심정이 너무 절박한 것을 알려줄 뿐만 아니라, 무능을 드러내기도 한다. 사실이 아닌 서책의 세계에서 놀면서, 세상 물정 모르고 문자나 희롱한다. 관가 공용의 식용유를 가져다가 산에 부으면 해가 미끄러져 빨리 넘어간다고 하고, 그 기름을 다시 거두어 올 수 있다고 할 만큼 현실과 동떨어져 있다. 이런 것이 양반의 허점이다. 표리가 달라, 우세가 열세이다.

방자는 상황 판단을 정확하게 하고 적절하게 대처하는 것을 숨기고, 시키는 대로 하는 척하면서 이몽룡이 식견이 부족한 철부지임을 드러내도록 유도한다. 이몽룡이 잘 골라 쓴다고 자부하는 문자가 엉뚱한 수작이도록 한다. 상황을 장악하고, 이몽룡을 이끌어나간다. 이것이 하층민의 반격이다. 열세를 유리하게 이용하는 슬기로운 방법이다. 표리가 달라, 열세가 우세이다.

그날 밤 이몽룡이 춘향을 찾아가 동침하는 관계가 되었다. 춘향은 기생의 딸이므로 이몽룡을 물리치지 못하고 받아들였다. 이몽룡이 춘향과 함께 온갖 음란한 놀음을 벌이는 장면을 핍진하게 그려 색정적 흥미를 듬뿍 자아냈다. 이것만으로도 인기가 인기를 끌기에 충분한 작품이 바람직한 인간관계가 무엇인지 진지하게 생각하는 방향으로 나아가 흥미의 차원을 높였다.

둘의 결연은 차등에서 시작되어 대등에 이르렀다. 춘향의 결단과 노력으로 불가능을 가능하게 했다. 춘향은 신분이 기생이지만, 스

來)는 "거두어 온다"는 말이다.

스로 결단을 내려 기생이 아니고자 했다. 기생 춘향과 기생 아닌 춘향의 갈등에서 기생 아닌 춘향이 승리하는 결말에 이르렀다. 방자가 늘 가볍게 우롱하던 철부지 이몽룡을 춘향이 한꺼번에 화끈하게 개조해 딴 사람을 만들었다.

자기를 향락의 도구로 삼으려는 이몽룡을 받아들인 기생 춘향이, 기생 아니고자 하는 각성과 역량으로 상대방을 감화시켜 둘의 관계가 대등한 사랑이게 변모시켰다. 이것은 일차적인 승리여서 아직 미약하지만, 이몽룡이 떠나가고 소식이 없는 이별 상태에서도 효력을 잃지 않았다. 크나큰 시련을 견딜 수 있는 힘이 되었다.

신임 사또 변학도가 미색이라는 소문을 듣고 와서 춘향을 찾은 것은 이몽룡의 접근과 그리 다르지 않았다. 그런데 춘향은 어떤 편법도 쓰지 않고 완강하게 저항하기만 했다. 이몽룡과의 관계에서 기생 아닌 춘향이 승리했으므로 기생 춘향으로 되돌아갈 수 없었다. 이몽룡을 대등한 사랑의 동반자로 바꾸어놓은 작전을 변학도에게 쓰는 것은 전연 불가능하고, 사랑에 대한 배신이었다.

이몽룡을 상대로 일차적인 승리를 이룩할 때에는 주위에서 도와주지 않고 오히려 시기했다. 변학도에게 이기려고 하는 이차적인 투쟁을 할 때에는 들판의 농부들을 비롯한 온 고을 사람들이 춘향을 지지해, 이몽룡이 암행어사가 되어 나타나 전세를 역전시킨 것이 돌발 사태가 아닌 필연적인 귀결이게 했다. 춘향의 승리를 민중의 승리로 확대했다.

이렇게 말하면 작품 이해가 전부 이루어진 것 같지만, 가장 긴요한 의문은 해결되지 않고 남아 있다. "기생 아니고자 하는 각성과 역량으로 상대방을 감화시켜"라고 한 것이 모호하고 무책임한 말인가? 어떤 역량으로 어떻게 감화시켰는지 밝혀야 한다. 상대방을 만족시켜주는 대가를 요구한 것은 아니리라. 울고 매달려 동정을 산 것도 아니니라. 논리를 당당하게 전개해 설득한 것도 아니리라.

그러면 무엇이란 말인가? 작품을 면밀하게 읽으면 해답이 있다. 신임 사또 변학도가 춘향을 잡아오라고 牌頭라는 군졸을 보내니 어떤 일이 벌어졌는가 보자. 이 대목도 〈남원고사〉에서 인용한다.

> 섬섬옥수 느직이 넣어 이패두의 손을 잡고 방 안으로 들어가며 하는 말이,
> "하 오랜만에 만났으니 술이나 먹고 노사이다. 관령 모신 일로 왔나. 심심하여 날 찾아 왔나. 무슨 바람이 불어 날 찾아 왔나. 내가 꿈을 꾸나. 그리던 정을 오늘이야 펴겠네. 반가울사 귀한 객이 오늘 왔네. 사람 그리워 못살겠네."
> 이렇듯이 사랑스러운 모습으로 사람의 간장을 농락하니, 저 패두 놈 거동 보소. 이전 일 생각하니 오늘 일이 의외로다. 이전에 춘향 보기는 도솔궁 선녀더니, 오늘날 춘향 하는 짓은 가작인 줄 정녕 알건마는, 분길 같은 고운 손으로 북두갈고리 같은 저의 손을 잡은지라, 고개를 빼고 내려다보니 제 두리 뼈가 시큰시큰, 돌 같은 굳은 마음 춘풍강상의 살얼음 같이 육천 골절이 다 녹는다.

춘향이 이렇게 나오니 잡으러 갈 때에는 우악스럽기 이를 데 없던 패두가 아주 나긋나긋하게 되었다. 빈손으로 돌아가 병이 나서 춘향을 잡아오지 못했다고 보고했다. 춘향의 능력이 어느 정도인가 잘 보여주는 대목이다. 춘향은 어느 한 가지로 규정할 수 있는 성격이 아니다. 미인이라든가 열녀라든가 하는 것은 한 측면에 지나지 않는다. 상황에 따라서 변하는 행동을 천연스럽게 하면서 주위의 사람들을 각기 다른 방법으로 휘어잡는 처신을 주목해야 한다.

기생의 딸이라는 신분에 맞게, 이몽룡을 만난 날 밤에 바로 몸을 허락했으며 성행위가 능숙했다. 춘향의 이름을 익히 듣고 변사또가 도임하자 기생 점고를 서두른 것이 잘못이 아니다. 그런데 이몽룡을 위해서 정절을 지키느라고 변사또의 수청 요구를 완강하게 거절할 때에는 양반 서녀 신분인 양갓집 부녀다운 품행과 교양을 갖추었다. 변사또가 기생이 수절을 하겠다니 가소로운 일이라고 하는 데 맞서서 양가 부녀를 겁탈한다고 항변하는 말이 당당하고 조리가 있었다.

　　춘향은 기생이면서 기생이 아니다. 신분에서는 기생이지만 의식에서는 기생이 아니다. 그 둘 사이의 갈등에서 작품이 전개되다가 기생 아닌 춘향이 승리하는 데 이르렀다. 그렇게 해서 신분적 제약을 청산하고 인간적인 해방을 이룩했다. 기생 춘향과 기생 아닌 춘향 가운데 어느 쪽을 더 강조했느냐는 이본에 따라 다르고 이본을 나누는 데 긴요한 기준이 되지만, 어느 한쪽만 있어서는 작품이 성립되지 않는다.

　　기생 아닌 춘향은 잠깐 동안 재미를 보려고 접근한 이몽룡을 평생의 배필이 되도록 만들어, 변사또가 하는 요구를 당당하게 물리칠 수 있었다. 그것은 춘향 혼자만의 승리가 아니다. 춘향은 옥중에서 고초를 겪다가 죽고 말았다고 해야 현실과 밀착되고 결말의 역전은 허황하다고 할 수 있겠다. 그러나 남원 읍내 백성들이 한결같이 춘향을 지지해 변사또는 횡포한 압제자이지 않을 수 없게 되어, 암행어사의 등장이 필연적으로 요청되었다. 압제로부터 해방되자는 의지를 널리 확인하는 상징적인 의미를 확보하고 공감을 확대했다.

　　춘향이 열녀라고 칭송한 것이 표면적인 주제라면, 기생 춘향과 기생 아닌 춘향의 갈등을 통해서 신분적 제약에서 벗어나 인간적

해방을 이룩하고자 한 것은 이면적 주제라고 할 수 있다. 표면적 주제는 기존의 관념을 재확인하면서 작품의 품격을 높이는 구실을 하고, 설명을 하려고 하면 빠져나가는 이면적 주제가 작품이 인기를 얻고 높이 평가되는 근거가 된다. 두 주제의 싸움으로 시대 갈등의 총체적인 모습을 그리면서, 이면적 주제의 승리를 입증하고 갈등 해결의 방향을 제시했다.

춘향은 뛰어난 능력으로 난관을 극복하고 생애를 개척했다. 강하면 약하고, 약해야 강하다. 승리가 패배이고, 패배가 승리이다. 상생은 상극으로 치닫고, 상극은 상생으로 해결된다. 이렇게 말할 수 있는 생극론의 이치를 깊숙이 체득하고 오묘하게 풀어냈다. 배워서 얻은 학식이 아니고, 생활 체험에서 생긴 깨달음이다.

춘향은 아직 어리지만, 최하층에서 견디어야 하는 모멸을 각성의 원천으로 삼았다. 글공부를 잘해 장원급제한 이몽룡은 근처에도 가지 못할 경지이다. 四書三經이나 唐宋八家文, 그 어디에도 춘향이 온몸으로 실행하는 생극론 비슷한 것도 없다.

이렇다고 하고 말면 생각이 모자란다. 춘향전이 이몽룡전이기도 하다. 유식이 무식이고 무식이 유식인 양면을 각기 한 면씩 입증하면서, 이몽룡과 춘향은 생극론을 함께 구현하는 대등한 관계를 가졌다.

2.5.4. 인간문제

이 작품 〈인간문제〉를 쓴 여성작가 강경애는 여주인공 이름을 내세워 누구의 傳이라고 하지 않았다. 여성의 문제를 넘어서서 인간의 문제를 제기하고 해결하고자 했기 때문이다. 생각이 모자라는 남성들까지 누구나 깨우치려고 했다.

작품 서두에 장자못 전설이 있다. 악덕 장자가 망하고 집터가 못이 되었다는 말을 흔히 있는 것처럼 하고, 예사롭지 않은 설명을 붙여 장자의 횡포로 자식을 잃은 사람들의 눈물이 모여 못이 되었다고 했다. 원한이 누적되면 세상이 뒤집어질 수 있다고 암시했다.

전설에서 말한 장자가 정덕호라는 악덕 지주로 작품에 나타났다. 정덕호는 소작료를 가혹하게 거두고 장리와 사채를 놓아, 걸려들면 누구든지 파탄으로 몰아넣었다. 처녀를 농락해 첩을 삼다가 버리는 짓거리를 되풀이했다. 근처의 소작인들은 정덕호와 관련을 가져야 당장 살 수 있지만, 그것은 곧 파멸의 길이었다. 계속 늘어나는 피해자들이 고향을 등지고 뿔뿔이 떠나가 도시에서 새로운 삶을 찾아야 했다.

피해자들은 마음씨가 너무 착해 정덕호에게 헛된 기대를 걸고 있다가 처참하게 당하는 것이 예사였다. 선비라는 처녀의 아버지는 빚을 받는 심부름을 하러 갔다가 빚진 사람의 딱한 처지를 동정했다는 이유로 정덕호에게 맞아 세상을 떠났다. 고아가 된 선비는 정덕호를 계속 받들면서 몸을 의탁하고 일을 해주었다. 첫째라고 하는 총각의 사랑을 받아들여 새 삶을 개척하려고 하지 않았다. 그러다가 마침내 정덕호에게 정조가 유린되고 버림받아 떠나가야만 했다.

다른 피해자들도 시골생활의 기반을 잃고 도시 노동자가 되었을 때 비로소 서로 깨우치고 도우며, 새로운 가해자 일본인 공장주와 맞서는 방도를 찾았다. 공장주는 정덕호처럼 자기 모습을 드러내고 있는 만만한 상대가 아니었다. 계약, 법률 등의 제도와 갖가지 위압적인 장치로 탈출이 불가능하게 하고 노동력을 착취했다. 삶이 더 괴롭고 싸움이 한층 어려워졌다. 고도의 작전을 세워야 하고 단결된 힘이 필요했다.

선비나 첫째 또는 같은 처지에 있는 사람들은 누구나 일을 하고 싶어 하고 농사를 지어 생기는 소출에 대해 깊은 애착을 가졌다. 농사일을 하지 못하게 되는 것은 커다란 불행이었으며, 공장일은 즐겁지 않았다. 유신철이라는 대학생은 노동의 의의를 역설하다가 집에서 뛰쳐나가 직접 노동을 하고 노동운동에 투신하면서, 당연히 즐거워야 할 노동과 실제로 괴로운 노동 사이의 갈등을 심각하게 경험했다.

목숨을 잇기 위해 노동력을 팔면서 목숨을 단축시키는 고통이 식민지 통치로 가중된 것을 알 수 있게 작품이 전개되었다. 인천의 제사공장이 왜 지옥 같은 곳인지, 가혹한 작업 방식, 인간 이하의 침식 조건, 저축이 강제되는 극소액의 임금, 외출 금지, 감독의 정조 유린 등을 들어 실감 나게 말했다. 그런 곳에 들어간 선비는 자기 처지를 바로 깨닫고 어떻게 싸워야 할 것인가를 차차 알게 되었다.

정덕호에게서 겨우 벗어난 다음 더 무서운 인간들에게 붙들려 있다는 것을 강하게 느끼며, 오늘의 선비는 옛날의 선비가 아니라고 마음속으로 부르짖었다. 조선인 지주와 맞서는 것보다 일제 자본가와 싸우는 것이 월등하게 크고 힘들고 보람 있는 과업임을 독자도 분명하게 깨닫게 했다. 지식인답게 이론을 앞세우던 유신철은 잡혀가서 전향하고 말았어도, 선비는 가냘픈 몸으로 투쟁을 멈추지 않다가 희생되었다.

이 작품에는 이중의 차등이 나타나 있다. 악덕 지주를 정점으로 한 재래의 차등이 악화되고, 간교한 공장주를 정점으로 한 새로운 차등이 더 큰 횡포를 자행했다. 마음씨 연약한 주인공이 재래의 차등에는 순응하다가 피해를 직접 겪고, 다음 단계로 나아갈 수 있는 계기를 얻었다. 새로운 차등 때문에 더욱 참혹한 지경에 이르러, 미약하고 가련한 희생자가 완강하고 자랑스러운 투사로 변모했다.

상실이 획득이고, 패배가 승리이다. 패배를 겪어야 승리를 쟁취할 수 있다. 남성보다 연약해 더욱 단호한 여성이 이런 생극의 원리를 온몸으로 실행하면서, 차등 때문에 괴로워하는 인간문제를 대등을 실현해 해결하려고 하는 투사로 나섰다. 춘향과 이몽룡의 동반 관계 같은 것은 없는 외로운 투사였다. 뜻을 이루지 못하고 희생되어 커다란 메아리를 남겼다.

> 해가 벌겋게 타올랐다. 그들은 저 해를 바라보면서 단결의 힘이란 얼마나 위대한가 깨달았다. 그리고 오늘의 저 햇발은 그들의 이 단결함을 보기 위하여 저렇게 씩씩하게 솟아오르는 듯하였다. 그들은 저 햇발에 비치어 빛나는 저 바다 물결을 온 가슴에 안은 듯하였다. 그리고 그들의 눈에 비치는 모든 만물은 새로움을 가지고 그들을 맞는 듯싶었다. 동시에 무력하고 성명없던 자기들이 오늘 이 순간에는 이 우주를 지배하는 모든 권리란 권리는 다 가진 듯이 생각되었다.[72]

절망이 절정에 이르렀을 때 이런 희망을 가진다고 했다. 절망이 극도에 이르면 희망으로의 전환이 일어난다고 여겼다. 절망이 희망인 것을 깨닫게 했다.

---

72 강경애, 《인간문제》(창작과 비평사, 1992), 325–326면.

2.6. 구비문학

문학에 숨어 있는 철학을 더 찾으려면 구비문학으로 가야 한다. 시든 산문이든 글이라야 철학을 지니는 것은 아니다. 구비문학은 문학의 모체이고 철학의 원천이다. 글을 모르거나 쓸 필요가 없는 사람들이 창조하고 전승하는 구비문학이 구비철학을 다채롭고 풍부하게 보여주고 있다. 문학에서 철학 읽기의 성과를 확대하고 심화한다. 논의가 진행되면 이 점이 더욱 분명해진다.

2.6.1. 구비서사시

서사시는 이야기를 들려주는 노래이다. 말로만 하는 구비서사시가 먼저, 글로 쓰는 기록서사시는 나중에 생겼다. 구비서사시의 세 갈래를 우리는 서사민요·서사무가·판소리라고 한다. 서사민요는 단형이고 농민서사시이다. 서사무가는 장형이고 무당서사시이다. 판소리는 장형이고 광대서사시이다.

구비서사시는 인생만사를 두루 다루지만, 남녀 관계에 대해 각별한 관심을 보인다. 남녀 관계는 문학의 영원한 주제인데, 지금까지의 고찰에서는 드러나지 않았다. 문학에서 철학을 읽으려고 고답적인 사연만 찾다가 중요한 것을 놓쳤으므로 이제 보충한다. 문학이 으레 하는 남녀 관계 논란에, 서사민요는 각별한 관심을 가지고 참여했다.

"男尊女卑이고 女必從夫이니라." 이것이 남녀관계에 관한 전통 사회의 규범을 집약한 말이다. "옳은 말이니 그대로 따르자." 문학은 이렇게 말하지 않고 규범에 문제가 있다고 한다. 잘못된 규범

때문에 여성이 겪는 고통을 문제 삼기도 한다. 규범이 실상인가 하는 의문을 제기하고, "그렇지 않다"는 해답을 내놓기도 한다. 규범을 고쳐 남녀관계를 새롭게 정립해야 한다고 주장하기도 한다. 거의 문학작품에 하는 이런 작업을 서사민요는 철저하게 수행해, 깊고 넓은 통찰을 제시한다.

서사민요의 실상을 살펴보자.[73] 서사민요는 유형으로 전승된다. 여러 유형 가운데 〈시집살이〉, 〈진주낭군〉, 〈이사원네 맏딸애기〉가 남녀관계를 서로 다른 관점에서 논란하는 대표적인 본보기이다. 유형은 단락으로 이루어져 있으므로, 단락을 구분해 내용을 간추린다.

〈시집살이〉

[가] 시집살이가 심해서 견딜 수 없었다.
[나] 중이 되어 떠나갔다.
[다] 중으로 살 수 없었다.
[라] 친정으로 돌아갔다.
[마] 친정에서 살 수 없었다.
[바] 시집으로 돌아가 남편과 같이 살았다.

〈진주낭군〉

[가] 남편 없이 고생스럽게 시집살이를 했다.
[나] 남편을 볼까 해서 밖으로 나갔다.
[다] 남편이 못 본 체하고 지나갔다.

---

73 《서사민요연구》(계명대학출판부, 1970)에서 한 작업을 간추리고 재론한다.

[라] 남편이 있는 사랑방 문을 열어보았다.

[마] 남편이 기생첩을 끼고 놀고 있어 자살했다.

[바] 남편이 잘못을 뉘우쳤다.

〈이사원네 맞딸애기〉

[가] 처녀가 총각을 그리워했다.

[나] 지나가는 총각을 유혹했다.

[다] 총각이 거절하고 그냥 갔다.

[라] 총각이 장가가면 죽으라고 저주했다.

[마] 총각이 죽어 이승에서는 만날 수 없게 되었다.

[바] 처녀와 총각이 저승에서 부부가 되었다.

[나]의 한 대목을 들어보자.[74]

이사원네 맞딸애기 밀창문을 밀체놓고

저게 가는 저 손불랑 앞을 보니 시선보고 뒤를 보니 글선본데

이내 집에 와가주고 잠시 잠깐 노다가나 가이시소

아그락신 배운 글로 잠신들 잊을소냐

글코 말고 쟁이나 한 숨 둘러가소

아그락신 배운 글로 잠신들 잊을소냐

조게 가는 조선부는 과게를 해가주고

장개라고 가거들랑 가매라고 타거들랑 가매갊이 닐앉이소

쌉짝거리 들거들랑 청삽사리 물어주소

"손불랑"은 "선비라는 사람은"이다. 지나가는 총각이 과거를 보

---

74 같은 책, 322면.

러 가는 선비여서 하는 말이다. "아그락신"은 "힘들게 애써서"이다. 과거 공부를 위한 글을 힘들게 배웠다는 말이다. 과거를 보는 것은 남자의 영역이고 여자는 동참할 수 없다. 여자는 방해자일 따름이다. "글코 말고 잼이나 한 숨 둘러가소"는 "그렇게 거절하지 말고, 집에 들러서 잠이나 한 숨 자고 가소"이다. 여자의 관심은 잠자리에 있다. "선부"는 앞에서 "손부"라고 하던 "선비"이다. 여자에게는 선비에 상응하는 호칭이 없다. "가매잛이 닐앉이소"는 "가마 자루가 내려앉으소"이다. 낭패를 당하라는 말부터하고 죽으라는 말은 나중에 했다.

〈시집살이〉는 男尊女卑 탓에 생기는 고통을 말해준다. 여자가 남자 집으로 시집가서 여자이기 때문에 겪는 피해를 견딜 수 없다고 한다. 〈진주낭군〉는 女必從夫가 잘못되었다고 한다. 아내는 남편을 그리워하며 기다리고 있는데, 남편은 다른 배우자인 기생첩을 데리고 와서 일방적인 즐거움을 누린다. 이런 것은 용납할 수 없다고 강력하게 항의한다.

〈이사원네 맞딸애기〉는 男尊女卑와 女必從夫를 다 뒤집어엎는다. 처녀가 총각을 유혹하고, 거절당하고도 포기하지 않는다. 강렬한 소망이 거스를 수 없는 힘이 되어, 총각이 장가가면 신부가 죽으라고 저주해 총각이 죽게 한다. 女尊男卑이고 夫必從女여야 한다는 반론을 제시한다.

앞의 둘은 여성의 숙명을 말하고, 뒤의 하나는 여권 해방을 주장했다고 결론지을 것은 아니다. 같은 성격의 단락이 동일한 관계를 가지고 이어지는 것을 알아차리고 논의의 수준을 높여야 한다. [가]에서 [바]까지의 단락이 세 노래에서 모두 다음과 같이 이어진다.

[가] 고난
[나] 해결의 시도
[다] 좌절
[라] 해결의 시도
[마] 좌절
[바] 해결

고난은 남녀관계가 잘못되어 생겨난 것이다. 고난을 해결하려는 시도는 거듭 실패해 좌절에 이른다. 그래도 마침내 해결에 이른다. 해결이 만족스러운 것은 아니다. 긍정적인 것일 수도 있고 부정적인 것일 수도 있다. "시집으로 돌아가 남편과 같이 살았다"는 것은 긍정적 해결이다. "남편이 잘못을 뉘우쳤다"는 것은 죽고 난 뒤의 일이니 부정적 해결이다. "처녀와 총각이 저승에서 부부가 되었다"는 것은 긍정적이기도 부정적이기도 한 해결이다.

남녀관계가 잘못된 것은 바로잡아야 한다. 이렇게 말하고 마는 것은 통찰일 수 없고, 철학과 거리가 멀다. 남녀관계가 잘못된 것을 바로잡으려고 시도를 하면 뜻대로 되지 않고 좌절에 이르는 것이 어쩔 수 없고, 당연하다고 할 수 있다. 그래도 시도를 한 번으로 끝내지 않고 거듭해서 한다. 좌절을 각오하고 다시 시도하는 것이 잘못이 아니다.

결국에는 해결에 이르지만, 해결이 긍정적이기만 하지 않고 부정적이기도 하다. 시도를 더 하지 않게 된 것을 부정적 해결이라고 여겨도 된다. 부정적인 해결도 해결이라고 인정하고 받아들이는 너그럽고 슬기로운 자세를 갖추어야 한다.

남녀관계뿐만 아니라 인생만사에서 절대적인 것은 기대하지 말아야 한다. 인생만사가 고립되어 있는 것은 아니다. 천지만물에까

지 생각을 넓혀야 한다. 가까이 있는 스승 남녀관계를 잘 모시고
많은 것을 배워야 한다.

　　제주도 서사무가에 〈세경본풀이〉가 있다.[75] 농사의 신인 '세경'의
내력을 설명한다고 하면서, 신도 아니고 영웅도 아닌 예사 사람들
의 이야기로 전개된다. 자청비라는 예사 처녀가 玉皇上帝의 아들
문도령을 사랑해서 남장을 하고서 따르다가 마침내 뜻을 이루었다
는 것이다. 자청비가 문도령을 유혹해서 부모 몰래 부부가 되는 대
담한 행동을 했다. 자청비는 문도령을 데리고 자기 집에 가서 부모
에게 문도령이 글공부를 함께 하는 여자 아이이니 자기 방에 자고
가게 해달라고 해서 허락을 얻고서, 다음과 같이 했다.[76] 제주말 원
문을 제시하고 표준어 번역을 한다.

　　　　ᄌᆞ청빈 문두령 흘목을 비어잡아,
　　　　"문두령아 문두령아!
　　　　ᄀᆞ티 식ᄉᆞ상을 받아놓고,
　　　　이 날 밤은 ᄂᆞ영 나영 놀음놀이ᄒᆞ게."
　　　　식ᄉᆞ상을 받아놓고 ᄌᆞ청비가 나와앚안,
　　　　서월놈이 남뱅은 초불 닦아 ᄌᆞ소주여,
　　　　두불 닦아 불소주여, 시불 닦아 환화주여.
　　　　농잔에 응노대에 칠첩반상을 ᄀᆞ득이
　　　　제육안주에 들르고 들어가니,

---

75 《동아시아 구비서서시의 양상과 변천》(문학과지성사, 1997), 105-109면에서 고찰한
　　내용을 재론한다.

76 진성기, 《제주도무가본풀이사전》(민속원, 1991), 280면.

ᄌ청빈 문두령 홀목을 비여잡아,
"문두령아 문두령아!
우리 초잔은 인ᄉ주,
두잔은 대접주, 삼잔은 친귀주.
술 삼잔을 ᄂ노와 먹고
ᄂ영 나영 이 날 밤을
천상배필 무으기가 어떻ᄒ냐?"

자청비는 문도령 손목을 부여잡고,
"문도령아 문도령아!
같이 식사상을 받아놓고,
이 날 밤은 너와 나와 놀음놀이하세."
식사상을 받아놓고
자청비가 나와 안잤으니,
서울놈의 남뱅은 초벌 고아 자소주여,
두불 닦아 불소주여, 세불 닦아 환화주여.
농잔에 응노대에 칠첩반상을 가득히
제육안주 들고 들어가서,
자청비는 문도령 손목을 부여잡고,
"문도령아 문도령아!
우리 첫잔은 인사주,
두잔은 대접주, 삼잔은 친구주.
술 삼잔을 나누어 먹고
너와 나와 이 날 밤을
천정배필 만들기가 어떠하냐?"

실제 상황은 자청비가 문도령을 자기 방에 데리고 들어가서, 저
녁밥을 먹고 함께 자는 것이다. 밥상에 많은 음식이 차려져 있을

수도 없고, 술이 마련된 것은 아니다. 그러나 부부 결연이 이루어지려면 잔치 음식이 있어야 하고, 합환주를 나누어야 한다. 그런 광경을 상상하는 것은 당연한 일이다. 상상이 실제라고 서술하는 것이 이 작품의 일관된 원리이므로 이 장면에서 특별히 문제될 수 없다.

잔치 음식이 풍성하다는 상상으로 자청비 마음속의 격앙을 나타내는 표현방법이 사실적이지 않다고 할 수는 없다. 처녀가 총각에게 부부가 되는 놀음을 하고, 천정배필이 되자고 하는 말을 격앙된 상태가 아니면 하지 못한다. 듣는 사람들 또한 같은 심정을 가져야 이 노래에서 전개되는 모든 사건이 진실하다고 인정된다.

〈춘향가〉에서, 춘향이 이몽룡과 결연하는 날 밤에 음식을 차린 것과 비슷한 광경이 벌어졌다. 결연의 통과의례에 공통된 방식이 있어야 마땅하다. 그런데 자청비의 결연은 월매가 등장하지 않고 부모 몰래 진행되며, 음식상도 실제로 차린 것이 아니다. 모든 것을 자청비가 스스로 꾸미고 스스로 진행했다. 이몽룡은 서울서 온 사또의 아들이지만, 문도령은 하늘에서 내려온 옥황상제의 아들이다. 가장 아름답고 고귀한 남성을 설정하는 차이가 크다.

사랑에는 방해자가 있어 난관이 생기게 마련이다. 춘향은 변사또 때문에 시련을 겪어야 했지만, 자청비는 하인인 정수남이 자기를 사모해서 놓아주지 않으려고 하므로 정수남을 죽이기까지 해야 했다. 가장 아름답고 고귀한 남성과는 반대로 가장 추악하고 징그러운 남성이 정수남이어서, 둘이 극과 극의 대조를 이룬다.

방해자인 정수남을 제거했다고 해서 자청비와 문도령의 사랑이 바로 인정될 수 있는 것은 아니다. 자청비가 하늘까지 올라가서 문도령의 부모를 설득하고, 문도령이 피살되자 살려내고 하는 등의 난관을 이겨내는 과정을 거듭 설정했다. 소설 여러 편을 만들 만한 사건을 만들어내서 흥미를 가중시켰다. 그런데도 소설은 아니고 서사시여서 세부 묘사는 배제하고 상상이 진실하다고 했다. 자청비가 뜻하는 바를 실현하는 자아의 민담적 가능성이 앞서서 자아와 세계 사이의 심각한 갈등이 표출되지 않았다.

이 작품은 天女와 결합하는 地男의 행운을 말해주는 '나무꾼과 선녀' 유형과는 반대가 되게, 天男과의 결합을 쟁취하는 地女의 노력을 나타냈다. 天女地男의 신화에서 민족의 시조 탄생을 신비화하는 구실을 하다가, 민담으로 이행해 미천한 남성의 행운을 말해주는 단계마저 청산하고, 다음 단계의 더욱 새로운 과업을 수행하기 위해서 天男地女의 관계를 제시했다. 여성은 남녀관계에서 수동적인 위치에 머물러야 한다는 구속을 깨고, 사랑의 성취를 통해서 상하로 나누어져 있는 지체의 구분을 깨는 것이 새로운 과업이다.

2.6.2. 탈춤

전국의 탈춤은 각기 다르지만, 기본적인 공통점이 있다.[77] 모두 탈춤은 앞놀이·탈놀이·뒷놀이로 이루어져 있다. 이 세 대목에서 놀이패와 구경꾼의 관계가 달라지고, 다툼과 화해가 상이하게 나타난다.

앞놀이는 놀이패들이 마을을 돌아다니면서 놀이를 한다고 알리고 구경꾼을 모으는 행사이다. 놀이패와 구경꾼이 구별되어 있지만 대립되는 관계는 아니다. 다툼이 생기지 않아 해결할 것도 없다.

---

77 탈춤에 관한 논의는 《탈춤의 원리, 신명풀이》(지식산업사, 2006)에서 한 작업을 간추려 이용한다.

중심을 이루는 탈놀이에서는 놀이패들이 탈을 쓰고 배역을 나누어 서로 다투다가 화해하고 화해하다가 다툰다. 다투던 놀이패가 모두 함께 어울려 춤을 추는 춤대목이 이따금 있어 화해를 분명하게 보여준다. 놀이패들의 다툼에 구경꾼이 우호적이거나 적대적인 관계를 가지고 개입한다.

탈놀이가 끝난 다음의 뒷놀이에서는 놀이패와 구경꾼의 구분이 없어진다. 모두 함께 어울려 춤을 추며 논다. 모든 싸움이 끝나고 커다란 화합이 이루어진 것을 확인한다.

이렇게 진행되는 탈춤에서는 다툼이 화해이고 화해가 다툼이다. 상극이 상생이고 상생이 상극인 생극론을 구현한다. 놀이하고 구경하는 커다란 집단이 공동의식을 체험하고 확인한다.

崔漢綺는 사람이 정신활동을 하는 氣를 '神氣'라고 하고, 사물을 인식하고 표현해 나타내는 과정을 '神氣'의 발현이라고 했다. '神氣'가 바로 '신명'이다. '神'은 양쪽에 다 있는 같은 말이고, '氣'를 '明'이라고 일컬을 수 있다. 안에 간직한 '神氣'가 밖으로 뻗어나서 어떤 행위나 표현 형태를 이루는 것을 두고 '신명'을 '푼다'고 한다. 그래서 '신명풀이'란 바로 '神氣發現'이다. 사람은 누구나 '神氣' 또는 '신명'을 지니고 살아가지만, 천지만물과의 부딪힘을 격렬하게 겪어 심각한 격동을 누적시키면 그대로 덮어두지 못해 '神氣'를 발현하거나 '신명'을 풀지 않을 수 없는 지경에 이른다.

탈춤에서는 신명풀이를 몸으로 한다. 공연 전체가 신명풀이로 이루어져 있다. 그러면서 신명풀이의 철학을 구현하고 있기도 하다. 양주산대 제5과장 제2경 침놀이가 그 좋은 본보기이다. 이 자료는 내용이 복잡해 자세한 분석이 필요하다.

말뚝이라는 위인이 아들·손자·증손자를 데리고 산대굿을 구경하러 나왔다가, 아들·손자·증손자가 음식을 함부로 사먹고 관격이 되어 사경에 이르렀을 때, 완보라는 친구를 만났다. 말뚝이와 완보는 아들·손자·증손자를 살리려고 여러 가지로 애쓰다가, 신주부라는 의원을 불러 온다. 신주부가 침을 놓자, 아들·손자·증손자는 살아난다. 나타난 대로 보면 이런 내용이다. 무엇을 의미하는지 알아보려면 다음과 같은 분석이 필요하다.

삶　　　　　　　　**죽음**

[가] 주식을 함부로 사 먹고 관격이 되었다.

[나] 술독에 거꾸로 빠졌다.
　　　초상집에서 된 급살을 맞았다.
　　　음마등병에 걸렸다.

　　　　　　　　　　[다] 죽은 지 석삼년 열아홉 해가 되었다.
　　　　　　　　　　　　 백골천창이 되었다.

　　　　　　　　　　[라] 살아나려고 손가락이 꼼지락한다.
　　　　　　　　　　　　 죽지 않았으니 살려주시오.

[마] 신을 풀지 못해서 난 병이다.
　　　3대 4대가 무당일세.
　　　신이 나니까 뛰지.

[바] 침을 놓으니 살아나 춤을 춘다.

　　이렇게 정리해 놓고 보면, [가]에서 [나]를 거쳐 [다]로 가는 과정은 삶에서 죽음으로의 이행이고, [라]에서 [마]를 거쳐 [바]로 가는 과정은 죽음에서 삶으로의 이행이다. 삶에서 죽음으로 다시 죽음에서 삶으로 이행하는 것이 전체적인 내용이다. 이것이 바로 순차적인 구조의 핵심이다. 침을 놓으니 살아났다는 것은 흔히 있을 수 있는 평범한 일에 지나지 않는다. 그 정도라면 침놀이는 심각한 의미를 가지지 않는 구경거리라고 할 수 있다.

[나]와 [마]의 관계는 그렇게 단순하지 않다. [나]에서는 하고 싶은 대로 한 과욕이 죽음의 원인이라고 하고, [마]에서는 하고 싶은 대로 해서 신명을 풀어야 살아날 수 있다고 한다. [가]와 [바]만 보면 삶에서 죽음으로, 다시 죽음에서 삶으로 이행하는 것이 우발적 사고 해결이라고 하겠는데, [나]와 [마]가 있어 문제가 그처럼 단순하지 않다.

[나]에서 말하는 죽음의 원인은 [가]에서 말하는 것보다 심각하다. 술독, 초상집, 음마등병 등은 우발적 사고가 아니며, 하고 싶은 대로 한 과욕이 죽음의 원인임을 말해준다. [마]에서 제시한 죽음에서 삶으로 이행하는 방법은 침을 놓아 병을 치료하는 정도의 것이 아니다. 치료법의 더욱 깊은 원리를 제시해, 하고 싶은 대로 해서 신명을 풀어야 한다고 한다.

[가]와 [바]는 순차적인 구조의 서두와 결말이지만, [나]와 [마]의 대립은 그렇게 말할 수 없다. [나]와 [마]는 둘 다 욕망에 관해 말하면서 [나]에서는 욕망이 죽음의 원인이라고 하고 [마]에서는 욕망이 삶에의 길이라고 하는 서로 반대되는 주장을 한다. 그러므로 [나]와 [마]의 대립은 작품의 병행적 구조를 만들어, 순차적 구조에서 드러나지 않는 사실을 구현한다.

[다]와 [라]는 둘 다 죽은 상태를 말하면서도 서로 반대가 된다는 점을 주목할 필요가 있다. [다]에서는 완전히 죽어 버려서 살아날 가망이 없다고 한다. [라]에서는 죽기는 죽었어도 살아날 수 있다고 한다. 죽은 지 석 삼 년 열아홉 해가 되었는데 살아나려고 손가락을

꼼지락하니, 죽었다고 하면 죽었고 살았다고 하면 살았다. 죽음이 곧 삶이라는 역설이다. 죽음이 곧 삶이어서 죽음에서 삶으로의 전환이 가능하다. [나]와 [마]의 대립은 [다]와 [라]의 대립이 있기 때문에 성립될 수 있다. 병행적 구조가 [나]와 [마]의 대립에서 특히 풍부하게, [다]와 [라]의 대립에서 가장 날카롭게 나타난다.

[가]에서 [다]까지의 전개는 하고 싶은 대로 하는 과욕이 죽음의 원인이라고 하고, 죽음에서 벗어날 수 없다고 한다. [라]에서 [바]까지의 전개는 하고 싶은 대로 하지 못하고 욕망을 억제한 것이 죽음의 원인이라고 하고, 죽음에서 벗어날 수 있다고 한다. 통상적인 주장이 앞의 것으로 제기되는 데 대해서 탈춤은 뒤의 반론을 제기한다.

과욕이 죽음의 원인이므로 욕망을 억제해야 한다고 한다면 문제가 다시 생긴다. 욕망의 억제는 활동의 최소화를 요구한다. 하고 싶은 대로 하고 신명을 풀어야 죽지 않을 수 있다면, 죽음이 극복되고 삶이 예찬된다. 삶은 신이 나니까 뛰고, 술독에 거꾸로 빠지더라도 술을 마시고, 초상집에 가서도 먹을 것을 먹고 마실 것을 마시고, 장애가 있더라도 성욕을 충족시키는 것이 마땅하다.

말뚝이는 스스로 "3대 4대 무당일세"라고 했다. 말뚝이 일가가 노래하고 춤추며, 뛰놀면서 충만한 삶을 계속해 왔다는 뜻이다. 그런 사람들이 탈춤을 만들고 즐기면서 욕망을 억제하지 않고 충족하면서 삶을 예찬하는 주장을 폈다.

말뚝이·아들·손자·증손자는 삶에서 죽음으로 이행하는 과정에서, 그리고 죽음에서 삶으로 이행하는 과정에서 서로 상반된 의미를 가지고, 두 과정의 필연성을 동시에 입증한다. 두 과정이 서로 팽팽하게 맞서 있는 것만은 아니다. 근본이 천인이고 놀기 좋아하는 성미여서 아들·손자·증손자를 다 데리고 놀이판에 나온 말뚝이는 한쪽을 선택했다. 욕망을 함부로 충족시키는 것이 죽음의 원인이므로 욕망을 억제해야 한다는 것이 자기 생각은 아니다. 그것은 강요된 탓에 마지못해 받아들인 도덕적 당위이다.

말뚝이 일가는 그런 구속에서 벗어나 하고 싶은 대로 하고 신명을 풀어야 죽음에서 벗어나 삶에 이른다는 것을 입증하고, 죽음에서 벗어나 삶에 이르는 새로운 길을 찾아냈다. 말뚝이·아들·손자·증손자의 관계에서 존재하는 위계질서를 거부하고, 말뚝이보다는 아들이, 아들보다는 손자가, 손자보다는 증손자가 신명이 더욱 과하다는 것을 보여주었다. 희망 찬 미래가 약속되어 있다고 했다.

신명풀이를 하는 방식은 일정하지 않다. 홀로 하는 것과 여럿이 함께 하는 것이 다르다. 여럿이 함께 하는 것 가운데 또한 화합을 확인하는 것과 싸움을 하고 마는 것이 또한 다르다. 홀로 하는 것의 좋은 본보기는 시 창작이다. 여럿이 함께 하면서 화합을 다지는 것의 하나가 풍물놀이이다. 탈춤을 공연하는 행위는 여럿이 함께 하면서 적대적인 대상과의 싸움을 하는 점에서 그 둘과 다른 갈래에 속한다.

탈춤은 탈꾼들 사이에서 벌어지는 싸움으로 나타난다. 노장과 취발이, 양반과 말뚝이, 영감과 미얄 사이의 싸움이 어떤 의미를 가지는지 이미 고찰했다. 탈꾼들이 그런 배역을 하면서 등장시킨 인물들은 함께 흥겨워하지 않고, 싸움의 전개에 따라서 흥하기도 하고 망하기도 한다. 그러나 탈춤 진행 도중에 이따금씩 탈꾼 모두 함께 춤을 추면서 즐거워한다. 일어서서 춤을 추면서 반주를 하던 풍물패 반주자들이 앉은 악사로 바뀐 다음에도, 그런 관습이 변함없이 이어져서, 탈춤 공연의 기본적인 방식의 하나가 되었다.

〈봉산탈춤〉의 양반과장에서 그 점을 확인할 수 있다. 거기서 양반이 말뚝이에게 호령하고 말뚝이는 항변을 하다가 양쪽이 다툼을 멈추고 함께 춤추며 즐거워한다. 그런 전개의 실상을 확인하기 위해서 양반과장의 서두를 들어보자.

> 말뚝이 : (중앙쯤 나와서) 쉬이. (음악과 춤 멈춘다.) 양반 나오신다이! 양반이라고 하니까 노론·소론·호조·병조·옥당을 다 지내고 삼정승·육판서를 다 지낸 퇴로재상으로 계신 양반인 줄 아지 마시오. 개잘량 양자에 개다리소반이라는 반자 쓰는 양반 나오신단 말이요.
> 양반들 : 야아, 이놈 뭐야아!
> 말뚝이 : 아, 이 양반들 어찌 듣는지 모르갔소. 노론·소론·호조·병조·옥당을 다 지내고 삼정승·육판서를 다 지내고 퇴로재상으로 계신 이생원네 삼형제분이 나오신다고 그러하였소.
> 양반들 : (합창) 이생원이라네. (굿거리장단으로 춤을 춘다. 도령은 때때로 형들의 면상을 치며 논다. 끝까지 그런 행동을 한다.)[78]

말뚝이와 양반 삼형제가 처음 등장할 때 함께 춤을 추었다. 한 과장이 '춤대목'에서 시작되었다. 양반 삼형제가 말뚝이와 함께 등장한 곳은 놀이판이다. 하인과 함께 춤을 추면서 놀이판에 등장하는 것은 양반을 양반답게 하는 위엄을 부인하는 처사이다. 노장이 놀이판에 등장할 때 필요했던 복잡한 과정을 거치지 않고, 양반 삼형제는 아무런 절차 없이 놀이판에 등장한다.

그 이유를 밝히지 않고 생략해버렸으니, 관중이 추측해서 알아낼 일이다. 사람은 누구나 마음속에 신명이 있으니 풀어야 하고, 신분

---

78 이두현, 《한국가면극》(서울: 문화재관리국, 1969), 316면.

차별의 장벽을 넘어서서 누구나 평등한 것이 마땅하니 양반이 말뚝이와 함께 춤추고 노는 것이 당연하다고 하면 올바른 해답을 찾았다고 할 수 있다. 그러나 여러 단계를 거쳐 길게 추리하지 말고 한꺼번에 깨닫는 비약을 경험해야 관중도 신명풀이에 동참한다.

처음의 춤대목에서 말뚝이가 앞서서 양반을 인도하고 등장했다. 평등을 이룩해서 신명풀이를 함께 하는 일을 말뚝이가 선도해야 했기 때문이다. 양반과 말뚝이의 신분상의 위계질서를 부정하는 데 그치지 않고 역전시키기까지 해야 평등이 이루어진다. 그런데 양반 삼형제 가운데 막내인 악소년 도령이 형들의 면상을 부채로 치며 노는 것도 연령에 따르는 위계질서를 파괴하는 점에서 그것과 같은 의미를 지닌다고 하고 말면 피상적인 이해이다.

도령은 함께 춤을 추면서 경망스러운 태도로 남을 해쳐, 두 형들이 위엄을 차리느라고 감추어두었던 허위의 깊은 층위를 드러내는 구실을 한다. 춤대목에서 의식 차원의 문제가 해결되면서 무의식 차원의 문제가 표출된다. 그렇게 해서 춤대목의 화해가 화해이기만 하지 않고, 화해가 또한 싸움임을 일깨워준다.

말뚝이가 관중에게 양반 험담을 하는 말은 양반이 즐겨 쓰는 언사를 모방해 공격 효과를 높인다. 양반은 역임한 관직을 열거하면서 뽐내기를 잘 하고, 상대방이 선뜻 알아차리지 못할 말을 할 때에는 어느 한자를 쓰는 말인가 밝혀 "..자에 ...자 쓰는"이라고 해야 설명이 제대로 이루어진다고 믿는다. 그런데 열거한 관직에 "노론, 소론"도 들어 있다. 관직이야 다다익선이지만, "노론"을 하다가 "소론"을 하는 지조 없는 짓은 해서는 안 된다. "양반"이라는 말이 "개잘량이라는 양자에 개다리소반이라는 반자"로 이루어졌다고 하는 것은 그보다 더 심한 억설이지만, "양반 = 개"라는 등식을 들어 양반을 경멸하고 공격을 하는 데 쓰여 큰 힘을 발휘한다.

양반은 그렇게 공격하는 말을 대강 듣기는 했으므로 호령을 하지만, 제대로 알아듣지 못했으므로 말뚝이의 변명을 듣고 안심해서 춤대목으로 들어간다. 등장인물들이 함께 즐거워하는 춤대목에서 연극이 중단되는 것은 아니다. 대사를 주고받아서는 도저히 나타낼 수 없는 깊은 의미가 구현된다.

양반과 말뚝이는 서로 싸울 필요가 없음을 알고 화해를 하는 춤을 추자는 데 합의해 함께 춤추며 즐거워하는데, 그 이유는 서로 다르다. 양반은 말뚝이를 호령해서 제압했으므로 만족해하고 평화를 구가하지만, 말뚝이는 양반에 항거해 승리를 거두었으므로 즐거워하는 것이다. 그런 동상이몽의 균형을 관중이 개입해서 깨버린다. 관중은 양반의 착각을 보면서 재미있어 하고, 말뚝이와 함께 승리를 구가한다. 양반은 그런 사태를 이해하지 못해 패망하지 않을 수 없게 된다.

탈놀이에서 진행되는 싸움이 바라는 방향에서 진행되고 해결되는 것이 관중으로서는 더욱 흥겹고 신나는 일이다. 관중이 줄곧 연극 진행에 개입하기 때문에, 탈놀이가 대동놀이로 진행되어, 싸움의 승패를 나누는 데서 신명풀이가 최고조에 이른다. 탈놀이가 끝난 다음에도 시작하기 전과 마찬가지로 관중 모두가 나서서 함께 춤을 추는 난장판 군무를 벌이면서 탈놀이에서 이룩한 승리를 구가한다. 그러나 上下나 優劣을 뒤집어 패배자를 조롱하고 박해하자는 것은 아니다. 그런 구별이 원래 있을 수 없어 대등하고 평등하다는 것을 함께 춤을 추면서 재확인한다. 그래서 싸움이 화해이고, 극복이 생성임을 입증한다. 생극론의 원리를 잘 구현하고 있다.[79]

2.6.3. 문헌전설

먼저 구전이 기록된 문헌전설을 다루기로 한다. 좋은 본보기로 《삼국유사》에 실려 있는 일련의 전설을 든다. 모처럼 살핀 것이[80] 결말에 가서 흐트러진 것을 알아차리고 바로잡아 다시 내놓는다.

포항 남쪽 오천읍 항사리 吾魚寺라는 절에 慈藏庵, 義湘庵, 元曉庵, 惠空庵, 이 네 암자가 있었다고 한다. 전국 도처에 이 네 승려의 이름을 건 암자가 있다. 넷이 신라의 수많은 승려 가운데 특히 두드러진 위치를 차지하고, 흥미로운 이야기를 남겼다.

네 승려는 지향하는 바가 각기 달랐음을 의미심장하게 말해주는 전설이 《삼국유사》에 수록되어 있다. 사실과 연관을 가지면서, 그 이상 많이 나간 내용이다. 사찰 안팎 이름 없는 대중이 구전하면서 만들고 다듬은 전승을 소중하게 여기고 기록했다고 생각한다. 읽고 음미해보면, 최상의 철학을 읽을 수 있는 빼어난 문학인 것을 알고 놀라게 된다.

네 승려의 약력을 들어본다. 승려들의 생애는 《삼국사기》에서 언급의 대상으로도 삼지 않았으므로, 《삼국유사》에서 필요한 사항을 가져온다.

자장(590경-658경)은 진골 출신으로 蘇判의 관직에 있었던 金茂林의 아들이다. 국왕이 재상으로 기용하려 했으나 마다하고 승려가

---

79 〈구비문학과 구비철학〉, 《구비문학연구》 23(한국구비문학회, 2006)에서 이와 관련된 논의를 했다.

80 〈무엇을 어떻게 읽을 것인가〉, 《창조하는 학문의 길》(지식산업사, 2019)에서 한 작업이다.

되었다. 중국에 가서 공부하면서 신이한 신앙 체험으로 높은 명성을 얻고, 唐太宗의 두터운 예우를 받았다. 선덕여왕은 당태종에게 자장을 보내달라고 부탁했다. 귀국해 국가의 복식제도를 중국의 제도와 같게 하고, 중국의 연호를 쓰자고 건의했다. 계율 확립에 힘써 높은 명성을 얻었으며, 저작을 남기지는 않았다.

의상(625-702)은 진골이라고 생각되지만, 생애나 활동이 확인되지 않는 金韓信의 아들이다. 중국에 가서 화엄종의 제2조 智儼의 문하에서 수학하고, 제3조 賢首와의 교유를 귀국한 뒤까지 계속했다. 귀국한 동기는 唐高宗의 신라 침략소식을 본국에 알리려고 한 것이다. 저작이 많지 않고, 〈華嚴一乘法界圖〉에 공부해서 얻은 바를 집약해 나타냈다.

원효(617-686)는 奈麻 薛談捺의 아들이다. 관등 제11위인 내마는 육두품이 맡은 관직이다. 의상과 함께 중국으로 가려다가 되돌아와, 스스로 크게 깨닫고는 《金剛三昧經論》을 비롯한 많은 저작을 남겨 높이 평가된다. 공주를 만나 파계를 하고 거사 노릇을 하기도 했다. 광대 춤을 추고 노래를 부르면서 다니기도 했다. 기이한 행적이 구전설화에도 많이 나타나 있다.

혜공은 생몰연대 미상이다. 진골이라고 생각되는 天眞公 집에서 더부살이하는 노파의 아들이라고 하고 아버지에 대해서는 말이 없으니, 신분이 천한 하층민이라고 보는 것이 마땅하다. 출가해 작은 절에서 승려 노릇을 하면서 삼태기를 지고 거리에서 노래하고 춤추는 등의 파격적인 행동을 했다. 저작을 남기지는 않았다.

위에서 말한 사실을 정리해보자. 네 사람은 출신이 달랐다. 자장은 고위 관직에 있는 진골, 의상은 활동이 확인되지 않는 진골의 아들이다. 원효는 육두품 출신이고, 혜공은 아버지를 알 수 없는 하층민이다.

공부 과정도 달랐다. 자장과 의상은 중국에 가서 공부했다. 자장은 신비한 신앙 체험을 하고, 의상은 화엄종의 교학을 이어받았다. 원효는 중국으로 가려다가 되돌아와 스스로 크게 깨달았다. 혜공은 어떻게 공부했는지 말이 없고, 파격적인 행동으로 깨달음을 나타냈다.

중국과의 관계도 달랐다. 자장은 중국에 있을 때 당태종의 신임을 받고, 귀국해서는 중국의 복식과 연호를 받아들여야 한다고 했다. 의상은 중국의 침공을 알리려고 귀국했다. 원효는 중국보다 앞서는 학문을 하고자 했다. 혜공은 중국에 대한 관심을 보여주지 않았다.

네 사람이 무엇을 어떻게 했는지 말해주는 《삼국유사》 원문을 옮겨 자료로 삼는다. 앞에 해설을 조금 붙이고, 해당 대목의 글 전문을 번역과 함께 제시한다. 맨 앞에 붙인 말을 글을 지칭하는 데 쓴다.

[자장] 권4 〈慈藏定律〉 대목의 주인공 慈藏律師 만년에 다음과 같은 일이 있었다고 한다.

乃創石南院[今淨岩寺] 以候聖降 粵有老居士 方袍襤褸 荷葛簣
盛死狗兒來 謂侍者曰 欲見慈藏來爾 門者曰 自奉巾箒 未見忤犯吾
師諱者 汝何人斯 爾狂言乎 居士曰 但告汝師 遂入告 藏不之覺曰
殆狂者耶 門人出訴逐之 居士曰 歸歟歸歟 有我相者 焉得見我 乃倒
簣拂之 狗變爲師子寶座 陞坐放光而去 藏聞之 方具威儀 尋光而趨
登南嶺 已杳然不及 遂殞身而卒

석남원[지금의 정암사]을 창건하고 문수보살이 내려오기를 기다렸다. 어떤 늙은 거사가 남루한 도포를 입고, 칡으로 만든 삼태기에 죽은 강아지를 담아 메고 와서는 자장을 수행하는 제자에게 말했다. "자장을 보려고 왔다." 제자가 말했다. "내가 스승님을 받들어 모신 이래로 우리 스승님의 이름을 부르는 사람을 보지 못했거늘, 너는 어떤 사람이기에 미친 말을 하느냐?" 거사가 말했다. "다만 네 스승에게 알리기만 하거라." 그래서 들어가 알렸더니 자장도 알아차리지 못하고 말했다. "아마도 미친 사람이겠지." 제자가 나가 꾸짖어 내쫓자 거사가 말했다. "돌아가리라, 돌아가리라! 我相이 있는 자가 어찌 나를 보겠나." 그러고는 삼태기를 뒤집어 털자, 강아지가 사자 보좌로 변했다. 거사는 그 위에 올라앉자 빛을 발하며 사라졌다. 자장은 이 말을 듣고 그제야 차림을 바로 하고 빛을 찾아 남쪽 고개로 올라갔지만, 이미 아득해서 따라가지 못하고 마침내 몸을 던져 죽었다.

[의상] 의상이 당나라에서 공부하고 있을 때 있었던 일을 권3 〈前後所藏舍利〉의 한 대목에서 다음과 같이 소개했다.

昔義湘法師入唐 到終南山至相寺智儼尊者處 隣有宣律師 常受天供 每齊時天廚送食 一日律師請湘公齋 湘至坐定旣久 天供過時不至 湘乃空鉢而歸 天使乃至 律師問今日何故遲 天使曰 滿洞有神兵遮擁 不能得入 於是律師知湘公有神衛 乃服其道勝 仍留其供具翌日又邀儼湘二師齋 具陳其由

湘公從容謂宣曰 師旣被天帝所敬 嘗聞帝釋宮有佛四十齒之一牙爲我等輩請下人間 爲福如何 律師後與天使傳其意於上帝 帝限七日送與 湘公致敬訖 邀安大內

옛적에 의상법사가 당나라에 들어가 종남산 지상사의 지엄존자가 있는 곳에 이르렀다. 그 이웃에 선율사가 있었는데, 늘 하늘의 공양을 받고 재를 올릴 때마다 하늘의 주방에서 음식을 보내왔다. 하루는 율사가 의상법사를 청하여 재를 올렸다. 의상이 와서 자리에 앉은 지 한참이 지났는데도, 하늘에서 내리는 음식이 오지 않았다. 의상이 빈 바리때로 돌아가자 천사가 그제서야 율사에게 내려왔다. 선율사가 오늘 왜 이리 늦었는지 물어보자, 천사가 대답했다. "온 골짜기에 신병이 막고 있어서 들어올 수가 없었습니다." 그래서 율사는 의상법사에게 신의 호위가 따르는 것을 알고, 도가 자신보다 뛰어난 것을 인정했다. 그리고 하늘에서 보내온 음식을 그대로 두었다가, 이튿날 또 지엄과 의상 두 법사를 청하여 재를 올리고 그 사유를 말했다.

의상이 조용히 율사에게 말했다. "율사는 이미 천제의 존경을 받고 계십니다. 일찍이 들으니, 제석궁에는 부처님의 치아 40개 중에 어금니 하나가 있다고 합니다. 우리들을 위해 천제께 청하여 그것을 인간세계에 내려 보내어 복이 되게 하는 것이 어떻겠습니까?" 율사가 그 뒤에 천사를 통해 그 뜻을 상제께 전했다. 상제는 7일을 기한으로 (부처님 어금니를) 의상에게 보내주었다. 의상은 예를 마친 뒤에 이것을 맞이하여 대궐에 모셨다.

[의상과 원효] 권4 〈洛山二大聖...〉에는 동해안에 보살이 나타났다고 하고, 의상이 먼저, 원효가 나중에 찾아간 이야기가 있다.

昔義湘法師 始自唐來還 聞大悲眞身住此海邊崛內 故因名洛山
蓋西域寶陁洛伽山 此云小白華 乃白衣大士眞身住處 故借此名之
齋戒七日 浮座具晨水上 龍天八部侍從 引入崛內 參禮空中 出水
精念珠一貫給之 湘領受而退 東海龍亦獻如意寶珠一顆 師捧出 更
齋七日 乃見眞容 謂曰於座上山頂 雙竹湧生 當其地作殿宜矣 師聞
之出崛 果有竹從地湧出 乃作金堂 塑像而安之 圓容麗質 儼若天生

其竹還沒 方知正是眞身住也 因名其寺曰洛山 師以所受二珠 鎭安
于聖殿而去

後有元曉法師 繼踵而來 欲求瞻禮 初至於南郊水田中 有一白衣
女人刈稻 師戲請其禾 女以稻荒戲答之 又行至橋下 一女洗月水帛
師乞水 女酌其穢水獻之 師覆弃之 更酌川水而飮之

옛적 의상법사가 처음 당나라에서 돌아왔을 때, 관음보살의 진신
이 이 해변의 굴에 산다는 말을 듣고 낙산이라고 이름 지었다. 서역
에 관세음보살이 산다는 보타낙가산이 있기 때문이다. 이 산을 소
백화라고도 하는데, 백의대사의 진신이 머물러 있는 곳이므로 이것
을 빌어 이름을 삼은 것이다.

(의상이) 7일 동안 재계하고 앉았던 자리를 새벽 일찍 물 위에
띄웠더니 불법을 수호하는 용천팔부의 시종들이 굴속으로 안내했
다. 공중을 향하여 예를 올리자, 수정염주 한 꾸러미를 내주어서
받아 나오는데, 동해의 용도 여의주 한 알을 바쳐서 같이 받아 나왔
다. 다시 재계한 지 7일 만에 관음보살의 진신을 보았다. 관음이
말했다. "내가 앉은 산꼭대기에 한 쌍의 대나무가 솟아날 것이다.
그 땅에 절을 짓는 것이 좋을 것이다." 법사가 이 말을 듣고 굴에서
나오자, 과연 대나무가 땅에서 솟아 나왔다. 그래서 금당을 짓고
관음상을 만들어 모셨다. 둥근 얼굴과 고운 모습이 마치 하늘에서
만들어 낸 듯하였다. 그때 대나무가 다시 없어졌다. 그제서야 관음
의 진신이 머무른다는 것을 알았다. 그래서 의상은 이 절의 이름을
낙산사라고 하고, 받아온 두 구슬을 성전에 모셔두고 떠났다.

그 뒤에 원효법사가 와서 예를 올리려고 했다. 처음에 남쪽 교외
에 이르렀는데, 논 가운데서 흰 옷을 입은 여자가 벼를 베고 있었다.
법사가 장난삼아 그 벼를 달라고 하자, 여자도 장난삼아 벼가 영글
지 않았다고 대답했다. 법사가 또 가다가 다리 밑에 이르자 한 여인
이 개짐을 빨고 있었다. 법사가 물을 달라고 청하자 여인은 그 더러

운 물을 떠서 바쳤다. 법사는 그 물을 엎질러버리고 다시 냇물을 떠서 마셨다.

[원효와 혜공] 권4 〈二惠同塵〉에 등장하는 혜공은 행적이 기이하다. 원효를 만나 함께 기이한 짓을 하기도 했다.

釋惠空 天眞公之家傭嫗之子 小名憂助[蓋方言也] 公嘗患瘡濱於死 而候慰塡街 憂助年七歲 謂其母曰 家有何事 賓客之多也 母曰家公發惡疾將死矣 爾何不知 助曰 吾能右之 母異其言 告於公 公使喚來 至坐床下 無一語 須庾瘡潰 公謂偶爾 不甚異之

旣壯 爲公養鷹 甚愜公意 初公之弟 有得官赴外者 請公之選鷹歸治所 一夕公忽憶其鷹 明晨擬遣助取之 助已先知之 俄頃取鷹 昧爽獻之 公大驚悟 方知昔日救瘡之事 皆叵測也 謂曰 僕不知至聖之托吾家 狂言非禮汚辱之 厥罪何雪 而後乃今願爲導師 導我也 遂下拜

靈異旣著 遂出家爲僧 易名惠空 常住一小寺 每猖狂大醉 負簣歌舞於街巷 號負簣和尙 所居寺因名夫蓋寺 乃簣之鄕言也 每入寺之井中 數月不出 因以師名名其井 每出有碧衣神童先湧 故寺僧以此爲候 旣出 衣裳不濕 晩年移止恒沙寺[今迎日縣吾魚寺 諺云恒沙人出世 故名恒沙洞] 時元曉撰諸經疏 每就師質疑 或相調戲 一日二公沿溪掇魚蝦而啖之 放便於石上 公指之戲曰 汝屎吾魚 故因名吾魚寺 或人以此爲曉師之語 濫也 鄕俗訛呼其溪曰芼矣川

瞿旵公嘗遊山 見公死僵於山路中 其屍逢脹 爛生虫蛆 悲嘆久之 及廻轡入城 見公大醉歌舞於市中

승려 혜공은 천진공의 집에서 품팔이하던 노파의 아들이다. 어린 시절의 이름은 우조였다. [아마도 우리말일 것이다.] 천진공이 일찍이 몹쓸 종기가 나서 거의 죽을 지경에 이르자 문병하는 사람이 길을 가득 메웠다. 당시 우조는 일곱 살이었는데, 어머니에게 물었다.

"집에 무슨 일이 있어서 손님이 이렇게 많아요?" "주인께서 몹쓸 병에 걸려 돌아가시게 되었는데 너는 어찌 그것도 모르고 있었니?" 우조가 말했다. "제가 고칠 수 있어요." 어머니는 그 말을 이상하게 여기어 공에게 알리자 공이 우조를 불러오게 했다. 우조는 침상 아래에 앉아 한마디 말도 없었다. 그런데 잠시 후 종기가 터져버렸다. 공은 우연한 일이라 여기고 그리 이상하게 생각하지 않았다.

이미 장성해서는 공을 위해 매를 길렀으며, 공은 매우 흡족해 했다. 공의 동생이 처음으로 벼슬을 얻어 지방으로 가게 되었다. 동생은 공에게 부탁하여 공이 골라준 좋은 매를 가지고 근무지로 떠났다. 그런데 어느 날 저녁 공은 갑자기 그 매 생각이 나서, 다음 날 새벽에 우조를 보내어 가져오게 할 생각이었다. 그런데 우조는 벌써 알고서 잠깐 사이에 매를 가져다가 새벽에 공에게 바쳤다. 공은 크게 놀라 깨달았다. 그제야 예전에 종기를 치료한 일이 모두 헤아리기 어려운 일임을 안 것이다. 그래서 이렇게 말했다. "저는 지극한 성인께서 제 집에 계신 줄도 모르고 버릇없는 말과 예의에 어긋난 행동으로 모욕을 했으니, 그 죄를 어찌 다 씻을 수 있겠습니까? 이제부터 스승이 되시어 저를 인도해 주십시오." 마침내 공은 내려가서 우조에게 절을 했다.

영험과 이적이 이미 드러나자, 드디어 출가하여 이름을 혜공이라 바꾸었다. 항상 작은 절에 살며 매번 미치광이 행세를 했다. 크게 취하여서 삼태기를 지고 거리에서 노래하고 춤을 추곤 하였다. 그래서 사람들이 혜공을 負簣(부궤)和尙이라 부르고 머무르는 절을 夫蓋寺라 했으니, 곧 우리말로 삼태기를 말한다. 혜공은 또 절의 우물 속으로 들어가면 몇 달씩 나오지 않았기 때문에, 그의 이름을 따서 우물 이름도 지었다. 우물에서 나올 때마다 푸른 옷을 입은 신동이 먼저 솟아나왔기 때문에, 절의 승려들은 이것으로 그가 나올 것을 미리 알 수 있었다. 혜공은 우물에서 나왔는데도 옷이 젖지 않았다. 만년에는 항사사에 머물렀다. [지금의 영일현 오어사인데,

세속에서는 항하의 모래처럼 많은 사람들이 승려가 되었기 때문에 항사동이라고 했다.]

그때 원효가 여러 불경의 주석을 달면서 매번 혜공법사에게 가서 묻고, 서로 장난을 치기도 했다. 어느 날 두 스님이 시내를 따라가면서 물고기와 새우를 잡아먹고 돌 위에 대변을 보았는데, 혜공이 그것을 가리키며 장난말을 했다. "네 똥은 내가 잡은 물고기다." 그래서 吾魚寺라고 했다. 어떤 사람은 이 말을 원효대사가 했다고 하는데 잘못이다. 세간에서는 그 시내를 잘못 불러서 芼矣川이라고 한다.

구담공이 일찍이 산으로 유람을 갔다가 혜공이 산길에서 죽어 쓰러진 것을 보았다. 이미 시간이 많이 흘러서 그 시체가 썩어 구더기가 났다. 구담공은 한참을 슬퍼하며 탄식하다가 말고삐를 돌려 성으로 돌아왔다. 그런데 혜공이 크게 취하여 시장에서 노래하고 춤추는 것이 아닌가?

불교에서는 도를 닦아 궁극의 진리를 깨닫고자 한다. 궁극의 진리가 모호하지 않고 명확한 것을 보여주려고 보살이 등장한다. 궁극의 진리를 깨달은 것을 보살과의 만남으로 구현해서 누구든지 쉽게 이해할 수 있게 한다.

보살은 상징이다. 형체가 없어 의심스럽기만 한 진리를 가시적인 형태로 나타내 명확하게 알려주는 상징으로서 보살만한 것이 더 없다. 보살의 상징적 의미를 깊이 이해하는 것이 《삼국유사》가 우리에게 부과한 과제이다. 자료의 표면에 머무르지 않고 깊은 뜻을 찾아내야 한다.

자료가 특정 시기 특정 불교사상을 말해준다고 협소하게 이해하지 말고, 실감나는 예증을 들어 시공의 제약을 넘어서서 보편적인 논의를 하는 데까지 나아가는 줄 알아야 한다. 구체화를 능사로 삼는 실증사학의 협소한 학풍에서 벗어나 포괄적인 원리를 소중하게 여기는 철학으로 나아가야 한다. 철학 알기에 머물러 지식을 축적하려고 하지 말고, 철학하기의 창조적 작업으로 나아가야 한다.

보살의 상징이 무엇을 말하고, 보살과의 관계가 달라지는 것이 어떤 의미를 가지는지 밝혀 논하는 것이 핵심 과제이다. 자장·의상·원효·혜공이 어떻게 했는가를 들어 나는 어떻게 할 것인가 말해야 한다. 나의 생각을 근거로 누구에게든지 타당한 일반론을 이룩하는 데까지 나아가야 한다. 고금학문 합동작전으로 오늘의 철학을 창조해야 한다.

[자장]에서 자장은 보살을 만날 수 없었다. 보살이 스스로 찾아오기까지 했는데, 알아보지 못했다. 그 이유는 我相이 있기 때문이다. 아상은 자기가 훌륭하다는 생각이다. 자기가 훌륭하다고 여기면, 그 이상의 향상이 필요하지 않아 보살을 만날 수 없다. 훌륭하다는 생각으로 감옥을 만들어 그 속에 감금되어 있는 탓에, 해방시켜주려고 찾아온 보살을 남루한 차림의 못난 늙은이라고만 여겼다.

[의상]에서 의상은 불법 수행의 상당한 경지에 이르렀다. 하늘에서 내려주는 음식에 의존하는 정도를 넘어서서, 신장들이 옹위하고 있다고 했다. 그래도 자기는 훌륭하다는 착각에 사로잡히지 않았으며, 향상에 기대를 걸고 천상에 있다는 부처님 사리를 경배의 대상으로 삼으려고 했다. 열심히 노력하는 모범생이고, 신앙을 소중하게 여겨 칭송할 만하다고 할 수 있다.

의상은 [의상과 원효]에서 보살을 만날 수 있었다. 보살이 나타난다는 말을 듣고 온갖 정성을 다해 기도한 덕분에 멀리 아득한 곳에서, 신비로운 자태를 드러내고 있는 숭고의 극치인 보살을 우러러

보게 되었다. 보살이 주는 선물을 받는 영광을 누리고, 보살의 분부를 받고 절을 지었다. 규범이나 질서를 중요시하는 모범을 보인 것을 재확인할 수 있다.

의상에 이어서 원효가 만난 보살은 전연 달랐다고 [의상과 원효]에서 말했다. 보살이 논에서 벼를 베는 여인의 모습을 하고 개짐을 빨고 있었다. 자세를 낮추고 숭고를 부정해야 헛된 관념을 깨고 진리에 이른다는 것을 보여준다고 원효는 알아보았다. 우러러보면서 기도를 하고 찬사를 바치는 대신에 가까이 다가가 농담을 주고받았다. 물을 마시고 싶다고 하니 여인은 개짐 빤 물을 떠주었다. 그 물을 그냥 받아 마셨으면 깨끗하고 더럽다는 분별 의식을 넘어서서 보살의 경지에 이르렀을 것이다. 더러운 물은 더럽다고 여기고 다른 물을 떠서 마셔 원효는 아직 그만큼 모자랐다.

[원효와 혜공]에 등장하는 혜공은 사회 밑바닥에서 사는 무지렁이이고, 기행을 일삼는 말썽꾸러기이다. 무슨 공부를 하고 도를 어떻게 닦았다는 말이 없는데도, 원효를 깨우쳐주는 스승 노릇을 했다. 원효가 경전을 풀이하다가 모르는 것이 있으면 혜공을 찾아가 물었다고 했다. 원효를 깨우쳐주는 방법이 고정관념을 파괴하는 것이었다. 유식에 사로잡히고 논리에 묶여 있는 원효를 풀어주고 이끌어주기 위해, 무식이 유식이고 비논리가 논리라는 충격 요법을 사용했다. 이에 관해서는 자세한 논의가 필요하다.

물고기와 새우를 잡아먹고 돌바닥 위에 대변을 본 것만 해도 충격을 준다. 승려가 살생을 하고, 공중도덕을 어겼다. "네가 눈 똥이 내가 잡은 고기이다"라고 한 것이 무슨 소리인가? 네 것이 내 것이고, 죽은 것이 산 것이고, 더러운 것이 깨끗한 것이고, 있는 것이 없는 것이고, 다른 것이 같은 것이라고 하는 억지소리이다. 구비철학을 응축해 고성능의 폭탄을 만들어, 유식이라고 착각하는 무지를 일거에 날려버리고 분별을 넘어선 궁극의 이치가 드러나게 했다. 개짐 빤 물은 더럽다고 마시지 않은 원효가 한 치 모자라도록 하는 헛된 분별심을 날려버렸다.

혜공은 보살을 만나지 않았다. 보살을 찾지 않았고, 보살이 찾아오지도 않았다고 하고 말 것은 아니다. 혜공에게는 보살이 따로 없다. 삶 자체가 진리이기 때문에 진리를 다른 어디서 찾을 필요가 없다. 미치광이 행세를 하면서 노래를 부르고 다니는 것이 진리의 실현임을 거듭 분명하게 하려고, 죽은 뒤에도 크게 취하여 시장에서 노래하고 춤추었다고 했다.

자장·의상·원효·혜공은 위에서 아래까지 한 층씩 자리를 차지하고 있다. 지체를 보면 자장이 가장 높고 의상이 그다음이고, 원효는 세 번째이고, 혜공은 밑바닥이다. 자장은 가장 높은 경지에 올라가 얻은 신앙의 신비를, 의상은 고명한 스승의 체계적인 교학을, 원효는 못난 스승의 파격적인 자극을 공부의 원천으로 삼고, 혜공은 스스로 깨닫기만 했다.

진실을 알고 실행하는 데서는 역전이 일어나 높은 것은 낮고 낮은 것이 높다. 혜공이 으뜸이고, 원효가 그다음이고, 의상은 그런대로 훌륭하고, 자장은 의심스럽다. 의존에서는 자장·의상·원효·혜공인 순서이고, 자득에서는 혜공·원효·의상·자장 순서로 바뀐다. 좋아 보이는 것과 진실로 훌륭한 것은 반대가 된다고 알려준다.

《삼국유사》를 어떻게 읽고 평가할 것인가? 이것은 학문을 어떻게 해야 할 것인가 하는 것과 같은 질문이다. 자장·의상·원효·혜공의 전례를 오늘날 재현하고 있어 생각을 많이 하게 한다.

이 시대의 자장은 바다 건너가 세계 정상의 공부를 해왔다고 자부하면서, 《삼국유사》를 결점이나 들추는 자료로 삼아 더욱 낡고 한층 초라하게 만든다. 다시 태어난 의상은 《삼국유사》를 멀리서 우러러보고 칭송하면서, 좋다고 하는 말이 지나쳐 나쁜 책이지 않을 수 없게 한다. 원효처럼 접근하면 《삼국유사》와 대등한 관계를 가지고 깊이 소통하면서 막힌 생각을 함께 뚫는 기쁨을 누린다. 혜공이라면 《삼국유사》가 전하는 깨달음을 이미 실행하고 있어 구태여 찾아 읽지 않아도 된다.

자장처럼 하면 수입학의 폐해를 보여줄 따름이다. 자립학을 하려고 하는 의상의 노력은 평가할 수 있으나, 원효의 길에 들어서야 창조학이 가능하다. 혜공은 학자 이상의 시인일 수 있다.

2.6.4. 구비전설

다음에는 구비전설을 든다.[81] 고려 말의 고승 懶翁 이야기가 다음과 같이 전승된다.

(1-A) 나옹의 어머니가 홀로 살았다.
　　　(1-B) 물에 떠내려 오는 외를 먹고 나옹을 잉태했다.
(2-A) 어머니가 관가에 잡혀갔다.
　　　(2-B) 잡혀가는 도중에 나옹을 낳았다.
(3-A) 나옹을 까치소에 버렸다.
　　　(3-B) 날짐승들이 보호해서 나옹이 살아났다.

---

[81] 1977년 8월 경상북도 영덕군 영해면 여러 마을에서 인물전설을 조사하고 《인물전설의 의미와 기능》(영남대학교출판부, 1979)이라는 책을 냈다. 거기 수록하고 고찰한 자료를 간추려 이용한다.

(4-A) 집안이 가난해서 살기 어려웠다.

  (4-B) 나옹은 잘 자랐다.

(5-A) 살아갈 길이 막막했다.

  (5-B) 아무 미련 없이 멀리 떠나가 승려가 되었다.

(6-A) 나옹이 떠나면서 지팡이를 거꾸로 꽂았다.

  (6-B) 지팡이가 자라서 반송이 되었다.

(7-A) 반송이 한 쪽 가지가 죽다가 다 죽었다

  (7-B) 아직 베지 않았다.

조선중기의 異人 南師古 이야기는 다음과 같이 전한다.

(1-A) 남사고는 재질이 총명하고, 뛰어난 스승을 만나 놀라운 도술을 배웠다.

(1-B) 退溪 李滉이 邪術을 배격한다고 했다. 퇴계가 점심 때 보리밥만 드는 것을 보고 잉어를 반찬으로 드렸더니 퇴계는 거절하면서 邪術을 배격한다고 했다. 남사고가 도술로 가져간 잉어를 찾으러 주인이 나타났다.

(2-A) 임진왜란이 일어날 것을 예언하고 대비하도록 했다.

(2-B) 할 일이 없어, 도술 장난을 하면서 소일했다. 참외장사가 참외를 팔러 가지고 가는 것을 보고 하나 달라고 하니 주지 않았다. 참외 씨만 하나 달라고 하고서는 받아서 땅에 심으니, 참외 덩굴이 뻗고 열매가 열렸다. 그 참외를 따서 참외장사와 함께 실컷 먹었다. 남사고가 간 뒤에 보니 참외장사의 참외가 다 없어졌다.

(3-A) 명당자리를 골라주어 많은 사람이 잘되게 했다.

(3-B) 자기 아버지 무덤은 九遷十葬했어도 끝내 실패했다. 열 번째 자리는 飛龍上天 자리인 줄 알았는데, 일꾼들이 노래하는 말

을 듣고 다시 보니 枯蛇掛樹였다. 남사고는 그 자리에서 피를 토하고 죽었다.

나옹과 남사고는 범속하게 살아가지 않은 것이 같다. 있는 그대로의 상태에서 벗어나 있어야 할 것을 추구하고자 하면 어떻게 해야 하는지 말해준다. 그러면서 자세나 지향하는 바가 반대가 된다.

나옹은 불행하게 태어나 버림받았으나 도움을 받아 살아나고 많은 것을 이루었다. '영웅의 일생'을 보여준 가장 미천한 주인공이고, 이룬 것이 투쟁의 영웅과는 정반대이다. A의 불운이 줄곧 B의 행운으로 전환되었다. 가능성이 열려 있는 방향으로 나아갔다. 멀리 떠나가 마음을 비우고 널리 혜택을 베푸는 도를 닦았기 때문이다. 나옹의 가르침은 오늘날까지 살아 있다.

남사고는 좋은 조건에서 잘 출발하고 스스로 노력해 대단한 경지에 이르렀다. 장래가 보장된 것 같았으나, A의 행운이 줄곧 B의 불운으로 전환되었다. 비참하게 죽고 말았다. 남을 원망할 것이 조금도 없으며, 이유가 오직 자기 자신에게 있다. 자기만 특별히 잘났다고 여기고, 욕망을 최대한 충족시키려고 정도에서 벗어나고, 비상한 능력을 남다르게 발휘하고자 했기 때문이다. 자만을 경계하고, 지나치면 망한다는 교훈을 남겼다.

우리는 어느 쪽을 택할 것인가? 이 질문에 대한 대답은 명백하다. 나옹의 길을 택해야 한다고 이구동성으로 누구나 쉽게 대답할 수 있다. 말이 쉬운 것만큼 실행은 어렵다. 아무 미련 없이 떠나가고, 마음을 비우는 것은 뜻한 대로 되지 않는다. 자기는 남다르게 특별한 노력을 한다면서 나옹의 길을 남사고의 방법으로 가려는 것을 흔히 볼 수 있다. 절충은 무익하고 유해하다. 사리를 분명하게 가리고 단호한 결단을 내려야 한다.

현지에서 조사한 전설을 하나 더 든다.[82] 水雲 崔濟愚가 아버지
近庵 崔鋈, 친척인 畏窩 崔琳과 밀접한 관련을 가지고 살아가다가
동학을 창건하게 되었던 것을 알아냈다. 세 사람을 두고 하는 이야
기가 좋은 대조를 보여주는 것을 발견했다. 대표적인 사례를 하나
씩 든다. 최제우 이야기는 여럿을 합쳐 축약한 것이다.

> 近庵公은 과거를 보러 서울에 아홉 번 가도 급제하지 못했다. 한
> 강 둑에 나와 울고 있으니 빨래하는 할미가 말했다. "영남의 최옥은
> 아홉 번 낙방하고도 말없이 돌아갔는데, 왜 울고 있는가?" 이 말을
> 듣고 자기 이름이 그만큼 났으면 되었다고 하고 떠나왔다.

> 畏窩公은 異人이지만 능력을 드러내지 않고 숨어 지냈다.[83] 먹을
> 것이 없다고 아내가 불평을 심하게 하니, 밖을 내다보라고 했다.
> 마당에 쌀가마니가 그득하게 쌓여 있었다. 아내가 헐어서 한 되로
> 밥을 짓고 나니, 쌀가마니가 다 없어졌다. 당황해 하는 아내를 위로
> 하면서 말했다. "들판에 널려 있는 落穀(낙곡)은 새들이 먹을 것이
> 어서, 거두어들였다가 다시 보냈다. 우리가 먹으면 새들은 굶으니,
> 어려운 대로 견디자."

> 水雲先生은 庶子로 태어나 천대받고 자랐다. 사방 돌아다니면서

---

82 1980년 12월 경상북도 경주시 현곡면 가정리 일대에서 東學 창건과 관련된 이야기를
  조사하고 써서낸 책이 《동학 성립과 이야기》(홍성사, 1981; 모시는 사람들, 2011)이
  다. 그 내용의 일부를 가져와 재론한다.
83 崔琳은 崔濟愚의 친척이고 득도해 동학을 이룩하는 데 도움이 되었다고,《동학 성립
  과 이야기》에서 밝혀 논했다.

공부를 하다가 天書를 얻어 술법을 터득하고 세상을 놀라게 했다. 나라에서 역적이라는 이유로 죽이려고 해도 잡히지 않았다. 때가 되었다고 하고 스스로 죽음을 받아들였다.

수운선생 최제우는 최옥처럼 살 수 없었다. 처지가 庶子이므로 과거에 낙방을 거듭 한 것으로 이름이 났다고 하는 정도의 안주도 허용되지 않았다. 특단의 노력을 해서 도술을 터득한 것이 최림과 같으나, 그 성격이 아주 다르다.

최림의 도술은 異人이면 으레 갖추는 것이고 특별한 무엇이 아니다. 개인의 능력에 지나지 않고, 누구와 공유할 것도 아니다. 무리를 하지 않는다면 실제로 아무 소용이 없다. 예외자의 고독이 절감되게 하는 구실이나 한다. 최제우가 東學이라고 일컫은 도술은 세상을 놀라게 해서 바꾸어놓으려고 하는 것이다. 누구나 함께 나서자고 널리 펴다가 역적이라고 지목되었다. 잡혀서 죽게 되는 것이 불가피한 줄 알고 순순히 응낙했다.

최제우의 죽음이 종말은 아니고 새로운 시작이어서, 동학의 교세가 크게 일어나 일세를 풍미했다. 최옥은 한 시대가 끝나는 모습의 일단을 보여주면서 희망이 없다는 것을 알렸다. 최림은 끝나는 시대를 개인적인 노력으로 바꾸어놓은 것은 불가능하다고 입증했다. 최제우는 역사가 거대한 전환을 거쳐 다시 시작해야 한다고 말해주었다. 죽음을 받아들여 말하는 바를 더욱 분명하게 했다.

최옥·최림·최제우는 시대 전환의 단계를 말해주는 역사철학적 의의를 지닌다고 할 수 있다. 구시대에는 희망이 없다. 구시대의 어느 측면을 개인의 별난 노력으로 변혁시키려고 하는 것은 무의미하다. 이런 단계를 지나 거대한 변화가 일어난다. 새로운 시대가 주창자의 희생을 계기로 동참자가 대폭 늘어나자 놀라운 모습을 드러낸다.

2.6.5. 민담

민담 자료도 현지조사에서 얻어 고찰한 것들을 재론한다. 앞에서 든 둘은 1970년 1월 경상북도 청송군 청송면 청운동에서 조사했다.[84] 뒤의 셋은 1980년에 여러 차례 경상북도 영덕군 창수면, 달산면 일대에서 조사해 보고하고, 고찰의 대상으로 삼기도 했다.[85]

[가1] 어떤 가난한 사람이 한겨울에 나무를 하러 갔다. 벼랑 밑에 童參이 있는 것을 발견했으나, 내려갈 수 없었다. 이웃 사람이 도와주겠다고 하고, 밧줄에 달아맨 소쿠리를 타고 내려가라고 했다. 먼저 동삼을 캐서 올려 보냈다. 소쿠리가 다시 내려오지 않아 위로 올라갈 수 없었다. 이시미가 나타나 나무꾼을 등에 태우고 위로 올라가고, 마음씨 나쁜 이웃사람을 물어 죽였다. 나무꾼은 큰 부자가 되어 잘 잘았다.

[가2] 어떤 부인이 임신을 하고 꿩을 먹고 싶어 했다. 마침 꿩이 있어 먹었는데, 이시미가 잡아놓은 것이었다. 그 꿩을 먹고 낳은 아들이 장가를 갈 때 이시미가 나타나 잡아먹겠다고 했다. 신부가 나서서 신랑이 죽으면 자기는 살 수 없으니 살려 달라고 했다. 이시

---

84 제보자는 임남홍(여, 당시 70)이었다. 조사한 자료를 〈민담구조와 그 의미〉, 《구비문학의 세계》(새문사, 1980)에서 보고하고 고찰했다.

85 자료를 《한국구비문학대계》 7-6(한국정신문화연구원, 1981)에 수록해 보고하고, 〈잘 되고 못 되는 사연의 분류 체계〉, 《한국설화와 민중의식》(정음사, 1985)에서 고찰했다.

미는 무슨 소원이든지 들어준다는 야광주를 주고 먹고살라고 했다. 신부는 야광주를 이용해 이시미를 죽이고 신랑을 살려냈다.

[나1] 형제가 얻어먹으러 다녔다. 형은 용심이 많아 연기 많이 나는 집으로 가고, 아우는 연기 조금 나는 집으로 보냈다. 연기 많이 나는 집에서는 빨래를 삶고 있었다. 연기가 조금 나는 집에서는 떡을 하고 있었다. 아우는 어느 집 다락에 가 있다가 도깨비들이 두고 간 방망이를 얻어 부자가 되었다. 이 말을 듣고 형도 가니, 도깨비들이 방망이를 훔쳐간 놈이라고 생식기를 길게 늘였다.

[나2] 형제가 소금을 팔러 다니는데 잘 팔리지 않았다. 도깨비가 동생이 지나가는 길에 깨금을[86] 떨어뜨리니 "첫째 것은 자식 주고, 둘째 것은 아내 주고, 셋째 것은 내가 먹겠다"고 했다. 도깨비가 기특하게 여겨 방망이를 주고 갔다. 도깨비가 형이 지나가는 길에도 깨금을 떨어뜨리니 "첫째 것은 내가 먹고, 둘째 것은 아내 주고, 셋째 것은 자식 주겠다"고 했다. 도깨비가 나쁜 놈이라고 하고, 형의 생식기를 길게 늘였다. 어느 노파가 고추장을 쑤는 것을 보고, "내 좆에도 다 바르지 못할 정도이다"고 했다. 노파가 화가 나서 "어디 해보라"고 했다. 생식기에도 다 바르지 못한 고추장을 가지고 다니면서 허기를 달랬다.

[나3] 형제가 밥을 얻어먹으면서 살았는데, 형이 아우를 미워해 눈을 한 짝 깠다. 꿈에 나타난 노인이 시키는 대로 개울물로 씻으니 나았다. 아우가 빈 집 다락에 올라 있으니 도깨비들이 나타났다. 깨금을 떨어뜨리자 도깨비들이 놀라 달아났다. 두고 간 방망이를

---

86 '깨금'은 개암나무의 열매이다. 가을철 한가위 즈음하여 산에 가면 볼 수 있으며 맛이 고소하다. 겉껍질을 벗기면 작은 도토리와 비슷한 것이 나온다.

얻어 아우는 부자가 되었다. 이 말을 듣고 형도 했더니, 도깨비들이 방망이 훔쳐간 놈이라고 두들겨 패고 생식기를 늘였다. 생식기가 아주 큰 여자를 만나 함께 살면서, 두 사람 생식기로 사냥을 해서 먹고 살았다.

이런 것들은 사람과 異物의 관계에 관한 이야기이다. 사람이 어떤 존재인지 알려면 사람이 아니면서 생각하면서 움직이는 다른 존재인 異物이 필요하다. 그런 異物과의 비교를 통해 사람이 어떤 존재인지 말하는 것이 사람에 대한 논의를 그 자체로 전개하는 것보다 훨씬 좋은 방법이다.

사람과 異物의 관계를, 개념을 규정하고 논리를 전개하는 방식으로 고찰하면 말이 난해하고 번다하기만 하고 적실한 맛이 없다. 異物에 관한 실감나는 논의를 전개하는 것이 철학에서 하는 통상적인 글쓰기에서는 가능하지 않다. 異物을 무어라고 할 것인가? 용어를 찾고 개념을 규정하는 첫 단계 공사에서부터 난관에 봉착해 쩔쩔매다가 지쳐서 그만두게 된다.

위의 이야기에서처럼, 사람과 관련을 가지는 異物을 '이시미'라고도[87] 하고 '도깨비'이기도 하다고 하면, 쉬운 말로 뜻을 분명하게 나타낸다. 고명한 철학자는 너무 유식해 하지 못하는 작업을, 무식하기만 한 시골 아낙네들이 조금도 어렵지 않게 해낸다. 한문이나 산스크리트 같은 고전어를 사용하는 권위 있는 글쓰기에서는 가능하지 않은 기적이 누구나 하고 듣는 말에서는 일어난다.

---

87 '이시미'는 '이무기'의 방언이다. 내가 조사한 자료는 경북의 것이라 '이시미'라고 하고 '이무기'라고 하지 않아 그대로 둔다.

사람은 이시미나 도깨비 같은 異物과 어떻게 같고 다른가? 양쪽 다 살아 움직이고 생각하는 것은 같다. 다른 점은 사람이 어떤 존재인지 구체적으로 알도록 한다. 사람이 자기 자신에 대해 스스로 성찰하는 것이 가능하지 않아, 이시미나 도깨비 같은 異物과의 비교가 필요하다.

異物과의 비교고찰을 개념과 논리로 이루어진 사변적인 언술로 하려고 하면 철학 글쓰기의 과오를 되풀이한다. 이시미나 도깨비가 사람과 어떤 관련을 가지고 어떤 사건이 벌어지는지 알려주는 흥미로운 이야기보다 더 좋은 방법은 없다. 이야기로 전개하는 구비철학이 최상의 철학이다.

사람과 관련을 가지는 異物은 기본 성격이 일정하지 않다. 사람과 적대관계일 수도 있고, 그렇지 않을 수도 있다. 사람처럼 살고 죽는 生物일 수도 있고, 형체는 보이지만 실체를 알 수 없는 精靈일 수도 있다. 앞의 특징을 가진 이시미, 뒤의 특징을 보여주는 도깨비, 이 둘의 이야기가 흔히 있다. 위에서 이시미 이야기 둘, 도깨비 이야기 셋을 본보기로 들었다.

사람들 사이에서 경쟁관계가 부당하게 전개될 때에는 잘못을 바로잡는 초월적인 힘이 있어야 한다. 이시미가 그 임무를 맡는다고 [가1]에서는 이야기한다. 사람이 악한 것을 이시미가 징치하고 바로잡으니, 부끄러운 줄 알고 깊이 반성해야 한다.

이시미가 선량하다고 하는 것은 편의상의 기대이고 가정이다. 사람과 생존을 위해 경쟁하는 관계인 것이 이시미의 진면목이다. 월등한 힘을 가지고 사람을 위협해도 굴복하지 않으려면, 이시미에게는 없는 사람 특유의 힘인 지혜를 발휘해야 한다. [가2]는 이런 말을 하는 이야기이다.

　[가1]과 [가2]는 사람과 이시미의 관계를 이야기하기만 하지 않고, 사람이 겪는 '고난'과 '행운'의 관계를 말해주기도 한다. [가1]은 '고난'에서 시작하고 '행운'으로 끝난다. [가2]는 '행운'에서 시작하고 '고난'으로 끝난 것 같다가 '행운'에 이른다. 사건 전개가 '행운'으로 끝나는 것은 낙관적 세계관의 구현이라고 할 수 있다.

　낙관적 세계관을 일관되게 보여주는 것이 민족의 성향이나 구연자들의 의식이라고 설명하는 것은 적절하지 않다. 고찰의 시각을 바꾸어, 이것은 민담의 특징이라고 보는 것이 타당하다. 민담과 전설은, 자아 민담적 가능성이 낙관적 세계관으로 나타나고, 세계의 전설적 횡포가 비관적 세계관을 보여주는 것이 상이하다.[88]

　'불운'과 '행운'의 관계가 이야기의 일관된 내용이다. '불운'은 '뜻밖의 행운'으로, '행운'은 '뜻밖의 불운'으로 역전된다. 그 과정이 [가1]과 [가2]에서 서로 대조가 되게 나타났다.

　　[가1]
　　'불운': 한겨울에 나무를 하러 갔다.
　　'뜻밖의 행운': 童參을 보았다.
　　'불운': 童參을 캘 수 없었다.
　　'뜻밖의 행운': 이웃 사람이 도와주었다.
　　'불운': 위로 올라갈 수 없어 죽게 되었다.
　　'뜻밖의 행운': 이시미가 살려주고, 이웃 사람을 처단했다.

---

88 〈자아와 세계의 관계에 대한 전설적 설문〉, 《한국문학의 갈래이론》(집문당, 1992)에서 시작한 논의가 여기까지 이르렀다.

[가2]
'행운': 꿩을 구해 먹고 아들을 낳았다.
'뜻밖의 불운': 그것이 이시미의 꿩이었다.
'행운': 아들이 장가갔다.
'뜻밖의 불운': 이시미가 장가가는 아들을 잡아먹겠다고 했다.
'행운': 신부가 신랑을 살리겠다고 나섰다.
'뜻밖의 불운': 이시미가 살려주기를 거절했다.
'행운': 신부가 지혜를 발휘해 이시미를 죽였다.

'불운'에는 '뜻밖의 행운'이, '행운'에는 '뜻밖의 불운'이 따르는 것은 이야기를 재미있게 하는 역전만이 아니다. 살아가는 과정이고, 현실의 변화이고, 역사의 전개이다. 한쪽으로 나아가는 것이 지나치면 반대로 선회하지 않을 수 없는 生克 철학의 구현이다. [가1]과 [가2]에서 그 실상을 놀랄 만큼 생생하게 보여준다.

도깨비는 사람과 경쟁관계가 아니다. 사람들 사이의 경쟁관계가 지나치면 어떤 결과에 이르는지 도깨비가 보여준다. 도깨비의 개입을 보고 충격을 받아, 사람이 무엇을 잘못하고 있는지 심각하게 반성해야 한다.

경쟁은 차등에서 생긴다. 이미 우월한 쪽이 더욱 우월한 위치를 차지하려고 무리를 해서 낭패를 보게 된다. 낭패를 보게 된 것을 스스로 알아차린다고 하면 결말이 너무 미약하다. 열등한 쪽이 반격을 했다고 하면 차등은 반대가 되어 해결해야 한다고 오해를 하게 된다. 도깨비가 개입해 미약한 것을 분명하게 하고, 오해를 막는다.

차등 관계인 양쪽을 형제라고 했다. 형제를 들어 말하면, 가까이 있는 두 사람의 차등이 의심할 바 없이 분명하다. 형은 차등을 더 크게 하려고 하다가 망하고, 아우는 형을 알뜰하게 섬기고자 한다. 이런 아우에 대한 형의 가해는 정상이 아님을 도깨비가 개입해서 분명하게 보여주는 것이 기본 설정이다. 도깨비가 형의 생식기를 확대했다는 것은 징벌이 지나치지 않으면서 비정상임을 알리는 효과가 크다. 웃음을 자아내고 친근감을 가지도록 하는 낙관적 세계 인식의 큰 틀 안에서 시비할 것을 시비한다.

사건 전개가 각박하지는 않다. [나1]에서 연기가 적게 나고 많이 나는 집을 찾아간 탐욕의 차이가, 도깨비 방망이를 얻기도 하고 얻지 못하고 봉변만 당한 그 뒤의 전개와 느슨하게 연결되었다. [나2]에서는 도깨비가 깨금을 떨어뜨려 형제의 마음씨를 시험했다. 도깨비의 징벌을 받아 생식기가 커진 형을 심하게 나무라지 않고 흥미로운 행적을 보여주었다. 여유를 가지고 살아가자는 말이다.

[나3]에서 형은 아우의 한 쪽 눈을 까는 심한 악행을 저지르고, 징벌은 그리 크게 받지 않았다. 꿈에 나타난 노인이 아우의 눈을 낫게 했을 따름이고, 형을 문책하지는 않았다. 도깨비들이 아우에게 마술 방망이를 주고, 형은 생식기가 늘인 것이 최종 결말이 아니다. 생식기가 아주 큰 여자를 만나 생식기로 사냥을 해서 먹고 살았다고 한 것이 기발하다. 악인도 자기 나름대로 살아갈 권리가 있다고 하면서, 窮則通의 원리를 말해준다고 할 수 있다.

이 여러 이야기에서 도깨비는 호기심을 자아내는 장난꾸러기고, 무서운 귀신과는 거리가 멀다. 사람들 사이의 차등이 부당하게 확대되어 피해를 자아내지 않도록 제어하는 구실을 한다. 도깨비가 있다고 가정하고 모습이나 행적을 상상하면 사람이 얼마나 각박하게 살아가는지 되돌아보고 반성할 수 있다. 도깨비 이야기가 사람 이야기이다. 사람만 등장시키면 할 수 없는 말을 도깨비 덕분에 쉽고 재미있게 한다.

　도깨비는 마술 방망이를 가졌다고 부러워하기만 할 것은 아니다. 방망이를 두고 가기 도 해서, 누구나 이용할 수 있다. 깨금이라고 하는, 산뜻하고 단단한 느낌을 주는 야생 견과를 정체가 모호한 도깨비와의 접점으로 삼아 흥미를 보탠다. 생식기 확대로 징벌로 삼는다는 것은 끔찍한 상상이다. 상상력이 살아 있어 재미있는 이야기를 지어내면 인생은 따분하지 않고 행복하다고 말해준다.

3. 심화 시도

　지금까지 한 작업은 여러모로 미흡하다. 〈총괄 논의〉에서 제시한 과제를 일부만 대당 감당하는 데 그쳤다. 〈개별적 고찰〉을 문학의 영역에서 철학 읽기를 시도하다가, 피상적인 논의에 그치고 깊이가 모자란다. 분야를 안배하고 균형을 맞추려고 하다가 내실이 부족한 서술을 하고 말았다.

　이미 이루어진 연구 성과를 재활용한 것이 적지 않아, 더욱 미흡하다. 논의를 심화하는 것이 새로운 과제로 등장한다. 이 과제는 엄청나게 많다. 《한국문학통사》와 《세계문학사의 전개》를 몇 갑절 늘여 다시 써도 감당할 수 없다. 모두 말하겠다는 마상을 버리고, 몇 가지 본보기를 보이는 데 그칠 수밖에 없다.

　그것마저도 완성에 이르지 못하고, 어느 정도까지 나아가 길을 열고 방향을 제시하는 것으로 일단 만족한다. 자료 선택, 문제 제기, 논의 방식을 되도록 다양하게 하려고 노력한다. 속담, 설화, 서정시, 문학사의 심층, 수난에서 각성을 얻는 문학을 본보기로 들어 새로운 고찰을 한다.

　문학 속의 자득 철학이 천진함과 자연스러움을 손상 없이 간직하고 있어 가장 소중한 철학이다. 〈총괄 논의〉에서 이렇게 한 말을 다시 한다. 〈개별적 고찰〉에서 증거를 제시하고 설득력 있는 논의를 전개하고자 한 것이 많이 모자라 여기서 분투하지만, 만족스러운 성과를 얻을 수는 없다고 미리 말한다. 〈심화 시도〉가 적절한 표제이다.

문학이 자득 철학의 천진함과 자연스러움을 손상 없이 간직하고 있는 사실을 알리는 데 힘을 기울여야 하고, 그 철학을 철학으로 정리하는 작업의 진척은 기대하기 어렵기 때문이다. 이것은 작업 시간이나 서술 지면이 모자라는 탓이 아니고, 근본적인 이유가 있다. 자득 철학의 천진함과 자연스러움을 옮겨 정리할 용어나 논리가 마련되어 있지 않아 더 나아가지 않는다.

알아들을 수 있게 하려고 기존 철학을 가져와 정리하면 소중한 발견이 사라지고 무효가 된다. 기존의 철학을 비판하고 쇄신하는 작업을 기존의 철학에 의거해 하는 것은 부당하므로 보류하는 것이 당연하다. 문제 발견을 의의로 삼고, 해답은 함께 힘써서 찾아내자고 한다. 문제가 중대하고 심각한 줄 알고 분발하면 철학 자득의 수준과 성과가 획기적으로 개선된다. 이렇게 말하는 것이 무책임하다고 나무라지 말고, 가상하다고 평가해주기 바란다.

이 대목에서 본론을 제시할 것 같이 하고, 시작하다가 만다. 문제를 제기하고 과제를 명시하는 서론 재확인을 성과로 삼는다. 뒤를 잇는 책 둘이 미진한 작업을 감당하지 않고, 다른 작업을 한다. 유한한 시간에 무한한 노력을 하는 것이 어리석은 줄 알고, 가능한 작업을 슬기롭게 선택한다.

3.1. 속담의 논리구조

3.1.1.

속담, 설화 같은 구비문학은 철학을 지니고 있어 구비철학이기도 하다. 그 전승과 재창조에 참여하면서, 누구나 철학을 한다. 철학은 철학자라야 하고, 철학자는 따로 있다고 하는 것은 부당한 주장이다.

구비철학은 기록철학의 원천이면서, 항상 살아 있어 고정된 내용의 기록철학보다 앞서 나아갈 수 있다. 기록철학만 소중하게 여기지 말고, 구비철학을 진지한 관심의 대상으로 삼고 힘써 연구해야 한다. 구비철학 탐구가 철학의 진로를 타개할 수 있다.

구비철학이 어떤 것인지 논리구조에서 분명하게 밝힐 수 있다. 구비철학의 논리는 형식논리가 아니고 실상논리이다. 실상을 집약하고 표출하는 작업이, 형상과 논리를 하나로 하는 방법으로 이루어진다. 흥겨워하면서 생각을 가다듬게 한다.

형상은 총체적으로 파악해야 하고, 논리는 구조 분석을 필요로 한다. 앞의 작업은 구비문학연구에서 늘 해온 것을 확인하고, 더 잘하도록 힘써야 한다. 구비철학의 논리구조는 여기서 분석을 시작하면서, 가슴 설레고 기대에 차 있다.

우선 속담을 고찰한다. 속담은 구비문학의 갈래 가운데 가장 짧고, 짧을수록 더 좋다. 생생한 형상이 선명한 논리구조를 갖추어 강력한 인상을 준다. 비유로 널리 사용되어 쓰임새가 대단하다. 구비문학의 논리구조를 속담이 집약해 보여준다. 이것을 분석하면 논리 탐구가 크게 진전된다. 갖가지 혼란을 정리하고 사고를 가다듬는 지침을 얻을 수 있다.

속담에 대해 초보적인 해설이나 하고 마는 것은 잘못이다. 속담을 하나씩 살피지 않고 상호관계를 밝혀야, 상식을 넘어서는 연구를 한다. 속담의 논리구조가 연구를 탁월하게 하도록 하는 지침인 것을 알고 받아들여야 한다.

3.1.2.

"하룻강아지 범 무서운 줄 모른다"는 속담을 본보기로 들어보자. 말로 그린 그림이 충격을 오래 남기고 잊히지 않아, 뛰어난 형상이라고 할 수 있다. 이에 대한 논의는 문학연구의 소관이다. 논리는 "하룻강아지"라는 앞의 말과 "범 무서운 줄 모른다"는 뒤의 말이 어떤 관계인가 하는 데 있다. 이것은 철학에서 고찰해야 할 과제이다.

"물이 깊어야 고기가 모인다"는 것과 "하룻강아지 범 무서운 줄 모른다"는 것은, 둘 다 전후반 두 부분으로 이루어져 있으면서 양자의 관계가 다르다. 전후반이 "물이 깊어야 고기가 모인다"에서는 당연하게 이어지는 順行, "하룻강아지 범 무서운 줄 모른다"에서는 반대인 듯이 보여 逆行의 관계를 가진다. 順行과 逆行이 대조를 이루고, 順行도 逆行도 그 내부에 대조를 이루는 층위가 여럿 있다. 이런 것이 논리구조이다.

구비철학의 논리구조는 다시 말하면, 順行이냐 逆行이냐 하는 표층과, 順行도 逆行도 다양하게 구현되어 있는 심층을 갖춘다. 표층은 단순한 편이어서 이해하기 쉽고, 심층은 복잡하게 얽혀 갈피를 잡기 어렵다. 심층을 다 알려면 모든 자료를 검토하는 것만으로는 부족하고, 무한한 가능성을 추적하기까지 해야 한다.

설화까지 다루면 작업의 분량이 상상할 수 없을 만큼 늘어난다. 불가능을 탐내다가 좌절하면 어리석다. 할 수 있는 일만 하면 된다. 여기서 하는 작업은 몇몇 본보기를 들어 어떤 작업을 해야 하는지 시험 삼아 말하는 것이다.

3.1.3.

順行의 본보기를 추가하고, 번호를 붙인다.

> 順1 물이 깊어야 고기가 모인다.
> 順2 말을 잘하면 천 냥 빚도 갚는다.
> 順3 콩 심은 데 콩 나고, 팥 심은 데 팥 난다.
> 順4 가루는 칠수록 고와지고, 말은 할수록 거칠어진다.

順1은 전반에서 적절한 조건이 갖추어져야, 후반에서 좋은 결과를 얻는다는 말이다. 順2는 전반에서 적절한 조건을 노력해 만들면, 후반에서 기대 이상의 성과를 얻는다는 말이다. 전반에는 수동과 능동의 차이가 있고, 후반에는 나타나는 결과가 작고 큰 것이 다르다.

順3과 順4에서는 전후반의 대조가 두 사례에 있다. 順3은 둘이 같은 것을 확인하는 대조이다. 順4는 둘이 다른 것을 확인하는 대조이다. 둘이 같은 것을 확인하는 대조는, 후반에서 逆行이 이루어질 수 있는 헛된 기대를 가지지 말라고 하기 위해 필요하다. 둘이 다른 것을 확인하는 대조는 전반의 차이를 무시하지 말아야 한다고 경고하기 위해서 필요하다.

順1은 平行 순리, 順2는 上乘 순리라고 일컬을 수 있다. 順3은 同質 순리, 順4는 異質 순리라고 구분할 수 있다. 이 넷이 순리의 네 하위유형이라고 할 수 있다.

3.1.4.

逆行의 본보기를 추가하고, 번호를 붙인다.

逆1 하룻강아지 범 무서운 줄 모른다.
逆2 사공이 많으면 배가 산으로 간다.
逆3 달도 차면 기운다.
逆4 까마귀 날자, 배 떨어진다.

逆1은 결핍(−)이 충족(+)으로 바뀌는 역전이다. 하룻강아지는 인지 능력이 결핍되어 있으므로, 어미 개는 무서워하는 범을 무서워하지 않는 대담함이나 대범함이 있다. 단점이 장점이 된다. 逆2는 충족(+)이 결핍(−)으로 바뀌는 역전이다. 사공이 많은 것은 좋은 일이지만, 각기 다른 방향으로 노를 저어 배가 산으로 가는 차질이 생긴다. 장점이 단점이 된다. 지나치면 그 반대가 되는 역행의 원리가 양쪽에 공통되게 있으면서 상이한 방향으로 작동한다. 逆1은 上昇 역행이고, 逆2는 下降 역행이다. 이 둘이 逆行의 기본구조를 이룬다.
逆3에서는 지나치면 반대가 되는 역행이 순행인 것처럼 진행된다. 역행이 순행이고, 순행이 역행이어서, 순행과 역행이 둘이면서 하나이고, 하나이면서 둘인 것을 말해준다. 이것은 순행과 역행을 연결시키는 고리이고, 順逆行이라고 일컬을 수 있다.

逆4는 위의 셋과 다르다. 전반과 후반이 어떤 관계가 있는지 알기 어렵다. 까마귀가 나느라고 나뭇가지를 흔들어 배가 떨어졌는지, 두 사건이 동시에 일어난 것은 우연의 일치인지 말할 수 없다. 順理도 逆理도 아니고, 이치가 사라져서 切理라고 해야 할 것 같다. 세상에 이런 것이 많아, 탐구의 대상으로 해야 한다.

切理에서 이치가 아주 사라졌는지 의문이다. 보이는 것이 진상이 아닐 수 있다. 알지 못하는 이치가 숨어 있을 수 있다. 順理나 逆理는 近理이고, 切理로 보이는 것은 遠理가 아닌가 하는 의문을 가지고 탐구를 확대할 필요가 있다.

3.1.5.

逆行은 順行보다 외연이 넓고 내포가 복잡하다. 논의가 많이 필요하다.

> 서당 개 삼 년에 풍월을 읊는다.
> 쥐구멍에도 볕들 날이 있다.

이 둘은 逆1 결핍(−)이 충족(+)으로 바뀌는 역전이다. 단점이 장점이 되는 역전이 일어나지 않고, 역전을 상상한다. 개나 쥐가 사람과 대등하게 될 수 있으니 무시하지 말라고 한다. 개나 쥐가 무시당하고 있는 사람일 수도 있다. 그러면서 대등이, 앞의 것에서는 대등이 노력에 의해, 뒤의 것에서는 행운에 의해 이루어지는 것은 다르다.

빛 좋은 개살구.
소문 난 잔치에 먹을 것 없다.

이 둘은 逆2 충족(+)이 결핍(-)으로 바뀌는 역전이다. 충족과 결핍이 선후가 아닌 표리 관계이다. 감추어져 있던 이면 결핍의 출현이 역전이다. 앞의 것에서 "빛 좋은"이라는 충족은 완벽하지만, "개살구"라는 말이 역전을 암시한다. 결핍이 "멋이 없다"인 줄 누구나 알기 때문에 생략되어 있다. 속담은 짧을수록 좋다는 것을 재확인할 수 있다. 뒤의 것에서는 "소문 난"이라는 충족이 완벽하지 않고, 소문이 난 것은 실상과 다르게 마련이므로 역전의 암시한다. 이해하기 쉬워 범속하다고 할 수 있으나, 비유로 널리 쓰인다.

빈대 잡다가 초가삼간 다 태운다.
약삭빠른 고양이 밤눈 어둡다.

이 둘도 逆2 충족(+)이 결핍(-)으로 바뀌는 역전이다. 충족에 비해, 충족을 역전시키는 결핍이 너무 크다. 앞의 것에서는 그런 역전의 이유가 실수이다. 실수의 이유는 과욕이다. 뒤의 것에서는 역전을 일으키는 실수는 없다. 약삭빠른 것이 미워 밤눈 어두운 역전이 일어나게 되어 있다고 말한다.

3.1.6.

모로 가도 서울만 가면 된다.
가지 많은 나무에 바람 잘 날 없다.

앞의 것은 逆1 결핍(−)이 충족(+)으로 바뀌는 역전이다. 모로 가면 잘못되게 마련인데, 어쩌다보면 서울 가려고 하는 목적을 달성해 잘된다고 한다. 뒤의 것은 逆2 충족(+)이 결핍(−)으로 바뀌는 역전이다. 가지가 많아 자랑스러운 번영이나 풍요가 바람 잘 날 없는 수난을 가져와 고통스럽게 한다는 말이다.

이 둘은 어떤 관계인가? 아무렇게나 하다가 우연한 행운을 얻는 것과 자세를 높여 우뚝하게 잘하려고 하면 불운이 필연적으로 닥치는 것은 "까마귀 날자 배 떨어지는" 관계라고 하기는 어렵다. 민담과 전설이 갈라져 맞물리게 하는 특징을 보여준다. "달도 차면 기우는" 역전이 반대로 진행된다고 하면 무리한 논단이다.

앞의 것과 비슷한 속담은 찾기 어렵다. "빰을 맞아도 금반지 낀 손에 맞는다"는 것은 충족이 너무 초라하다. 뒤의 것에서 하는 말은 기발하게 변형된다. "천석군은 천 가지 걱정, 만석군은 만 가지 걱정"에서 "계집 둘인 놈의 창자는 호랑이도 안 먹는다"까지 진폭이 아주 넓다. 이것은 무슨 까닭인가?

3.1.7.

逆4 切理에 해당하는 것들을 더 들고 고찰해보자.

馬耳東風.
쇠귀에 經 읽기.

둘 다 앞뒤가 연결되지 않아 切理이다. 말의 귀는 東風이 분다는 말을 듣지 못하고, 아무 관심도 없다. 쇠귀에 대고 經을 읽는 것도 마찬가지인데, 공연한 짓을 일부러 해서 切理를 확인한다. 이 둘에서는 切理가 무의미한 것이 아니고, 마소와 사람은 관심사가 다르다는 징표이다. 이런 切理는 논리의 하나이고, 소중한 구실을 한다.

공든 탑이 무너지랴.
공든 탑이 개미 구멍에 무너진다.

이 둘은 정반대의 말을 하는 것 같다. 주장하는 바를 서로 무너뜨리는 切理의 관계를 가진다고 할 수 있다. 말을 하는 상황이 다른 것을 알아차리면, 그렇지 않다고 해야 한다.

"공든 탑이 무너지랴"는 노력하면서 가지는 의지를 말한다. "...지랴"라는 반문을 주목해야 한다. "공든 탑이 개미 구멍에 무너진다"는 그 뒤에 생겨나는 사실을 말한다. "...이다"라는 서술을 주목해야 한다. 의지와 사실은 일치할 수 있지만, 상반되는 경우가 더 흔하다.

이 둘은 의지와 사실의 상반을 말해주는 논리로서 소중한 의의가 있다. 뜻한 바가 있으면 실현을 위해 의지를 가지고 노력하지만, 나타나는 결과는 기대한 것과 다를 수 있다. 이렇게 깨우쳐주면서, 행동의 지침이 되는 논리를 제시한다.

올라가지 못할 나무는 쳐다보지도 말아라.
열 번 찍어서 안 넘어가는 나무 없다.

이 둘은 완전히 상반되어 切理이기만 하다고 할 것인가? 나무에 올라간다는 것과 나무를 넘어뜨린다는 것이 달라, 재고의 여지를 남기고 있다. 비교고찰을 면밀하게 해야 얻어내는 것이 있다.

나무에 올라가는 것은 꼭 해야 하는 일이 아니고, 어렵고 위험하다. 오기에서 과욕이 생겼다면, 버리고 잊는 것이 좋다. 나무를 넘어뜨리는 것은 필요하면 해야 한다. 어렵기는 해도 위험하지는 않다. 거듭 시도하면 성공할 수 있다. 두 경우는 이렇게 다르다.

둘이 상반되게 보이지만 각기 타당하다. 단순한 사고방식으로는 감당할 수 없는, 고차원의 논리를 구현하고 있다. 대학 입시 논술고사에서 두 속담을 비교해 고찰하라고 할 만하다.

3.1.8.

구비철학의 논리구조를 분석한 성과는 미미하다. 자꾸 늘어나는 의문을 해결하려면, 많은 연구에서 더욱 미묘한 깨달음을 얻어도 역부족일 수 있다. 언어 표현의 한계를 넘어서지는 못하지만 넓히기는 해야, 깨달음이 효력을 가진다. 이것도 쉬운 일이 아니다.

논리구조는 무한하게 변모하고, 기발하게 구현된다. 엄청난 규모의 대우주와 대등하고, 아주 미세한 소립자의 세계와도 대등하다. 자료가 우리와 함께 있다고 해서 만만하게 여기지 말아야 한다. 다른 둘과 마찬가지로, 너무나도 방대하고 복잡하다.

다 아는 것은 기대하지 말고, 아는 범위를 조금씩 늘이자. 무리하지 않으려고, 말을 멈추고 물러난다. 시도한 것이 토론을 거쳐 고유물이 되기 바란다. 더 할 일은 전적으로 공동 재산이다. 누구나 맡아나설 수 있다.

3.1.9.

한국속담과 외국속담의 비교연구가 광범위하게 이루어지고 있다. 외국어를 공부하는 한국인도, 한국어를 공부하는 외국인도 속담을 외국어를 잘할 수 있게 하는 소중한 자료인 것을 알고 자기 언어의 속담과 같고 다른 점을 비교해 이해를 선명하게 한다. 속담을 잘 구사해 외국어 공부가 높은 수준이 이른 것을 입증하고자 한다. 속담 비교는 타당성이 큰 자료를 쉽게 입수하고 고찰할 수 있어 문화 비교에서 큰 구실을 한다.

비교를 어떻게 문제이다. 비슷한 것들을 찾아 다른 점도 말하는 것이 예사인데, 작업의 순서를 정하기 어렵고, 얻은 결과가 산만해 난감하다. 위에서 말한 논리구조가 어느 언어의 속담에도 있어, 같은 점을 확인하고 다른 점을 찾아내는 작업을 집약적으로, 효율적으로 할 수 있게 할 것으로 기대한다. 논리구조의 보편성과 특수성 연구는 인류문명 해명에 크게 기여할 것이다. 이것은 아직 어디서도 시더하지 않은 새로운 연구이다. 많은 연구비가 필요한 거대연구이다.

해야 할 일이 엄청나다. 한국속담의 논리구조 분석을 모든 자료를 다 이용하는 규모로 확대하는 것이 선결과제이다. 한국과 다른 언어의 속담을 비교고찰한 업적을 다 모아 정리하고, 빠진 언어가 없게 확대하는 것이 바람직하다. 속담을 거론하는 모든 언어 사용자가 여구에 참여하고 한국어를 소통의 언어로 사용해야 한다. 연구 결과를 한국어로 써서 한국에서 출판하기로 한다. 국제속담비교사전도 내놓아야 한다.

3.2. 설화의 역전

3.2.1.

설화에 대해 더 고찰하려고, 좋은 자료를 둘 든다. 하나는 전설이고, 하나는 민담이지만 구분할 필요가 없다. 설화라고 통칭하고, 공통된 원리를 찾기로 한다. 앞의 것은《한국구비문학대계》1-9 조희웅 조사 경기도 용인군편(1984), 〈숙종이 만난 명풍수〉(593-601면)이다. 뒤의 것은《한국구비문학대계》4-2 박계홍 조사 충청남도 대덕군편(1981), 〈덕다리에서 살아난 처녀〉(144-148면)이다. 원문을 그대로 들지 않고, 축약하고 표준어로 옮기면서 알기 쉽게 손질한다.

숙종대왕은 신분을 숨긴 채 예사 사람 복색을 하고 민정 시찰을 다녔다. 강원도 어디까지 갔다가, 밥을 사 먹을 곳이 없어 기진해 들판에서 쓰러졌다. 옆에서 일하던 농부가 점심으로 먹으려고 가지고 간 보리 개떡을 주어 맛있게 먹고 가까스로 살아났다.

곡을 하는 소리가 들려서 가서 보니, 장례를 지내고 있었다. 물이 가득 찬 무덤에 관을 넣으려고 했다. 숙종대왕은 뛰어난 지관이라고 자부하고 있어, 그대로 두고 볼 수 없었다. 왜 그런 곳에 무덤을 쓰느냐고 나무라자, 지관이 그곳이 명당이라고 잡아주었다고 했다. 엉터리 지관이 실수를 했다고 나무라고 다른 곳을 알아보라고 하니, 그렇게 할 수 있는 돈이 전연 없다고 했다. 숙종대왕은 사정이 딱한 것을 동정해 돈 천 냥을 주었다.

날이 저물어 잘 곳을 찾다가 들어간 곳이 보리 개떡을 준 농부의 집이었다. 저녁을 먹고 이런저런 이야기를 하는데, 그 사람이 "그곳이 명당인데 왜 무덤을 옮기라고 했나요?" 하고 물었다. 물이 고여 있어 나쁘다고 설명하니, 그 사람이 "돈 천 냥이 당장 생기는 곳이 어찌 명당이 아닌가요?"라고 했다. 그 사람이 무덤을 잡아준 지관인 것을 알아차리고, 숙종대왕이 물었다. "많이 아는 분이 왜 이처럼 누추한 곳에서 사는가요?" 그 사람이 대답했다. "지극히 귀하신 분이 찾아오는 집을 누추하다고 할 수 있나요?"

어느 시골 총각이 너무 가난하고 아무 것도 되는 일이 없어, 서울 구경이나 하고 죽겠다고 작정했다. 길을 가다가 비를 만났다. 날이 어두워 어디가 어딘지 모르고 헤매다가, 비를 피한 곳이 덕다리 밑이었다. 덕다리는 네 귀에 말뚝을 박고 이엉을 엮어 얹은 것이다. 그 위에 관을 얹어놓고 시신이 썩기를 기다려 매장을 하는 풍속이 있었다.

잠을 청하고 있는데, 덕다리 위해서 무슨 소리가 들렸다. 일어나 살펴보니 관 속에서 "사람 살려"라고 하는 소리가 들리는 것 같았다. 관을 열고 보니, 시신이 움직였다. 매듭을 다 풀어주자, 젊은 여자가 몸을 일으키면서 말했다. "저는 서울 김정승댁 외동딸인데, 호열자에 걸려 죽었다고 여기 버렸으나, 아무 탈도 없습니다." 서울 자기 집에 찾아가서 자기가 살아 있다고 알려달라고 하면서, 옷고름을 잘라 징표로 주었다.

총각이 가서 그대로 알리니, 부모가 자기 딸이 살아 있는 것을 알아도 너무창피해 집으로 데려갈 수는 없다고 했다. 소문이 나쁘게 나서 위신이 상할까 염려하고 한 말이다. 구해준 총각과 배필이 되어 숨어 살라고 하고, 흉가라고 알려져 비어 있는 집을 거처로 정해 주었다. 거기서 소문 없이 살다가 죽기를 기대했다고 할 수 있다.

부부가 된 둘이 그 집에서 자고 있는데, 한밤중이 되니 "우루르" 하더니 뇌성벽력 치는 소리가 났다. 일어나 앉아 대뜸 호령을 하면서. "누구냐? 정체를 밝혀라"고 했더니, 대답하는 소리가 들렸다.

"이 댁 터에 살던 장자가 돈을 많이 벌어 단지에 넣고 묻었습니다. 오랜 세월이 지나, 돈이 녹고 삭아 물이 될 지경에 이르렀습니다. 원혼이 되어, 풀어달라고 외칩니다. 이 말을 듣고 사람들이 놀라 죽어 이 집이 흉가가 되었습니다. 해치려는 것이 아니니, 소원을 들어주기 바랍니다." 이튿날 가서 파보니 단지마다 돈이 가득 들어 있었다. 그 돈을 마음대로 쓰는 어마어마한 부자가 되어, 서울 김정 승보다 더 잘 살았다.

3.2.2.

두 이야기에서 한 말을 크게 간추려보자. 세상일은 한 층위가 아니고 여러 층위이다. 나타나 있는 층위만 보고 다른 층위는 없다고 속단하지 말아야 한다. 내가 살고 있는 층위와 남이 살고 있는 층위가 다를 수 있다. 숙종대왕과 농부는 각기 다른 층위에서 자기 나름대로 살아갔다. 서울 정승과 시골 총각도 자기 나름대로 살아가는 층위가 달랐다.

모든 일은 지속되는 것 같이 보이지만 반드시 변한다. 변화는 균형 있게 이루어질 수도 있지만, 그렇지 않은 경우가 더 많다. 어느 한쪽으로 치닫는 변화는 가속이 붙는 탓에 정도가 지나쳐 역전을 초래한다. 서로 다른 층위가 평행선을 달리지 않고 부딪히는 접촉 사고가 일어나, 아래 층위가 치고 올라와 위의 층위를 뒤집는다. 이것이 질적 변화의 이유이고 기본 양상이다.

숙종대왕이 신분을 숨긴 채 민정을 시찰하는 것은 조금 지나치다. 신분이 탄로나 위험해질 수 있다. 민정 시찰이 잘못될 수도 있다. 서울 장안을 돌아다니는 관례를 어기고 강원도까지 간 것은 아주 지나치다. 뛰어난 능력을 가지고 좋은 일을 한다고 자부하면 지나치게 마련이다. 확신이 크면 사고도 크다. 숙종대왕이 한 행동이 지나쳐 세상일의 층위가 뒤집어졌다. 잘못한 일이 잘한 일로 되어, 그 덕분에 농부의 층위가 드러났다.

서울의 정승이 자기 딸이 호열자로 죽었다고 멀리 내다버린 것은 겹겹으로 지나치다. 딸이 호열자에 걸렸다고 속단한 것이 지나치다. 딸이 죽었다고 여기고 시신을 멀리 갖다 버린 것은 더욱 지나치다. 딸이 살아 있는 것을 확인하고서도, 너무 창피하다고 여겨 집으로 데려가지 않았다. 구출한 총각과 함께 흉가에서 소문 없이 살다가 죽으라고 했다. 지나친 짓을 더욱 무리하게 하다가 세상일의 층위가 뒤집어졌다. 잘못한 일이 잘한 것으로 되어, 시골 총각이 덕을 보게 되는 층위가 드러났다.

숙종대왕의 층위가 뒤집어지고, 농부의 층위가 드러난 것은 몇 가지 의미를 가진 전환이다. 유식이 무식이고, 무식이 유식이다. 제일 유식하다고 자부하던 숙종대왕이 농부를 만나자 무식하게 되었다. 무식하게 보이던 농부가 숙종대왕보다 월등하게 유식한 異人임이 드러났다. 존귀가 미천이고, 미천이 존귀이다. 가장 존귀한 숙종대왕이 굶어서 들판에 쓰러지는 미천한 신세가 되었다. 시골의 무지렁이 농부가 지극히 존귀한 분이 찾아오는 집에 살고 있다고 자부했다.

서울 정승의 층위가 뒤집어지고 시골 총각의 층위가 드러난 것도 몇 가지 의의를 가진 전환이다. 행운이 불운이고, 불운이 행운이다. 서울 정승은 행운을 누리면서 살다가 딸을 잘못 버려 불운하게 되었다. 시골 총각은 겹겹으로 불운했다. 서울 구경이나 하고 죽겠다고 하는 불운한 처지였다. 시신을 얹어놓은 덕다리 밑에서 비를 피해야 하는 불운을 겪었다. 흉가에서 살아야 하는 것은 지속적인 불운이었다. 이 모든 불운이 행운이어서, 아내를 얻었다. 아내와 함께 흉가에서 살아야 하는 빈곤이 빈곤 아닌 것으로 판명되었다. 서울 정승은 부유를 자랑하다가 정신의 빈곤을 심각하게 겪어야 했다. 빈곤하기 이를 데 없는 시골 총각이 장자가 남긴 돈을 발견하는 행운을 얻고 서울 정승보다 훨씬 더 부유하게 되었다.

장자가 돈을 남긴 것도 역전을 초래했다. 돈을 벌면 써야 한다. 돈은 써야 가치를 발휘하고, 묵혀두면 앙화가 된다. 장자가 돈을 쓰지 않고 독에 넣어 묻어둔 것은 돈을 너무 많이 벌었거나, 쓸 줄은 몰랐기 때문이었을 것이다. 그 때문에 돈이 원혼이 되어 억울한 사정을 풀어달라고 외쳐 그 집에 사는 사람들이 기절해 죽도록 했다. 장자도 직접적인 피해자가 되었는지는 확실하지 않으나, 자기 집이 흉가가 되는 앙화를 초래한 것은 분명하다. 주머니가 비어 있는 빈털터리인 시골 총각은 돈을 묵혀두어 원한을 산 일이 없어, 장자의 돈을 발견하고 쓰고 싶은 대로 쓰는 행운을 얻었다.

3.2.3.

앞의 이야기는 유명 인물 숙종대왕을 중심으로 전개되는 전설이다. 전설은 세계의 우위를 전제로 전개되는 자아와 세계의 대결이어서, 뛰어난 능력을 가졌다고 하는 주인공이 패배한다. 상대역인 농부는 이런 사실을 알고 역전을 예견했다. 농부가 주인공이라고 생각하면 전설이 아닌 민담이다. 전설을 민담으로 바꾸어놓은 이야기라고 할 수 있다.

뒤의 이야기는 시골 총각을 주인공으로 한 민담이다. 민담은 자아의 우위가 뜻밖의 행운으로 실현되는 것을 특징으로 한다. 시골 총각은 차등이 대등으로 전환되는 것을 예상하지 못하고 그 혜택을 누리기만 했다. 이런 차이점이 있어도 말하고자 하는 기본 내용은 같다.

무엇을 말했다는 말인가? 세상일은 여러 층위이다. 유식과 무식, 존귀와 미천, 행운과 불운, 부유와 빈곤이 정해져 있다고 하는 차등의 층위는, 차등을 더욱 확대하려고 무리한 짓을 하다가 허점을 노출하고 역전을 자초한다. 이 충격으로 아래에 잠재되어 있던 대등의 층위가 치밀어 올라 차등의 층위를 파괴하고서, 무식이 유식이고, 미천이 존귀이고, 불운이 행운이고, 빈곤이 부유라는 역전을 성취한다. 이렇게 되는 것이 희망이나 우연이 아니며, 사실이고 필연이다.

차등이 지나치면 역전을 자초하고, 대등이 치밀어 오른다는 것은 개인 관계에서 벌어지는 역전만이 아니며, 같은 방식으로 사회가 변동하고, 역사가 전개된다. 사회의 변동이나 역사의 전개에서는 역전이 오랜 기간에 걸쳐 거듭 이루어진다. 선진이 후진이고 후진이 선진이 되는 선후의 교체로 세계사가 이어져온 이유를 이제야 분명하게 알 수 있다. 사람의 삶만 이에 해당하는 것은 아니고, 모든 생명체의 흥망성쇠가 동일한 원리에서 이루어진다. 생명체뿐만 아니라 모든 물체의 생성과 소멸도 함께 파악할 수 있다.

3.2.4.

이것은 철학이다. 철학이라고 등록되어 있지 않아도 철학이다. 대단한 철학이다. 철학교수들이 강의하지 않고 외면해도 철학의 면모나 가치가 조금도 손상되지 않는다. 등록되지 않고 강의하지 않는 것은 몇 가지 이유가 있다. 철학은 수입품이어야 한다고 여기고 국산품은 취급하지 않기 때문이다. 철학으로 철학하지 않고 문학으로 철학하기 때문이다. 하층의 무지렁이가 하는 이야기는 무식의 표본이라고 여기고 낮추어보기 때문이다.

철학이라는 것은 개념과 논리에 사로잡혀 기존의 사고를 되풀이하지만, 문학은 발상과 표현이 자유로워 개념에 매이지 않고 할 말을 하며, 논리를 넘어선 논리를 이룩한다. 이야기 속의 농부나 시골 총각과 같은 처지의 무식꾼들이 감추어놓은 창조주권을 발현해 철학 이상의 철학 이야기를 만들고 잇고 다듬는다. 철학하기를 일상생활에서 의식하지 않으면서 잘 하고 있어 배우지 않아도 된다.

철학으로 등록되어 있고, 강단에서 철학이라고 강의하는 것은 철학 알기이다. 철학 알기를 철학이라고 한다. 철학하기는 철학으로 등록되어 있지 않고, 강단에서 강의하지 않는다. 사이비 철학인 철학 알기가 높은 자리에서 위세를 떨치고, 진정한 철학인 철학하기는 초야에 묻혀 있는 가련한 신세이다. 이런 비정상을 감싸는 변명은 멀리서 수입해온 동어반복의 논리이고, 뒤집는 반론은 지하에서 분출되는 역동적이고 창조적인 발상이다.

3.3. 교술시 재평가

3.3.1.

시가 서정시만으로 축소된 것은 근대 이후에 이루어진 변화이다. 그 전에는 교술시와 서정시가 공존했으며, 교술시가 더 큰 비중을 차지했다고 할 수 있다. 철학과의 관련이 서정시는 간접적이고, 교술시는 직접적이다.

중세전기에는 철학시라고 하는 교술시가 철학을 논술하는 기본 방법이었다. 산문은 잡담이나 한다고 얕보고, 발상을 집약해 전달하고 기억하기 좋게 하는 시의 이점을 살려 철학을 했다. 여러 문명권에서 일제히 보편종교에 근거를 둔 고매한 철학을 공동문어를 사용하는 교술시에서 이룩했다.

앞에서 산스크리트문명권의 인도 고승 나가르주나(Nagarjuna)가 지은 〈中道에 관한 詩〉(Madhyamakakarika) 하나만 든 것은 많이 모자란다. 자료를 확대하고 논의를 다각화해야 한다. 여러 문명권의 철학시를 두루 고찰하는 긴 여행을 떠나자.

한문문명권에는 辭와 賦라는 교술시가 있었으나 철학시라고 하기에는 미흡했다. 나가르주나를 龍樹라고 일컫고, 〈中道에 관한 詩〉를 〈中論〉이라는 제목으로 번역한 것을 불교계에서 애독하면서 철학시를 알게 되었다. 신라의 승려 義湘이 〈華嚴一乘法界圖〉을 지어 불교 교리를 철학시로 나타내는 또 하나의 본보기를 보여주었다.

> 法性圓融無二相
> 諸法不動本來寂
>
> 法性은 圓融하여 두 相이 없으니,
> 모든 법은 움직임이 없어 본래 고요하다.
>
> 一中一切多中一
> 一卽一切多卽一

하나 가운데 일체, 많음 가운데 하나요,
하나가 곧 일체요, 많음이 곧 하나이다.

無緣善巧捉如意
歸家隨分得資糧

無緣의 훌륭한 솜씨로 如意를 잡아서,
집으로 돌아와 분수에 따라 資糧을 얻는다.

　전문 30행 가운데 2행씩 셋 모두 6행을 들면 이렇다. 진실이 무엇인가? 하나와 많음은 어떤 관계인가? 어떻게 살아야 하는가? 이 세 가지 기본적인 의문에 대답했다. 철학이 할 일을 다 했다.

　산스크리트문명권에서는 불교를 반대하고 힌두교의 타당성을 주장하는 철학시도 적지 않았다. 산카라(Sankara)의 〈一千敎說〉(Up-andesashasri)가 널리 알려졌다. 그 문명권 남쪽 변방에서는 타밀민족이 자기네 성자를 자기네 언어로 칭송하는 철학시를 계속 지었다. 그 가운데 남말바르(Nammalvar)의 〈티루바이몰리〉(Tiruvaymoli)가 특히 높이 평가되었다.

가장 높은 자리에서 모든 것을 알고, 보고 있는, 순수한 '아트만',
알아야 할 '아트만' 외에 다른 무엇은 존재하지 않는다.
반드시 알아야 하는 이 '아트만'에게 경의를 표하라.

차별상을 보는 무지에서 벗어나야 해탈을 얻는다.
무지를 버리려면 행동하는 것만으로 부족하다.
무지를 용납하지 않는 바른 생각을 해야 한다.

산카라는 이렇게 말했다. 가장 높고 순수한 '아트만'(atman)만 진실이고, 다른 모든 것은 허망하다고 했다. 허망한 차별상을 보는 무지에서 벗어나야 해탈을 얻는다고 했다.

> 그분은 존재한다고 말하면 존재한다.
> 그분이 이런 여러 가지 모습을 하고 있다.
> 그분이 존재하지 않는다고 말하면,
> 그분은 모습이 없다.
> 이런 여러 가지 모습이 아니다.
> 그분은 있음과 없음
> 두 가지 속성을 지니고 있다.
> 있기도 하고 없기도 하므로
> 그분은 영원하게 넘친다.

남말바르는 이렇게 말했다. '아트만'은 하나만인 실체여서 지극히 훌륭하다는 것이 망상이라고 했다. 있음과 없음, 하나와 여럿의 구분을 넘어서야 한다고 했다.

라틴어문명권에서도 중세전기에 철학시를 이룩했다. 보에티우스(Boethius)의 〈철학의 위안〉(De consolatione philosophiae)을 높이 평가한다. 죽음에 관한 의문을 기독교에서 해설하는 것을 철학의 위안이라고 했다. 종교와 철학이 하나이게 했다.

> 만물이 무엇이든 태고로부터
> 법칙을 어기지 않고
> 제 각기 임무를 다하고 있네.

당신은 정하신 목적에 따라
이 우주만물을 지배하시지만,
오직 인간의 행동에만
합당한 제재를 아니 하시네.

당신이라고 한 창조주 하느님이 정해놓은 목적에 따라 우주만물
을 지배한다. 만물은 그 법칙을 어기지 않고 제 임무를 각기 수행한
다. 인간은 합당한 제재라도 보류하는 특전을 얻고 행동할 수 있게
한다. 이 세 명제로 모든 의문을 푸는 철학을 마련했다.

3.3.2.

중세후기에 이르면 큰 변동이 나타났다. 가사와 같은 민족어 교
술시가 세계 도처 특히 문명권의 중간부에서 일제히 나타나 큰 구실
을 했다. 한문학을 비롯한 여러 공동문어문학의 소관이라고 여기던
삶의 이치에 관한 논란을 누구나 이해할 수 있는 구어로 더욱 다채
롭게 노래해 민족어문학과 공동문어문학의 대등을 확인하고 우열
을 뒤집고자 했다.

먼저 13세기 티베트의 고승을 사키야 판디타(Sakya Pandita, 薩迦
班欽)를 만나러 가자. 〈격언집〉의 시 400여 수 가운데 두 수만 보자.
많이 알려면 자세를 낮추어야 한다는 말을 조금만 하고도 많은 것을
알려준다.

자기에게 있는 결점이나 잘못은
석학이라도 알아차리기 무척 어렵다.

많은 사람이 나를 지목해 나무라면,
과오를 인정하고 바로잡아야 한다.

　내 얼굴에 묻은 때를 나는 보지 못한다. 아무리 시력이 뛰어나도
소용없다. 거울을 보거나 다른 사람들이 일러주어야, 비로소 알 수
있다. 거울은 말이 없지만, 다른 사람들은 시끄럽게 떠들어 정신이
번쩍 나게 할 수 있다. 남의 결점 지적에서는 누구나 도사이다. 그
능력을 내게 모으면 높은 수준의 깨달음을 얻을 수 있다.

아무리 박식한 학자라고 하더라도,
타인의 작은 지식까지 배워야 한다.
이런 태도를 가지고 오래 노력하면,
마침내 일체의 지식에 통달하리라.

　크고 작은 것을 구별하지 않아야, 지식에서 지혜로 나아간다. 지
식은 잠시, 지혜는 항시 추구한다. 지식은 부분, 지혜는 전체를 말
한다. 지식은 차등론의 파편이고, 지혜는 대등론의 몸체이다. 마침
내 일체의 지식에 통달한 지혜, 이것을 궁극의 목표로 삼고, 천리길
도 한 걸음씩 내딛자.

　인도 남쪽 남말바르의 고장 타밀에서는 새로운 움직임을 더욱 적
극적으로 보여주었다. 14세기 시인 베단타 데시카(Vedanta Desika)
가 힌두교 철학 혁신자라마누자(Ramanuja)의 가르침을 일상생활에
맞게 풀이했다. 공동문어 산스크리트와 자기 민족의 타밀어를 함께
사용하고, 시이기도 하고 산문이기도 한 〈라하시아트라야사라〉(Ra-

hasyatrayasara)라는 작품을 아주 길게 썼다. 놀라운 말 한 대목을
든다.

> 미워하고 악담하는 원수들까지도 환영하는 것이,
> 초월자에 대한 헌신이다.
> 해탈을 얻겠다는 생각마저 버리고 헌신하면
> 초월자가 무거운 짐을 벗어놓게 한다.

캄보디아에는 '크파프'(cpap)라고 하는 교술시가 있다. 14세기 이
후에 생겨났다고 하며 대부분 작자 미상이다. 〈세 가지 행실〉(Crap
trineti)을 들어보자. 나라를 잘 다스리는 도리를 말한 데 이어서,
인생만사를 두루 다루어 슬기롭게 사는 방도를 제시했다. 세 가지
를 열거하는 방식을 즐겨 사용하므로 〈세 가지 행실〉이라고 했다.

> 이 세상에서 망하는 세 가지 방법,
> 건강을 상하게 하는 세 가지 방법,
> 저 세상에 가서 망하는 세 가지 방법이 무엇인가?

이렇게 묻고 세 가지씩 해답을 들었다.

> 이 세상에서 망하는 세 가지 방법은 이렇다.
> 추잡하고 험악한 말 함부로 한다.
> 억지 수작을 하면서 잘난 체한다.
> 노인을 보고서도 공경하지 않는다.

13세기 페르시아의 이름난 시인 루미(Rumi)가 지은 〈정신적 연구

(聯句)〉(Maṭnawīye Ma'nawī)는 27,000줄이나 되는 분량으로 인생만 사를 논의했다. 이처럼 앞뒤의 구가 짝을 이루어 연구라고 한다. 일상적인 데서 고결한 정신을 향해 나아가니 '정신적'이라는 말을 붙였다. 오래 기억할 만한 대목을 든다.

> 안다는 것에는 두 종류가 있다.
> 하나는 아이들이 학교에서 공부를 하듯이 배운다.
> 안다는 것의 다른 종류는 신의 선물이다.
> 마음속에 그것이 솟아오르는 샘이 있다.

불국의 〈장미 이야기〉(Roman de la rose)는 13세기에 두 사람 (Guillaume de Lorris과 Jean de Meung)이 모두 21,000여 줄로 지은 夢遊寓意(un rêve allégorique) 방식의 교술시이다. 사람의 심리 여 럿이 의인화되어 벌이는 사건을 들어 어떻게 살아갈 것인지 말했다. '시기심'(Envie)에 관해 말한 대목을 조금 든다.

> 시기심 녀석은 평생 웃지 않고 즐거워하지도 않는다.
> 누구에게 말할 때 자기 고집을 꺾지 않는다.

14세기 이탈리아 시인 단테(Dante Allighieri)가 지은 〈신곡〉(Divi-na Commedia)은 서서시라고 하는 것은 적절한 견해가 아니다. 전개 방식에서는 서사시이지만, 다룬 내용에서는 교술시여서, 서사적 교 술시라고 할 수 있다.

흔히 볼 수 있는 저승 여행기를 교묘한 설정과 깊은 주제를 갖추 어 다시 지었다. 작품을 이끌어나가는 수법은 창의적인 방법으로 흥미롭게 만들었지만, 다룬 내용에서는 작품외적 세계를 그대로 가

져다놓아 교술문학의 특색을 분명하게 갖추고 있다. 말한 사실을
알고 이해해야 한다.

작품의 서술자인 시인이 로마시대의 시인 비르길리우스(Virgi-
lius)의 안내로 지옥과 연옥을 돌아다니다가, 사랑하는 여인 베아트
리체(Beatrice)를 만나 천국에 이르러, 철학자 토마스 아퀴나스
(Thomas Aquinas)를 만나 지식과 신앙의 근본이치에 관한 설명을
듣고, 성모마리아를 열렬하게 찬미하는 성인 베르나르도(Bernardo)
의 영접을 받고 가장 높은 곳으로 올라갔다고 했다.

> 오, 인간의 무분별한 헛수고여,
> 그대로 하여금 날개를 퍼득여 떨어지게 하는
> 저 삼단논법들이 얼마나 결함투성인가!
>
> 법률을 뒤따르는 자, 격언을 쫓아가는 자,
> 또 더러는 사제직을 따라가는 사람,
> 그리고 더러는 폭력이나 궤변으로 다스리는 자,
>
> 도둑질을 하는 사람, 또 더러는 나라 일에
> 더러는 육체적 쾌락 속에 휩쓸렸던 자가
> 피로에 지치고 또 누구는 안일에 몰두할 무렵에,
>
> 나는 이러한 모든 일에서 풀려나
> 이토록 영광스러운 영접을 받으며
> 베아트리체와 함께 하늘 위에 있다.

이렇게 말한 데 전체 주제가 요약되어 있다. 당시에 실제로 있던
수많은 인물의 그릇된 행위를 구체적으로 지적하고 규탄했다. 갖가

지 비리나 부패한 것을 모두 고발하고, 고매한 이상을 추구하는 새로운 사고방식에서 재정립하고자 하는 논설을 시를 써서 전개했다.

이상이 현실과 별개라고 하지는 않았다. 지옥과 연옥과 천국이 이어져 있다 하고, 그 중간의 연옥에 대해서 진지한 관심을 가진 것이 새로운 사상이다. 실제의 사물에서 영원한 것을 인식할 수 있다고 하는 토마스 아퀴나스의 철학을 그런 방식으로 구현했다.

마침내 천국에 이르러 세 단계의 소망을 성취한다고 했다. "모든 일에서 풀려나"는 것은 토마스 아퀴나스의 철학에서 얻은 각성이다. "영광스러운 영접"은 신앙이 으뜸인 성인 베르나르도에게서 받았다. 철학 상위가 신앙이고, 신앙 상위가 사랑이어서 "베아트리체와 함께 하늘 위에 있다"고 했다.

그릇된 현실이 빚어낸 지옥의 고통을 감내하고 있지 말아야 한다. 지옥·연옥·천국이 이어져 있어 한 단계씩 올라갈 수 있다. 철학·신앙·사랑이 천국의 입구·중간·상부까지 올라갈 수 있게 한다. 이렇게 말하는 철학 논설을, 누구나 쉽게 읽을 수 있는 서사적 교술시를 지어 전개했다.

3.3.4.

한국은 한문문명권의 중간부여서 이런 전환에 동참하는 것이 당연했다. 가사라고 하는 민족어 교술시를 마련해 인생만사에 대한 논의를 폭넓고 절실하게 했다. 한국의 가사는 긴 것이 金仁謙의 기행가사 〈일동장유가〉(日東壯遊歌)가 4,000행 정도이다. 그 대신에 교술시의 성격이 아주 다양하다.

가사는 불교의 포교가사에서 시작되었다. 유교에서 지은 교훈가

사도 많이 있다. 교훈가사와 풍속가사, 둘을 겸한 가사 15편을 모아 놓은 〈초당문답가〉(草堂問答歌)는 널리 알려지지 않았으나 주목할 만하다. 〈치산편〉(治産篇)에서는 부녀자들에게 살림살이를 어떻게 해야 하는지 세세하게 알려, 독자, 내용, 표현이 모두 예사롭지 않다. 절묘한 표현을 든다.

> 가을 손이 저리 크면 봄 배를 어이 할꼬.
> 쥐 먹고 새 먹기로 자로 덮고 치워 놓소.

崔濟愚가 동학을 창건한 깨달음을 알리는 가사 아홉 편을 지어 〈龍潭遺詞〉에 수록한 것은 예사 종교가사와 다르다. "허다한 언문 가사"라고 한 것을 새로운 종교의 기본경전이게 한 것이 획기적인 일이다. 빈하고 천한 사람 오는 시절 부귀로세"라고 하고, 다시 다음과 같이 말한 데 깊은 이치가 나타나 있다.

> 하원갑 지내거든 상원갑 호시절에
> 만고 없는 무극대도 이 세상에 날 것이니.
> 너는 또한 연천해서 억조창생 많은 백성
> 태평곡 격양가를 불구에 볼 것이니.

〈大韓每日申報〉라는 신문에서는 풍자가사를 계속 실어, 일제의 국권 침탈을 비판하고 항거의 의지를 고취했다. 옛 노래를 개작해 기발한 창작을 했다. 〈새타령〉에서 하던 말을 다시 한 〈依杖聽鳥〉 에서는 "새가 새가 날아든다 復國鳥가 날아든다", "새가 새가 날아 든다 毒鴆鳥가 날아든다." 앞의 말은 애국지사, 뒤의 말은 일제 침략자를 일컬었다.

부녀자들을 독자로 하고, 부녀자들이 스스로 창작하기도 한 규방가사 또는 내방가사가 있는 것이 다른 데서는 볼 수 없는 한국 교술시의 특징이다. 일제의 침공으로 국권을 상실한 시기에 남자 아이들은 학교에 다니면서 일본어와 일본사를 배울 때, 여아들은 집에 머물러 규방가사를 읽고 베끼면서 모국어를 공부하고 조국의 역사를 공부했다. 민족의 수난을 규방가사에서 토로했다. "백년이 다 진토록 이별하지 말자더니. 모질다 천지운수 우리 인연 저주하여." 이것은 독립투쟁을 하러 만주로 망명한 남편을 그리워하는 〈타국감별곡〉의 한 대목이다.

〈漢陽歌〉 또는 〈漢陽五百年歌〉는 경북 군위 사람인 것만 가까스로 알려진 司空檖가 1913년에 지은 것으로 확인된다. 조선왕조 창건에서 나라가 망하기까지의 경과를 통렬한 심정으로 되돌아보면서 자세한 내용을 갖추어 장편을 이루었다. 집을 떠나 유랑하는 신세가 되어 외로이 과세를 할 때 이 노래를 지었다고 하고, 조선왕조에 대한 기대와 실망을 함께 나타냈다. 아들은 학교에서 일본역사만 배워 정신이 혼미해질 위험에 노출되어 있을 때, 집에 남아 언문이나 익히는 딸은 이 작품을 교과서로 삼아 국사 공부를 착실하게 할 수 있었다.

신문학에서는 이처럼 소중한 가사를 잇지 않고 버렸다. 계속 창작되고 있는 규방가사를 없는 듯이 무시했다. 시는 오로지 서정시여야 한다면서 시조만 이었다. 교술 추방은 근대문학의 특징이다. 서정적 교술인 수필 하나만 남기고 다른 모든 교술은 문학의 범위 밖으로 내몰았다. 문학 밖에서 교술은 건재하다. 언론의 글이 맹위를 떨친다. 칼럼, 논설, 기사가 그 나름대로의 장기를 발휘하면서 세상을 뒤흔든다.

3.3.6.

부녀자들은 봄이면 산에 올라가 진달래꽃으로 전을 부쳐 먹으며 봄놀이를 하는 즐거움을 화전가를 지어 부르며 나타낸다. 그런 작품이 아주 많다. 〈화전가〉라는 제목을 붙여놓고 덴동어미라는 여자가 험난한 일생을 회고하는 사연을 적었다는 작품이 있어, 예사 화전가와 구별해 〈덴동어미화전가〉라고 부르는 것이 마땅하다. 겨우 이어질 정도로 무식한 말투로 하층민의 처절한 수난을 그렸다.

덴동어미는 이방의 딸이며 이방집에 시집을 갔는데, 남편이 그네 뛰다가 떨어져 죽어 17세에 과부가 되었다. 개가를 했더니 둘째 남편은 군포 때문에 빈털터리가 되어, 타관에 가서 드난살이를 하며 월수를 놓아 돈을 늘였지만, 괴질이 돌아 돈 쓴 사람들과 함께 죽었다. 지나가는 등짐장수를 얻어 살다가 다시 과부가 되고 말았다.

엿장수를 만나 아들을 낳고, 별신굿을 할 때 한몫 보려고 엿을 고다가 불이 나서, 남편은 타죽고 자식은 데어서 이름을 덴동이라 하게 되었다. 살아나갈 길이 없어 덴동이를 업고 고향인 경상도 순흥으로 돌아갔다. 남들은 화전놀이를 하며 즐기는 자리에서 그 동안 겪은 일을 길게 이야기해서 받아 적은 사연이라는 이유에서 작품 이름을 화전가라고 했다. 셋째 남편과 함께 도부를 할 때의 일을 이렇게 말했다.

> 남촌 북촌에 다니면서 부지런히 도부하니
> 돈 백이나 될 만하면 둘 중 하나 병이 난다.
> 병 구려 약 시세 하다 보면 남의 신세 지고 나고,
> 다시 다니면 근사 모아 또 돈 백 될 만하면

또 하나이 탈이 나서 한 푼 없이 다 쓰고 나니,
도부 장수 한 십년 하니 장바구니 털이 없고,
모가지가 자라 목 되고 발가락이 무지러진다.

고난이 닥쳐오는 양상을 잘도 그렸다. 그래도 좌절하지 않았다. 거듭된 개가로 운명을 개척하려는 의지를 나타내고 사회적인 제약을 무릅쓰고 살기 위해서 갖가지로 애쓰는 모습을 아주 실감 있게 보여주었다. 사대부 부녀자들의 규방가사를 본떠서 변형시키는 수법을 써서 하층민의 반발을 나타냈다. 화전가를 짓는다 하고서 모두들 즐기는 광경을 서술하다가, 거기 모인 사람들은 전혀 겪어보지 못한 경험을 내놓았다. 반역의 작품이 나타나 규방가사의 의의가 더욱 확대되었다고 할 수 있다.

3.3.7.

〈시골 색시 서른 사정〉이 어떤 작품인지 나는 어머니에게서 들어 알고, 문하사를 쓸 때 높이 평가했다. 영덕에서 태어나 그 고장의 다른 마을로 출가한 英陽南氏가 지은 것은 알아냈으나, 작자 이름은 밝히지 못했다. 버림받은 구여성의 처절한 심정을 하소연한 가사여서, 널리 공감을 얻어 경북 북부 지방 일대에서 애독되는 동안에 제목마저 일정하지 않게 되었다.

네 계절의 변화에 따라 작품을 구성하고, 세상일과 자기 마음이 계속 어긋나는 고독감을 절실하게 묘사한 솜씨가 뛰어나 꼭 같은 처지가 아닌 독자라도 깊이 공감할 만한 걸작이다. 남편을 다시 만날 것을 기다리며 긴긴 봄날 그리움을 달랬는데, 여름방학에 집으로 돌아와서 말 한 마디 붙여볼 겨를을 주지 않고 잠만 자더니 이튿날 느닷없이 이혼을 하겠다고 선언했다.

몇 대목을 들어보자. "춘풍도리 꽃 필 때와 추우음풍 잎 질 때에 눈물로 벗을 삼아" 아픈 가슴 삭여온 것은 몇 해만 더 기다려 남편이 학교를 졸업을 하면 따뜻한 가정을 이루리라는 기대 때문이었다. 그런데 "내 가슴이 그리던 꿈이" 아침 풀의 이슬이 되고, "뜻 아니게 오월비상"을 품게 되었다고 했다. "나도 어려 남과 같이 학교 가서 배웠으면 이런 변고 없을 것을 후회한들 쓸 곳 있나" 하며 가을을 지나노라니 서러움만 깊다고 했다.

겨울이 되자 죽음밖에 길이 없다면서 결단을 내리려 하다가, "앵두 같은 젖꼭지를 아기 한번 못 물리고 청춘에 죽자 하니 그것도 또한 못할 일"이라고 했다. 친정어머니보다 먼저 떠날 수도 없다고 했다. 이러지도 못하고 저러지도 못한 상태에서 님을 다시 생각하는 마음을 다음과 같이 술회했다.

> 죽기도 어려워라, 살기도 괴로워라.
> 사세는 양난이라 이 일을 어찌 하노?
> 황천도 무심하다. 반짝이는 작은 별아,
> 나의 일을 멀리멀리 우리 님께 말하여라.
> 님도 역시 사람이라 눈물 있는 님이시고,
> 피 있는 님이시니, 한 목숨은 못 죽을 듯
> 내 가슴을 살피시면 님 가슴도 아플지라.

시대 변화가 구여성에게 희생을 강요했다. 조혼한 남편이 도시로 나가 신학문을 공부하면서 여러 해를 보내다가 신여성에게 매혹되어, 구여성인 아내에게 이혼 선언을 하는 일이 흔히 있었다. 시부모가 이혼을 인정하지 않아, 남편 없는 구여성이 떠나가지도 못하고 시댁에 머물러 며느리의 도리는 다하면서 갖은 고난을 겪고 눈물로 세월을 보내야 했다.

그래서 벌어진 기막힌 사태를 신문학 작품은 전연 다루지 않았다. 신문학은 새로운 문학이어서 신여성 이야기만 산뜻하게 하면 되고, 구여성 따위는 무시하는 것이 당연하다고 여겼다. 구여성은 자기 문학인 가사 작품을 스스로 지었다. 어떤 작가도 하지 않고 할 수 없는 말을 피해 받은 당사자가 스스로 해서 깊은 감동을 주는 명작을 남겼다. 신학문을 한다는 이유로 아내를 버린 남편은 상상조차 할 수도 없는 위업을 달성했다.

3.3.8.

신문학은 가사를 몰아내고 시는 서정시만이게 했다. 이것은 유럽에서 먼저 시작된 세계적인 변화이다. 근대는 분업에서 능률이 생긴다고 하고, 전문 영역 구분을 발전으로 여기는 시대여서. 문학 안팎에 걸쳐 있는 교술은 제대로 된 문학이 아니라고 규정하고 밖으로 추방했다.

일본은 원래 교술시가 없고 교술산문이 서정적 경향을 지녀 교술이 빈곤한 나라여서, 이런 변화를 반갑게 받아들여 벼랑 끝까지 밀고 나갔다. 隨筆이라고 하는 일본 특유의 서정적 교술산문만 문학 안에 몸을 붙이게 허가하고, 다른 교술산문은 모두 얼씬도 못하게 했다. 이렇게 한 조처를 한국에서 본받아, 일본풍의 수필 굴러들어온 사생아라고 할 수 있는 것만 문학으로 공인했다.

유럽에서 문학의 큰 갈래를 셋으로 줄인 이론을 일본에서 수입해 그 셋의 명칭을 抒情·敍事·戱曲이라고 번역했다. 이 말을 가져와 서정·서사·희곡이라고 하는 용어는 널리 사용하면서, 하나의 큰 갈래 'didactic'은 유럽에서 이미 탈락시켰으므로 명단이 넘어오지 않아 일본어 번역이 없다. 이런 불균형이 문학의 일반이론을 이룩하지 못하게 하는 장애이다.

장애를 타파하고, 고금의 문학을 모두 포괄하는 갈래 이론을 마련하기 나는 '敎述'라는 말을 지어냈다. 넷 다 국문으로 표기해 서정·교술·서사·희곡이라고 하면 된다. 교술이라는 용어가 생기자, 오랜 논란을 종식시키고 "가사는 교술시이다"라고 할 수 있게 되었다. 여러 형태의 교술산문에 대한 논의를 타당하게 하는 것도 가능해졌다.

서정·교술·서사·희곡은 어떤 관계인가? 이 질문에 대답하는 이론을 이미 만든 것이 있으나 다시 만들었다. 이미 만든 이론에서 말했다. 서정은 세계의 자아화이고, 교술은 자아의 세계화이다. 서사는 작품외적 자아가 개입하는 자아와 세계의 대결이고, 희곡은 작품외적 자아가 개입하지 않는 자아와 세계의 대결이다. 이 이론이 적합하지 않아 다시 만들었다. 그 요점이 다음과 같다.

서정	희곡
a	a b
서사	교술
a b	a b
c	c d

a는 자아이다. 서정은 자아만이다. b는 세계이다. 희곡은 자아와

세계의 대결이다. c는 작품외적 자아이다. 서사는 자아와 세계의 대결에 작품외적 자아가 개입한다. d는 작품외적 세계이다. 교술은 자아와 세계의 대결에 작품외적 자아도 개입하고, 작품외적 세계도 개입한다.

이 이론은 교술이 얼마나 대단한가 말해준다. 교술은 서정·서사·희곡이 다 있는 복합체이고, 작품외적 세계가 개입한다. 작품외적 세계는 작품을 창작하기 전에 이미 있는 실재의 것들이다. 교술은 내포가 가장 많고, 외연이 가장 넓어 문학 이외의 영역과 연결되어 있어, 말과 글에서 가장 큰 비중을 차지한다. 언변 좋게 하는 말이 다 거의 다 교술이다. 잘쓴 글도 대부분 교술이다.

이런 교술이 근대에 이르러 수난을 당하고 있다. 문학의 범위를 좁게 잡고, 교술을 쫓아내려고 하는 참사가 벌어진다. 굴러들어온 사생아라고 할 수 있는 수필만 문학으로 인정되고, 오랜 내력을 가지고 높이 평가되던 다른 모든 교술산문은 추방되었다. 그래서 교술문학사가 비극으로 끝난 것은 아니다. 가전체나 몽유록 같은 서사적 교술산문은 타격을 받고 사라진 것이 사실이지만, 건재한 벗들도 있다.

글깨나 쓴다고 하는 사람들은 수필과는 수준이 다른, 文이라고 하던 것과 대등한 에세이를 내놓는다면서 자부심을 가진다. 칼럼이라는 것도 번역하지 않은 원래의 용어를 그대로 쓰면서, 이치를 따지고 시비를 가리는 전통을 재현해 큰 영향력을 행사한다. 문학이 아니라고 해도 섭섭할 것이 없으며, 수필이 나약하다고 얕잡아보고 비웃어 체면이 말이 아니게 한다.

교술시는 사정이 다르다. 뛰어난 표현을 갖춘 작품으로 대단한 연구를 응축해 교술문학의 정점을 보여주던 교술시 가사는 추방되어 살아남지 못하고, 문학의 영역 안에서 학살되었다. 오랜 동지인 서정시 시조가 새 시대를 독점하려고 배신을 했다. 학살의 범인은 아니라도, 방조자나 방관자임은 틀림없다. 이것은 엄청난 비극이다. 근대를 더 이어나가지 않고, 청산해야 하는 이유가 된다.

근대를 넘어서서 다음 시대로 나아가려면 가사를 살리는 것이 우선적인 과제이다. 잔존하는 교술문학이 가사 주위에 모여들어, 서정·교술·서사·희곡의 대등한 관계를 회복해야 한다. 서정·교술·서사·희곡이 서로 다른 것을 자랑으로 삼지 말고, 가까워지고 섞여야 한다.

시조가 배신을 사죄하고, 교술적 서정시가 되는 것이 긴요한 과제이다. 다시 짓는 가사는 이에 보답해, 서정적 교술시가 되는 것이 또한 마땅하다. 궁극에는 갈래가 구분되지 않고 혼연일체를 이루어야 한다.

3.3.9.

교술시는 문학과 철학이 바로 연결되어, 둘이 하나이게 한다. 누구나 자기 창조주권을 발현해 철학을 이룩하는 것을 알려준다. 철학의 모습이 다양한 것을 보여준다.

근대에 서정시만 시라고 해서 교술시가 밀려났다. 근대를 넘어서서 다음 시대로 나아가려면, 중세 부정을 부정해 교술시를 되살려야 한다. 철학과 문학이 다시 하나이게 해야 한다.

교술시의 재평가와 재창조는 중대한 사명을 수행한다. 인류가 다시 희망을 가지고 미래로 나아가게 한다. 문명의 전환을 바람직하게 이룩한다.

3.4. 대하소설이 말한다

3.4.1.

'대하소설'은 'roman-fleuve'의 번역어이다. 'roman'은 '소설'이고, 'fleuve'는 '큰 강'이다. 큰 강과 같이 긴 소설을 지칭하는 이 용어가 널리 정착되어 있다.

대하소설은 작자가 살아온 시대, 시대를 이루는 집단, 집단 속의 개인의 관계를 총체적으로 다룬다. 문학의 위세를 최대한 보여주며 모든 독자를 압도하려고 한다. 그 기세에 눌려 위축되고 말 것이 아니다.

이에 대해 외부의 점검이나 평가가 필요하고, 철학이 담당자가 되어 나서지 않을 수 없다. 생각을 이렇게 하면 잘못된다. 대하소설에서 철학을 읽어내면, 점검과 평가를 수행하고 철학하기를 위한 자산을 획득하는 이중의 성과를 확보한다.

세상의 모든 대하소설을 고찰하겠다고 하는 망상은 하지 말아야 한다. 자기가 하지 못하는 일을 남에게 요구하는 것은 용서할 수 없는 횡포이다. 바칠 수 있는 시간을 최대한 잡아도 자료를 한정해야 한다. 내가 할 수 있는 작업은 한국과 불국의 대하소설 대표작을 둘씩 들어 고찰하는 것이다. 명단을 연대순으로 들면 다음과 같다.

한국 全州李氏(1694-1743, 성명은 미상이며, 李彦經의 딸, 安鎭의 아내, 安兼濟의 어머니)의 《완월회맹연》(玩月會盟宴) 원본 180권, 현대 단행본 12권. 〈완월〉이라고 약칭한다.

불국 로제 마르탱 뒤 가르(Roger Martin du Gard, 1881–1958)의 《티보가(家)의 사람들》(Les Thibauts, 1922–1940) 8권. 〈티보〉라고 약칭한다.

불국 쥘 로맹(Jules Romains, 1885–1972)의 《선의의 사람들》(Les Hommes de bonne volonté, 1932–1946) 27권. 〈선의〉라고 약칭한다.

한국 박경리(1926–2008)의 《토지》(1969–1994) 20권(최종본). 〈토지〉라고 한다.

몇 가지 예비적인 고찰을 한다. 대하소설은 소설의 발전이 절정에 이르렀을 때 등장했다. 길고 긴 작품을 즐겨 읽을 준비가 되어 있는 독자, 많은 인물과 사건을 유기적으로 연결시키는 수법을 갖춘 작가가 만나 엮어낸 거대한 창조물이어서 자랑스럽다. 한 시대를 총체적으로 이해하고 점검하는 능력을 보여주어 문학의 위상을 크게 높인 의의도 있다.

창작한 시기를 보면, 〈완월〉은 18세기, 〈티보〉와 〈선의〉는 20세기 전반, 〈토지〉는 20세기 후반이다. 〈완월〉은 세계문학사에 처음 등장한 대하소설이 아닌가 한다. 불국에서는 20세기 전반이 대하소설의 시대이고, 그 전후 시기에는 대하소설이 없다. 한국에서는 20세기 전반에 홍명희의 〈林巨正〉이라는 대하소설이 있었으나, 과거의 어느 시대를 다룬 역사소설이다. 식민지 통치하에서는 자기 시대를 길게 논의하기 어려웠다.

작품에서 다룬 시기를 보자. 〈완월〉은 중국의 과거를 다룬 점이 특이하다. 커다란 변화가 여러 문제를 제기하면서 진행되는 당대의 현실을 직접 그리려면 많은 제약이 있어, 시대와 장소를 옮겼다. 〈티보〉와 〈선의〉는 제1차 세계대전에서 제2차 세계대전 사이에 대단한 발전을 이룩하면서 심각한 갈등이 나타나는 자국 사회를 점검하고 진로를 모색한 작품이다. 〈토지〉에서는 국권을 상실하고 식민지가 된 20세기 전반기 동안 겪은 불운과 고민을 20세기 후반 광복 후에 논의했다.

작자를 보자. 한국의 〈완월〉과 〈토지〉는 여성의 작품이다. 불국의 〈티보〉와 〈선의〉는 남성의 작품이다. 불국에 여성작가가 더러 있었으나 짧은 소설이나 쓰고, 대하소설은 남성작가의 소관으로 남겨두었다. 여성작가가 대하소설을 쓴 것은 다른 나라에는 없는 일인 것 같다. 그 이유를 한국소설사의 특성에 관한 깊은 이해를 갖추고 해명해야 한다.

〈완월〉이 출현하기 전에도 한국의 소설은 여성소설이었다. 한국소설은 여성이 애용하는 한글로 써서 여성의 관심사를 여성의 시각에서 다루는 작품이 여성 독자의 환영을 받으면서 성장했다. 여성 독자는 소설 필사본을 읽으면서 베끼고 자기 나름대로 개작하기까지 했다. 이런 특징을 가진 여성소설이 다른 나라에는 없었던 것 같다. 소설의 작가에도 여성이 적지 않았으리라고 생각되는데, 이름을 남기지 않았다. 여성을 독자로 하므로 남성작가도 이름을 밝히지 않은 것이 상례였으므로, 여성작가를 확인하는 것은 더 어렵다. 〈완월〉의 작자를 밝힌 기록이 남은 것은 특이한 행운이다.

〈완월〉의 작자는 생업에 종사하지 않아도 되는 상층 여성이어서 충분한 시간 여유를 가지고 창작에 몰두할 수 있었다. 오랜 기간 동안 마음 놓고 열의를 쏟아, 좋은 교육을 받고 얻은 학식을 유감없이 발휘해 유식한 소설을 품격 높은 문체로 창작했다. 貰册家에서 인기를 얻은 이 작품을 특히 시간 여유가 있고 학식이 풍부한 상층 여성이 애독했다고 생각된다. 궁중에까지 전해져서 평가를 얻은 것이 확인된다.

다른 세 작품의 작가는 전업작가이다. 작품에서 나오는 수입으로 생활을 하려면 많은 독자와 만나야 했다. 〈티보〉와 〈선의〉를 지은 불국의 두 작가는 각기 한 출판사와 계약을 맺고 작품을 계속 단행본으로 출판해도 책이 많이 팔리고, 출판사의 농간이 없을 만큼 출판문화가 발전된 혜택을 누렸다. 〈선의〉는 해마다 가을이면 두 권씩 출판했으며, 제2차 세계대전 때 미국에 망명하고 있을 때에도 달라지지 않았다.

〈완월〉 시대에 확립된, 여성이 소설 창작을 주도하는 전통이 의식하지 않은 가운데 이어져 〈토지〉를 산출했다고 할 수 있다. 〈토지〉의 작가는 생업에 종사하지 않고 작품을 창작할 수 있는 좋은 조건은 물려받지 못했다. 원고료를 받아 생계를 유지하려고, 〈토지〉를 이 잡지 저 잡지 옮겨 다니면서 연재를 했다. 연재를 마친 다음 단행본으로 출판할 때에도 인세를 더 받으려고 출판사를 여러 번 옮겼다.

잡지가 단명하고, 출판사가 안정되어 있지 않아 여건이 미비한 것을 무릅쓰고, 작품을 쓰고 싶은 만큼 썼다. 출판사를 옮기느라고 개작을 했다. 출판문화의 발전이 미비한 조건을 무릅쓰고 대작을 쓰고 돌본 노력을 평가해야 하고, 개작할 기회가 있었던 것이 다행이라고 해야 한다. 이런 사정을 자세하게 고찰하는 책을 쓸 만하다.

3.4.2.

〈완월〉의 서두를 보자. 현대역을 인용한다. 원문에는 없는 한자를 이해를 돕기 위해 괄호 안에 적는다.

대명(大明) 영종(英宗) 연간 황태부(皇太傅) 수각로(首閣老) 진
국공 정한의 자는 계원이요, 호는 문청이니, 송현(宋賢) 명도(明道)
선생의 후예라. 성문(聖聞) 여풍(餘風)이 원대 후손에 이르러 출어
범류(出於凡類)하여, 호학독서(好學讀書)하며 인현효우(仁賢孝友)
하여 도덕성행(道德性行)이 탁세에 드물지 않으나, 문달(聞達)을
구하지 않고...

　작품의 주인공 정한은 성현의 후예이고, 학문이 높은 경지에 이
르렀다고 했다. 등용되기를 구하지 않아 사방에 흩어져 있는 티끌
같이 지내다가 명나라가 들어서서 천하를 통일하고, 황제가 간절하
게 부르자 세상에 나와 뛰어난 덕행을 실현해 나라 전체를 편안하게
하는 임무를 맡았다고 했다.
　황제의 뜻을 받들어 태자의 스승이 되고, "황태부 수각로 진국공"
이라고 일컬은 최고의 지위에 올랐다고 했다. 일세의 스승이 되는
도학자면 그런 영광을 차지해야 마땅하다는 사고방식을 나타냈다.
중세적 질서가 재현되어 혼란을 청산하고 안정을 이룩하고 번영을
누려야 한다는 염원을 나타내면서, 도학이 부귀를 가져와야 한다고
했다.
　안정과 번영을 집안에서 이룩하는 것을 긴요하게 여겼다. 달구경
하는 곳인 완월루에서 정한의 생일 잔치를 할 때 태자가 와서 축하
하고, 친지와 문하생들이 많이 모여 즐거움을 나누었다. 여러 집안
이 서로 혼인 관계를 이루어 유대를 공고하게 할 것을 다짐했다.
그것이 바로 작품의 표제로 삼은 "玩月會盟宴"이다.
　정한의 가르침을 받들어, 집안의 경계를 넘어서서 화합하자고 맹
세한 것이 아주 훌륭하다고 칭송했다. 뒤집어 생각하면 기득권을

수호하기 위해 변화를 거부하자는 결의이다. 부귀를 성리학으로 장식하면서 모든 것이 지나치게 화려해 반감을 가질 수 있다. 기약한 일이 파란만장한 사건을 거쳐 이루어지기까지 있었던 사건을 자세하게 다루어 작품이 무척 길어졌다. 예상하지 않던 차질이 생겨 진통을 겪었다.

인륜도덕이 실현되어 나라가 바르게 다스려지고 가문의 번영과 개인의 행복이 보장되기를 바라는 조선후기 사대부의 염원을 구현하면서, 갖가지 도전이 만만치 않아 위기가 거듭 닥친 것을 문제삼았다. 이상과 현실이 어긋나 사건을 복잡하게 얽고, 서로 다른 목소리가 교체되어 다면적인 구조를 빚어냈다. 여러 소설에 흔히 등장하는 대립양상이나 갈등관계를 한 데 모아 대장편을 이루었다.

나라는 편안하지 않고, 조정에서는 다툼이 일어났다. 북쪽 오랑캐가 세력을 얻어 침공했다. 간신이 득세해 황제가 친히 군사를 이끌고 가서 정벌해야 한다고 주장했다. 그럴 수 없다고 하는 충신은 황제의 진노를 사서 죽게 되었다가 간신히 목숨을 건졌다. 오랑캐에게 포위되는 고초를 겪는 황제를 충신이 구출해야 했다. 정한의 아들 정잠은 부친상을 만나 시묘살이를 하다가 황제를 대신해 볼모가 되기를 자청했다. 영웅소설에서 흔히 볼 수 있는 작품 전개를 대폭 확대해 복잡한 사건을 그려냈다.

정한이 기약한 집안의 화평도 실현되지 않았다. 도학에서 어떻게 가르치든 사람은 취향이 각기 다르고, 이해관계가 상충되어 계속 충돌했다. 선악을 갈라 시비를 하는 것이 선인보다 악인이 한층 적극적이고 더욱 유능해 문제를 일으키는 것을 막을 수 없었다. 정잠이 가통을 잇기 위해 양자로 삼은 동생의 아들 정인성 또한 성인 같은 성품인데, 견디기 어려운 시련을 집안에서 겪어야 했다.

정잠의 후처로 들어온 여인 소교완은 이해하기 어려울 정도로 복잡한 성격을 가졌다. 자기가 낳은 아들 인중이 종손이 되게 하려고, 장애가 되는 인성을 죽여 없애려고 했다. 인중이 어머니의 뜻을 따라 공범자 노릇을 하면서도, 훌륭한 사람이 되어 사람답게 살아야 한다고 어머니에게 자주 말했다. 인중은 가출해 떠돌아다니다가 홧김에 남의 집에 불을 지르기나 하는 폐륜아 노릇을 했다.

> 마음의 기탄(忌憚)할 것이 없어, 마른 나무를 취하여 화공(火工)을 갖추어 집 사모에 지르고 돌아 나오며 치밀어보니, 화광이 연천(連天)하여 편시(片時)에 온 집이 다 불 끝이 되었으니, 심하(心下)의 쟁그러움을 이기지 못하더니…

앞에서 든 작품 서두와 견주면서 읽어보자. 도학자로 존경받아 최고의 관직에 오른 정한의 손자가 그런 꼴을 하고 방화범이 되었다. 불길이 하늘로 치솟고 집이 다 타들어가는 것을 보고 "쟁그러움"이라고 일컬은 느낌을 가졌다고 했다. 덕행으로 칭송받는 것과 정반대가 되는 즐거움이다. 이 비슷한 장면을 이따금 넣어, 이상과 현실, 명분과 실상, 윤리와 심리의 거리를 극명하게 나타냈다.

3.4.3.

〈토지〉는 읽은 사람이 많아, 사건을 소개하지 않고 분석한다. 어느 대목을 인용할 필요도 없다. 작품이 짧으면 말은 길게, 작품이 길면 말은 짧게 해야, 이해하고 논의하는 능력이 인정된다.

평사리라는 곳에 자리 잡고 있는 최참판댁은 자랑스러운 혈통을 이은 가족, 만석꾼 부자인 재산, 보호해주는 나라가 있어, 누구나 부러워하는 부귀를 누렸다. 이 모두를 '토지'라는 말로 지칭한 것 같은데, 다소 미흡하다. 오랜 기간 동안 하층을 내려다보고 다스리면서 역사의 무게를 보탠 상층의 위세라고 풀이하면, 정체가 어느 정도 분명해진다.

〈완월〉에서 이미 위기의식을 느끼고 수호하려고 진력한 그 위세가 〈토지〉의 최참판댁으로 이어지면서, 두 가지 점이 달라졌다. 중앙 정계가 아닌 지방에서도 이룰 것을 다 이룰 수 있다고 했다. 이것은 지배 능력의 저변 확대를 입증한다. 도학에 힘쓰고 도의를 실행해 하층을 교화한다는 말은 하지 않았다. 이것은 명분보다 재산이 더 큰 힘을 가지는 변화가 일어나, 질서에 금이 가고 위기가 심각해진 증거이다.

〈완월〉에서 우려하던 사태가 어느 날 급격하게 나타나, 가족이 파괴되니, 재산을 상실하고, 나라를 잃는 사태까지 겹쳐, 질서가 처참하게 파괴되고 역사가 걷잡을 수 없이 유린되었다는 것이 〈토지〉 작품 전편의 내용이다. 예기치 않던 사태가 직·간접적으로 맞물려 연쇄적으로 일어난 것을 다 말하려고, 사건은 〈완월〉에서보다는 더 긴박하게 전개되었어도 작품이 훨씬 더 길어졌다. 인물과 사건의 밀림을 안에 들어갔다가 헤치고 나가려고 하면 길을 잃고 헤매게 되니, 급격한 사태가 연쇄적으로 일어난 기본 가닥만 말하기로 한다.

최참판댁 안주인 윤씨부인이 요절한 남편의 명복을 빌려고 절에 가서 머무르다가, 동학 접주 김개주에게 겁탈당한 것이 괴변의 시발점이다. 하층민이 겁탈이라는 비정상적이고 비겁하기까지 한 방법으로 상층에 도전했다. 윤씨부인은 아들을 임신해 출산하고, 김환이라고 한 그 아들을 버리지 않고 거두어, 하층민의 도전이 깊이 뿌리박히고 연쇄적인 변화를 일으키도록 방치했다.

윤씨부인은 죄책감에 시달리면서 원래의 아들 최치수와 거리를 두자, 치수는 마음이 상하고 비뚤어져 폐인이 되다시피 했다. 아버지를 따라 동학군으로 나섰다가 다시 찾아온 김환이 치수의 아내와 눈이 맞아 도망치는 것을 알면서도 막지 않아, 윤씨부인이 하층 도전의 내부 협력자가 되었다. 최치수의 딸 서희는 어머니가 도망치고 아버지가 피살된 데 이어서 할머니 윤씨부인마저 세상을 떠나버리자, 11세의 고아가 만석꾼 집안의 주인이 되었다.

하층민이 자랑스러운 혈통을 유린하고, 가족을 파괴한 결과가 이처럼 심각하게 나타났다. 그 결과뿐만 아니라, 방법이 문제이다. 정면에 나서서 투쟁하지 않고, 여성의 수치심을 공략의 근거지로 삼고, 남성을 무력하게 해서 대항 능력을 없앤 것이 떳떳하지 못하다고 나무랄 것인가? 이것은 작자가 소견이 모자라 본의 아니게 저지른 역사왜곡이라고 할 수 있다. 동학군의 항쟁을 먼발치에서 건너다보고, 그 한 가닥을 가져와 괴이하게 이용한 것도 잘못이라고 나무랄 수 있다.

세상의 움직임을 거시적으로 파악하는 데 식견 부족으로 차질이 있었다고 하지 않을 수 없다. 개인의 삶에서 우발적으로 일어난 야릇한 사건이 연쇄반응을 일으켜 시대가 달라졌다고 한 근시안적 안목 탓에, 우연과 필연, 개인과 집단이 따로 놀게 되었다. 그러면서도 방향을 잃고 계속 헤매지는 않고 가까스로 정신을 차려, 가족 파괴가 재산 상실로 이어지고, 나라를 잃은 더 큰 사태가 겹쳐 비극이 확대되었다고 하는 큰 그림을 어렴풋이 그렸다.

고아가 된 서희는 먼 친척 조준구가 후견인을 자처하며 접근해 재산을 빼앗고, 일본군과 결탁해 안전을 위협하자, 하인 길상을 비롯한 몇 사람과 함께 간도 용정으로 야반도주했다. 거기 가서 서희는 하인 길상을 남편으로 맞이해, 정식 부부로 살아가면서 아들 둘을 낳았다. 하층민의 도전이 할머니에게는 아주 비정상적인 방법으로, 어머니에게는 떳떳하지 못하게 나타난 전례를 시정하고, 서희는 당연하다고 받아들인 것이 아주 슬기로운 처사이다. 그 결과 가족 상실을 회복한 것을 높이 평가할 수 있다.

가족 회복이 힘을 보태 재산을 되찾을 수 있었다. 할머니가 몰래 물려준 금붙이를 밑천으로 삼고, 서희는 남편 길상과 함께 장사를 크게 해서 모은 돈을 가지고 돌아와 조준구가 차지한 토지를 다시 사들여 재산 상실을 해결했다. 원래 있던 곳에서 벗어나 농업 대신 상업을 하면 새 시대의 변화를 따라잡아 상실을 회복할 수 있다고 말해주었지만, 국권 상실은 그대로 있어 그 의의가 아주 한정되었다.

서희가 돌아올 때, 길상은 간도에 남아 독립운동을 하다가 투옥되었다. 출옥 후에는 아내와 함께 지내면서 징병이나 징용을 피해 다니는 젊은이들을 몰래 도왔다. 이런 노력이 대세를 바꾸어놓기에는 역부족이었다. 서희나 길상과 직접 관련을 가지지 않는 각계각층의 많은 사람이 식민지 통치를 어떻게 견디며 항일 투쟁을 어떻게 하려고 했는지 이야기를 자꾸 해서 작품이 지나치게 길어졌어도 끝내 미진하다. 일제의 항복이 결말을 가져와서 다행이지만, 내부의 전개가 필연적으로 거기까지 이른 것은 아니다.

앞으로 이 세상이 어떻게 되어야 하는지 생각하지 못하는 것은 물론이고, 등장인물 각자의 자기 설계도 없는 채 마무리를 하지 않을 수 없었다. 모든 것을 좋게 하는 돌발 사고가 일어나야 한다고 할 수는 없다. 방법을 바꾸고 시야를 넓혀야 한다. 역사관이라고 하면 너무 거창하니 말을 줄여, 소설작법이라도 쇄신해야 한다.

3.4.4.

〈티보〉에 등장하는 아버지 티보데 영감은 보수화된 시민의 전형이다. 재산을 모아 남들이 부러워하는 위치에 오른 것을 자랑스럽게 여기고 자기 가문에 대한 자부심이 대단하다. 가톨릭을 돈독하게 신앙해 가치관을 분명하게 하고, 사회 혼란을 초래하는 경박하고 퇴폐적인 풍조를 준엄하게 나무랐다. 자기 생각은 무엇이든 전적으로 타당하다고 확신하고 가족을 마음대로 지배하는 전제적인 아버지의 전형이다.

시민이 사회를 지배하는 위치에 올라서자 그렇게까지 타락했다. 귀족과 맞서 싸울 때 지녔던 자유주의자의 기풍을 다 버리고, 귀족의 특징을 물려받았다. 그러면서 지위를 유지하고 위신을 찾는 데 귀족보다 더 많은 관심을 가졌다. 그 이유는 귀족의 신분은 국가에서 공인하고 당연히 상속되지만, 시민의 지위는 누가 보장해주지 않아 당대에 얻고 잃을 수 있기 때문이다.

지위 유지를 걱정해 안달하는 보수주의자는 일체의 타협을 거부하게 마련이다. 그 때문에 희생되는 일차적인 피해자가 가족이다. 티보 영감은 아들을 들볶았다. 아들이 자기와 같은 생각을 가지고 재산을 늘리고 위신을 지키지 않으면 모든 노력이 허사라고 생각하고, 아들을 자기가 계획한 대로 강하게 키우려고 엄히 다스렸다.

티보 영감에게는 아들이 둘 있었다. 두 아들은 아버지를 대하는 태도가 서로 달랐다. 큰아들 앙트안느(Antoine)는 계승형이어서 아버지가 기대하는 바를 자기 방식대로 실행했다. 작은아들 자크(Jacques)는 아버지의 요구를 거부하고 자기 나름대로 살아가는 자유를 누리고자 하는 항거형이었다.

큰아들은 자랑스러운 가문의 명예는 소중하게 여겨 지켜야 한다고 생각하면서도 위선이나 허세는 버리려고 했다. 아버지가 크게 내세우는 신앙은 받아들이지 않고, 의사를 직업으로 택해 성실하게 살아가는 것이 보람 있는 일이라고 믿었다. 재산보다 전문지식을 더욱 소중하게 여기면서, 남들과의 관계를 군림에서 봉사로 바꾸었다.

큰아들이 그렇게 달라진 것은 부유한 시민이 기능적인 소시민으로 바뀌는 시대변화를 보여주었다고 할 수 있다. 금융자산으로 살아가던 시민의 아들이 상속세 때문에 재산이 줄어들자, 재산보다 능력을 더욱 소중하게 여기면서 직장인이 되어 봉급으로 살아가는 소시민이 되는 변화가 아직 본격적으로 닥치기 전에 앞질러 보여주었다. 그것이 작가가 희망하는 사회 안정의 방법이었다.

작은아들은 아버지를 싫어하고 어머니에게 의지해 살다가, 열다섯 살 때에 어머니가 세상을 떠나자 가출한 적 있다. 그런 철부지 짓을 해서 가문의 명예를 손상시켰다고 하는 꾸중 때문에 아버지에 대해서 더 큰 반감을 가지게 되었다. 다음과 같은 생각을 토로했다. 원문은 생략하고 번역만 든다.

소년 시절에 생각이 미치면, 보복하고 싶은 충동이 일어났다. 아주 어릴 적부터, 어떤 본능이라도 형체를 갖추어 발동하면 아버지를 상대로 싸움을 벌였다. 모든 것을 아버지에 대한 반발로, 무질서, 무례, 게으름 같은 것들을 있는 대로 드러냈다. 열등생 노릇을 하면서, 스스로 부끄럽게 여겼다. 그러나 강요된 율법에 대해서 반란을 일으키려면 그렇게 해야 했다.

　아들은 아버지에 대해서 이렇게 생각했다. 아버지에 대한 반발 때문에 택한 일탈행위가 나날이 확대되었다. 가족에게서 벗어나는 해방을 열렬하게 희구하는 데서 더 나아가, 기존의 가치를 부정하는 혁명적 무정부주의자가 되었다. 시민이면서 시민이기를 거부해 자기가 누릴 수 있는 기득권을 버리고, 시민이 지배하는 사회를 뒤집어엎는 길로 나아가는 반역자들이 그렇게 해서 생겨난다는 것을 보여주었다. 그것은 실제로 있었던 시민사회의 내부적인 파탄이다.
　시민이 사회의 지배자로 등장하면서 바로 나타난 위선과 횡포가 내부의 분열을 초래해서 그 일부의 구성원이 시민사회를 파괴하는 길로 나아갔다. 그 가운데 단순한 허무주의자도, 무정부주의자도, 공산주의자도 있었다. 작자는 그런 현상을 보여주는 것이 문학하는 사람의 사명이라고 여기고, 반역이 정당하다고 옹호하지는 않았다. 작가는 큰아들 쪽에서 중심을 잡고, 작은아들의 모습은 거리를 두고 다루었다.
　작은아들 자크의 반항심은 〈완월〉에서 인중이 가출하고 방화를 한 것과 상통한다. 혁신의 동기가 무엇인지 함께 말해주면서, 시대 변화에 구체적인 모습을 띠었다. 허무주의자와 무정부주의자 사이에서 방황하고, 공산주의자가 되어 무산계급의 혁명에 가담할 생각도 했으나 뜻을 이루지 못했다. 제1차 세계대전이 일어나자, 전쟁에 반대하는 전단을 독불 양국의 군대에 뿌리려고 비행기에 올랐다가 사고가 나서 죽었다.
　그렇다고 해서 큰아들은 안정과 행복을 누린 것은 아니다. 군의가 되어 전쟁에 나갔다가 독가스에 상해 죽었다. 누구에게도 파멸을 가져올 수 있는 전쟁이 어리석다는 것을 잘 보여주었다. 시민사회는 진보와 번영을 가져다주리라고 하는 기대는 무너졌다. 보수주의가 정당화될 수 있는 논거가 무엇인가 의문이다.

이 작품은 실제로 진행되고 있는 시대변화를 "자연이 불러주는 대로 받아쓰기를 했다"(dicté par la nature)고 할 정도로 충실하게 그렸다. 균형 잡힌 시각을 갖추었다고 자부하면서도, 개입을 초소한으로 줄였다. 그러면서도 상극이 상생이기를 바라는 마음을 나타냈다. 비난 받을 이유는 없지만, 소설가의 임무를 다했다고 하기는 어렵다.

우리의 경우와 비교해보자. 우리는 식민지 통치에 시달리면서, 〈토지〉에서 말한 바와 같이 국권뿐만 아니라 가족이나 재산도 잃고 시달릴 때, 불국은 좋은 시절의 번영을 누리면서 보수와 혁신의 갈등을 겪기나 한 것이 부럽다. 그 번영이 우리처럼 식민지를 겪는 사람들의 희생의 산물인 것은 작품에서 전연 의식하지 않았다.

〈티보〉는 문제를 축소해 잘 다루고, 〈토지〉는 문제가 너무 커서 감당하기 어려웠다. 〈티보〉를 교본으로 삼고 소설을 짓거나 논하면, 〈토지〉의 방황이 단순한 실수인 것 같다. 〈토지〉의 약점을 시정하고 더 훌륭한 소설을 이룩하려면 대단한 결단, 탁월한 통찰력이 있어야 한다.

〈티보〉의 아버지는 〈완월〉의 정현 가문, 〈토지〉의 최참판댁과 상통하는 권위를 지녔다. 셋 다 차등의 상위에 올랐으니 우러러보아야 한다고 하다가, 반발의 대상이 되었다. 〈선의〉는 〈티보〉보다 조금 뒤에 나온 작품이지만, 그런 것들이 무너진 다음에는 세상이 어떻게 되어야 하는지 자문자답했다.

〈티보〉가 세상 돌아가는 모습을 그리는 데 힘쓰고 자기가 바라는 바는 은근히 내비친 것을 〈선의〉는 따르지 않았다. 세상 모습은 누구나 보고 아니 소설가가 힘써 그려서 보여주지 않아도 된다고 여기고, 세상이 어떻게 되어야 하는가는 하는 문제로 관심을 돌렸다. 소설은 시대를 이끌어나가는 사상이고 철학이어야 한다고 여겼다.

〈토지〉의 작가도 소설이 사상이고 철학이기를 바랐다. 가족, 재산, 국권이 다 없어진 상실 시대의 번민을 어떻게 진단하고 해결해야 하는지 알아내, 널리 가르침을 베풀 수 있기를 바랐으나 뜻대로 되지 않았다. 사태가 복잡하고 문제가 만만치 않아 감당하기 어렵고, 여러 인물이 각기 보여주는 기막힌 사정을 핍진하게 그리려다가 전체의 조망이 흐려졌다.

부분과 전체, 개별과 총체, 개인과 사회를 유기적으로 연결시키고 역동적으로 파악하는 것이 얼마나 어려운지 깊이 생각하지 않고, 분에 넘치는 시도를 했다고 할 수 있다. 귀납법은 끝없는 방황을 가져온다는 교훈을 남겼다고 할 수도 있다. 어느 소설가든지 저지를 수 있는 실수를 선명하게 보여주어 소중한 교훈이 된다.

3.4.5.

〈선의〉의 작가는 〈토지〉에서 못한 일을 그 나름대로 성과 있게 수행했다. 그린 대상의 차이가 유리한 조건이었다. 상실의 시대와는 반대가 되는 획득의 시대를 다루었으므로 전모를 파악하기 쉬웠다. 제1차 세계대전에서 제2차 세계대전까지 20세기 전반의 불국은 〈티보〉에서 말한 고민마저 해결하고, 시민사회를 잘 만들어 경제 번영과 문화 창조를 선도한다고 자부했다. 표면에 나타난 것들만 가지고도 잘 그릴 수 있어, 불필요한 혼란을 겪지 않고 번듯하게 좋은 작품을 내놓을 수 있었다.

〈토지〉와는 거리가 먼 작품을 쓴 더욱 중요한 이유는 이론적 구상을 미리 갖춘 것이다. 권위주의는 무너지고 개인주의가 발달하면서, 크고 복잡한 문제는 사라지고 이해관계의 사소한 충돌이 관심사가 된 상황에 잘 대처하는 작품을 내놓았다. 식민지 통치가 빚어낸 세계사의 진통은 외면하고 자기 주위만 살피면서, 길게 고민하지 않고 '유아니시즘'(unanisisme)이라고 이름 지은 사상을 충돌 해결의 방안으로 제시했다.

이 말을 《불한사전》(정지영·홍재성)에서 원음을 그대로 적고, 다시 '전체주의'라고 번역했다. '합심주의'라고 하는 것이 적절하다. 일정한 이념이나 제도를 갖춘 전체주의를 말한 것은 아니고, 선의를 가지고 살아가는 사람들이 자발적으로 마음을 합치자는 말이다. 개개인이 각자 자기 좋은 대로 살아가기만 하지 말고, 집단의 일원임을 의식하고 연대의식을 가지고, 다른 가치관을 가졌더라도 서로 존중하면서 합심하자고 했다고 더 풀이할 수 있다.

합심주의를 실현하면서 살아가는 사람들의 모습을 거듭거듭 구체적으로 보여주려고 무척 긴 소설을 썼다. 설득력을 높이려면 반복이 가장 효과적인 방법이라고 여겼다. 등장인물을 다 헤아리니 5,330명이나 된다고 한다. 합심의 본보기가 너무 많아 충격을 주지 못하고 모두 그저 그런 것이 된다.

가장 강조해서 말한 것 하나만 들어보자. 명문대학에서 만나 학우가 된 파리 출신의 장(Jean)과 시골뜨기 피에르(Pierre)가 고귀하고 범속한 사고나 취향이 서로 다르다는 이유로 불화하지 않고 평생 우정을 나누며 산 이야기가 길게 이어진다. 우리 식으로 풀이하면, 누구나 張三李四인 것을 인정하고, 和而不同을 이룩하자는 것이다.

이런 내용을 갖춘 〈선의〉는 기대한 반응을 얻지 못했다. 합심주의가 열광적인 환영을 받으리라는 기대는 무너졌다. 사회사상으로 인정되지 않고 소설의 특이한 기법이라는 설명이 사전에 올라 있다. 〈티보〉는 노벨문학상을 받았는데, 〈선의〉는 대단한 작품이라고 인정되지 않았다. 〈티보〉는 우리말로 전권이 번역되었으나, 〈선의〉는 돌보지 않는다.

　　〈선의〉가 실패한 원인 이해에 실존주의가 등장해 크게 환영을 받은 사실이 결정적인 증거가 된다. 〈선의〉가 1946년에 완간되기 전인 1942에 알베르 카뮈(Albert Camus)가 낸 단권짜리 얄팍한 소설 〈이방인〉(Étranger)이 곧 선풍적인 인기를 얻었다. 합심주의와는 정반대로, 외톨이가 된 개인이 낯선 세계에서 남들과 단절되어 무엇을 하는지도 모르고 나날을 보낸다고 하는 것이 삶의 실상이라고 인정하고 크게 환영하면서, 〈선의〉 전27권은 야유의 대상으로나 삼는다.

　　사상의 정당성은 판가름하기 어렵지만, 유용성은 명백하다. 합심주의는 매장하고 실존주의를 받들면, 누구나 외톨이가 되어 낯선 세계라고 여기는 타인과 함께 서먹서먹하게 살아가야 한다. 이렇다고 해야 남들보다 앞선다는 착각이 심각한 자해를 초래한다. 불국이 자랑으로 삼던 자유, 평등, 박애 가운데 박애는 사라지고 자유와 평등만 남아, 평등을 철저히 추구하는 자유가 끝없는 갈등을 만들어낸다. 코로나 바이러스가 창궐하자 그 허점이 철저하게 드러난다.

　　합심주의는 무용하게 되었다고 하고 말 것은 아니고, 그 뜻을 재평가해야 한다. 합심주의를 대등론으로 재정리해 더 깊은 뜻과 넓은 쓰임새를 갖추고 인류의 불행을 치유하는 데 우리가 앞장서고 있다고 알리고, 힘을 합쳐 더 좋은 시대를 만들자고 해야 한다. 이런 뜻을 설득력 있게 밝히는 대하소설을 세계를 무대로 쓸 수 있을까 하고 심각하게 생각한다.

3.4.6.

대하소설은 작자가 살아온 시대, 시대를 이루는 집단, 집단 속의 개인의 관계를 다루는 것이 예사이다. 앞에서 이렇게 말한 데서 더 나아간다. 대하소설은 삶의 총체를 말하려고 한다. 이것이 소중한 의의가 있는 것을 인정하고, 힘써 파악해야 한다.

밀림을 관통하는 모험을 하고, 탁월한 지혜를 얻어내야 한다. 인식의 폭을 최대한 넓히고 깊이도 넉넉히 갖추어야 하는 이 일을 문학이 스스로 감당하기 어려운 것을 알고, 철학이 맡아 나서야 한다. 철학은 총체의 학문임을 분명하게 하고, 개체 파악도 적절하게 해야 한다.

삶의 총체를 말하려고 하는 점에서 대하소설과 철학은 다르지 않다. 삶의 총체를 대하소설은 자세하게 말하려고 하고, 철학은 간추려 말하려고 한다. 이 때문에 대하소설은 무척 길어지고, 철학서는 한 권을 넘지 않는다. 대하소설은 엄청나게 많은 인물과 아주 복잡한 사건으로, 철학은 몇몇 개념과 일관된 논리로 이루어진다.

대하소설에서 삶의 총체를 말하는 것은 그 자체로 철학이다. 통념을 깨고 새로운 철학을 제시하려고 작품을 다시 쓴다. 이것을 알아내 서술하면 문학에서 철학하기를 훌륭하게 해낸다. 무척 어렵지만, 수고하는 보람이 있다. 어려운 것은 수고를 많이 해야 하기 때문이라고 단순하게 말할 수 없다. 인물을 개념으로, 사건을 논리로 옮겨놓는 작업이 직접 이루어질 수 없고, 자득의 창조를 요구한다.

부분과 전체, 개별과 총체, 개인과 사회를 유기적으로 연결시키고 역동적으로 파악하는 작업을 작품에서 어떻게, 얼마나 했는가? 그래서 말하려고 한 것이 무엇이고, 얼마나 타당한가? 이런 의문에 대한 해답을 찾으려고, 한 작품에 머무르지 않고 여러 작품을 비교하면서 노력하는 것이 마땅하다. 위의 논의에서 시험 삼아 더러 시도한 이 작업을 힘써 하면서 앞으로 나아가면, 자득의 철학을 얻는 데 이른다.

작품에서 말하는 철학이 무엇이라고 저자가 스스로 밝혔으면 이 작업이 쉽게 이루어지는 것은 아니다. 자작 해설을 넘어서는 비약을 해야 하고, 비교 대상을 논쟁 관계를 가지는 작품에서 찾아 고찰하는 각별한 노력이 요망된다. 그 본보기인 합심주의 소설은, 바로 뒤따른 실존주의 소설과의 비교 평가를 해야 한다.

합심주의는 대하소설로, 실존주의는 짧은 소설로 나타낸 것은 그럴 만한 이유가 있다. 합심주의는 당연하다고 인정될 수 있는 사례를 되도록 많이 들어야 설득력이 커진다고 여겼다. 실존주의는 삶이 필연이 아니고 우연임을 충격을 주는 방식으로 조금 말해 관심을 모으려고 했다.

이 둘의 차이점을 이렇게 설명하고 말면, 철학 읽기를 하지 못한다. 어느 쪽을 지지하는지 말하고 그 이유를 밝히면, 철학 읽기를 하기는 하지만 의양에 머물 따름이다. 양쪽의 편향성을 시정하거나 잘못을 바로잡아야, 문학에서 철학 읽기에서 자득의 성과를 이룩할 수 있다.

합심주의는 상생을 이룩하며 함께 잘살자고 장광설을 펴고, 실존주의는 상극을 알아차리고 각자 움추려들어야 한다는 최소한의 경고를 한 것은 극단의 선택이다. 둘 다 잘못되었으므로 함께 바로잡아야 한다. 상생과 상극, 상극과 상생이 둘이 아니게 하는, 중도의 통합을 이룩해야 한다.

장광설을 펴다가 급격히 중단하고, 말머리를 돌려야 한다. 함께 잘살려면 각자의 창조주권을 철저하게 발현해야 한다고 깨닫게 해야 한다. 이런 소설은 쓰기 아주 어렵다. 설계도를 철학으로 마련하는 작업은 난관이 적어 먼저 할 수 있다.

시공에 들어가면, 설계도의 잘못을 바로 알아차릴 수 있을 것이다. 생극론에 관한 막연한 논의가 실제 상황에서 예상을 넘어서는 방향으로 구체화될 것이다. 대등생극론을 소설로 구현하려면 기존의 시도를 모두 넘어서야 한다.

그 방법이 무엇인지 깊이 연구해야 한다. 연구와 창작을 함께 하면서 생극의 관계를 가지게 해야 한다. 평생의 노력을 요구하는 이 작업을 시간 낭비 없이 슬기롭게 해야 한다.

3.5. 시인의식의 편차

3.5.1.

김도훈, 《프랑스 낭만주의와 세기병》(2022)이라는 책이 있다. 읽은 소감을 말한다. 불국을 비롯한 유럽 전역의 낭만주의에 관한 역사적인 연구를 총체적으로 하겠다고 한 포부는 너무 벅차 실현하지 못하고, 사례 열거에 머물렀다. 그렇지만, 책 후반부에서 세기병의 정체를 탐구하려고 다각도로 진지하게 노력한 것은, 결과가 미흡해도 소중한 의의가 있다.

　더 나아간 작업을 하려면 어떻게 해야 할 것인지 생각해보게 한
다. 문학의 범위를 넘어서는 거시적 관점을 가지고, 여러 나라의
경우와 비교고찰을 할 수 있어야 할 것이다. 이렇게 말한 작업을
내가 감당하기로 하고 연구를 구상해본다. 좋은 계기를 마련해주어
감사하게 여기고, 그 덕분에 새로운 착상을 풍성하게 얻을 수 있어
다행이다.

　그 책에서 낭만주의와 세기병에 관해 세 가지 지론을 폈다. 낭만
주의는 자신의 이미지를 주체적으로 만드는 데 어려움을 겪은 사조
"라고 하고, "고전주의라는 거인이 지배하는 미학의 굴레에서 벗어
나 힘겹게 독립"한 것을 평가해야 한다고 했다.(365면) 낭만주의가
"현실과의 대결에서 물러나 내면으로 침잠하는 자폐증 증상"인 세
기병(mal de siècle)을 보인 이유는 "과도한 정서적 반응"에 있다고,
다음의 사조 사실주의에서 말한 것은 부당하다고 했다. "세기병 연
구는 질병에 관한 것만이 아니라 투병에 관한 것이기도 하다"고 했
다.(366면)

　이에 대해 하나씩 검토하는 것은 적절한 방법이 아니다. 일이 너
무 많아 혼란에 휘말릴 수 있다. 가까이 다가가기 전에 전체를 살피
는 작업부터 해야 한다. 그런 진술이 연구의 세 단계, 사실판단·인
과판단·가치판단의 타당성을 하나씩 갖추어 나갔는지 검토해야 한
다. 미흡하면 보완하고, 착오가 있으면 시정해야 하는 것만이 아니
다. 크게 잘못되었으면 부분적으로 바로잡을 수 없어 전면적인 대
안을 내놓아야 한다.

　해야 하는 작업은 아주 방대하기만 하지 않고, 무척 어렵다. 순서
를 잘 잡고 차근차근 진행해야 한다. 먼저 거시적인 안목을 가지고

대강 조망하고, 자세한 논의는 차차 해야 한다. 설계도를 작성한 다음 집을 지어야 하는 것과 같다. 세부 공사를 위한 긴요한 예증을 괄호 안에 적어놓아 잊지 않도록 한다.

상론은 나중에 하기로 한다. 큰 책을 써야 할 일을 제대로 한다. 지금 여기서 할 수 있고, 해야 하는 일의 범위나 성격을 셋으로 규정한다. 제기된 문제에 대해 거시적인 논란을 한다. 연구방법을 가다듬는다. 역사철학 재정립을 시도한다.

3.5.2.

고전주의·낭만주의·사실주의의 선후 관계에 관한 사실판단은 이미 확립된 것을 따랐으므로 재론이 필요하지 않다고 할 것이 아니다. 고전주의라는 것이 보편적인 사조인지 의문이다. 낭만주의 선행 사조가 고전주의라고 어디서도 말할 수 있는지 검토해야 한다. 낭만주의와 사실주의의 관계가 고정되었다고 할 수도 없다. 이런 의문을 가지고, 사실을 확인하는 비교고찰을 힘써 해야 한다.

불국에서는 고전주의(classicisme)를, 영국에서는 신고전주의(neo-classicism)를 말하는 것이 조금 다르다. 고전주의는 그 자체로 완벽하다 하고, 신고전주의는 모범 전례의 대용품이다. (Racine가 엄수한 규범을 Shakespeare는 따르지 않았다.) 독일에서는 이에 해당하는 것이 바로크(Barock)라고 한다. 아주 포괄적인 의미를 가지는 바로크의 시대가 오래 계속되었다고 한다. (Beutin의 독문학사에서는 무어라고 규정하지 않은 바로크 시대가 오래 시속되었다고 했다.) 미술사나 음악사에서는, 고전주의라는 말은 쓰지 않고 바로크를 일제히 논의한다.

고전주의·신고전주의·바로크는 어떻게 같고 다른가? 이에 대한 가시나 미시의 논의를 늘어놓으면, 말이 많아지는 것만큼 혼란이 커진다. 거시 확보에 힘쓰고, 언술은 최소로 축소하는 것이 마땅하다. 고전주의·신고전주의·바로크는 중세에서 근대로의 이행기 사고 형태인 것 같다. 그 시대에도 따라야 하는 질서가 있다고, 고전주의는 분명하게 주장하고, 신고전주의는 느슨하게 생각한 것이 다르다. 바로크는 주장이 아닌 현상이며, 질서와 자유의 공존이나 혼합을 특징으로 한다.

바로크라는 말은 서유럽에서만 사용하지만, 그런 현상은 다른 여러 곳에도 있었다. 중세에서 근대로의 이행기의 사고와 표현이 기본적인 공통점을 가졌기 때문이다. 좋은 예를 하나 든다. 조선시대의 지위나 학식 최상인 金萬重이 남녀 결연을 여성 쪽에서 이야기하는 소설을 국문으로 쓴 것을 무어라고 해야 하는가? 상응하는 말을 찾지 못해, 바로크라고 해도 된다. 17세기는 바로크의 시대라고 일반화해서 말할 수 있다. 이에 대한 세계적인 범위의 비교고찰을 자세하게 할 필요가 있다.

고전주의라는 거인의 지배에서 낭만주의가 힘겹게 독립했다는 것은 불국의 경우를 특별히 지적한 말이다. 영국의 경우에는 조금 맞고, 독일은 사정이 상당히 달랐다. 바로크에서 공존한 질서와 자유 가운데 자유가 자라나 낭만주의가 되었다고 할 수 있다. 유럽문학사의 한 시대의 공통된 징표를 고전주의라고 할 것인가 바로크라고 할 것인가? 두 주장이 맞서 있다. (Béatrice Didier dir., *Précis de littérature européenne*, 1998 같은 책에서 문제를 제기하고, 해결책은 내놓지 못했다. "Maniérisme, baroque et classicisme"을 열거하고, 세 용어는 각기 그 나름대로의 타당성을 가지고 한 시대 유럽문학의 특징을 다양하게 설명할 수 있다고 하는 절충주의를 말했다.)

관심을 세계문학사로 확대하면, 판가름이 쉬워진다. 어디든지 고전을 숭상하고, 복고적인 경향이 있다. 으레 그렇기 때문에, 고전주의라고 지적해 명명할 필요는 없다. 자유를 요구하는 움직임이 나타나고 자라나 질서와 공존하게 된 것이 예상하지 않던 변화의 공통된 양상임은 주목하고 평가해야 한다. 이것을 지칭하는 용어를 만들어내기 어려우므로, 바로크 경향이라고 범박하게 말해둘 수 있다.

낭만주의는 어떤가? 불국, 영국, 독일 등의 유럽 각국뿐만 아니라 동아시아 여러 곳에서도, 이질성보다 동질성이 더욱 분명한 형태로 일제히 나타났다. 동아시아의 낭만주의는 수입품이므로 독자적인 의의가 없다고 할 것은 아니다. 전후에 함께 수입한 다른 어느 사조보다 더 잘 정착되고, 일으킨 공감의 깊이나 넓이가 월등한 것을 주목해야 한다.

사실판단을 이 정도 했으면, 인과판단으로 나아갈 수 있다. 이 작업은 문학사를 사회사와 함께 고찰하도록 요구한다. 인과판단에서 해결해야 하는 문제를 정리해보자. 다음 세 문제를 제기하고 하나씩 대답해야 한다.

(1) 앞 시대에 질서를 존중하는 사조가 있다가, 자유를 추구하는 낭만주의의 시대로 일제히 나아간 것은 무슨 까닭인가? (2) 질서를 존중하는 앞 시대의 사조에서, 질서가 철저하기도 하고 느슨하기도 하며, 자유와 공존하기도 한 편차가 있는 것은 무슨 까닭인가? (3) 그런데도 낭만주의는 이질성보다 동질성이 더욱 두드러진 것이 무슨 까닭인가?

(1)은 질서에서 자유로의 전환이 필연적인 것을 근본적인 이유로 한다. 신분적 특권자가 지배하는 구시대의 질서를 타파하고 생산

능력을 자랑하는 자유인이 앞장서서 새 시대를 이룩한 사회사의 진행이 당연히 문학사에도 나타났다. 문학이 사회의 변화를 반영하고 촉진한 것을 확인할 수 있다.

(2)는 신분적 특권자가 지배 질서를 공고하게 한 정도에 상당한 차이가 있었던 것을 말한다. 이것이 뒤따르는 변화의 양상을 많이 달라지게 했다. 결과에서 원인을 추적하고, 결과의 차이를 더욱 분명하게 알자. 불국의 지배자는 질서 공고화의 정점을 보여주다가, 격렬한 시민혁명을 초래했다. (Versailles의 위세가 지나쳐, 지금은 'Concorde', '화합'이라고 하는 광장에 단두대를 세우도록 했다.)

영국은 질서가 느슨해 정치혁명도 완만했으나, 산업혁명을 선도해 세찬 변화를 보여주었다. (해가 지지 않는 제국을 만든 후유증이 이제 심각하게 나타난다.) 독일은 정치혁명도 산업혁명도 늦어, 질서와 자유 생극관계의 논리적 형상화를 위해 각별한 노력을 했다. (1770년 동갑내기 Hegel과 Beethoven이 독일을 넘어서서 진정으로 위대하다고 평가된다.) 노쇠한 조선왕조는 신분제가 무너지는 것을 막지 못하고, 저층 민중의 공연예술이 역동적으로 창조되도록 했다. 이것이 세계를 뒤흔들고 있는 한류의 원천이다.

(3)은 질서의 구속에서 벗어나 자유를 얻고자 하는, 차등을 철폐하고 대등을 실현하고자 하는 요구가 너무나도 당연해, 어떻게 해서도 막을 수 없는 것을 그 이유로 한다. 낭만주의는 이 요구의 예술적 표출이므로, 어디서나 나타나고 기본적인 공통점이 있다. 자칭 낭만주의만 낭만주의가 아니고, 낭만주의인 줄 모르고 하는 활동도 낭만주의이다. 이런 것까지 지칭하는 더욱 포괄적인 용어를 지어낼 수 없어, 낭만주의라는 말을 의미를 확대하고 계속 사용하는 것이 적절한 대책이다.

공통점을 분명하게 하고서는, 차이점에 대한 논의를 추가하는 것이 마땅하다. 불국의 경우를 다시 보면, 질서 공고화가 지나쳐 격렬한 혁명이 일어났다. 혁명에 대한 기대가 또한 지나쳐, 열정이 환멸로 바뀌어 비탄을 자아냈다. (Hugo와 Musset가 자유를 열망하는 낙관시인, 환멸로 신음하는 비관시인의 양극을 보여준다.) 환멸의 비탄을 말하는 세기병이 보편적인 것은 아니다. 세기 즉 19세라는 말을 떼내고 '비탄의 낭만주의'라고 해도, 분명하게 나타나는 범위가 한정되어 있다.

주관적 감정 과잉의 잘못을 사실주의의 객관적 사회 인식으로 바로잡았다는 말도 널리 타당한 것은 아니다. 불문학사의 특수성을 비교고찰에서 분명하게 확인해야 한다. 불문학이 유럽문학이고 유럽문학이라고 여기는 착각에서 벗어나야 한다. 불문학은 세계문학의 비교고찰을 위해 적극적으로 기여하는 사례를 제공하는 의의가 있다고 해야 한다. (불국 비교문학자 Etiemble이 말한 희망이 실제로 이루어져야 한다.)

영국이나 독일의 낭만주의 시인은 낙관시인과 비관시인으로 양분되지 않고, 두 성향을 함께 보여주는 것이 예사이다. 자유를 구가하는 열정을 토로하면서 사실주의의 현실 참여를 선도하기도 했다. (Shellely, Heine) 한국에서는 낡은 질서의 구속에서 벗어나고자 하는 시인(이상화)이 식민지 통치를 물리치는 투사이기도 해서, 깊은 공감과 넓은 지지를 얻었다. 비탄의 울부짖음이 과감한 투쟁이어서, 낭만주의와 사실주의가 둘이 아니게 했다.

지금까지 한 논의를 정리해보자. 불국에서는 질서를 강요하는 지배자를 없애는 혁명을 완수하니, 자유를 주장하는 세력이 분열되었다. 자산계급과 무산계급의 대립이 나타난 것만 아니다. 자산계급에서도 탐욕인과 예술인이 갈라져 반목했다. 무능해 가난하다고 멸시하고, 천박하고 탐욕스럽다는 이유에서 반감을 가졌다. 멸시로 상처를 입고 반감이 괴로움으로 되돌아와 생긴 질병을 세기병이라고 일컬어 자랑거리로 만들고자 했다.

다른 나라는 사정이 같지 않았다. 질서를 강요하는 지배자를 없애는 혁명을 완수하지 못하거나 시도도 하지 못한 형편이어서, 자유를 주장하는 세력이 분열되지 않았다. 예술인이 무능해 가난하다고 멸시하지 않고, 투쟁의 선두에 나서기를 기대했다. 이것은 어디서나 확인되는 보편적 원리이다.

세기병이라고 하는 것은 세계사의 보편적인 과정이 아니고, 불국의 특수성을 알려준다. 세기병을 앓는 증상이 심각하고 가벼운 것을 가려 정상과 비정성, 중심과 주변을 판정한다면 크게 잘못된다. 도착된 관점에서 진상을 잘못 인식하는 과오를 저지른다.

그러나 한 곳의 특수한 현상은 진지한 관심을 가질 필요가 없다고 할 것은 아니다. 질서 공고화가 지나쳐 격렬한 혁명이 일어난 것이 또한 지나쳐 파탄이 다시 일어난 것을 말해주는 줄 알면, 특수성이 그 나름대로 보편적인 의의를 가진다. 한국은 그 반대인 것을 비교고찰을 거쳐 분명하게 알아차릴 수 있게 한다.

한국에서는 지배 질서가 무너지면서 자유를 요구하는 하층의 창조활동이 일어나다가 식민지 통치로 억압된 것을 일거에 역전시키는 운동이 일어났다. 잠깐 동안의 세기병 전염을 쉽게 치유하고, 놀랄 만한 활력을 발현해 다음 시대를 이룩하는 방향과 방법을 찾는다. 이것이 실천 이전의 의식에서부터 대단한 가치를 가진다. 이에 대한 고찰이 연구 방법 정립에도 크게 기여한다.

가시 영역의 상식적인 이야기를 늘어놓으면서 많이 아는 체하면 비웃음을 사기나 한다. 진상을 해명하겠다고 미시의 영역으로 함부로 들어가면 길을 잃고 헤매면서 시간을 낭비한다. 거시를 확보하고 산맥의 얽힘을 내려다보면서, 근접 파악을 필요한 순서와 단계를 갖추어 해야 한다.

이것이 어느 한 곳에 들어 박혀 식견이 좁아지는 폐단에서 벗어나, 천하만세 공공의 학문을 충분한 넓이를 갖추어 제대로 하는 적절한 방법이다. 내가 정립하는 대등생극론이 이와 이중의 관계를 가진다. 혼란을 헤치고 앞으로 나가게 한다. 얻은 결과를 가지고 미비점을 보완한다.

3.5.3.

지금까지의 논의는 너무 복잡하고, 선명하지 못하다. 이론이 실상에 이르지 못하고 차질을 빚어내는 통상적인 약점이 안개를 만들어내며 말썽을 부린다. 거시를 개념 구축으로 확보하려고 하는 시도에 차질이 생기게 한다.

이런 난관을 일거에 해결하려면, 작품을 예증으로 들 필요가 있다. 힘든 과정을 거쳐야 좋은 결과를 얻을 수 있다. 미시를 확보해 비교고찰을 선명하게 한 것을 근거로 삼고 거시의 논의를 다시 하면, 안개가 걷히고 길이 활짝 열린다.

시인에 관한 시 세 편을 들어, 세기병에 관한 논의를 더욱 정밀하게 하고 대폭 확대한다. 원문을 고찰하는 것이 당연하므로 나무라지 말기 바란다. 번역으로 이해를 도우면서 원문의 문제점을 논의한다.

Charles Baudelaire, "L'albatros"

Souvent, pour s'amuser, les hommes d'équipage
Prennent des albatros, vastes oiseaux des mers,
Qui suivent, indolents compagnons de voyage,
Le navire glissant sur les gouffres amers.

A peine les ont-ils déposés sur les planches,
Que ces rois de l'azur, maladroits et honteux,
Laissent piteusement leurs grandes ailes blanches
Comme des avirons traîner à côté d'eux.

Ce voyageur ailé, comme il est gauche et veule !
Lui, naguère si beau, qu'il est comique et laid !
L'un agace son bec avec un brûle-gueule,
L'autre mime, en boitant, l'infirme qui volait !

Le Poète est semblable au prince des nuées
Qui hante la tempête et se rit de l'archer ;
Exilé sur le sol au milieu des huées,
Ses ailes de géant l'empêchent de marcher.

보들래르, 〈알바트로스〉

이따금 뱃사람들은 장난을 하느라고
바다의 거대한 새 알바트로스를 잡는다.
항해의 무심한 동반자 노릇을 하면서
쓰디쓴 심연 위에서 미끄러지는 배를 좇는.

갑판 위에 내려놓인 신세 되기만 하면
이 창공의 왕자 얼마나 어색하고 수줍은가,
크고 흰 날개를 가련하게 끌고 다닌다.
배를 젓는 노가 좌우에 달려 있는 것처럼.

이 날개 달린 항해자 얼마나 서투르고 무력한가!
전에는 아주 아름답더니, 이제는 가소롭고 추하다!
담뱃대로 부리를 성가시게 하는 녀석이 있고,
날던 불구자를 절룩절룩 흉내 내기도 하나니!

시인은 이 구름 위의 왕자와 같도다.
폭풍을 넘나들고 활잡이를 비웃다가
땅에 추방된 신세로 야유에 휩싸이니
거대한 날개가 걸음걸이를 방해한다.

보들래르는 이 시에서 시인은 창공을 날아다니는 거대한 새 알바트로스와 같은 자유를 누린다고 했다. 이백처럼 하늘에서 귀양 온 신선이라고 하지 않고 하늘을 날아다닌다고 했다. 시인은 구름 위의 왕자와 같아 폭풍을 넘나들고 활잡이를 비웃는다고 해서 누구도 침범할 수 없는 우월감을 나타냈다.

알바트로스는 信天翁이라고 하는 번역어가 있으나 자주 쓰지 않아 생소하다. 알바트로스라고 일컫고, 특성을 알아본다. 알바트로스는 바다에서 사는 새이다. 새 가운데 가장 긴 날개로 자유롭게 활공하면서 대부분의 시간을 비행하면서 보내고 먼 거리까지 여행하기도 한다. 이런 알바트로스에 견준 시인은 하늘을 우러르지 않고 하늘을 자기 삶의 영역으로 삼는다. 시 창작은 천상의 행위여서 지상의 인간이 하는 다른 모든 일과 차원이 다르다고 했다.

하늘을 날던 알바트로스가 잡혀서 지상에 내려오니 처량하기만 하다고 했다. 두보가 이백이 처량하다고 한 것보다 더욱 심각한 말을 했다. 뱃사람들이 장난삼아 알바트로스를 잡아 놀림감으로 삼는 것처럼 시인을 야유의 대상이 된다고 했다. 알바트로스의 거대한 날개와 같은 상상력이 다른 사람들 틈에 끼어 지상에서 살아가는 데는 방해가 되어 시인을 무능하고 무력하게 한다고 했다.

이 시는 말했다. 시인은 하늘을 날던 알바트로스가 잡혀서 지상에 내려오니 처량하게 된 것 같다고 했다. 처량한 처지가, 처량한 처지가 야유의 대상이 된 것이 세기병의 원인이고 증세이다. 세기병은 시인이 스스로 치료할 수 없고, 누가 치료해주지 않는다.

Friedlich Hölderin, "Dichterberuf"

Des Ganges Ufer hörten des Freudengotts
Triumph, als allerobernd vom Indus her
    Der junge Bacchus kam mit heilgem
        Weine vom Schlafe die Völker weckend.

Und du, des Tages Engel! erweckst sie nicht,
Die jetzt noch schlafen? gib die Gesetze, gib
    Uns Leben, siege, Meister, du nur
        Hast der Eroberung Recht, wie Bacchus.

Nicht, was wohl sonst des Menschen Geschick und Sorg'
Im Haus und unter offenem Himmel ist,
    Wenn edler, denn das Wild, der Mann sich
        Wehret und nährt! denn es gilt ein anders,

Zu Sorg' und Dienst den Dichtenden anvertraut!
Der Höchste, der ists, dem wir geeignet sind
    Daß näher, immerneu besungen
        Ihn die befreundete Brust vernehme.

Und dennoch, o ihr Himmlischen all und all
Ihr Quellen und ihr Ufer und Hain' und Höhn
    Wo wunderbar zuerst, als du die

Locken ergriffen, und unvergeßlich

Der unverhoffte Genius über uns
Der schöpferische, göttliche kam, daß stumm
Der Sinn uns ward und, wie vom
Strahle gerührt das Gebein erbebte,

Ihr ruhelosen Taten in weiter Welt!
Ihr Schicksalstag', ihr reißenden, wenn der Gott
Stillsinnend lenkt, wohin zorntrunken
Ihn die gigantischen Rosse bringen,

Euch sollten wir verschweigen, und wenn in uns
Vom stetigstillen Jahre der Wohllaut tönt
So sollt' es klingen, gleich als hätte
Mutig und müßig ein Kind des Meisters

Geweihte, reine Saiten im Scherz gerührt?
Und darum hast du, Dichter! des Orients
Propheten und den Griechensang und
Neulich die Donner gehört, damit du

Den Geist zu Diensten brauchst und die Gegenwart
Des Guten übereilest, in Spott, und den Albernen
Verleugnest, herzlos, und zum Spiele
Feil, wie gefangenes Wild, ihn treibest.

Bis aufgereizt vom Stachel im Grimme der
Des Ursprungs sich erinnert und ruft, daß selbst
Der Meister kommt, dann unter heißen
Todesgeschossen entseelt dich lässet.

Zu lang ist alles Göttliche dienstbar schon
Und alle Himmelskräfte verscherzt, verbraucht

Die Gütigen, zur Lust, danklos, ein
Schlaues Geschlecht und zu kennen wähnt es

Wenn ihnen der Erhabne den Acker baut
Das Tagslicht und den Donnerer, und es späht
Das Sehrohr wohl sie all und zählt und
Nennet mit Namen des Himmels Sterne

Der Vater aber decket mit heilger Nacht,
Damit wir bleiben mögen, die Augen zu.
Nicht liebt er Wildes! doch es zwinget
Nimmer die weite Gewalt den Himmel.

Noch ists auch gut, zu weise zu sein. Ihn kennt
Der Dank. Doch nicht behält er es leicht allein,
Und gern gesellt, damit verstehn sie
Helfen, zu anderen sich ein Dichter.

Furchtlos bleibt aber, so er es muß, der Mann
Einsam vor Gott, es schützet die Einfalt ihn,
Und keiner Waffen brauchts und keiner
Listen, so lange, bis Gottes Fehl hilft.

횔덜린, 〈시인의 사명〉

간지스 강변이 들었다, 환희의 신이
이룩한 승리를, 젊은 바커스 신이
인더스 강을 떠나 이곳으로 오면서
신성한 술로 잠자는 사람들을 깨운 것을.

오늘날의 천사여, 잠을 깨우지 않으려나?
법칙을 마련하고, 생명을 주고, 승리하라.
거장이시여, 오직 그대만이 바커스처럼

정복할 수 있는 권능을 지니고 있다.

인간의 운명이니 근심이니 하는 것이
집 안팎에서 그리 대단하지 않다지만,
금수보다도 고귀하다는 인간에게는
일하고 먹는 것보다 다른 일이 더욱 값지다.

근심하고 봉사하는 임무를 맡은 시인,
우리가 의지할 수 있는 높은 분이시여,
더 가까이서, 언제나 새로운 노래를 부르면서
당신에게서 가슴 고동의 다정한 소리를 듣는다.

그러나 천상에 있는 모든 것들이여,
그대 샘물, 언덕, 숲, 봉우리들이여,
그대들이 내 머리카락을 부여잡아
놀라운 충격을 받은 것 잊지 못한다.

들도 보도 못한 혼령이 우리에게로,
무얼 만들어내는 귀신이 와서 덮쳐,
우리의 오감이 마비되어 멈추게 하고,
벼락이 뼛속까지 내리친 것 같게 한다.

그대들 거대한 세계의 끊임없는 행위여,
그대들 운명적으로 격동하는 나날이여,
신은 묵묵히 생각에 잠겨, 노여움에 취한
거대한 말 떼를 그대들에게 달래게 한다.

그대들에게 우리는 반응이 없어야 하는가.
여러 해 침묵해온 화음이 마음속에서 울리면,
소리를 내야 한다. 거장 음악가의 아이가

두려워하지 않고 장난삼아 소리를 내듯이.

신성하고 순수한 현악기에 장난으로 손대고,
그 때문에 너희들 시인은 듣지 않았나?
동양 예언자들이 하는 말, 그리스의 노래,
근래에는 자연에서 울리는 천둥소리를.

직분의 정신을 자기 마음대로 이용하고,
선량함이 나타나 있는 것을 우롱하고.
순수한 정신을 가차 없이 부정하고 놀이 삼아
흥정할 것인가, 사로잡힌 들짐승처럼?

분노의 가시에 찔리기 전에 근원이
기억을 되살려내고 구원을 요청한다.
주인이 몸소 와서 너희들을 혼낼 것이다
뜨거운 죽음의 수레로 깔아뭉개서.

너무나도 오랫동안 신에 관한 모든 것,
하늘의 권능에 관한 것이 헛되게 소모되었다.
선량하다고 말하던 것들을 교활한 족속이
아무 생각 없이 함부로 향락하고 말았다.

그대들이 일하라고 밭을 일구어주면
날이 빛나고 천둥 치는 것만 안다 하고,
망원경으로 멀리 하늘을 쳐다보고
별들을 헤아리고 이름 지을 것이다.

아버지가 그대들을 성스러운 밤으로 감싸시어,
우리도 눈을 뜨고 이 세상에 머무른다.
아버지는 거친 것을 좋아하지 않으신다.

넓은 힘으로 하늘을 감싸지 못하게 한다.

너무 현명하게 구는 것은 좋지 않다.
우리가 감사하는 것을 아버지가 알고 있다.
시인이 홀로 감사함을 담아내기 쉽지 않아
다른 사람들과 어울려 도움을 받는다.

그러나 시인은 홀로 하느님 앞에 서도
두려움이 없다. 단순함이 보호해주니,
어떤 무기나 지략도 필요하지 않다.
하느님의 부재가 시인을 돕고 있으므로.

독일 낭만주의 시인 휠덜린은 시인의 사명에 관해 이런 시를 지었다. 복잡한 생각을 까다로운 말로 나타내 난삽하게 된 시여서, 읽기 힘들고 번역하기 난감하다. 국역(장영태,《궁핍한 시대의 시인은 무엇을 위하여 사는가》, 유로서적, 2012)과 영역(인터넷에 올라 있는 Maxine Chernoff and Paul Hoover의 번역)이 있으나 둘 다 원문에 충실하지 않고, 서로 많이 다르고, 이해하기 무척 어렵다. 내 나름대로 의역을 해 무엇을 말하는지 짐작할 수 있게 하려고 했다.

"환희의 신"이 바커스이다. 포도주를 관장하고 환희를 가져다주는 바커스 신이 바커스가 인도 인더스강에서 간지스강으로, 다시 인도에서 그리스로 오면서 미개한 사람들을 잠에서 깨웠다고 한다. 그것이 시인이 할 일과 같다고 해서 먼저 들었다. "오늘날의 천사"는 시인이다. "거장"도 시인에게 하는 말이다.

"천상에 있는 모든 것들", "샘물, 언덕, 숲, 봉우리들"은 시의 세계이고, 시를 통해 재인식하는 자연이다. 앞에 "그러나"라는 말을 붙여 시인과 무관하게 자연 자체와 만난다고 여긴다고 했다. "머리카락을 부여잡은"은 하늘로 끌어올리는 행위이다. 경이로운 연이 사람을 하늘로 끌어올리는 것 같은 충격을 준다는 말로 이해된다.

"들도 보도 못한 혼령이 우리에게로, / 무얼 만들어내는 귀신이 와서 덮쳐, / 우리의 오감이 마비되어 멈추게 하고, / 벼락이 뼛속까지 내리친 것 같게 한다."는 대목에서 시가 주는 충격을 말했다. 이 정도로 의역을 하면 선명하게 이해된다. "예상치 않은 정령, 창조적이며 신적인 자/ 우리에게도 넘어왔으니. 우리의/ 감각은 침묵하였고 마치 빗살에 얻어맞은 것처럼 사지는 떨렸었노라"라고 번역하면 (장영태, 269면), 원문에 충실한지 의문이고, 무슨 뜻인지 알기 어렵다. 영역에서는 "Our imaginations overcame us/ Like a god, silencing our senses, / And left us struck as if by lightning/ Down to our trembling bones,"이라고 의역을 해서 이해하기 쉽지만, 다가온 것이 "Our imaginations"이라고 해서 의미를 곡해하고 훼손했다. "노여움에 취한 거대한 말 떼"는 시가 주는 격동적인 느낌이다.

그다음 연도 설명이 필요하다. "그대들"이라고 한 시의 울림이 다가와 자연스러운 반응이 나타나 "여러 해 침묵해온 화음이 마음속에서 울리면", "거장 음악가의 아이가" 자기 아버지가 하는 것을 의식하지 않고서도 흉내 내 "두려워하지 않고 장난삼아 소리를 내듯이" 소리를 내야 한다고 했다. 자연의 울림 자체인 시와 사람이 지어내는 시의 관계에 관한 말이다.

"신성하고 순수한 현악기에 장난으로 손대"는 것이 창작 행위이다. 그 모범을 동양 예언자들의 말이나 그리스의 노래에서 배우고. 시대가 지나간 지금에는 천둥소리에서 본받는다고 했다. 그다음 대목에서는 "사로잡힌 들짐승"처럼 무엇이든지 장난삼아 깨물어대고 아무 것도 대단하게 여기지 않는 반역이 시인이 하는 일인가 물었다.

시는 파괴이고 광란인가? 아니다. 질서이고 조화를 근원으로 하는데 잘못 변해서 가시로 찌르는 것 같은 해를 끼인다. 이런 생각을 가지고 다음 연을 썼다. 시가 질서이이고 조화이게 하는 근원을 보장하는 주인 아폴로(Apollo) 신이 위기가 닥쳤다는 말을 듣고 분노해 달려와 죽음의 수레로 깔아뭉개 혼낼 것이라고 했다.

밭에서 농사를 지으면서 날씨 변화에 감사하고 하늘을 쳐다보며 별을 헤고 이름 짓는 농부와 같이 착실한 자세를 시인이 다시 지녀야 한다고 했다. 일탈을 막기 위해 창조를 포기하자는 것이 아닌지 의심이 든다. 사제가 할 일을 시인이 한다는 말인가?

다음 대목에서는 하느님 "아버지"가 나타났다. 하느님을 얌전하게 섬기고 따르는 것이 시인이 할 일이라고, 하느님에 대해 감사하는 것이 시인의 임무라고 했다. 끝으로 "하느님의 부재가 시인을 돕고 있"다고 했다. 하느님이 모습을 나타내지 않으므로 시인이 하느님을 알리는 임무를 맡는다는 말인가? 하느님이 부재해도 시인은 흔들리지 않는다는 말인가?

사제자가 할 일을 시인이 한다는 말인가 하고 앞에서 물었다. 이에 대해 대답할 단서가 있다. 사제자는 하느님이 존재한다고 하고, 하느님이 하는 말을 사람에게 전하고 사람이 하는 말을 하느님에게 전한다. 시인은 하느님이 부재하므로 시인 노릇을 한다. 하느님이 부재해 이루어지지 않는 하느님과 사람 사이의 소통을 시를 지어 대신한다. 그래서 하느님에 관한 특정의 교리를 넘어선다. 하느님이라고 생각되는 대상과 소통할 만한 수준의 언어 창조물을 만들어내는 것이 시인의 임무이다.

이렇게 이해하면 횔덜린의 견해를 받아들일 수 있다. "하느님의 부재"(Gottes Fehl)라는 말 한 마디가 시를 살렸다. "Fehl"은 "결함, 결핍"이라는 말인데, "부재"라고 옮겼다. 하느님이 존재하면서 결함이나 결핍을 지닌다는 것은 말이 되지 않는다. 하느님의 부재가 사람에게 결함이고 결핍이라고 해야 한다. 하느님이 부재하므로 사제자와는 다른 시인이 할 일이 있다고 결말을 맺었다.

그러나 앞에서 하느님이 나서서 무어라고 한다고 한 말이 너무 장황하고 "부재"와 맞지 않는다. 하느님의 부재와 시인의 관계에 관해서 필요한 논의를 한참 전개했어야 한다. 말 많은 시인이 끝에서는 말을 너무 줄여 시가 더 좋아질 수 없게 했다. 그러나 횔덜린이 하지 못한 일을 다른 많은 시인이 한다.

총괄해서 말해보자. 시인은 성스러운 임무를 수행한다. 이에 관해 많은 고찰을 했는데, 이해하기 어렵다. 다 알지 못하면서 무리하게 말한 탓이 아닌가 한다. 하느님이 부재하므로 수행해야 하는 임무가 더 크고 주요하다고 하는 데까지 이르렀다.

보들래르가 한 말을 가져오면, 횔덜린의 시인은 하늘을 날고 있다. 하늘이 어떤 곳이며 어떻게 나는지는 소상하게 알 수 없고, 의문이 많은 것이 당연하다. 그럴수록 더욱 신비하고 거룩하다. 하늘을 나는 시인이 우러러보는 사람들 정신의 구심점이 되고, 하느님의 부재로 생기는 혼란을 막아주기까지 한다.

시인이 추락했는가 높이 올라 있는가는 측정해서 밝힐 수 있는 단순한 사실이 아니다. 시인의 사회적 위치가 달라지게 하는 역사의 변동을 말해준다. 불국은 시민혁명이 일단 완결되자 사회 분열이 일어나 시인이 밑바닥으로 추락하고 야유의 대상이 되었다. 독일은 사정이 달라, 시인이 그렇게 되지 않았다.

독일은 통일된 국가가 없고, 시민혁명 이전 단계에 머무르고 있는 이중의 후진성을 염려하고, 어떤 구심점을 찾아야 했다. 이 임무를 시인이 맡아야 한다면서 횔덜린이 나섰다. 보들래르는 지옥의 악마가 아닌가 하는 의혹을 산 것과 반대로, 횔덜린은 줄곧 독일을 빛내주는 천상의 성자인 듯이 존숭된다.

3.5.4.

이상화, 〈시인에게〉

한 편의 시 그것으로
새로운 세계 하나를 낳아야 할 줄 깨칠 그때라야
시인아 너의 존재가
비로소 우주에게 없지 못할 너로 알려질 것이다.
가뭄 든 논에는 청개구리의 울음이 있어야 하듯―

새 세계란 속에서도
마음과 몸이 갈려 사는 줄풍류만 나와 보아라.
시인아 너의 목숨은
진저리나는 절름발이 노릇을 아직도 하는 것이다.
언제든지 일식된 해가 돋으면 뭣하며 진들 어떠랴.

시인아 너의 영광은
미친 개 꼬리도 밟는 어린애의 짬 없는 그 마음이 되어
밤이라도 낮이라도
새 세계를 낳으려 손댄 자국이 시가 될 때에― 있다.
촛불로 날아들어 죽어도 아름다운 나비를 보아라.

한국의 근대시인 이상화는 시인에 대해서 이렇게 노래했다. 서술

과 영탄을 일삼던 시대에 말을 아끼고 다듬은 난해시를 남겼다. 하려고 한 말이 예사롭지 않았기 때문이라고 생각된다. 무슨 뜻인지 선뜻 알기 어려워 차근차근 뜯어보아야 한다. 슬기로운 독자에게만 전달하려고 감추어둔 계시를 받아내야 한다.

"시인아 너의 목숨은/ 진저리나는 절름발이 노릇을 하직도 하는 것이다"고 한 것은 현재의 상황이다. 시인은 다른 사람들처럼 살아가지 못하는 절름발이고, 그것을 자기가 진저리나게 여긴다고 했다. 이런 말에 시인이 겪는 불행이 요약되어 있다. 시인은 자기의 불행이 무엇인지 알고 불행에서 벗어나고 싶어 한다고 했다.

"한 편의 시 그것으로/ 새로운 세계 하나를 낳아야 할 줄 깨칠 그때라야/ 시인아 너의 존재가/ 비로소 우주에게 없지 못할 너로 알려질 것이다." 이것이 이루고자 하는 목표이다. 시 한 편으로 새로운 세계를 낳아 우주에게 없지 못할 없지 못할 존재가 되기를 바란다고, 현재의 불행과는 정반대가 되는 장래의 희망을 말했다.

다른 여러 대목은 불행에서 희망으로 나아가는 과정을 말했다. "가뭄 든 논에는 청개구리의 울음이 있어야 하듯"에서는, 척박한 세상이 시인을 절름발이로 만든다는 것을 알려주고, 어떤 경우에도 시인은 있어야 한다고 했다. "미친 개 꼬리도 밟는 어린애의 짬 없는 그 마음이 되어/ 밤이라도 낮이라도/ 새 세계를 낳으려 손댄 자국이 시가 될 때에" 영광이 있다고 한 것은 불행을 탓하지 말고 시비나 분별을 넘어서서, 모험을 두려워하지 않는 어린 아이의 호기심에 들떠 밤낮 노력해야 희망을 이룰 수 있다고 했다. "촛불로 날아들어 죽어도 아름다운 나비를 보아라"라고 한 데서는 시인이 실패하고 죽어도 죽음이 아름답다고 했다.

"새 세계란 속에서도/ 마음과 몸이 갈려 사는 줄풍류만 나와 보아라."이 대목은 이해하기 어렵다. "줄풍류"는 선비들이 거문고를 연주하는 음악이다. 다른 말은 쉬운 것들인데, 앞뒤가 연결되지 않는다. 새 세계로 나아가는 과정에 차질이 있는 것을 느끼고 드러내 말하려고 한 것 같다. 문법의 파탄을 전달 방식으로 삼았다고 여기고 해독해보자. 앞의 "속에서도"와 뒤의 "나와 보아라"를 연결시켜 보자. 속에 뒤틀려 있는 것이 나와 보기를 바란다고 한 것 같다. "줄풍류" 소리처럼 가느다랗게라도 나오면 다행인데, "마음과 몸이 갈려 사는" 상태여서 뜻대로 되지 않는다고 한 것으로 생각된다.

"언제든지 일식된 해가 돋으면 뭣하며 진들 어떠랴"는 문장 이해의 어려움은 없어 뜻하는 바를 바로 생각할 수 있다. "일식된 해"는 잘못된 시대이다. 잘못된 시대에 변화가 있어 새 세계가 열리리라고 기대하는 것을 잘못이라고 했다. 사태를 바로 알고 투쟁해야 하는 사명을 시인이 자각해야 한다고 하려고 이런 말을 했다. 절름발이 신세인 시인이 선두에 나서서 새 시대를 창조하는 우주적인 승리를 이룩해야 한다고 하고, "미친 개 꼬리도 밟는" 어린 아이의 마음을 지녀 투쟁에 시인이 앞선다고 했다.

식민지가 된 처지 가장 비참해 처참한 시련을 겪는 시인이 크게 분발한다고 했다. 불가능 극도에 이르면, 가능으로 역전되는 것을 보여준다. 세계 또는 우주를 이룩한다. 투쟁의 선두에 선다. 이런 과업을 초인의 능력을 가지고, 불굴의 투사로 나서서 수행하는 것은 아니다. 호기심에 사로잡힌 아동이 천진하게 장난을 치듯이, 엄청난 무게를 가볍게 만들고 불가능을 가능으로 역전시키는 비결을 시인은 지니고 실행할 수 있다.

불국의 보들래르, 독일의 횔덜린, 한국의 이상화는 세 나라의 대표자 큰 시인이라고 할 수 있다. 시인에 관한 시를 진지하게 쓰는 작업을 함께 하면서 각기 다른 주장을 폈다. 그 이유가 무엇인가?

개성이 다르기 때문이라고 하고 말면, 너무나도 피상적인 이해이다. 국민성의 차이를 들먹이면, 진실과 많이 어긋난다. 시인이 자기가 당면하고 있는 역사적 현실의 차이를 극명하게 표출했다고 보는 것이 타당하다. 내면의식을 근거로, 역사철학을 심오하게 정립하게 하는 성과를 얻을 수 있다.

불국의 보들래르는 체제를 전복하는 혁명을 격렬하게 겪고 이루어진 선진 시민사회에서 시인이 어떻게 되었는지 말했다. 변혁에 기여한 공적은 효력을 상실하고, 물질 획득 경쟁에서 밀려나 폐인이 되지 않을 수 없게 되었다. 정신이 물질보다 더 큰 가치를 가진다고 주장하며 폐인에 대한 멸시를 거부해 고통을 키웠다. 세기병을 앓고 있다는 말을 거창하게 하며, 투병의 의지를 알아달라고 했다.

독일의 횔덜린은 처지와 지향이 불국의 보들래르와 아주 달랐다. 중세 영주들이 자기 좋은 대로 나누어 가진 땅에서 민족이 주인인 통일된 국가 독일을 만들어 근대로 나아가고자 하는 소망이 간절하게 되어, 시인의 임무가 커졌다고 했다. 정치인이나 종교인은 구시대와 연결되어 기대를 저버리지만, 시인은 민족의 언어 독일어로 조국 독일을 사랑하는 시를 지어 정신적 각성을 주동하는 성자가 되어야 한다고 했다.

한국의 이상화는 식민지가 되어 고통을 받고 있는 조국을 해방시키는 투쟁에서 시인이 앞서야 한다고 했다. 시인이 폐인의 처지에서 세기병을 앓는다는 것은 비난받아 마땅한 사치이다. 조국을 이룩하는 정신적 성자가 아닌, 되찾아야 하는 실질적 투사여야 한다. 초인의 능력을 가지고, 불굴의 투쟁을 해야 한다는 것은 아니다. 호기심에 사로잡힌 아동이 천진하게 장난을 치듯이, 엄청난 무게를 가볍게 만들고 불가능을 가능으로 역전시키는 비결을 시인은 지니고 실행할 수 있다고 암시했다.

보들래르의 시는 명료하다. 자기가 어떤 처지인지 분명하게 알고, 정제된 형식과 적절한 비유를 사용해 정확하게 나타냈다. 시인은 무능하지 않고 유능한 것을 입증해 멸시를 줄이려고 했다.

횔덜린의 시는 난해하다. 시인의 사명이 얼마나 큰지 자기도 모르기 때문이다. 모슨 말을 하는지 알기 어렵다고 불만을 가질 것은 아니다. 자부심의 원천으로 여겨 높이 받들고, 더 많은 것을 기대해야 한다.

이상화의 시는 엉성하다. 억압을 무릅쓰고 할 말을 하려고, 생략하고 암시하는 방법을 써야 했기 때문이다. 결락을 보충하고, 미완이 완성이게 하는 작업을 독자에게 맡긴다.

보들래르는 가해자와 피해자, 물질과 정신의 차이를 분명하게 하는 二元論을 보여주었다. 이것은 선후의 연관이 있다. 정신은 건드리지 않고 물질만 정확하게 고찰하는 데카르트(Descartes)의 二元論을 뒤집어놓고, 물질은 경시하고 생명만 소중하다고 하는 베르그송(Bergson)의 二元論이 생겨나게 했다.

횔덜린은 二元論보다 한 수 위인 向上論을 말했다. 모든 것이 정신에 집결되어 총체를 이루고, 여러 단계의 시련을 겪고 차질을 빚어내면서 향상을 이룩한다고 했다. 동갑내기 철학자 헤겔(Hegel)이 이해하기 어려운 말을 사용해 변증법적 止揚(Aufhebung)이라고 한 것을 시를 지어 절실하게 알려주려고 했다.

이상화는 二元論이나 向上論보다 더 나아간 逆轉論을 제시했다. 힘의 强弱을 뒤집고 해방을 이룩하려면, 내부의 변혁이 선행해 成童의 賢愚나 强弱이 반대로 되어야 한다. 천진난만한 아동의 겁 없는

장난에 기대를 걸었다. 이것은 대등생극에서 맡아 가다듬고자 하는
데, 아직 역부족이다.

시는 역사 밖에 있다고 오해하지 말아야 한다. 역사의 중심에서
모든 사안을 집약해 말해주는 것이 시가 하는 일이다. 시가 보여주
는 내면의식 변천에서 역사철학을 탐구하고 정립하는 작업이 가장
진전된 성과를 이룩한다.

3.5.5.

윤동재, 〈산〉
노루 토끼 다람쥐 새 들에게는
먹이를 넉넉히
나누어주고

나무 바위 풀 꽃 들에게는
자리를 골고루
마련해주고

다리 아픈 구름은
내려앉아
쉬었다 가게 하고

찾아오는 사람들은
누구라도 따뜻하게
반겨 주고

이 시를 한 편 더 읽는다. 누구나 읽으면 다 아는 시이지만, 의문

을 가질 수 있다. 이것이 내면의식의 변천 과정과 어떤 관련이 있는가? 이런 시로 무엇을 말하려고 하는가?

위에서 든 보들래르·횔덜린·이상화의 시와 너무 다른 것을 왜 가져다 놓았는가? 내면의식의 변천을 들어 역사철학을 말하는 데 어떤 의의가 있다는 말인가? 이것이 더욱 긴요한 의문이다.

보들래르·횔덜린·이상화가 대단한 시인이라고 하던 시대는 갔다. 뒤따르는 철학적 논의도 모두 낡았다. 고개를 쳐들고 멀리까지 바라보자. 지금은 어느 나라의 현실에 대한 역사적인 이해에 몰두하고 하고 있을 때가 아니다. 인류의 공동운명에 진지한 관심을 가져야 한다. 역사의식의 대전환이 있어야 한다.

나라뿐만 아니라 민족도 차등에서 벗어나 대등의 관계를 가지면서, 함께 곤경에 처해, 인류의 멸종을 걱정해야 할 때가 되었다. 만인대등생극은 어느 정도 이루면서 만생대등생극은 유린하고, 만물대등생극을 해치는 가해 작용이 지나친 탓에 인류의 생존이 위태롭게 되었다. 이 위기에 대처하는 새로운 사고가 절실하게 요망된다.

잘 알려진 바와 같이, 지구에 생명이 생겨나 번성하다가 대멸종이 거듭 이루어졌다. 대멸종이 있을 때마다 생물계를 지배한 최상위 포식자가 먼저 사라졌다. 다섯 번째 대멸종에서는 공용이 가장 큰 타격을 당하고 자취를 감추었다. 이제 여섯 번째 대멸종이 다가와 인류가 없어질 위험에 놓여 있는 것을 알아차려야 한다.

공룡의 시대는 일억 년 이상 지속되었는데, 인류를 몇백만 년 만에 종말을 고할 것 같다. 멸종의 원인인 환경 변화를 인위적으로 촉진해 존속 기간을 단축하기 때문이다. 환경 변화 촉진을 중단한다면, 인류 멸종이 지연되는 것은 분명하다. 멸종 방지도 가능하다고 기대할 수 있다. 이것보다 더 크고 중요한 일이 있는가? 이렇게 심각한 현실을 외면하고 역사참여를 말하는 것은 허위나 기만이다.

그러면 어떻게 해야 하는가? 목청을 높여 웅변을 토로하는 시를 짓는 것은 적합하지 않으며 역효과를 낸다. 만인차등의 상위를 차지하고 있다고 인정되는 위대한 시인이 남다르게 고귀한 마음을 거창한 말로 표출하면, 만생대등생극은 유린하고, 만물대등생극을 해치는 가해 작용을 촉진한다. 이런 방식으로 불행을 초래하면서 자기 명예를 드높이는 사기꾼을 경계하고 몰아내야 한다.

어떤 차등론이든 이 기회에 일제히 배격해야 한다. 만인대등생극 밑바닥의 만백성인 무명시인이 누구나 지닌 창조주권을 소박하게 발현하는 몇 마디 말이 진정으로 소중하다. 공감하는 동참자들이 쉽게 늘어나, 만인대등생극을 확인하며 인류 멸종을 지연하거나 방지하자고 함께 다짐하도록 하기 때문이다.

크고 중요한 일은 작고 가벼운 듯이 해야 한다. 후진이 선진이고, 시가 아니라야 좋은 시이다. 윤동재가 그 본보기를 보여주었다. 〈산〉이라는 시에는 내면의식이라고 할 것이 없다. 마음이 없는 無心의 경지에 이르렀다. 시인이 산처럼 또는 산이 되어, 먹이를 나누어주고, 자리를 마련해주고, 쉬다 가게 하고, 따뜻하게 반겨준다고만 했다. 만생·만물대등생극을 되살린다.

불교에서 "心到無心始乃明"라고 하는 말을 가져오면 이해에 도움이 된다. "마음이 마음 없는 데 이르면 비로소 밝기 시작한다." 이렇게 말하는 것이 무슨 뜻인가? 마음이 없는데, 무엇이 밝다는 것인가? 말이 안 되는 것 같은 말을 해서, 이런 의문이 생기게 한다. 각성을 하고 해답을 찾도록 한다.

어둡게 하는 마음을 없애야, 밝게 하는 마음이 나타난다고 한 것을 알아차려야 한다.

"無利己自負心 生利他自然心", "자기를 위하며 (잘났다고) 자부하는 마음을 없애면, 남들을 위하는 자연스러운 마음이 생겨난다." "利己自負心 暗如窟如溝 利他自然心 明如山如海", "자기를 위하며 (잘났다고) 자부하는 마음은 굴속이나 시궁창같이 어둡고, 남들을 위하는 자연스러운 마음은 산이나 바다처럼 밝다." 이렇게 말하면, 이해가 분명해진다.

　　윤동재의 〈산〉은 이 가운데 산을 택해, 남들을 위하는 자연스러운 마음이 밝은 것을 노래했다. 산 같은 마음은 "노루 토끼 다람쥐 새들"뿐만 아니라 다른 모든 생물에게도 먹이를 준다. "나무 바위 풀 꽃들"뿐만 아니라 다른 어느 것들에게도 자리를 마련해준다. "구름"뿐만 아니라 다른 모두도 쉬어가도록 한다. "사람들"뿐만 아니라 어느 누구도 환영한다.

　　만인대등생극 밑바닥 만백성의 무명시인은 마음이 산과 같아, 만생·만물대등생극을 분명하게 하자고 한다. 필요한 말을 조금만 하고, 공백을 많이 둔다. 누구나 와서 말을 보태며 자기 시를 더 잘 지으라고 한다. 그 누구가 사람만이 아니다. 새가 노래하고, 꽃이 피고, 구름이 떠 있는 것도 모두 시이다.

　　이렇게 해서 만생·만물대등생극을 높이 평가하며 되살리면 장래가 어둡지 않고 밝을 수 있다. 인류의 오만으로 자멸을 초래하는 위기에서 벗어나, 인류 멸종의 지연이나 방지가 가능할 수 있다. 대등생극론이 담당하는 이 과업을 위의 시는 아주 쉽게 알려주고 동참을 쉽게 만들어 널리 권유한다.

3.5.6.

지금까지 살펴본 시인의식의 격차는 문학사에 나타난 사실만이 아니다. 역사철학의 진실을 깨우쳐주는 것을 알아차려야 한다. 근대화는 발전이라는 통념을 깨고 후퇴이기도 한 것을 밝혀 충격을 주면서 더 많은 것을 말한다.

근대화가 이루어진 시기에는 모든 이상이 실현된다고 여기는 것은 착각이다. 성취가 분열을 가져오는 탓에 상극이 심각해져, 물질이 횡포를 자행하며 정신을 핍박해 비참하게 만든다. 근대화를 동경하며 이룩하려고 노력하는 단계에서는 근대화의 긍정적인 의의를 가장 확대된다. 단합을 소중하게 여기고, 정신과 물질이 상생하는 관계를 가질 수 있다. 국권을 상실하고 식민지가 된 상황에서는 근대화를 동경하며 이룩하려고 노력하는 것도 가능하지 않아, 정신이 각성해 불운이 행운이게 하는 임무를 최대한 수행해야 한다. 이것이 시공의 경계를 넘어서 소중한 가치를 가진다.

이렇게 되는 기본원리는 "성취는 배신이다"는 말로 요약할 수 있다. 성취는 차등론을 수반하고, 차등론이 횡포를 자행하다가 멸망을 자초하는 것이 배신이다. 배신이 염려되어 성취를 하지 말아야 할 것은 아니다. 대등론을 든든하게 갖추고, 상생의 능력으로 공동의 성취를 하면 영광이 있을 따름이다.

이 말이 진실이게 하려면, 아주 다른 양극의 노력을 해야 한다. 상생의 능력으로 공동의 성취를 해야 한다고 독려하며 차등의 권력을 휘두르는 무리의 등장을 용인하지 않아야 한다. 상생의 능력으로 공동의 성취를 하는 만인대등생극이 만생·만물대등생극의 한 부분임을 알아야 한다.

3.6. 문학사의 저류

3.6.1.

문학에서 철학 읽기는 발견이다. 발견을 잘하려면, 어디든지 돌아다니며 탐색의 범위를 아주 넓혀야 한다. 서두에서 이렇게 말했다. 대하소설을 다루어 탐색의 범위를 아주 넓힌다고 할 수는 없어 더 나아간다. 세계문학사를 온통 뒤져야 한다. 이 작업은 감당하기 어려워 그 저류를 조금 탐색한다.

우리 주변에서 시야를 넓혀 멀리 바라보자. 일본 북쪽의 아이누, 필리핀 군도에 살고 있는 필리핀인은 아무 관련이 없는 것 같지만, 공통된 불운이 있다. 양쪽 다 문자를 사용해 기록문학을 일으키지 못했다. 멀리 떨어져 있어, 어느 문명권에도 들어갈 수 없었기 때문이다.

아이누나 필리핀인은 한문이나 산스크리트 같은 공동문어를 받아들이지 않고 고유문화만 지킨 것이 부럽다고 여기면 심한 착각이다. 그 때문에 국가를 이룩하지 못하고 분열된 상태에 있다가 외세에 쉽게 정복되었다. 아이누는 일본에게, 필리핀은 서반아에게, 힘을 모아 저항하지 못하고 각개격파를 당해 어이없이 굴복하고 지배당했다.

아이누가 한문문명을 받아들여 국가를 창건하고 군대를 조직하는 방법을 알았고 일본인은 그렇지 못했더라면, 지금 아이누가 일본열도의 주인 노릇하고 일본인은 남쪽 어디 보호구역에서 명맥을 유지하고 있을 수 있다. 양쪽 다 한문을 받아들였으면 북국과 남국의 관계를 가지고 각생했을 수 있다. 아이누는 지금까지 말만 있고 글은 없어 무력하다. 일본의 억압 때문에 인구가 아주 줄어들고, 말이 없어질 위기에 이르렀다.

필리핀인이 산스크리트문명권에 들어가 국가를 이룩했더라면 통일된 언어로 글쓰기를 하고, 외국의 침략을 막아내는 역량을 축적했을 수 있다. 서반아 식민지가 되고서야 비로소 문자를 사용하고 글을 쓰기 시작했다. 독립운동을 하다가 처형된 호세 리잘(Jose Rizal)이 애국시를 서반아어로 써야 했다. 다시 미국의 식민지가 되었다가 독립하고, 언어가 통일되지 않아 영어를 사실상의 공용어로 사용하고 문학 창작도 한다. 비교적 다수가 사용하는 타갈로그(Tagalog)를 필리핀어(Pilipino)라고 일컫고 국어로 사용하려고 하는데 잘되지 않는다.

아이누나 필리핀이 국가를 이루지 못하고 글이 없는 불운이, 다른 한편에서는 행운이다. 원시의 유산을 간직하고 고대까지의 변화만 보인 구비서사시가 손상되지 않고 아주 풍부하게 전승되고 있다. 아이누의 구비서사시 '유카르'(yukar)가 먼저 조사되어, 알 만한 사람은 다 알고 높이 평가한다. 필리핀의 구비서사시는 통칭하는 말이 없고, 여러 언어에서 각기 전승된다. 전혀 돌보지 않고 있다가, 최근에야 이것저것 발견되어 세상을 놀라게 한다.

오늘날의 문학은 무척 빈약한 곳들이 오랜 내력을 가진 구비문학에서는 아주 부자이다. 이것은 기이다하고 할 것이 아니고 당연한 일이다. 아이누를 지배하는 일본은 이른 시기의 문학 유산을 대부분 잃고, 그 일부만 왜곡한 형태로 간직하고 받든다. 필리핀을 최근에 지배한 미국은 과거가 없는 나라임을 자랑한다. 불운이 행운이고 행운이 불운인 것이 생극의 원리이다. 한쪽이 결핍되면 다른 쪽은 풍성해 피차 마찬가지인 것은 대등의 원리이다.

오늘날의 문학은 잘한다고 해도 피장파장이다. 아이누나 필리핀이 간직하고 있는 이른 시기 구비문학은 그렇지 않다. 다른 데서는 일부만 변형된 채 전승되거나 아주 없어져, 그곳들만의 자랑이 아니고 온 인류가 소중하게 여겨야 할 공동의 유산이다. 각별한 가치가 있다고 평가해야 한다.

나는 산악을 다스리고 있는 신이다.
털빛이 아름다운 아내를
너무나도 사랑해,
물 긷고 불 때는 일도 하지 말라고 했다.
우리가 오래 오래 사노라니,
사랑스러운 아이가 태어났다.
오래 오래 살아가던 어느 날
이런 생각이 내게 떠올랐다.
"내가 집을 떠나면
없는 동안 일어날 일이 걱정스럽겠지만,
아래 쪽 하늘을 다스리는 신을
만나보러 가야 한다."

위대한 지도자가 말했다.
"이제 그 사람들은 초원의 길로 갔다.
그것은 그네들의 길이다.
전투는 끝났다.
적들은 죽었으니,
우리는 떠나자
아득한 곳을 향해서.
먼 나라로 떠나가는 것이
우리에게는 좋은 일이다."

위의 것은 아이누가 신으로 숭상하는 곰이 스스로 자기 내력을 밝힌 〈곰의 노래〉의 한 대목이다. 아래 것은 필리핀에서 지도자 이름을 따서 〈아규〉(Agyu)라고 하는 거작 서사시의 한 대목이다. 원문은 읽지 못해 하나는 일역에서, 또 하나는 영역에서 옮겼다.

둘 다 잡념이 들어가지 않은 신선한 소리이다. 이른 시기의 인류는 상상력이나 감수성이 아주 맑았음을 말해준다. 곰과 사람, 저쪽과 이쪽이 다르면서 같고 같으면서 달라, 다툼이 화합이고 화합이 다툼이었다. 이런 것들은 인류 공동의 유산이다. 세계문학사의 시발을 말해주는 증거이다.

거의 다 없어진 보물을 가까스로 간직하고 있으니 높이 평가해야 한다. 강대국이 세계를 제패하면서 세계문학이 시작되었다고 하는 터무니없는 거짓말을 바로잡을 소중한 증거를 보존하고 존중해야 한다. 불운이 행운인 역설을 바로 알아차려야 한다.

3.6.2.

아이누의 '유카르'를 다시 보자. '카무이 유카르'라는 '신령 노래'에서는 신령, '아이누 유카르'라는 '사람 노래'에서는 사람을 등장시켜 생겨난 유래를 말하고 시련을 극복한 내력을 알렸다. 신령과 사람이 화합해 잘 살기를 바라는 마음을 나타냈다.

이런 것이 세계문학의 오랜 모습이라고 생각된다. 어디 사는 인류이든지 아주 이른 시기부터 '신령 노래'와 '사람 노래'를 일제히 부르며, 양쪽이 화합해 잘 살기를 바라는 마음을 나타냈을 것이다. 시대가 달라지면서 이런 노래가 훼손되고 마멸되었는데, 아이누의 것만 거의 원형 그대로 남아 잃어버린 과거를 증언한다.

'신령 노래'만 부르지 않고 '사람 노래'도 부른 것은 사람 가운데 특별한 영웅이 등장했기 때문이다. 아이누인도 이런 변화를 거쳐 원시시대에 머무르지 않고 고대에 진입했다. 고대 진입은 국가의 등장으로 구체화되고, 나라 무당이 신령의 가호를 받아 통치자가 위대하다고 찬양하는 노래를 부른 것이 뚜렷한 징표였다.

  이것 또한 세계 전역에서 일제히 일어난 변화인데, 실상을 알 수 있는 자료가 아주 희귀하다. 희귀한 자료 가운데 특별히 빛나는 것을 둘 들 수 있다. 하나는 먼 북쪽 바다의 아이슬란드(Iceland)에, 또 하나는 가까운 남쪽 바다의 琉球에 있다. 이 둘은 거리가 아주 멀지만, 놀랄 만한 공통점이 있다. 작고 외로운 섬나라이다. 문명권 주변부의 주변부이다. 문자를 사용한 마지막 지점이다.

  국가가 등장하면서, 나라 무당이 신령의 가호를 받아 통치자가 위대하다고 찬양하는 노래를 부른 것이 기록에 올라 오늘날까지 전해진다. 그것을 아이슬란드에서는 '에다'(Edda)라고, 유구에서는 '오모로사우시'(Omorosausi)라고 한다. '에다'는 13세기 이전에 로마자로 표기되었다. '오모로사우시'는 1532년부터 1623년 사이에 기록되었으며, 일본의 假名(카나) 문자를 가져다 썼다.

  > 태양보다 공정하고 넓은 집을 나는 본다.
  > 황금 지붕 아래, 성스러운 산 위의 그곳,
  > 정당한 통치자들이 거처로 삼고 살면서,
  > 언제까지나 행복을 누리기만 하리라.
  >
  > 그곳에서 우뚝하게 권력을 장악한,
  > 막강한 통치자 모든 땅을 지배한다.

이것은 '에다'의 한 대목이다. 영역을 옮겼다. 이 비슷한 사설이 '오모로사우시'에도 있다. 일역을 옮겼으므로 한자어가 있다.

> 聞得大君이 땅위로 내려와 노시면,
> 천하를 다스리고 계시옵소서.
> 이름 떨치는 精高子가
> 首里王城 안의 신령스러운 곳,
> 眞玉王城 안의 신령스러운 곳.

둘 다 신령이 통치자에게 막대한 권한을 주어 군림하고 통치할 수 있게 한다고 했다.

위의 노래에서는 비유를 들어 말한 것을 아래 노래에서는 구체화했다. '문득대군'은 신령이 신령을 섬기는 무당이고, 노래를 부르는 사람이다. 오랜 노래를 부르니 신령이 다시 내려와, 노래를 듣고 있는 군주에게 크나큰 권능을 부여한다고 했다. '정고자'는 "정력이 풍부한 사람"이라는 뜻이며, '문득대군'의 다른 이름이다. 신이한 권능이 곧 정력이므로, 이름이 더 있다. '수리왕성'은 유구국 수도의 왕성이다. 진품 옥과 같이 소중하다고 여기고 '진옥왕성'이라고 찬양했다.

신령이 군주에게 막강한 권력을 내리라고 무당이 부르는 노래가 무슨 가치가 있는가 하고 나무라지 말아야 한다. 주체성을 힘겹게 지키거나 상실하고 고민하는 처지인 작은 나라 사람들이 분발하게 한다. 문명권 주변부의 주변부에서 민족어 노래를 일찍 정착시킨 소중한 유산이 중심부만 찬양하는 잘못을 시정한다. 어느 한쪽이 자기만 잘났다고 뽐낼 수 없게 하고, 인류는 하나임을 입증한다.

이 경우에는 신령이 위대하고 군주가 자랑스럽다는 말이 차등론으로 치닫지 않고, 차등론의 잘못을 시정하는 대등론의 논거가 된다.

유럽인은 '에다'를 대단하게 여긴다. 유럽문학의 자랑스러운 유산이라고 하는 데 그치지 않고, 세계문학이라고 내놓는다. '오모로 사우시'는 일본에 복속된 오키나와의 궁벽한 모습을 보여주는 골동품으로 취급되기나 한다. 진가를 알아내 동아시아문학으로, 세계문학으로 높이 평가하기 위해 분발해야 한다.

일본인은 유럽을 추종하면서 '에다' 찬양에 끼어드는 것을 자랑으로 삼는다. 주권을 유린하고 지배하는 궁벽한 땅덩어리에 동격의 보물이 있다고 하면 위신이 상한다고 여긴다. 착각에서 벗어나 진실을 알아차리도록 하려면, 가까운 이웃인 우리가 수고를 많이 해야 한다.

3.6.3.

중국 운남 지방에 살고 있는 傣族과 타일랜드의 타이인은 같은 민족이다. 함께 이어온 유산 가운데 특히 주목할 것이 서사시이다. 운남의 여러 민족이 구비서사시를 풍부하게 전승하고 있는 가운데, 태족의 작품이 특히 두드러진다. 동남아시아에서 서사시가 자랑스러운 문학이라고 할 수 있는 나라는 타이이다.

중국을 다스리는 漢族은 서사시라고 할 것이 거의 없다. 일본 북쪽의 아이누인은 구비서사시를 풍부하게 전승하고 있으나, 일본문학은 서사시 부재를 특징으로 한다. 산간의 소수민족은 갖가지 구비서사시를 이어오지만, 월남을 지배하는 월남인은 서사시가 없는 문학사를 이어온다. 한국은 그렇지 않고, 제주도는 물론 본토에도 서사시가 활발하고 다양하게 구전되며, 기록해 창작하는 서사시로 이어진다.

타이와 한국은 신령서사시·영웅서사시·범인서사시를 다 갖추고 있으며, 이 순서로 서사시가 생기고 변천한 내력을 말해준다. 세계문학사 전개의 보편적인 과정이 거의 다 사라지고 타이와 한국에는 남아 있다. 그 이유는 기층문화를 완강하게 지속시키고자 하는 의지가 양쪽에 다 있기 때문이라고 일단 말할 수 있고, 서사시의 양상을 비교해 고찰하면 추가해 말할 이유가 있다.

신령서사시에서 신령이 천지만물과 인간을 만들어냈다고 하는 것은 같으면서, 그 내용이 복잡하고 간략한 차이가 있다. 태족의 신령서사시는 한국 제주도민의 전승보다 훨씬 자세해 원형을 더 많이 간직하고 있다고 할 수 있다. 영웅서사시는 많이 다르다. 원형과 후대의 창조는 사이에 상당한 거리가 있다고 할 수 있다.

타이의 영웅서사시는 미천한 인물이 이 세상에 거듭 태어나 수많은 시련을 겪고 마침내 좋은 결말에 이른다고 하는 것이 예사이다. 남녀가 예정된 인연을 이루는 것이 좋은 결말이라고 한다. 한국에서는 탁월한 능력을 타고나 버림받은 영웅이 시련을 투쟁으로 극복하고 승리자가 되었다고 한다. 여성이기도 하고 남성이기도 한 영웅이 각기 투쟁하고, 결혼을 결말로 삼지 않는다.

영웅서사시의 기본인 투쟁이 한국에서는 그대로 이어지고, 타이에서는 불교의 윤회가 개입해 약화되었다. 이것은 신령서사사의 원형을 타이 쪽에서 더 잘 이어오고 있다고 한 것과 반대가 된다. 영웅서사시가 한국에서는 하층의 전승으로 일관하고, 타이에서는 상층의 자랑 거리가 된 것이 역전이 일어난 이유라고 할 수 있다.

범인서사시가 남녀의 애정 문제를 다루는 것은 같다. 애정이 이루어지 않아 말이 많고 이야기가 복잡해진다. 그 과정에 타이에서는 온갖 이상적인 설정을 다 갖다 붙여 찬탄을 자아내고 흥미를 끄는 것이 예사이다. 최고 걸작이라고 자랑하는 〈사무타고테 왕자 이야기〉(Samuttakote Khamchan)는 오랜 기간에 걸쳐 창작한 작품이다. 그 전에 일부 이루어진 것을 17세기 아유타야(Ayuthaya) 왕조 시절의 나라이(Naray) 왕이 주도해 더 지어내다가 미완으로 남겨두고, 그 뒤에 19세기 중엽에야 완성했다고 한다.

그 내용을 살펴보자. 부처가 전생에 겪은 일이 재생된다고 하고, 천상의 통치자가 지상의 왕자로 태어나, 꿈에서 만나 사랑을 나눈 공주를 찾아내서 아내로 삼기 위해서 모험을 하고, 많은 경쟁자들을 제압하는 용맹을 발휘했다고 했다. 여러 신이 계속 돌보아주어 난관을 돌파하고 승리를 거두었다고 했다. 이상적인 통치자의 모습을 구현한 장편서사시를 만들어, 국민의 기대와 존경을 모을 수 있는 구심점을 설정했다.

한국의 서사시는 범인서사시의 본령을 지키면서, 아래로 내려가는 궤적을 그렸다. 서사무가가 판소리로 바뀌면서 하층의 여성이 사회적 장벽을 넘어서서 사랑을 성취한다는 이야기를 해서 널리 감동을 주었다. 제주도의 서사무가 〈세경본풀이〉에서는 미천한 신분의 처녀가 옥황상제의 아들을 사랑해 온갖 난관을 겪는다고 했다. 판소리 〈춘향가〉에서 기생의 딸이 사또 아들과의 사랑을 지키려고 신관 사또에게 항거한 것이 더 큰 감동을 준다.

타이는 영웅서사시에 이어서 범인서사시에서도, 상층 취향의 차등론을 보여주었다. 그런 것을 타이문학의 자랑이라고 여긴 탓에, 현실을 다루는 소설은 밖에서 가져와야 했다. 유럽유학을 하고 온 아카프담콩(Akatdamkoeng Raphiphat) 왕자가 타이문화를 나무란

〈누런 피부와 흰 피부〉(Pio Lueang rue Pio Khao, 1930)를 근대소설의 정점을 보여준 작품이라고 평가한다.

한국에서는 영웅서사시가 범인서사시로 바뀌면서 하층의 대등론을 뚜렷하게 구현해, 소설 형성의 내재적인 원천을 이루었다. 외세에 의존하는 상층의 허위를, 판소리의 수법으로 풍자하는 작품이 근대소설의 독자적인 성장을 입증했다. 그 좋은 본보기인 蔡萬植의 〈天下泰平春〉(1938)은 〈누런 피부 흰 피부〉와 여러 모로 상반된다.

타이는 국왕을 높이 받들고 모든 가치의 척도로 삼는 차등 사회이다. 한국은 민주화를 철저하게 이룩하는 진통을 겪고, 어떤 권위도 인정하지 않는 대등 사회이다. 이런 차이는 근래에 우연히 생긴 것이 아니며, 서사시에서 소설까지 이어진 서사문학의 전통과 밀접한 관련이 있다.

3.6.4.

타이는 상층 귀족이 천상까지 펼쳐진 이상세계를 아름답게 그리는 격조 높은 문학을 자랑하는 나라이다. 〈三國演義〉 타이어 번역본을 보고, 지상의 다툼을 치사스럽게 다루는 소설이라는 것도 있는 줄 알았다. 창작한 소설의 첫 작품은 시부라파(Siburapha, 1905-1974)의 〈진실된 인간〉(Luk Puchai, 1928)이라는 것인데, 평민작가가 평민의 삶을 다루어 비난을 샀다.

목수의 아들인 평민이 귀족학교에 들어가 고통을 겪고 사랑에도 실패한 불운을 역전시킨 이야기를 했다. 법학을 공부해 고시에 합격하고 불국에 유학해 박사까지 되고 귀국해, 지난날의 경쟁자들을 압도하는 성공을 거두었다고 했다. 귀족작가들이 우월감을 나타내는 문학에 평민이 이런 작품을 써서 도전한 것이 용납되지 않았다. 계속되는 박해를 견디기 어려워, 이 작가는 중국에 망명해 일생을 마쳤다.

인도네시아 작가 프라무디아(Pramoedya Ananta Toer, 1926-2006) 는 네덜란드의 식민지 통치에 항거하는 독립투쟁에 참여했다가 잡혀서 투옥되었다. 자기 체험을 살려 독립투쟁을 그리는 작품을 옥중에서 단편으로 써서, 면회를 하러온 네덜란드인 교수에게 전해 세상에 알리라고 했다. 독립 후에 석방되자, 그 작품을 장편으로 늘여 다시 써서 〈게릴라가족〉(*Keluarga Gerilya*, 1950)이라고 했다.

네덜란드군의 인도네시아인 병사의 아들 형제가 주정뱅이가 되어 네덜란드 여왕을 찬양하는 아버지를 죽이고, 조국의 독립을 위한 전쟁에 나서서 목숨을 바치는 것을 영광으로 삼았다고 한다. 사형을 앞두고 남은 가족에게 보낸 편지에서 말했다. "대포알이나 박격포탄에 희생당하고", "수류탄에 맞아 사지가 흩어져 처참하게 죽은 이들 모두 독립이 되고나면 추모의 정으로 한 자리에서 다시 만나게 될 거야."

이 작가는 독립한 인도네시아에서 편안하게 살지 못하고, 고난을 겪었다. 1967년에 수하르토(Suharto) 정권이 들어서자, 체포되어 구타당하고, 재판을 거치지 않고 먼 섬에 유배되었다. 책은 판매가 금지되었다. 1979년에 가까스로 석방되고, 1998년까지 가택 연금을 당했다.

월남 작가 녓린(Nhất Linh, 1906-1963) 본명이 응우옌투탐(阮祥三, Nguyễn Tường Tam)이다. '녓린'은 한자로 '一靈'(일령, 한 가지

영혼)이라고 한 필명이다. 한 가지 뜻한 바를 일관되게 펴고자 했다.

불국의 식민지 통치를 받을 때 지은 〈직조공〉(Người quay tơ, 1926)을 보자. 직조공을 하면서 공부를 하는 주인공이 자기와 같은 십대의 소녀를 사랑해 결혼했다. 아내가 직조공 일을 맡고, 남편은 공부만 하도록 했다. 남편이 공부를 더하려고 하노이에 갔다가, 비밀 학생운동에 가담해 투옥되었다. 아내는 시부모를 봉양하면서 남편의 옥바라지를 했다. 남편의 옥살이가 사년 넘자 시아버지는 며느리에게 개가를 권했다. 남편도 편지를 보내 같은 뜻을 전했다. 시부모가 다 세상을 떠나 해야 할 일이 없어지자, 감옥에 들어가 남편과 같이 지낼 수 있는 제도를 받아들였다. 삼년이 지나니 딸이 태어나, 남편의 간청을 받아들여 데리고 나왔다. 다시 직조공으로 일하고 있다가, 남편이 자결했다는 소식을 듣고 딸도 잃었다.

불국은 자유·평등·박애의 깃발을 높이 쳐들고 세계를 돌아다니면서 이런 짓을 했다. 비밀 학생운동에 가담한 것을 거의 종신징역을 살아야 하는 죄로 삼았다. 그 때문에 좌절하고 말 것은 아니었다. 작품 속의 아내가 월남의 희망이다. 월남 여성은 오래전부터 강인한 의지와 슬기로운 생각을 가지고, 자기의 모든 것을 희생하면서 사랑이 넘치는 좋은 세상을 만들려고 분투해왔다.

이 작가는 작품만 쓰지 않고, 작품 속의 주인공보다 더한 투쟁을 하고자 했다. 불국의 식민지 통치에 항거하는 월남의 독립운동은 두 세력이 주동해 진행했다. 한쪽은 국민당이고, 다른 쪽은 공산당이었다. 공산당은 은밀하고 세력을 확대하고, 국민당은 무장투장에 나섰다가 심각한 타격을 받았다. 이 작가는 국민당의 무장투쟁을 주도하다가 겨우 살아났다.

호치민이 이끄는 공산당은 나서 싸우지 않고 기회를 기다리고 있다가, 불국을 몰아내고 월남을 점령한 일본이 제2차 세계대전에서 져서 항복을 하자, 월남의 독립을 선언했다. 월남 북부는 중국군이, 남부는 영국군이 맡아 일본군의 무장해제를 진행하고, 이어서 불국 군대가 진주할 예정이었다. 월남의 독립은 우선 중국의 인정을 받고, 다시 불국의 동의를 얻어야 했다. 무력보다 외교력이 더욱 긴요했다.

호치민은, 국민당의 영도자가 되어 있던 녓린에게 외교장관의 자리를 맡고 협상을 담당하라고 했다. 겉보기를 좋게 하고 비밀협상을 따로 하는 것을 알고, 외교장관 직을 사임했다. 월남의 장래에 대해 공산당과 다른 생각을 하는 것을 용인하지 않으려고 국민당에 대한 일제 검거를 하자, 중국으로 피했다가 남부 월남으로 갔다.

남부 월남에서는 문학 활동만 하겠다고 작심했으나, 정치가 잘못되고 있는 것을 두고 볼 수 없어 비판자로 나섰다가 견딜 수 없는 탄압을 받았다. "민족주의 반대자들을 체포하고 구금하는 것은 중대한 범죄이다. 이 나라를 공산주의자들의 손에 넘기는 짓이다. 나는 이에 반대해 목숨을 바친다." 이런 유서를 남기고 자살했다.

이런 내막이 남북 월남에서 일제히 감추어 세상에 알려지지 않았다. 남부 월남을 멸망시키고 북부 월남이 나라를 통일하고, 국민당의 무장투쟁은 없었던 일로 하고 공산당이 모든 독립운동을 했다고 한다. 국민당 무장투쟁의 주역이던 작가가 호찌민 정부의 외무장관이었다가 국민당을 탄압하자 남쪽으로 망명하고 자결로 일생을 마친 내력을 세상에서 모르게 하고 있지만 당연히 알아야 한다.

蔡萬植(1902-1950)은 〈天下泰平春〉(1938)에서 철저한 반어로, 일제의 식민지 통치에 대해 통렬하게 비판했다. 향교의 掌儀를 했다고 크게 행세하는, 지주이고 고리대금업자인 윤장의 영감 집에서 하루 동안 일어난 일을 이것저것 다루면서, 인색한 습성, 재산 축적의 내력, 일제에 의존하고자 하는 의식, 허망한 꿈을 여지없이 야유했다.

이런 작품만 쓸 수 없고 다른 글도 팔아야 살아갈 수 있어, 어느 정도 친일을 하지 않을 수 없었다. 1945년 광복 이후에 그것을 깊이 뉘우치고 〈민족의 죄인〉(1948)을 써서 사죄했다. 친일파가 칠일 청산을 앞서서 부르짖는 사태가 벌어지더니, 이념 투쟁이 격화되었다. 우파와 좌파가 극도로 갈라져, 남북에 각기 대한민국과 조선민주주의인민공화국을 수립했다. 채만식은 그 쪽도 선택할 수 없었고, 양쪽에서 배척받았다.

시골에 묻혀 가난하게 살다가, 6.25 전쟁이 발발하기 직전에 세상을 떠나갔다. 마지막소원이 원고지를 많이 두고 글을 쓰는 것이었다. 200자 원고지 250매 분량의 중편소설 〈소년은 지란다〉를 썼으나, 발표하지 못하고 유고로 남겼다. 작품 내용이 그 이유를 말해준다.

만주에서 살다가 귀국한 된 열네 살의 소년이 다른 가족은 다 잃고 아홉 살인 누이와 둘만 남았다. 형은 김일성 유격대에 가담해 집을 떠난 뒤 소식이 없어졌다. 해방이 되어 떠나오다가 어머니가 만주에서 중국인에게 피살되자 어린 동생도 죽었다. 아버지는 친일파의 소굴이 된 서울에서 견디지 못해 농사를 지을 땅을 찾아 고향 전라도로 향하다가 행방불명이 되었다. 그런 상황에서 갖은 고난을 무릅쓰고 살기 위해 애쓰면서 소년은 자란다고 했다. 가족을 모두 잃고 과거와 결별했으므로 새 출발을 다짐하지 않을 수 없게 되었다.

"김일성"이라는 말 한마디 때문에 이 작품을 남쪽에서 발표할 수 없었다. 북쪽으로 가져간다면, "김일성 유격대에 가담했다가 소식이 없어졌다"고만 한 것이 문책의 대상이 될 수 있었다. 소설의 주인공처럼 모든 연관을 끊고 어떤 구속에서도 벗어나 홀로 씩씩하게 자기 길을 개척하고자 했으나, 빈곤을 이겨내지 못하고 쓰러졌다.

채만식은 이렇게 해서 월남 작가 넛린의 비극을 축소해 보여주었다고 할 수 있다. 정치에 가담한 거물은 아니어서 후유증은 크지 않다. 남북의 정부가 이름까지 없애는 징벌을 해야 할 이유는 없다. 그래도 말해주는 것은 크다.

작가는 시대의 비극 해결의 방향을 제시하는 임무를 수행하려고 하려고 분투하다가 자기가 먼저 희생되는 비극을 자초한다. 이것을 넛린뿐만 아니라, 시부라파나 프라무디아와도 함께 말해주었다. 이런 작가들을 더 찾아내려고 멀리까지 돌아보아야 한다.

3.6.5.

문학사는 생각의 내력을 말해주는 점에서 철학사와 다르지 않다. 그러면서, 철학사에서 파악할 수 있는 생각은 개념과 논리를 갖춘 표층이다. 그 심층에서 생동하는 생각 자체는 문학사가 직접 말해준다. 위에서 든 자료를 근가로 이런 말을 분명하게 할 수 있다.

철학사는 학식을 자랑으로 삼는 일부 선민의 차등론을 입증하며 폐쇄되고 경직될 수 있다. 문명권이나 국가끼리 상극의 관계를 가지게 하는 것이 예사이다. 문학사는 누구나 참여할 수 있게 열려 있으며, 만민대등을 있는 그대로 구현한다. 작고 큰 장벽을 넘어서서 상생의 관계를 확대한다. 이런 사실을 어느 정도 밝히고, 더 나아가지 못하고 있다.

문학사에서 읽어내는 철학사가 훨씬 알차고 풍부하다. 이런 원론은 쉽게 말할 수 있으나, 실행은 쉽지 않아 아주 슬기롭게 시도해야 한다. 자국문학사를 넘어서야 한다. 문학사의 표층에 머무르지 말고, 심층으로 내려가야 한다. 단절에서 연결을, 차이점에서 공통점을 찾아 그 보편적인 의의를 파악해야 한다. 우연으로 것들에서 필연을 발견하는 것이 더 나아가는 작업이다. 필연은 논리적이면서 역사적이어야 하고, 이것이 바로 바람직한 철학이다. 일을 잘하지 못한 덕분에 이런 깨달음을 얻었다.

만인대등생극은 아주 넓게 이루어지고 있다. 서로 만날 수 있는 시공의 범위를 넘어서 어디서나 언제든 만인대등생극을 근본은 같고 양상은 다르게 실현한다. 철학을 철학으로 하고 있으면 이것을 알 수 없다. 골방에 들어앉아 전개하는 논리적 필연성으로 세상을 알 수 없다. 세상만사를 넓게·두루·쉽게 말해주는 문학에서 철학을 읽어내면, 탁상공론에서 벗어난다. 진정으로 보편적인 논의를 설득력을 갖추어 펴낼 수 있다.

이렇게 하는 말이 결론이면서 서론이다. 문학에서 철학하기를 책한 권 분량으로 하고, 이룩한 성과가 크다고 자랑하지 못한다. 차질이나 실패 때문에 말과 시간을 낭비하지 순조롭게 나가려면 어떻게 해야 하는지 조금 알았다고 하는 것을 이 책의 결론으로, 다음 작업을 위한 서론으로 삼는다. 그러면서 후속 저작에서는 아주 다른 시도를 한다.

3.7. 수난에서 각성으로

3.7.1.

추방(exile)과 流配는 형벌의 방식이다. 극형이라고 하는 사형보다는 가벼운 형벌이지만, 심각한 수난을 가져온다. 커다란 변화를 가져온 이야기가 많이 있다.

두 가지 형벌은 대조가 되는 특징이 있다. 죄인으로 판결된 사람이 살고 있던 곳을 떠나도록 강요하는 하는 것은 같으면서, 추방은 어디로 향하든지 스스로 선택하게 하고, 유배는 지정한 곳에 가서 머물도록 하는 것이 다르다. 주거의 자유를 제한하는 정도가 추방에서는 덜하고 유배에서는 더하지만, 생계를 유배되면 국가에서 생계를 돌보고, 추방되면 살아가는 스스로 마련해야 했다.

유배는 동아시아에서, 추방은 유럽에서 실시한 제도이다. 이렇게 달라야 하는 이유가 있었던가? 동아시아는 육로를 이용하는 교통이 불편해 유배객을 잡아두기 쉽고, 유럽은 해상 교통이 발달해 외국에 드나드는 것을 막을 수 없으므로 추방한 사람이 멀리 가도록 내버려두는 것이 유리했다고 할 수 있다. 이런 사실보다 널리 알려진 전례가 더 긴요한 작용을 해서 양쪽이 달라지도록 했다.

추방은 고대 그리스 아테네의 陶片 추방(ostrakismos)에서 비롯했다. 시민들이 도자기 조각에 이름을 적어 내는 비밀투표 방식으로, 위험인물을 골라내 국외로 추방하고 10년 동안은 돌아오지 못하게 했다. 후대에는 투표가 아닌 재판으로 죄인을 단죄하고 국외 추방을 하는 전례를 이었다. 박해가 예상되면 자의로 추방을 선택하기도 하며, 이런 경우에는 'exile'을 '망명'이라고 번역한다. 자의냐 타의

냐는 구분하기 어려워, 망명을 추방에 넣어 다루는 것이 적합하다.

유배의 유래는 《尙書》〈舜典〉에서 "流宥五刑"라고 해서, "유배 제도를 실시해 다섯 가지 형벌이 지나친 것을 완화했다"고 한 데서 찾을 수 있다. 다섯 가지 형벌은 이마에 먹 글씨 문신을 하는 것[墨], 코를 베는 것[劓], 다리를 자르는 것[剕], 거세하는 것[宮], 죽이는 것[大辟]이다. 신체를 훼손하거나 생명을 박탈하는 야만적인 형벌을 유배로 대신해, 舜이 성군이라고 칭송된다.

한국에서는 유배를 귀양이라도 했다. 유배가 서울에서 활약하던 관원을 歸鄕시키는 조처라고 하다가, '귀향'이 '귀양'으로 바뀌어 토박이말처럼 되고, 유배지가 어디는 공통되게 사용된다. 유배 또는 귀양의 실상이 어떤지 丁若鏞이 잘 말해주었다.(《牧民心書》〈刑典〉〈恤囚〉) 길지만 읽어볼 만하다.

유배되어 온 죄인은 집을 떠나 멀리 귀양살이 하는 사람으로 그 정상이 슬프고 측은하니, 집과 양곡을 주어 편안히 거처하게 하는 것이 목민관의 책임이다. 죄가 죽을 데까지 이르지 않았기 때문에 유배를 당하게 된 것이니, 그를 업신여기고 핍박하는 것은 어진 사람의 정사가 아니다. 유배에는 대략 네 가지의 등분이 있다. 하나는 公卿大夫가 安置되는 유배이고, 하나는 죄인의 친족으로 연좌된 귀양인 것이요, 하나는 탐관오리로서 법에 의하여 徒流를 당한 유배요, 하나는 천인들의 잡범으로 아래에서 보내어 온 자들이다.

정국이 한번 변하여 대세가 기울어지면 비록 議政大臣이라도 능욕을 당하는데 하물며 사대부 이하야 더할 말이 있으랴? 지위를 회복할 희망이 있는 사람이면, 수령이 비밀히 먹을 것을 보내고, 아전들이 남몰래 충성을 바친다. 근본이 외롭고 위태로워 이제는 희망이 없는 자라면 업신여기고 학대함을 이루 다 말할 수 없다. 내가 시를 지어, "조금 궁하면 동정하는 사람이 있고, 크게 궁하면 도와 줄 사람이 없네"고 한 것이 그 말이다.

유배당한 사람이 어떻게 지내는가는 처지에 따라 달랐다. 높은 지위로 되돌아갈 가능성이 있는 사람은 수령이 돌보고 아전이 충성을 해서 지내기 편하다고 했다. 학식이 높으면 제자가 되려는 사람들이 모여들기도 했다. 유배당한 선비들 덕분에 벽지나 절도에서도 수준 높은 교육이 이루어졌다.

추배나 유배는 시련으로 끝나지 않은 경우가 많았다. 시련을 각성의 원천으로 삼아, 사 개인사를 쇄신하는 역전을 이룩하고 세상에 널리 도움이 되는 일을 한 사람들이 적지 않았다. 본보기가 되는 사례를 여럿 찾아 이리저리 비교해 고찰하고자 한다.

3.7.2.

고대 로마제국의 오비디우스(Ovidius, 기원전 47-기원후 17)는 대단한 평가를 얻은 시인이었는데, 황제의 미움을 받아 추방되었다. 흑해 연안에서 10년 동안 헤매다가 세상을 떠났다. 그 기간 동안 장시 두 편을 써서 처참한 심정을 토로했다. 〈이비스〉(Ibis)라는 시에서는 자기를 추방한 원수를 향해 분노를 터뜨리며 싸우겠다고 했다. 〈슬픔〉(Tristia)에서는 비탄에 잠긴 심정을 자기를 알아줄 사람들에게 전한다고 했다. 앞의 것에서 한 대목을 영역에서 옮긴다.

나는 너에게 전쟁을 선포한다.
나의 분도는 죽어도 없어지지 않는다.

어둠 속에서 잔인한 무기를 들겠노라.
허공에서 몸을 흩은 창백한 유령이
네가 가는 곳을 따라다니며 저주하리라.
그림자라도 잊지 않고 네게 앙갚음을 하리라.

　추방당한 것이 너무나도 원통해 분노를 터뜨리고 복수를 맹세했
다. 죽어 유령이 되어도, 그림자만 남아도 싸움을 멈추지 않고, 어
떻게 해서라도 상대방을 해치겠다고 했다. 이런 가해는 자해가 되
어 추방당한 고통을 가중시키기나 한다. 시련을 겪고 얻은 것이 없
고 평가를 훼손하기만 했다. 수난을 좋은 기회로 삼아 생각하는 바
를 넓히고 높이는 역전을 하지 않아, 저질이라는 비난을 받아 마땅
한 시를 남기기나 했다.
　자기를 추방한 사람, "너"라고 지칭한 상대방이 황제인 것을 알아
차리면, 이 작품을 다시 보아야 한다. 황제를 원수로 지목해 투쟁을
선언한 것은 놀라운 항거이고, 차등론을 깡그리 부정하는 의의가
있다고 할 수 있다. 그러나 자기를 괴롭힌 것만 문제로 삼고, 수많은
사람을 괴롭히는 폭정을 문제 삼지 않아 높이 평가할 수는 없다.
누구나 인정할 만한 보편적 가치는 없고, 힘의 강약으로 차등의 질
서를 구축하고 있는 것이 로마제국의 실상임을, 오비디우스의 시
덕분에 재확인할 수 있다.
　이탈리아 시인 단테(Dante Alighieri, 1265-1321)는 추방당한 것은
같으면서 오비디우스와는 아주 다른 작품을 창작해 높이 평가된다.
자기 나라 피렌체(Firenze)의 고위공직자로 봉직하다가 정치적인 이
유로 추방되어 방황하는 동안 〈신곡〉(Divina commedia)을 썼다. 고
국을 그리워하고 자기 신세를 한탄하는 정도에 머무르지 않고 커다

란 비약을 이룩했다.

  더러운 정치 현실에 휘말려 허덕이는 사람들을 마구 나무랐다. 결함투성이인 삼단논법에 매이고, 법률이나 격언에 묶여 저열하게 살아가고, 폭력, 궤변, 육욕 따위에 휩쓸린다고 했다. 그런 짓으로 피로에 지치고 안일에 몰두한 무리를 멀리 하고 높이 올랐다고 자부했다. 그 대목을 〈교술시〉 논의에서 인용했으므로 다시 내놓지 않고, 추방당하고 얻은 것은 더 말한다.

  아무 데도 매이지 않고 바라는 바 없어 스스로 획득한 창작의 자유를 누리면서, 고금의 인물을 실명을 들어 분류하고 논평했다. 단죄해 마땅한 자들은 지옥의 심판을 받고 있고, 개선 가능한 사람들은 연옥에 머무르고 있다 하고, 하늘의 영광을 누릴 고결한 인물은 높이 올라갔다고 했다. 이런 설정이나 주제가 감동을 준다.

  오비디우스와 단테는 추방당하는 수난을 함께 겪고, 자기의 분노를 터뜨린 것과 누구나 가질 수 있는 소망을 말한 것이 아주 다르다. 수난을 각성의 기회로 만들지 못하기도 하고 만들기도 한 결과에 큰 차이가 있다. 이것은 개성이 상이하기 때문이라고 하고 말 것은 아니다. 더 넓은 시야에서 다시 고찰해야 한다.

  중국 당나라 문인 柳宗元(773-819)은 중앙정계에서 크게 활약하다가 수난을 당했다. 대귀족의 횡포에 반대한 탓에, 멀고 험한 산골 永州의 지방관으로 좌천되었다. 귀양 간 것과 다름없다고 스스로 생각하고, 남들도 인정한다. 험한 경험을 하고 알아차린 것을 적은 글 여러 편이 명문으로 평가된다. 그 가운데 하나인 〈捕蛇者說〉(뱀 잡는 사람 이야기)이라는 것 간추려 제시한다.

    永州의 들판에 기이한 뱀이 나는데 사람이 물리면 치료할 방법이 없다. 그 뱀을 잡아 말려서 약용으로 먹으면, 심한 중풍, 팔다리가 굽는 병, 악성 종양 등을 치료할 수 있다. 왕명으로 그 뱀을 일 년에 두 마리씩 진상하도록 했다. 뱀 잡는 사람은 세금을 면제했다. 그 일을 맡은 莊氏와 말을 주고받았다.

"제 조부도 부친도 뱀에게 죽고, 이 일을 이어 맡은 지 십이 년 동안 몇 번이나 죽을 뻔 했지요."

"내가 담당관에게 이야기해 일을 바꾸고 세금을 회복시켜주면 어떻겠는가?"

"이 일에 종사하지 않았다면 살기 어려워졌을 것입니다. 이웃 사람들은 날로 궁핍해졌습니다. 도와 달라고 외치면서 이리저리 떠돌다가 목마름과 굶주림에 쓰러지기도 했습니다. 비바람과 추위와 더위를 겪으면서, 때때로 죽은 자들이 서로 깔렸습니다. 오로지 저만은 뱀을 잡으면서 잘 살고 있습니다. 혹독한 관리가 마을에 와서 동서로 소란을 피우며 남북으로 헤집고 다닐 때에도, 항아리를 보고 아직도 뱀이 남아있으면 안심하고 다시 눕습니다. 조심하면서 뱀을 먹여 때가 되면 진상하고, 돌아와 제 땅에서 나는 소출로 달게 먹고 살다가 생애를 마칠 것입니다. 지금 비록 이 일을 하다 죽는다 하더라도, 이웃 사람들보다 늦게 죽을 것입니다."

나는 이야기를 듣고 슬퍼 말한다. 세금을 거둬들이는 혹독함이 그 뱀보다 더욱 심할 줄이야 누가 알았겠는가? 그러므로 글을 지어, 풍속을 관찰하는 사람들을 기다려 도움이 되고 한다.

뜻하지 않게 알고 충격을 받은 사실을 보고 들은 대로 적었다. 노력해서 발견한 것이 없고, 알고 나서 깨달은 바가 있는 것도 아니다. 자기는 관원이면서 문제 해결에 아무 도움이 되지 못하는 것을 탄식하고 자책하지도 않았다. 결론 부분은 원문을 곁들여 정확하게 파악하도록 했다. 세금이 뱀보다 더 혹독하다는 것은 들어서 안 사실의 전달에 지나지 않는다. 글을 지어 풍속을 관찰하는 사람들에게 전하겠다고 한 것은 책임 회피이다.

　한국 고려 말의 鄭道傳(1342-1398)은 조정에서 자리를 제대로 잡지 못한 상태에서 기득권 세력에게 밀려나 귀양살이를 했다. 귀양 간 곳에서 늙은 농부를 만나 주고받았다는 말을 적었다는 글 〈答田夫〉(농부에게 대답한다)가 있다. 유종원이 뱀 잡는 사람을 만나서 들은 말을 적은 것과 상통하면서, 늙은 농부는 자기 말을 하지 않고 벼슬하는 사람들을 비판했다.

　　들에 나가 노닐다가 농부 한 사람을 보았는데, 눈썹이 기다랗고 머리가 희고 진흙이 등에 묻었으며, 손에는 호미를 들고 김을 매고 있었다. 내가 그 옆에 다가서서 말했다. "노인장 수고하십니다." 농부는 한참 후 나를 보더니 물어 대답했다.

　　"그대는 어떠한 사람인가? 수족이 갈라지지 아니하고 뺨이 풍요하고 배가 나온 것을 보니 조정의 벼슬아치가 아닌가? 조정의 벼슬아치라면 죄를 짓고 추방된 사람이 아니면 여기에 오지 않는데, 그대는 죄를 지은 사람인가?"

　　"그러합니다."

　　"무슨 죄인가? 권신을 가까이하고, 세도에 붙어 찌꺼기 술이나 먹고, 남은 고기 같은 것을 얻어먹으려고 어깨를 움츠리고 아첨을 떨며 구차하게 굴다가 이렇게 죄를 얻게 된 것인가?"

　　"그렇지 않습니다."

　　"겉으로 겸손한 체하여 헛된 이름을 훔치고, 어두운 밤에는 분주하게 돌아다니면서 간사한 것이 드러나고 죄가 발각되어 이런 지경에 이르게 된 것인가?"

　　"그것도 아닙니다."

"정승이 되어 제 마음대로 고집을 세우고 남의 말은 듣지 않고, 바른 선비가 도를 지키면 배격하며, 국가의 형전을 희롱하여 자기의 사용으로 삼다가 악행이 많아 화가 이르러 이러한 죄에 걸린 것인가?"

"그것도 아닙니다."

"그렇다면 그대의 죄목을 나는 알겠도다. 그 힘의 부족한 것을 헤아리지 않고 큰소리를 좋아하고, 그 시기의 불가함을 알지 못하고 바른말을 좋아하며, 지금 세상에 나서 옛사람을 사모하고 아래에 처하여 위를 거슬려 죄를 얻었구나."

그 말을 듣고서 청했다. "노인장께서는 숨은 군자이십니다. 집에 모시고 가르침을 받고자 합니다."

농부는 세상일을 훤히 알고 있다. 조정의 벼슬아치들이 어떤 짓을 하는지 꿰뚫어 보고 있다. 별다를 공부를 해서 그런 것은 아니다. 농사짓고 살면서 깨달은 바가 있어, 늙은 농부는 숨은 군자이고 도인이다. 정도전은 이런 사실을 알아차려, 그 노인을 모시고 가르침을 받겠다고 했다. 그 노인은 가르칠 것이 없다고 사양했는데, 그것은 농부로서 살아가는 것이 가르침이라는 말이다.

정도전은 그 노인의 가르침을 받지 못하고 헤어졌으나, 깨달아 안 바가 있어 농민을 나라의 주인으로 삼는 나라를 만들어야 한다고 작정했다. 李成桂의 참모가 되어 조선왕조를 이룩하고, 民本 정치의 설계도를 작성했다. 아무 대책 없이 탄식하는 말이나 전하는 유종원과 크게 달랐다.

오비디우스·단테·유종원·정도전, 위에서 논의한 이 네 사람에 대한 총괄적인 비교고찰이 필요하다. 하나씩 살피고, 둘씩 비교한 것만으로는 이해가 부족하기 때문이다. 개인사가 국가가로, 국사가

가 문명사로, 문명사가 인류사로 어떻게 연결되는지 고찰할 수 있는 아주 좋은 사례를 적극 활용하기로 한다.

　네 사람은 시련을 겪고 각성을 얻은 것이 같아 한 자리에 놓고 함께 살필 만하다. 시련에 관한 논의는 할 만큼 했다고 여기고, 각성에 관해서는 새로운 고찰을 더 하기로 한다. 새로운 고찰을 이것저것 열거하기나 하면, 새롭지도 않고 고찰도 아니다. 거시적인 안목을 가지고 총체적인 논의를 해야 기존의 이해를 크게 넘어서는 성과를 얻는다.

　네 사람을 시대순으로 배열하면 오비디우스·유종원·단테·정도전이다. 기원 전후의 오비디우스와 8세기의 유종원 사이에 큰 간격이 있다. 그 사이에 무엇이 달라졌는지 알아보는 데 오비디우스의 시가 좋은 자료가 된다. 죽어서라도 복수를 하겠다고 다짐하기만 하고, 상대방이 부당하고 자기가 정당하다는 주장은 하지 않은 것이 고대인의 사고방식이다.

　고대인은 모든 것을 힘의 강약으로 판단했으나, 중세인은 보편적 타당성을 가진 명분을 소중하게 여겼다. 이것이 고대 자기중심주의와 중세 보편주의의 커다란 차이점이다. 중세 보편주의는 자기만 생각하지 않고 세상에 널리 혜택을 베풀어, 정당함이 입증되는 이상을 제시했다. 유종원은 백성을 편안하게 하는 정치를 갈망했다. 단테는 정신이 타락에서 벗어나 고결한 경지에 이르기를 열망했다. 정도전은 지배층이 횡포를 그만두고 바른 길을 나아가야 한다고 했다. 이런 이상의 구체적인 성격이나 내용은 각기 달라 비교고찰이 필요하다.

　오비디우스나 유종원은 자기가 세상에 매몰되어 있는 미약한 존재인 것을 확인하고, 단테와 정도전은 세상을 크게 살피고 달라질 수 있는 가능성을 찾았다. 그 이유가 무엇인가? 오비디우스 소속된 로마제국이나 유종원이 살아가는 당나라는 너무나도 거대해 발상을 왜소하게 하고, 단테나 정도전의 나라는 크기가 얼마 되지 않아 혁신이 가능하다고 생각하도록 했다. 나라가 크면 생각이 작고 나라가 작으면 생각이 커서, 國大思小(나라가 크면 생각이 작다)이고, 國小思大(나리가 작으면 생각이 크다)인 것이 당연하다. 나라가 크면 생각이 작고, 나라가 작으면 생각이 크다는 말이다.

로마제국이나 당나라는 스스로 무너졌다. 로마제국은 머슴에 지나지 않던 북방민족 게르만의 용병이 힘들이지 않고 국권을 차지해 어이없이 해체되었다. 당나라는 안에서 민란이 일어나고 밖에서 북방민족이 침공해 대혼란을 빚어내자 멸망했다. 단테의 나라 피렌체는 쇄신되어 새로운 문명을 창조할 수 있었다. 정도전은 낡은 고려를 무너뜨리고 새로운 나라 조선을 건국하는 역사적 과업을 스스로 주도했다. 크면 힘이 없고 작으면 힘이 있어, 大則無力(크면 힘이 없다)하고 小則有力(작으면 힘이 있다)을 알려주었다.

오비디우스와 단테는 자기 자신에 대해 말하고, 유종원과 정도전은 관심을 하층민에게로 돌렸다. 자기 자신에 대해 하는 말은 우월과 열등을 구분하는 차등론에 근거를 두고, 자기는 열등하지 않고 우월하다고 하는 주장이다. 하층민에게 관심을 돌리는 것은 하층민은 열등하고 자기는 우월하다는 착각을 뒤집어 차등론을 버리고, 하층민을 각성의 스승으로 삼아 대등론을 이룩하고자 하는 결단이다. 차등론은 관념의 확인이어서 막혀 있고, 대등론은 현실의 발견이어서 열려 있다. 差等閉妄(차등은 막혀 망령을 부린다), 對等開覺(대등은 열려 깨어난다)이라는 말을 지어낼 수 있다. 차등은 막혀 혼미하게 하고, 대등은 열려 깨어나게 한다는 뜻이다.

그러면서 유종원과 정도전은 주목할 만한 차이가 있었다. 유종원은 지방관의 임무를 띠고 있으면서도 하층민의 참상을 염려하기나 하고 아무런 해결책도 찾지 못했다. 미래는 현재와 달라져야 한다는, 어떤 주장도 펴지 않았다. 참상을 알리는 글을 쓰는 것 이상한 일이 없다. 참상을 겪는 하층민들이 들고 일어나 민란을 일으켜 나라를 뒤집어엎을 가능성을 전연 감지하지 못했다.

유종원은 또한 하층민이 피해자이기만 하고 의식이 폐쇄되어 있는 것을 그대로 받아들였다. 뱀을 잡으면 세금이 면제되는 이득이 있다는 것만 생각하고 다른 피해자들과의 연대 의식이 없었던 것을 문제 삼지 않고, 하는 말을 받아 적기만 했다. 글을 잘 써서 명문을 남겼다고 평가되기만 하고, 유종원의 의식이 피해자 못지않게 폐쇄된 것을 오늘날도 시비하지 않는다.

정도전이 만난 늙은 농부는 세상이 어떻게 잘못되었는지 간파하는 지혜를 노동하고 생산하는 생활에서 얻고 있어, 스승으로 받들겠다고 했다. 그 덕분에 정도전은 귀양살이를 각성의 기회로 삼고 나라를 새로 만드는 경륜을 쌓을 수 있었다. 명문을 훨씬 뛰어넘는 역사를 창조하는 업적을 남겼다.

3.7.3.

독일 시인 하이네(Heinrich Heine, 1797-1856)는 처음에는 감미로운 사랑의 노래로 크게 성공한 낭만주의 시인이었다. 독일의 민주화를 주장하다가 추방되어 외국에서 헤매면서 조국을 그리워하는 시를 여럿 지었다. 〈외국에서〉("In der Fremde")의 한 대목을 든다.

Ich hatte einst ein schönes Vaterland.
Der Eichenbaum
Wuchs dort so hoch, die Veilchen nickten sanft.
Es war ein Traum.

나에게도 전에는 아름다운 조국이 있었다.
떡갈나무가
그곳에 높이 자라고, 제비꽃이 가볍게 흔들리고,
그것은 꿈이었다.

  하이네는 조국을 잃은 슬픔에 잠겨 탄식하고 있기만 하지 않았
다. 자기 처지에서 역사적 현실로 관심을 돌려, 독일의 군주가 몽매
한 생각에 사로잡어 완고한 보수주의자 노릇을 하는 것을 통렬하게
풍자하는 시를 지었다. 〈중국 황제〉("Der Kaiser von China")라고 한
것을 보자. 한 대목에서 다음과 같이 말했다.

Es schwindet der Geist der Revoluzion
Und es rufen die edelsten Mantschu:
Wir wollen keine Constituzion,
Wir wollen den Stock, den Kantschu!

혁명정신은 고개를 숙이고
만주족 귀족들이 외치리라.
우리는 헌법을 원하지 않습니다.
우리는 채찍과 곤봉을 원합니다.

  독일 황제가 아닌 중국 황제를 내세워 간접적인 비판을 한 것은
닥쳐올 수 있는 피해를 줄이기 위한 우회작전이지만, 후퇴가 오히

려 전진이다. 독일 황제와 함께 중국 황제도 비판했다. 나라를 망치고 역사의 죄인이 되는 모든 황제를 함께 나무란 작품으로도 이해될 수 있는 보편적인 의미까지 지녔다.

불국 시인 위고(Victor Hugo, 1802-1885)는 발상과 표현이 화려한 낭만주의 시로 큰 명성을 얻어 문단의 제왕 노릇을 했다. 국회의원이 되어 정계로 진출하고, 대통령이 되려고 하기까지 했다. 권력 지향의 인기인이었다.

그러던 위고가 국권을 장악한 나폴레옹 3세와 맞서다가 국외로 추방되었다. 1855년부터 1870년까지 불국 브르타뉴와 아주 가까운 곳에 있는 영국령 제르시(Jersey)섬에 머물렀다. 조국과 가족을 그리워하는 마음을 나타냈다.("Exil") "나는 보고 싶다, 오 조국이여, 그대의 아몬드나무, 그대의 라일락을, 그리고 꽃 핀 풀밭을 거닐고 싶다. 아 애통하다!"(Si je pouvais voir, ô patrie, Tes amandiers et tes lilas, Et fouler ton herbe fleurie, Hélas) 위고는 이렇게 한탄을 하고 있지만 않고, 나폴레옹 3세를 향해 공격의 포문을 열었다. 나폴레옹 3세가 나폴레옹의 위세를 이용해 권력을 휘두르는 것은 원숭이가 호랑이 탈을 쓴 것과 같다고 하는 〈우화인가 역사인가〉(Victor Hugo "Fable ou histoire")라는 시를 썼다. 앞 대목을 들어본다.

Un jour, maigre et sentant un royal appétit,
Un singe d'une peau de tigre se vêtit.
Le tigre avait été méchant ; lui, fut atroce.
Il avait endossé le droit d'être féroce.
Il se mit à grincer des dents, criant : Je suis
Le vainqueur des halliers, le roi sombre des nuits.
Il s'embusqua, brigand des bois, dans les épines ;

Il entassa l'horreur, le meurtre, les rapines,

어느 날, 수척한 원숭이 녀석이
임금 질을 하고 싶어 호랑이 가죽을 썼다.
호랑이도 나빴지만, 녀석은 잔인했다.
사납게 구는 권한을 차지했다.
녀석은 이를 갈면서 외쳤다.
"나는 숲의 정복자이고, 밤의 제왕이다."
가시덤불에 매복하고 강도짓을 했다.
공포, 살육, 강탈의 실적을 쌓았다.

이 시를 짓고 18년이 지난 1870년에 나폴레옹 3세는 프러시아와
의 전쟁에서 패배해 포로가 되었다. 이어서 파리에서 노동자 폭동
이 일어났다. 둘 다 위고가 기대하던 사태는 아니었으나, 나폴레옹
3세의 시대를 종식시키는 역할은 분명하게 했다. 위고는 열광적인
환영을 받으면서 귀국했다. 추방을 겪은 시련이 사람을 바꾸어놓았
다. 권력 지향의 인기인은 잊혀지고, 민중의 영웅이 커다란 자태를
드러냈다.

하이네는 소박한 시인으로 만족하고, 위고는 위대한 작가라는 평
가를 얻고자 했다. 소설이나 희곡에서 널리 알려져, 위고가 시에서
도 대단한 재능을 보인다고 하게 되었다. 화려한 수식을 갖춘 웅변
이 성공의 비결이고 존경의 이유였다. 들뜬 분위기가 가라앉자, 위
고에 대한 평가는 하강선을 그었다. 하이네는 진정한 시인이라고
인정되어 평가가 상승한다.

이런 차이점을 시련과 각성의 관계를 들어 정리해보자. 위고는
시련이 부방하다고 항변하느라고 각성을 얻은 것이 그리 크지 않

다. 자기의 위상 회복에 필요한 작전 구상에 관심을 모았다. 하이네는 수난의 고통을 감내하면서 세상을 바로잡기 위해 무엇을 해야 하는지 깊이 고심했다. 자기를 희생해서 커다란 과업을 수행하고자 했다.

丁若鏞(1762-1836)은 하이네와 동시대인이다. 젊어서 국왕 정조의 총애를 받고 뛰어난 재능을 발휘해 장래가 크게 촉망되었다. 정조가 죽은 뒤에 득세한 세도정권의 미움을 받아 몇 십 년 유배 생활을 하는 동안에 많은 고난을 겪었다.

　　病起春風去
　　愁多夏夜長
　　暫時安枕簟
　　忽已戀家鄉

　　병 들었다 일어나니 봄바람 가버렸고,
　　시름이 많아 여름밤도 길구나.
　　잠깐 동안 잠자리에 들었다가
　　문득 다시금 고향이 그리워진다.

〈夜〉이라고 하는 시의 한 대목이다. 귀양살이 초기에는 이처럼 비통한 심정을 노래했다. 그러다가 밖으로 나가 마음을 열었다. 민중의 처참한 삶을 발견하고 깊은 동정을 하게 되었다. 〈飢民詩〉의 한 대목을 들어보자.

　　道塗逢流離
　　負戴靡所聘
　　不知竟何之

骨肉且莫保

거리거리마다 만나는 유랑민
이고 지고 오라는 데 없어,
어디로 가야 할지 모르는구나.
혈육이라도 돌보지 못하네.

농민의 참상을 보고 애통해하는 데 그치지 않고, 유민의 어려움을 여러 모로 살피고 다각도로 고찰했다. 가진 것이 없으면서 가족을 부양하는 것이 유랑민에게 가장 힘든 일이라고 했다. 벼슬해 국정을 담당하는 사람들이 유랑민을 구해야 한다고 했다.

李世輔(1832-1895)는 위고와 동시대인이다. 왕족이고 철종과 6촌 사이였다. 젊은 시절에 시조창을 하는 사람들과 어울려 풍류를 즐기는 시조를 지었다. 안동김씨 세도정권의 미움을 사서 고종이 즉위하는 1863년까지 3년 동안은 귀양살이를 했다.

한 바다도 어려운데 세 바다가 막혔으니,
물소리도 흉흉하고 바람도 요란하다.
언제나 평지를 만나 오락가락.

남해 고도에서의 귀양살이를 외롭고 쓰라린 심정을 이렇게 토로했다. 처절하기 이를 데 없는 말을 써서 절실한 감동을 준다. 그러다가 마음을 다잡고 관심을 넓혀 현실을 문제 삼았다. 세도정권이 나라의 기강을 마구 무너뜨려 지방 수령은 수탈만 일삼고 백성은 목숨을 부지하기 어렵게 된 사정을 자기 일인 양 여기는 전환을 겪고, 전에 볼 수 없던 작품세계를 이룩했다.

저 백성 거동 보소. 지고 싣고 들어와서,
한 섬 쌀을 바치려면 두 섬 쌀이 부족이라.
약간 농사 지었은들 그 무엇을 먹자 하리.

아주 쉬운 말로 기막힌 현실을 말했다. 농사를 지어도 나라에 바칠 것이 모자라 먹고 살 길이 없다고 했다. 농민이 당하는 수탈을 극명하게 나타냈다. 한시에서는 이미 적지 않은 파문을 일으켰던 현실비판의 시를, 처음이자 마지막으로 시조를 통해서 구현해 대단한 경지에 이르렀다. 시조의 가치를 최대한 발현했다. 한시에서처럼 관찰자의 묘사를 하지 않고, 절박한 심정을 직접 토로하면서 많은 사연을 압축했다.

정약용은 "我是朝鮮人 甘作朝鮮詩"(나는 조선 사람이어서, 조선시를 즐겨 짓는다)고서도, 한시만 짓고 시조는 외면했다. 농민의 참상을 나타내는 한시를 조선시라고 여겼다. 소재에서는 민요와 관련을 가졌으나, 형식이나 표현에서는 〈詩經〉을 모형으로 삼았다.

이세보는 어떤 주장도 내세우지 않고 시조를 지었다. 시조를 어느 누구보다도 많이 지었다. 한시가 아닌 시조를 지어, 조금도 어렵지 않고 누구나 이해할 수 있는 말로 농민의 참상을 노래하고, 농민이 하는 말을 전했다.

정약용은 차등론의 관점에서 민중을 동정하고 돌보아주려고 했다. 이세보는 민중과 하나가 되고자 하는 대등론을 선택했다. 정약용보다 이세보가 앞섰다.

3.7.4.

죄인을 감옥에 가두는 일은 언제나 있었다. 장기간 가두는 징역은 나중에 생겼으며, 그 전에는 추방이나 유배, 또는 신체를 훼손하는 형벌이나 사형이 결정될 때까지 잠시 잡아두는 조처를 했다. 사형 판결을 받고 감옥에서 잠시 기다리는 것은 처절하기 이를 데 없는 일이었다. 그런 심정을 불국의 뷔용(François Villon, 1431경-1463경)의 〈묘비명, 교수형을 당한 사람들의 노래〉("Épitaphe, la ballade des pendus")에서 노래한 것이 남아 있어, 비상한 관심을 가지게 한다. 거기서 말했다.

> Frères humains, qui après nous vivez,
> N'ayez les cœurs contre nous endurcis,
>
> 우리 뒤에 살고 있을 인간 형제들이여,
> 냉혹한 마음으로 우리를 대하지 말아 달라.

죄수를 감옥에 장기간 가두는 징역 제도는, 시설과 행정력을 갖추는 데 앞장선 근대 유럽에서 생겨났다. 유럽 각국이 세계 대부분의 지역을 식민지로 삼으면서 징역 제도를 이식했다. 식민지에서 징역의 형벌을 받는 죄수 가운데 독립투사가 큰 비중을 차지했다. 사상범 또는 양심수라고 지칭되는 그런 죄수는 판결에 승복하지 않고, 고통을 각성의 계기로 삼았다. 그 좋은 본보기를 韓龍雲(1879-1944)이 보여주었다. 한용운은 1919년에 3.1운동을 주도했다가 투옥되어 3년 동안 복역하면서, 생각하고 깨달은 바를 나타내는 한시를 여러 수 지었다. 그 가운데 하나 〈獄中感懷〉라고 한 것을 든다.

옥중에서 느낀 바를 전한다고 하고, 아주 다른 말을 했다.

一念但覺淨無塵
鐵窓明月自生新
憂樂本空唯在心
釋迦元來尋常人

한 생각만 깨달으니 깨끗하고 티끌 없네.
철창에서 밝은 달이 스스로 생겨 새롭네.
근심과 즐거움 본디 비어 마음에 달렸도다.
석가는 원래 예사로운 사람일 따름이로다.

옥중에서 본 것은 철창 사이의 밝은 달이다. 밝은 달 같이 깨달음을 한 가닥 얻으니 마음이 깨끗하고 티끌이 없다고 했다. 근심이나 즐거움은 본디 실체가 없으며 마음에 따라 생겨나는 것을 새삼스럽게 확인했다. 이런 깨달음을 함께 갖추어, 석가여래는 예사 사람이고 예사 사람이 석가여래인 것을 알아냈다. 옥중 시련이 최상의 禪寺에서 도를 닦는 것보다 더 나아, 생각을 한껏 낮추어 아주 높였다.

옥중에서 일본인 검사의 요구에 응해 쓴 〈조선독립에 대한 감상개요〉라는 글이 있다.

요긴한 대목을 간추려본다. "자유는 만물의 생명이요, 평화는 인생의 행복이다. 자유가 없는 사람은 죽은 시체와 같고 평화를 잃은 자는 가장 큰 고통을 겪는 사람이다. 압박을 당하는 사람의 주위는 무덤으로 바뀌고, 쟁탈을 일삼는 자의 주위는 지옥이 된다. 그러므로 자유를 얻기 위해서는 생명을 터럭처럼 여기고, 평화를 지키기 위해서는 희생을 달게 받는다."

"자유는 만물의 생명이요, 평화는 인생의 행복이다"고 한 것이 옥중에서 더욱 분명하게 깨달은 사상이다. 자유가 없는 사람만 죽은 시체와 같이 불행을 겪는다고 하지 않았다. "쟁탈을 일삼는 자의 주위는 지옥이 된다"고 한 것은 가해자는 자멸하게 되는 이치를 밝힌 탁견이다.

월남 혁명의 지도자 胡志明(1890-1969)은 1942년부터 1943년까지 중국 桂林의 감옥에서 징역을 살았다. 그 때의 심정을 한시를 지어 나타낸 것이 책 한 권 분량이 되어, 나중에 〈獄中日記〉라는 이름으로 출간했다. 한시를 지은 것은 두 가지 이유가 있다. 동아시아 한문문명권의 전통을 이어받았고, 한시는 필기도구가 없어도 지어 기억할 수 있기 때문이다.

호지명의 명성에 압도되어 〈獄中日記〉에 다가가면 실망한다. 위대한 지도자가 아닌 예사 사람 누구라도 겪을 수 있는 수난을 당하면서, 정신을 차리고 희망을 가지고자 한 노력을 발견해야 한다. 〈到桂林〉(계림에 이르러)라고 한 시를 보자.

　　　桂林無桂亦無林
　　　只見山高與水深
　　　榕蔭監房真可怕
　　　白天黑黑夜沉沉

　　　桂林에 桂도 없고 林도 없으며,
　　　다만 산 높고 물 깊은 것만 보인다.
　　　榕樹 그늘의 감방이 참으로 두렵구나.
　　　대낮에도 어둡고 밤에는 침침하다.

첫 줄에서는 "桂林"이라는 이름 때문에 연상되던 경치가 실제로 보니 사실이 아니라고 했다. 산이 높고 물이 깊다고 해서 대단할 것 없다. 한가한 유람객이라면 그런 것만 보고 가지만, 나무 그늘에 가려 있는 그곳의 감옥은 참으로 두려운 곳이라고 했다. 대낮에도 어둡고 밤이 되면 더욱 침침하다고 했다. 그 이상의 거창한 말이 없다.

어느 곳이 어떻다고 소문만 듣고 아는 것은 잘못이다. 실제로 보아야 한다. 실제로 볼 때에도 어디까지 보는지 문제이다. 세상에는 밝은 곳도 있고 어두운 곳도 있고, 밖에 드러나 있는 것도 안에 감추어져 있는 것도 있는데, 어느 한쪽만 보는 것은 잘못임을 이 시를 읽으면 깨달을 수 있다.

식민지 통치하에서도 투옥되고 사형당하는 사상범 또는 양심수는 얼마 되지 않는다. 대부분의 사람들은 억압과 착취를 견디면서 그런대로 살아간다. 자기 삶을 영위하는 생산 활동을 하면서 식민지 통치자를 위해 봉사하므로 어느 정도 보호를 받는다.

수난이 그 정도에 그치지 않고 민족 전체가 격심한 수난에 노출되고 생사의 기로에 놓인 경우도 있다. 쿠르드(Kurd) 민족이 그 좋은 본보기이다. 쿠르드 민족은 4천만 가까이가 되지만, 독립국을 이룬 적이 없다. 터키, 이란, 이라크, 시리아 등지에도 흩어져 살고 있으면서, 소수민족의 박해를 당하고 있다. 언어가 통일되지 못하고 여러 방언이 각기 사용된다. 그나마도 탄압의 대상이 되어 자유롭게 사용하지 못한다.

시는 길지 않고 출판을 하지 않고서도 전달할 수 있으므로 쿠르드어로 쓴다. 셰르코 베케스(Sherko Bekes)라는 시인은 항쟁의 시를 쓰다가 스웨덴으로 망명했다. 망명지에서 시를 써서 쿠르드가 어떤

지경인지 온 세계에 알린다. 나라는 없어도 시인이 있어 쿠르드는
죽지 않는다.

神들

'88년에
모든 신이
보기만 했다.
마을 사람들의 몸뚱이를,
몸뚱이가 불에 타자,
침을 뱉기나 했다.
하나도 움직이지 않았다.
입에 물고 있는 담배에
불을 붙이기나 한다.
불난 곳을 향해
고개를 돌리기만 했다.

이 시는 이라크가 1988년에 쿠르드 거주 지역에 독가스를 살포하
자 지은 것이다. "神들"을 복수로 해서 이슬람의 신만이 아닌 다른
여러 종교의 신까지 들었다. 신이 아무리 많아도 너무나도 끔찍한
참상을 두고 보기만 하니, 아무 소용도 없다.

위구르(Uygur, 維吾爾)는 중국 서북쪽에 거주하는 터키계 민족이
다. 匈奴·突厥·回紇 제국의 후예여서 오랜 역사와 빛나는 전통이
있다. 오늘날은 중국의 소수민족이 되어 어려움을 겪고 있다. 어떤
어려움을 얼마나 겪는지 들려오는 말이 엇갈려 정확한 판단을 하기
어렵다.

위구르인이 어떻게 사는지 알아보는 최상의 방법은 문학작품을

읽는 것이다. 소설은 찾아 읽기 어렵고, 내용이 복잡해 길을 잃게 할 수 있다. 시가 시대를 증언하고 민족을 깨우치는 사명을 수행하는 것은 가려도 알려진다. 16년 징역을 선고받고 수감되어 있는 페르하트 투르산(Perhat Tursun)이라는 시인의 〈悲歌〉가 밖으로 알려져, 영역과 함께 인터넷에 올라 있다. 영역에서 옮긴다.

　　설산을 넘던 피란민의 얼어붙은 시체 더미에서 나를 알아보겠나? 형제들이여.
　　몸을 가릴 의복을 구걸하다가 벌거벗은 시체가 되어 있는 것을 그대가 보리라.
　　녀석들이 학살을 사랑으로 받아들이라고 할 때,
　　내가 그대와 함께 있는 것을 아는가?
　　삼백년쯤 지나 녀석들이 깨어나, 서로 알아보지 못하고 자칭 위대함을 잊어버리고,
　　나는 다행이 좋은 술인 듯이 독약을 마셔,
　　녀석들이 길거리를 마주 뒤지고 다녀도 끝내 내 모습을 찾을 수 없을 때,
　　내가 그대와 함께 있는 것을 아는가?
　　해골을 모아 지은 탑에서 내 해골을 찾아내고, 녀석들이 칼이 잘 드는지
　　시험하려고 내 목을 자르고, 그 칼 앞에서
　　우리의 사랑스러운 인과관계가 야생의 연인처럼 망가질 때,
　　내가 그대와 함께 있는 것을 아는가?
　　저자 거리에서 높은 털모자를 쓴 사람들이 총 쏘는 연습의 표적으로 이용되고,
　　총알이 두뇌를 쪼개 얼굴이 괴로움으로 이지러질 때,
　　죽어야 하는 이유를 알아보기 전에 가해자는 자취를 감추고 사라

지고,

    내 몰골이 총알이 두뇌를 뚫어 생각이 피열된 것 같을 때,

    내가 그대와 함께 있는 것을 아는가?

처참한 수난을 상징적인 수법, 초현실주의에 가까운 구성으로 그렸다. 하나하나 풀이하면서 구체적으로 이해할 필요는 없다. "내가 그대와 함께 있는"이라는 말을 가볍게 한 것을 무겁게 생각해야 한다. 고립은 패배를 자초하고, 단합이 승리를 보장한다고 은근히 말한다.

3.7.5.

國大思小하고, 國小思大하다. 大則無力하고, 小則有力하다. 差等閉妄하고, 對等開覺하다. 이런 말을 그냥 하면 공허할 수 있다. 문자만 따로 놀고, 실감이 없을 수 있다. 추방, 유배, 국권 상실 등으로 극도의 수난을 겪고 얻은 깨달음이라고 해야 비로소 적실한 의미나 가치를 지닌다.

극도의 수난은 이중의 역전을 가져온다. 먼저 차등론의 혜택을 누리고 있던 선민이 비참하게 되는 것은 지위의 하향 역전이다. 수난이 각성을 가져와, 차등론은 부당하고 대등론이 정당하다고 하게 되는 것은 의식의 상향 역전이다. 두 가지 역전은 인과관계를 가진다. 지위의 하향 역전이 원인이 되어, 의식의 상향 역전이라는 결과를 가져온다. 이곳이 총체적인 대역전이다.

그 원리가 무엇인지 분명하게 하자. 對等開覺을 체험하고, 差等閉妄을 안다. 大則無力을 근거로, 小則有力을 말한다. 國小思大하

므로, 國大思小라고 한다. 이런 역전이 허위를 제거하고 진실을 밝
히며, 역사의 장애를 제거하는 창조를 이룩한다.

마무리

지금까지의 논의에서 문학에서 철학 읽기가 왜 필요하고 소중한지 밝혔다. 철학이 철학 알기에 머무르는 잘못을 시정하려고, 철학하기로 바로 나아가려고 하면 너무 힘들다. 문학에서 철학 읽기를 중간 과정으로 삼는 것이 유리하고 유익하다고 했다. 이런 견해로 통념을 시정하고 혁신을 시작한다.

철학은 문학보다 우월해 문학을 이끌어준다고 생각하는 것은 잘못이다. 문학이 철학 창조를 위한 착상을 풍부하게 제공하는 것을 받아들여야 한다. 지금 철학이 방향을 잃고 헤맨다. 일본이나 한국에서 행세하던 수입철학은 죽어간다. 문학은 잘 살아 있으며, 스스로 살아날 수 없는 철학이 살아나도록 촉구하고 도와준다. 문학에서 철학 읽기를 하면 철학이 살아난다고 한다.

유식과 무식, 존귀와 미천, 행운과 불운, 부유와 빈곤 등의 차등이 지나쳐서 뒤집어지는 과정을, 무식·미천·불운·빈곤 쪽에서 절실하게 깨닫고 역동적으로 실현한다. 문학은 이런 전환을 생동하게 나타내, 살아가는 각성과 결단이 바로 철학임을 알려준다. 철학에서는 죽은 철학을 문학이 살려낼 수 있다.

혼란에 빠지지 않고 바로 나아가기 위해 그릇된 문학관을 배제해야 한다. 문학은 평등을 추구한다. 문학은 일체의 규범을 거부하고 가치의 서열에서 벗어나 모두 평등하다. 이렇게 주장하는 불국 철학자 랑시에르의 견해를 서두에서 비판하고, 부당함을 많은 논의에서 입증했다.

차등을 없애 평등을 이룩하자는 평등론은 실현 가능하지 않은 구호이고, 차등론에 타격을 주지 않는다. 허무주의자의 환상에 지나지 않기 때문이다. 차등을 없애려고 하지 않고 뒤집어 대등을 이룩하는 작업이 문학에서 계속 이루어지고 있다. 이것을 인지하고 평가하는 대등론으로 차등론의 과오를 시정하고, 평등론의 일탈도 수습해야 한다. 이렇게 말하면서 이론 논쟁만 하고 있지 않고, 필요한 작업을 실제로 해서 책 한 권을 이루었다.

〈총괄 논의〉에서 위와 같은 논의를 한참 하고, 해야 할 일을 두 방향으로 정리했다. [가] 지위나 학식의 상위자라야 철학을 갖춘 문학 작품 창작을 잘할 수 있다고 여기는 것은 잘못이다. 사실은 그 반대이다. 지위나 학식의 하위자가 문학으로 철학하기를 더 잘한다. [나] 서양은 철학뿐만 아니라 철학을 갖춘 문학 작품 창작에서도 앞서서 모범을 보인다고 하는 주장도 실상과 어긋나 그릇되었다. 우리 쪽의 문학 작품에서 철학이 더 살아 있고, 이것으로 철학을 쇄신하는 작업이 잘 이루어진다.

[가]는 〈개별적 고찰〉이라고 한 데서 종적으로 고찰했다. 철학과 동격이라는 고고한 문학에서 시작해 무지렁이 하층민의 구비문학에 이르기까지 문학에서 철학 읽기를 여러 단계에 걸쳐 진행하면서, 오랜 통념을 온통 뒤집었다. 지체나 학식에서 하위자일수록 문학으로 하는 철학하기를 더욱 높은 수준으로 해온 사실을 분명하게 밝혔다.

멀고 아득해 고귀한 가치를 가진다고 행세하면서 차등론을 드높이는 철학은 진실성이 의심된다. 진정한 철학은 지체가 낮고 학식이 모자란다는 예사 사람들이 나날이 살아가면서 각자의 창조주권을 발현하는 지혜이다. 이러한 사실에 근거들 두고 차등론에 대한 대안이 평등론이 아니고 대등론임을 분명하게 한다.

[나]는 〈심화 시도〉에서 횡적으로 논의했다. 여러 방면의 탐구를 시도하면서, 무한한 가능성을 일부 찾아내 제시했다. 더 많은 작업을 과제로 남기며, 장래를 낙관한다. 문학에서 철학 읽기를 문학의 영역을 넓히고 읽는 방법을 가다듬어 더 잘하면 대단한 성과를 이룩해, 새로운 철학이 넘실거리는 바다에 이른다고 할 수 있다.

아직 이룬 성과가 미흡하지만, 총괄해 말할 수 있다. 문학에서 읽어내 갖추는 철학은 대등론의 슬기로움을 입증하는 대등론이다. 대등론에 생극론이 추가되어 대등생극론이 된다. 대등생극론은 만물·만생·만인대등생극의 세 층위를 갖추어 모자람이 없다. 이것은 보편적인 철학이고, 인류가 슬기로움을 얻는 공동의 원천이다.

그런데 차등론의 횡포 때문에 타격을 받고 멍이 들었다. 천지만물의 창조자이고 심판자인 주님이 저 위에 계시고 자기는 그 대리자라고 하면서 위세를 부리는 종교적 차등론이 드세다. 권력을 가지면 무력한 자들을 인도한다는 구실로 짓밟고 부려먹는 정치적 차등론도 큰 힘을 가진다. 이 둘과 내통한 철학자는 하수인 노릇을 난해한 언사를 교묘하게 희롱하면서 하고 있다.

문학이 여기저기서, 그런 외적을 물리치는 의병으로 나서서 대등생극론의 노래를 부른다. 몇 마디 말만 하고, 더 많은 말을 듣는 사람들과 주고받으며 힘을 합치자고 한다. 어떻게 된 일인지 모르는 사람이 많아, 노래를 연구하는 학자가 보도도 하고 해설도 한다. 노랫말의 대등철학을 정리하고 보충해 철학자들의 배신행위를 물리치는 대안으로 삼는다.

한국문학은 자각을 뚜렷하게 하고 의병 투쟁을 선도한다. 그 이유가 무엇인가? 박해를 더 받았기 때문이 아니고, 남들보다 자유로운 덕분이다. 종교적 차등론의 침해를 거의 받지 않았다. 이 점은 서양과의 비교에서 확인된다. 정치적 차등론의 횡포가 덜 심했다. 이 점은 중국이나 일본과의 비교에서 검증될 수 있다. 이원론을 물리치고 일원론을 이룩하려고 하는 노력이 이어졌다.

한국문학에서 제시하는 대등생극론은 한국 고유문화로서 독특한 가치를 가진다고 하지 말아야 한다. 다른 데서는 볼 수 없는 유리한 여건 덕분에 인류의 보편적인 유산을 잘 간직하고 있는 것이 다행이라고 해야 한다. 이것을 관리하고 활용하기 위해 남다른 수고를 해야 하는 것을 알아야 한다. 자세가 바르지 못하고 역량이 부족하지 않을까 염려해야 한다.

대등생극론 유산의 정리나 평가가 한국학문의 자만심을 키워주는 과제가 아니다. 차등론으로 넘어가면 시야를 상실하고 사태를 오판하게 된다. 대등을 체득하고 생극을 실행해야 이 소중한 유산의 가치를 살리고 확대할 수 있다. 철학이 세계 전역에서 그릇된 길을 가면서 혼란을 일으키는 사태를 바로잡는 데 실제로 기여할 수 있다.

대등생극론을 더욱 명확하고 풍부하게 재창조하기 위해 두 가지 작업이 필요하다. 하나는 논의를 분명하게 하는 것이다. 이를 위해 《대등생극론》이라는 책을 썼으나, 많이 모자라 보완이 요망된다. 또 하나는 대등생극론을 말해주는 문학 창작을 열심히 하는 것이다. 이것은 수많은 사람이 맡아 할 일이다. 사람이나 작품이 다다익선인 것은 아니다. 사명감을 분명하게 하고, 뚜렷한 자각을 표출해야 한다.

네가 지금 여기서 할 수 있는 일은 문학 속의 대등 철학을 찾아내 길잡이로 삼는 것이다. 광석의 발견에 해당하는《문학에서 철학 읽기》의 작업을 한 이 책은 시작에 지나지 않아, 속편을 두 권 더 쓴다. 광석의 채굴이라고 할 수 있는《문학끼리 철학 논란》을 거쳐, 제련을 하는 단계의《문학으로 철학하기》로 나아간다.

조동일

1939년 경북 영양 출신
1958년부터 서울대학 불문·국문과 학사, 국문과 석·박사
1968년부터 계명대학·영남대학·한국학대학원·서울대학 교수
2004년부터 서울대학 명예교수, 2007년부터 대한민국학술원회원
《한국문학통사》,《문학사는 어디로》,《대등의 길》등 저서 다수

문학 속의 자득 철학 1
문학에서 철학 읽기

2025년 4월 3일 초판 1쇄 펴냄

지은이 조동일
발행인 김흥국
발행처 보고사

책임편집 황효은
표지디자인 김규범

등록 1990년 12월 13일 제6-0429호
주소 경기도 파주시 회동길 337-15 보고사
전화 031-955-9797　　**팩스** 02-922-6990
메일 bogosabooks@naver.com
http://www.bogosabooks.co.kr

ISBN　979-11-6587-801-6　94810
　　　　979-11-6587-800-9　(세트)
ⓒ 조동일, 2025

정가 28,000원